Ana Woods

Finding Paradise – Weil ich dir vertraue

ANA WOODS

Finding PARADISE

WEIL ICH DIR VERTRAUE

Roman

everlove by PIPER

Mehr über unsere Autorinnen, Autoren und Bücher:
www.everlove-verlag.de

Wenn dir dieser Roman gefallen hat, schreib uns
unter Nennung des Titels »Finding Paradise – Weil ich dir vertraue«
an *empfehlungen@piper.de*, und wir empfehlen dir gerne
vergleichbare Bücher.

Unser Versprechen
für mehr
Nachhaltigkeit
Klimaneutrales Produkt
FSC®-zertifiziertes Papier
Hergestellt in Europa

FSC
www.fsc.org
MIX
Papier | Fördert
gute Waldnutzung
FSC® C083411

ISBN 978-3-492-06391-3

Redaktion: Hannah Brosch
Illustrationen: Designed by pikisuperstar / Freepik
Satz: psb, Berlin
Gesetzt aus der Dolly Pro
Druck und Bindung: CPI Books GmbH, Leck
Printed in the EU

Für Nanni
Du hast dir ein »erwachseneres« Buch gewünscht –
hier hast du es 😀

Playlist

A Fine Frenzy	Almost lover
Queen	Bohemian rhapsody
Colbie Caillat	Bubbly
Taylor Swift	Cruel summer
David Bowie	Heroes
Panic! At the disco	High hopes
Linkin Park	In the end
Tim McGraw & Faith Hill	It's your love
Sarah Connor & Natural	Just one last dance
Oliver James	Long time coming
Jonathan Groff	Lost in the woods
Baptiste Giabiconi	One night in paradise
Monica Naranjo	Oyeme
Kacey Musgraves	Rainbow
Oliver James	The greatest story ever told
Nirvana	The man who sold the world
Ashe & FINNEAS	Till forever falls apart
Stargate, P!nk, Sia	Waterfall

Prolog

Journal-Eintrag
Tag 30

Mein Herz an diesen Ort zu verlieren, war nie Teil meines Plans. Und doch sitze ich nun hier, auf einem Felsen am Rande des Dschungels, und lasse den Blick schweifen.

Ich sehe die Sonnenstrahlen, die sich ihren Weg durch das dichte Blätterdach bahnen, und die unzähligen Blumenarten, deren Farbenpracht mir ein leises Seufzen entlockt. Zu meiner Rechten befindet sich die kleine Lichtung, auf der ein Großteil unseres Basistrainings stattgefunden hat. Das Training, das gerade erst drei Wochen zurückliegt, obwohl es mir wie ein halbes Leben vorkommt.

All das sehe ich und werde wehmütig, denn ich weiß, dass ich gehen muss, obwohl ich mich am liebsten an den nächsten Baum ketten und die Insel nie wieder verlassen würde.

Die frische Luft füllt meine Lunge und erweckt mein Innerstes zu neuem Leben. Die himmlische Melodie paradiesischer Vögel wird durch den Dschungel getragen. Ihr Gesang, dem ich ewig lauschen könnte, zaubert mir ein Lächeln auf die Lippen. In weiter Ferne erklingen das Rauschen des Meeres und das Zerschellen der Wellen an den Klippen.

Ich grabe die Fingerspitzen in die feuchte Erde, schließe einen Moment die Augen und atme tief durch. Nachts hat es geregnet – ich kann es riechen. Der Duft kitzelt mir in der Nase. Er erinnert mich an Freiheit und Abenteuer. Er erinnert mich an all die Ereignisse der vergangenen Wochen. Sie haben mich verändert – auf eine Weise, die ich niemals für möglich gehalten hätte.

Nein, mein Herz an diesen Ort zu verlieren, war nie Teil meines Plans. Doch noch weniger war es geplant, mich bedingungslos in einen Mann zu verlieben – trotz aller Risiken, die das mit sich bringt.

Kapitel 1

Das Baumhaus sah noch genauso aus wie in meiner Erinnerung. Ein flaches Dach, über das sich einzelne dünne Äste senkten, der grüne Anstrich, von dem ich früher dachte, er würde das Haus vor den Augen anderer tarnen, und provisorische Fensterläden, die schief in den Angeln hingen. Der einzige Unterschied bestand darin, dass die Stufen mittlerweile morsch waren, die Farbe abblätterte und die Nägel, die Dad vor all den Jahren mühsam in das Holz gehämmert hatte, Rost ansetzten. Der natürliche Alterungsprozess des Lebens.

Holly schob ihren braunen Haarschopf durch die Türöffnung und winkte mich grinsend nach oben. »Da bist du ja endlich. Hast du dich verlaufen?«

Kopfschüttelnd trat ich auf die erste Sprosse, die gefährlich ächzte. »Nein, aber im Gegensatz zu dir habe ich nicht vergessen, dass die Katzensitterin heute Bonnie und Clyde abholen wollte.«

»Upsi«, ertönte es von oben. Holly hatte ein Gedächtnis wie ein Sieb. Zu ihrem Glück konnte sie sich immer auf mein Organisationstalent verlassen. Andernfalls wäre sie vermutlich aufgeschmissen gewesen.

Drinnen angekommen, holte ich erst einmal tief Luft. Es roch nach feuchtem Holz und Staub. Holly saß auf einem der kleinen bunten Plastikstühle, die wir als Kinder für unsere Teezeremonien verwendet hatten. Dass sie unser Gewicht überhaupt noch trugen, zauberte mir ein Schmunzeln aufs Gesicht. Langsam rappelte ich mich auf, schob mir den blauen Stuhl zurecht und setzte mich.

Es war ewig her, dass ich zuletzt hier gewesen war. Vor zehn Jahren hatten meine Eltern das Haus verkauft. Zwar hatte die neue Besitzerin, die verwitwete Mrs Cooper, Holly und mir erlaubt, das Baumhaus zu nutzen, wann immer wir wollten, aber dieses Angebot hatten wir bisher nur ein paarmal in Anspruch genommen.

Nun an diesem kleinen Holztisch zu sitzen, in den wir früher Bilder geritzt hatten, ließ mich nostalgisch werden. Mit den Fingern fuhr ich die Konturen eines krummen Strichmännchens nach. »Warum wolltest du dich ausgerechnet hier mit mir treffen?«

Holly zuckte mit den Schultern und öffnete ihren Rucksack. »Ich weiß auch nicht.« Sie holte zwei Trinkpäckchen und eine Tüte Cracker heraus, die sie vor uns abstellte. »Es ist einfach so ein Gefühl, dass dieser Sommer uns verändern wird. Da dachte ich, es wäre schön, an den Ort zurückzukehren, an dem alles angefangen hat.«

Ein Lächeln zupfte an meinen Mundwinkeln, gleichzeitig wurde mir schwer ums Herz. Ich erinnerte mich noch genau an den Tag vor fünfzehn Jahren, an dem Holly weinend in meinem Baumhaus gesessen hatte. Wie jeden Nachmittag war ich zum Spielen raufgeklettert. Da hatte ich sie gefunden – ein fremdes Mädchen mit zerzausten braunen Haaren und verquollenen blauen Augen, das sich wimmernd dafür entschuldigt hatte, bei mir eingebrochen zu sein.

Anstatt sie zu verpetzen, hatte ich mich zu ihr gesetzt und sie gefragt, weshalb sie weinte. Sie hatte mir von der Scheidung ihrer Eltern erzählt und dass sie aus diesem Grund von zu Hause abgehauen war. Als es zu regnen angefangen hatte, war sie in das Baumhaus geklettert, um sich zu verstecken.

Anschließend hatte ich sie zum Essen zu uns eingeladen. Mom und Dad hatten sofort Hollys besorgte Eltern angerufen, die sie kurze Zeit später bei uns abgeholt hatten. Seitdem waren wir unzertrennlich und lebten seit mittlerweile drei Jahren zusammen in einer Zweier-WG hier in Los Angeles.

»Was hat Mrs Philipps eigentlich zu deiner Arbeit gesagt?«, fragte Holly. Ihre Stimme riss mich aus den Gedanken.

»Sie fand sie gut.« Hastig öffnete ich die Tüte und nahm mir ein paar der salzigen Cracker heraus.

»Und weiter? Muss ich dir immer alles aus der Nase ziehen?« Ermahnend hob Holly ihren Zeigefinger und versuchte, ihn hin und her wackeln zu lassen. Aufgrund ihrer kaum bis gar nicht vorhandenen motorischen Fähigkeiten sah es aber eher so aus, als würde sie in der Luft kleine Kreise ziehen. Ich biss mir auf die Unterlippe, aber Holly kannte mich gut genug, um zu wissen, was ich dachte. »Witzig, Kim, sehr witzig.«

»Finde ich auch«, erwiderte ich grinsend. »Also, Mrs Philipps war sehr angetan von der Arbeit und nannte sie *eine Offenbarung.*«

»Das ist ja großartig! Ich wusste, du schaffst das. Wenn jemand einen interessanten Artikel über aus der Kantine verschwundene Lebensmittel schreiben kann, dann du!«

Der Artikel war wirklich gut geworden, obwohl ich anfangs nicht sehr begeistert von der mir zugewiesenen Aufgabe gewesen war. Wir hatten im vergangenen Semester des Journalismusstudiums so viele Themengebiete durchgenommen, und ausgerechnet mir war für den Abschlussartikel investigative Arbeit zugeteilt worden. Aber ich hatte mich schnell eingefunden und mich bei der Bearbeitung wie eine Detektivin gefühlt, war sämtlichen Spuren nachgegangen und hatte mich richtig hineingesteigert. Über Wochen hatte ich gemeinsam mit Holly meine Umgebung genauestens analysiert. An einigen Tagen hatten wir uns mit Fernglas und Nervennahrung gewappnet versteckt, um den Übeltäter auf frischer Tat zu ertappen. Was uns schlussendlich auch gelungen war.

Der Kochauszubildende unserer Universität war es gewesen! Wann immer er Geschirr oder Speisen von A nach B bringen musste, hatte er Essen unter der Tischdecke versteckt und mit rausgeschmuggelt. Richtig misstrauisch waren wir geworden, als er mit dem Rollwagen im Hauswirtschaftsraum verschwunden war. Als ich die Tür aufgerissen hatte, hatte er auf dem Boden gesessen – die Puddingschüssel auf dem Schoß und eine Suppenkelle, die er als Löffel missbraucht hatte, in der Hand. Holly hatte sofort ihre Kamera gezückt und ein Foto von ihm geschossen. Sein entsetzter Gesichtsausdruck zierte nun die Titelseite meines Artikels.

»Du guckst echt gruselig, woran denkst du?«, fragte Holly. Als ich mit den Fingerspitzen mein Gesicht abtastete, erfühlte ich das diabolische Grinsen, das sich auf meine Lippen gelegt hatte. Eigentlich hatte ich keinen

Grund zu lachen, denn der Azubi war aufgrund meiner Investigationsarbeit hochkant rausgeflogen.

»Ach, nichts«, erwiderte ich rasch und versuchte, nicht weiter über das College nachzudenken. Es erinnerte mich nur tagtäglich daran, dass ich nicht wusste, was ich mit mir anfangen sollte.

Bis zum Abschluss war alles genau durchgeplant. Mein Leben bestand aus ellenlangen Listen, die ich für absolut alles führte – To-do-Listen, Einkaufszettel, stundengenaue Tagesabläufe. Wobei Holly mich mittlerweile wenigstens so weit gebracht hatte, dass ich zwischendurch einen *PfS – Puffer für Spontanes* einplante. Das war bis zum Ende der Highschool noch undenkbar gewesen, denn ohne konkrete Pläne fühlte ich mich unwohl und gewissermaßen verloren. Ich brauchte Ordnung und Struktur.

Dass ich Journalistin werden wollte, hatte ich schon immer gewusst. Nur die genaue Richtung war mein Problem. Es gab zu viele Dinge, die mich interessierten. Auch zahlreiche Praktika später hatte es nichts gegeben, das ein waschechtes Feuer in mir entfacht hatte, sodass ich allmählich Zweifel bekam, ob dieser Weg wirklich der richtige für mich war.

»Du solltest dir nicht so das Hirn zermartern«, sagte Holly. »Das Camp wird dir sicher guttun, und ich verwette meine Kamera darauf, dass du danach genau wissen wirst, womit du den Rest deines Lebens verbringen willst.«

»Meinst du nicht, deine Kamera ist ein zu hoher Einsatz?«, fragte ich mit hochgezogenen Augenbrauen.

Holly zuckte mit den Schultern. »Nicht wirklich, weil ich weiß, dass ich ohnehin gewinnen werde.«

Schnaubend schüttelte ich den Kopf. Ja, Holly kannte

mich besser als ich mich selbst. Aber dieses eine Mal hatte ich Bedenken, ob sie richtiglag. Doch das war kein Thema, das ich jetzt vertiefen wollte. Nicht, wo uns morgen der große Abschied bevorstand.

»Hast du noch etwas von deiner Mutter gehört?«, fragte ich, um das Gespräch in eine andere Richtung zu lenken.

Holly seufzte. »Ja, wir haben vorhin telefoniert. Wir verbringen nun doch keine Nacht in Phoenix. Stattdessen holt sie mich morgen schon um vier Uhr früh ab, damit wir abends in Bibury sind.«

»Bist du sicher, dass ich euch nicht begleiten soll? Noch kann ich ...«

»Nein«, unterbrach Holly mich. »Mir geht es gut, ehrlich. Natürlich wäre es schön gewesen, Meemaw noch einmal zu sehen, aber na ja. Jedenfalls möchte ich, dass du den Urlaub antrittst. Für uns beide! Wir haben uns doch so darauf gefreut, und außerdem hast du diese Auszeit bitter nötig. Du sollst dich nicht zusätzlich noch mit meinen Problemen belasten.«

»Okay«, sagte ich eher widerwillig. Es stimmte mich etwas traurig, dass sie ihre Probleme als Belastung für mich ansah, denn das waren sie nicht.

Dennoch hatte sie zum Teil recht. Aber es war ein unglaublicher Schritt, so lange von Holly getrennt zu sein. Wir waren nicht nur beste Freundinnen, sondern studierten auch beide an der Jameson University und verbrachten den Großteil unserer Zeit zusammen, ohne einander auf den Keks zu gehen.

Den Urlaub hatten wir ebenfalls gemeinsam antreten wollen, und ob ich ihn ohne Holly überstehen würde, stand in den Sternen. Das Camp war ein Kompromiss zwischen uns gewesen. Da ich die Natur liebte und die frische Luft am Strand oder im Wald immer dafür sorgte, dass man den Kopf frei bekam und die Gedanken treiben lassen konnte, wollte ich unbedingt einen Outdoorurlaub machen. Holly mochte die Natur zwar auch, aber vor allem liebte sie das Abenteuer. Genau deshalb hatte sie uns beide zu einem dreißigtägigen Survivalcamp auf einer Insel inmitten des Indischen Ozeans angemeldet. Dass sie nun selbst nicht teilnehmen konnte, war ärgerlich, aber nicht zu ändern. Schließlich hatte sie es sich nicht ausgesucht, nun mit ihrer Mom auf die Familienranch nach Texas fahren zu müssen, um den Nachlass ihrer plötzlich verstorbenen Großmutter zu verwalten.

Ich hätte Holly zwar lieber an meiner Seite gehabt, aber ihr zuliebe würde ich allein fliegen. Wenigstens hatte es online genaue Tagesabläufe zur Einsicht gegeben, die mir eine kleine Stütze sein würden, wenn schon meine beste Freundin das nicht sein konnte.

»Jetzt schau doch nicht wie drei Tage Regenwetter!«, sagte Holly amüsiert. »Du wirst schon sehen, die Zeit vergeht wie im Flug.«

»Schon möglich. Aber vielleicht verlierst du dein Herz an die Ranch, mutierst zu einem waschechten Cowgirl und kommst nie mehr zurück«, witzelte ich und nahm einen Zug aus meinem Trinkpäckchen.

Holly lachte auf. »Genau! Und du findest deinen Tarzan, mit dem du dich von Liane zu Liane schwingst.«

Nun stimmte ich in ihr Lachen mit ein, denn alles an diesem Gedanken war abwegig. Seit mein langjähriger Highschoolfreund Jonas mich kurz vor dem Abschlussball abserviert hatte, hatte ich mit Männern nicht mehr viel am Hut. Hin und wieder ein paar Dates, aber nichts Ernstes. Für die Liebe hatte ich ohnehin keine Zeit. »Ich denke, die Wahrscheinlichkeit, dass du in Texas bleibst, ist deutlich höher.«

»Wir werden sehen. Eigentlich hoffe ich, den studentischen Aushilfsjob in der Grafikabteilung der LA Times zu bekommen und nach Meemaws Beerdigung ganz schnell zurück nach Hause fahren zu können.«

»Sicher? Möchtest du nicht noch ein paar Wochen bleiben? Du liebst Bibury doch so sehr.«

»Ja, ich bin mir sicher.« Hollys Mundwinkel zuckte zwar, aber etwas in ihrer Miene veränderte sich. Wie es nur allzu oft der Fall war, wenn das Thema zur Sprache kam.

Als Kind war sie jeden Sommer mit ihrer Mutter auf der Familienranch in Bibury gewesen, und einige Male hatte ich sie begleitet. Sobald sie auf dem Rücken eines Pferdes saß, ging für sie die Sonne auf. Doch nach einem Streit zwischen ihrer Mutter und Meemaw, war sie nicht mehr hingefahren. Das hatte Holly schon immer etwas traurig gestimmt, weshalb ich ihr mehrmals angeboten hatte, sie wieder nach Bibury zu begleiten. Aber diese Angebote hatte sie stets ausgeschlagen.

»Übrigens habe ich noch eine Kleinigkeit für dich.« Holly wechselte das Thema und holte eine mit dunklem Samt überzogene Schachtel aus ihrem Rucksack.

»Willst du mir einen Heiratsantrag machen?«, fragte ich und nahm das Kästchen entgegen.

Hollys Augen weiteten sich vor Entsetzen. »Und ich dachte, wir wären einander ohnehin schon längst versprochen!«

Kopfschüttelnd hob ich den Deckel an. Zum Vorschein

kam ein kleiner silberner Anhänger in Form eines Smartphones. Mit einem breiten Grinsen holte ich ihn heraus. »Wofür steht er?«

»Dafür, dass wir den Sommer über nur mittels Handy kommunizieren können«, entgegnete Holly und streckte mir ihr Handgelenk entgegen, an dem ihr Armband mit einem identischen Anhänger baumelte.

»Ich liebe ihn!« Und das meinte ich ernst. Vor rund zehn Jahren hatten wir uns beide das gleiche Armband gekauft, das wir immer um einen Anhänger erweiterten, wenn wir ein einschneidendes Erlebnis oder einen ganz besonderen Moment geteilt hatten. Seien es die kleinen Mickey-Mouse-Ohren, die wir uns im Disney World Resort in Orlando geholt hatten, oder der silberne Katzenanhänger mit blauen Glitzeraugen, den wir uns gekauft hatten, kurz nachdem Bonnie und Clyde bei uns eingezogen waren. Mittlerweile war eine beachtliche Sammlung entstanden, und ich hatte gehofft, dass wir nach dem Sommer vielleicht ein kleines Zelt würden dranhängen können. Nun war es lediglich ein Smartphone geworden – was schade war, doch es rührte mich, dass sie überhaupt daran gedacht hatte, wo ihr gerade unzählige andere Dinge im Kopf herumschwirren mussten.

Holly griff über den Tisch nach meinem Arm und half mir, den Anhänger zu befestigen. Anschließend hob ich mein Handgelenk und betrachtete das kleine Smartphone, in das mehrere bunte Steinchen eingelassen waren. Den stechenden Schmerz, der sich in meiner Brust festsetzte, ignorierte ich. Vier Wochen auf einer Insel unter Fremden. Für manche mochte das ein wahr gewordener Traum sein, aber ich würde Holly unglaublich vermissen.

Wir waren Anfang zwanzig, bald mit dem College fertig, und vielleicht würde es uns dann in unterschiedliche Himmelsrichtungen verschlagen. Nun war also die perfekte Gelegenheit, sich schon mal an den Gedanken zu gewöhnen, auch wenn dieser wehtat.

»Hey! Jetzt heul bloß nicht, sonst muss ich mitheulen.« Sie stand auf, setzte sich neben mich und stupste mir den Ellbogen in die Seite. Das leise Wimmern in ihrer Stimme konnte aber auch sie nicht unterdrücken.

Hinter meinen Lidern brannte es, doch ich blinzelte die Tränen fort, presste die Lippen aufeinander und nickte. »Nein, hier wird nicht geheult. Wir sind schließlich keine Babys mehr.«

Holly lachte, dann zog sie mich in eine feste Umarmung. »Versprich mir, dass du so oft anrufst, wie es irgendwie geht.«

»Natürlich. Jeden Tag.«

»Gut.« Holly ließ von mir ab – ihre Augen schimmerten glasig. »Du wirst mir fehlen, Blossom.«

»Du mir auch, Bubbles, du mir auch.«

Kapitel 2

Der Boden unter den Sohlen meiner Wanderschuhe war klebrig. Ich wollte gar nicht so genau wissen, was hier schon alles verschüttet worden war. Ohne weiter darüber nachzudenken, rannte ich an etlichen gehetzten Reisenden vorbei. Einige von ihnen riefen mir wüste Beschimpfungen nach, als ich sie versehentlich mit meinem großen Trekkingrucksack anrempelte.

Entschuldigend hob ich die Hand und sprang mit einem Satz auf die Rolltreppe, auf der ich erst mal ordentlich ins Straucheln geriet. Konnte man sich jemals an ein solches Gewicht auf dem Rücken gewöhnen? Nachdem ich die Balance zurückerlangt hatte, nahm ich zwei Stufen auf einmal. Oben angekommen, drehte ich mich unbeholfen im Kreis und blickte mich um.

In wenigen Metern Entfernung baumelte ein altmodisches Metallschild von der Decke. Ein ausgeblichener Pfeil darauf deutete in Richtung Gate sieben.

Ich mobilisierte meine letzten Kraftreserven und setzte zu einem alles entscheidenden Spurt an. Als das Gate endlich in Sicht kam, riss ich die Arme hoch und wedelte mit den Händen über meinem Kopf herum.

»Warten Sie!«, rief ich vollkommen außer Atem. »Ich bin Kimberly Chapman!«

Die Dame, die eben dabei war, die Tür zu schließen,

hielt in der Bewegung inne und wandte sich mir zu. Die dunklen Haare hatte sie zu einem strengen Zopf nach hinten gebunden, und durch die spitz gefeilten Fingernägel wies sie eine gewisse Ähnlichkeit mit einer Raubkatze auf. »Sie sind spät dran. Boarding Pass, bitte.«

»Tut mir leid, der Flieger aus Amsterdam hatte Verspätung, und dann hat der Sicherheitscheck so lange gedauert und ...« Ungeduldig trommelte die Mitarbeiterin mit den Nägeln auf den kleinen Arbeitstisch vor sich. Keuchend nahm ich den Rucksack ab, holte Reisepass und Flugticket hervor und reichte ihr beides.

Mit flinken Fingern tippte sie auf der Tastatur herum, scannte den Sicherheitscode und nickte. »Gut. Kommen Sie.«

Schnell schwang ich mir den Rucksack wieder auf den Rücken, wobei ich abermals beinahe das Gleichgewicht verlor, und folgte der Dame durch die Tür. Ich war zwar relativ sportlich, aber ich war es nicht gewöhnt, mit so vielen Kilos auf dem Rücken zu rennen.

Am Ende des Korridors öffnete die Mitarbeiterin eine weitere Tür. Augenblicklich pustete mir unendlich drückende Luft entgegen. Das Gefühl, keinen Sauerstoff in meine Lunge zu bekommen, verflüchtigte sich allerdings, sobald ich die klapprige kleine Propellermaschine sah, die den Anschein erweckte, seit Generationen nicht mehr gewartet worden zu sein. Mir rutschte das Herz in die Hose, und ein Schweißfilm benetzte meine Stirn.

Ich hatte mich darüber informiert, wie wir von Sri Lanka nach Jeopardy Island kommen würden, aber online hatte die Maschine wesentlich moderner ausgesehen.

»Miss Chapman?« Die Dame warf mir einen zugleich

besorgten und genervten Blick über die Schulter zu. »Bitte beeilen Sie sich.«

Mechanisch nickte ich. Noch einmal holte ich tief Luft, umklammerte die Rucksackträger fester und beschleunigte meine Schritte.

»Ich wünsche Ihnen eine angenehme Reise«, sagte die Dame, als wir vor der Metalltreppe angekommen waren.

»Danke«, entgegnete ich, woraufhin sie sich umdrehte und wieder Richtung Terminal verschwand. So schnell mich meine Beine trugen, hechtete ich die Stufen hinauf.

Kaum dass ich schnaufend den schmalen Mittelgang betrat, musterten mich zahlreiche Augenpaare. Ich murmelte leise Entschuldigungen, während ich mich zu meinem Platz vorkämpfte – 3A. Dabei schaute ich starr nach oben und versuchte, die verblassten Schilder unter dem Stauraum für Handgepäckstücke zu entziffern.

Meine Lippen formten ein Lächeln, als sich endlich Reihe drei vor mir auftat. Den Blick weiterhin auf das Schild gerichtet, bemerkte ich zu spät, wo ich hintrat. Mit dem Träger blieb ich an der Armlehne eines der Sitze hängen. Schmerzhaft wurde ich zurückgeschleudert. Der Sturz wurde glücklicherweise von dem Rucksack abgefedert, sodass ich mich nicht ernsthaft verletzte, trotzdem war mir die Situation außerordentlich peinlich. Wie eine Schildkröte, die auf dem Panzer lag, versuchte ich, mich wieder aufzurappeln.

»O Gott, ist alles in Ordnung?«, fragte eine Asiatin mittleren Alters in gebrochenem Englisch. Sie beugte sich über mich und griff nach meinen Unterarmen, um mir wieder hochzuhelfen. Hitze stieg mir in die Wangen.

»Danke, ja, alles bestens«, erwiderte ich. Doch eigentlich war gar nichts bestens. Ich war gerade mal einen Tag unterwegs, und bisher war überhaupt nichts nach Plan verlaufen. Und nun machte ich mich vor den rund zwanzig Personen, mit denen ich die kommenden Wochen verbringen musste, auch noch gleich am ersten Tag lächerlich. Hätte der Urlaub besser starten können? Sobald wir gelandet waren, musste ich Holly anrufen und ihr mein Leid klagen.

Die Frau, die mir eben aufgeholfen hatte, lächelte und ging zurück in ihre Reihe. Noch einmal murmelte ich Entschuldigungen, als ich vorsichtig weiterlief. Im Vorbeigehen stieß ich versehentlich einen Mann an, dessen Ellbogen halb im Gang hing.

»Pass doch auf!«, knurrte er. Seine Brauen waren zusammengezogen, und ein paar braune Strähnen hingen lose aus dem nach hinten gebundenen Knoten, den er wohl Zopf nannte. Ein wütendes Funkeln lag in seinen dunklen Augen.

»Mach du dich nicht breiter, als du bist«, entgegnete ich schroff.

»Haben wir wegen dir nicht schon genug Verzögerung? Jetzt Abmarsch!« Mit ausgestrecktem Zeigefinger deutete er nach vorn. Eine weitere bissige Bemerkung lag mir auf der Zunge, aber ich schluckte sie hinunter. Schließlich wollte ich es mir nicht gleich heute mit allen verscherzen. Daher klimperte ich mit den Wimpern und lächelte zuckersüß, woraufhin dieser *überaus sympathische* Kerl stöhnend die Augen verdrehte und sich mit vor der Brust verschränkten Armen wieder in seinem Sitz zurücklehnte. Na, hoffentlich musste ich nicht mehr Zeit als nötig mit ihm verbringen.

Um den Start nicht noch weiter aufzuschieben – und mir nicht noch mehr Feinde zu machen –, lief ich zügig die letzten zwei Meter bis zu meinem Platz. Neben mir saß die freundliche Dame, die mir eben nach meinem Sturz aufgeholfen hatte. Schnell holte ich mein Journal, Stift und Kopfhörer aus dem Rucksack, ehe ich ihn in das Fach über mir stopfte und mich in das Sitzpolster fallen ließ.

»Ich bin Ayu.« Meine Sitznachbarin neigte den Kopf. »Ayu Yamamoto.«

Ich streckte ihr meine Hand entgegen. »Kimberly, aber nennen Sie mich ruhig Kim.«

Irritiert schaute Ayu auf meine Hand, ehe sie zögerlich ihre hineinlegte. Natürlich, das hatte ich völlig vergessen. In den meisten asiatischen Ländern war ein Händeschütteln zur Begrüßung eher unüblich.

»Sind Sie allein hier?«, fragte ich.

»Nein, mein Mann sitzt zwei Reihen hinter uns«, entgegnete sie lächelnd. »Und du?«

Instinktiv senkten sich meine Mundwinkel, obwohl ich mit einer Gegenfrage hätte rechnen müssen. »Ja, leider. Eigentlich wollte meine beste Freundin mich begleiten, aber ihr ist etwas dazwischengekommen.«

»Das ist sehr schade. Aber ich bin mir sicher, dass du hier schnell neue Freunde finden wirst.«

Neue Freundschaften zu schließen war noch nie meine Stärke gewesen. Ich hatte nie jemand anderen gebraucht als Holly. Es war nicht so, dass ich die Gesellschaft anderer Menschen nicht schätzte, aber es fiel mir schwer, mich Fremden wirklich zu öffnen. Daher waren es meistens nur wir beide gegen den Rest der Welt. Trotzdem hoffte ich, dass Ayu recht behalten würde. Es wäre sicher schön gewesen, jemanden zu haben, mit dem ich mich in den nächsten Wochen austauschen konnte.

»Willkommen an Bord. Mit zwanzigminütiger Verspätung werden wir nun die Reise nach Jeopardy Island antreten. Legen Sie Ihren Sicherheitsgurt an, und bleiben Sie so lange angeschnallt, bis das Symbol über Ihnen nicht mehr leuchtet. Ich wünsche Ihnen einen angenehmen Flug«, ertönte die knatternde Ansage durch die Lautsprecherboxen.

»Wie aufregend!« Ayu klatschte fröhlich in die Hände. Ihre Euphorie schwappte auf mich über, sodass auch ich grinste, während ich meinen Gurt fester zog.

Ich ließ den Blick aus dem Fenster wandern und stellte fest, dass sich das Flugzeug bereits in Bewegung gesetzt hatte. Langsam rollte die Maschine vorwärts, während die Propeller bei jeder Umdrehung gefährlich schepperten. Ein flaues Gefühl setzte sich in meinem Magen fest. Ich versuchte, die umherkreisenden Gedanken daran, was in der Luft alles geschehen konnte, zu verdrängen.

Zwar gab es für mich kaum etwas Schöneres, als zu reisen und die Welt zu erkunden, aber wann immer ich mein Leben in die Hände eines Piloten legen musste, wurde mir mulmig zumute.

In Tausenden Meilen Höhe war man allem schutzlos ausgeliefert. Mir war bewusst, dass die Wahrscheinlichkeit, bei einem Autounfall ums Leben zu kommen, deutlich höher war, aber hinter einem Lenkrad oder auf dem Beifahrersitz verspürte ich nie diese aufkeimende Panik, die sich nur mit Mühe und Not hinunterschlucken ließ.

Schnell entwirrte ich meine Kopfhörer und steckte sie mir in die Ohren. Meine Finger glitten über mein Handydisplay und klickten sich durch diverse Playlists, bis ich bei meinem *Best Of Rock*-Album angekommen war.

Die Musik erfüllte mich. Für andere mochte es unvorstellbar sein, doch bei mir galt: Je lauter die Musik, desto besser konnte ich mich konzentrieren. Das war schon immer so gewesen und hatte mir früher die eine oder andere Standpauke meiner Eltern eingebracht. Nach langen Tagen in der Kanzlei wollten sie sich *diesen Krach nicht antun müssen*. Daher hatte ich mir angewöhnt, Kopfhörer aufzusetzen. Musik an, Welt aus.

Wann immer ich an solche Momente zurückdachte, wünschte ich mir, ein besseres Verhältnis zu meinen Eltern zu haben. Bis zur Middle School waren wir ein Herz und eine Seele gewesen, aber sobald sich herauskristallisiert hatte, dass ich kein Interesse daran hatte, Jura zu studieren und eines Tages die Kanzlei zu übernehmen, hatte sich unsere Beziehung allmählich verändert.

Besonders Mom hatte immer viel Wert darauf gelegt, dass ich etwas aus meinem Leben machte. Was so viel bedeutete, wie in ihre, Dads und Grandpas Fußstapfen zu treten und eine Karriere als Anwältin anzustreben. Dass ich lieber Journalistin werden wollte, konnten meine Eltern nicht verstehen. Doch ich wollte diesen Weg einschlagen und mir nicht von ihnen in meine Zukunft reinreden lassen, egal wie oft sie es auch versucht hatten.

Ich schloss die Augen, atmete tief durch die Nase ein und durch den Mund wieder aus. Das waren Dinge, an die ich im Moment nicht denken wollte.

Erst als die negativen Gedanken fort waren, hob ich die Lider wieder und schaute auf mein Journal. Im Takt der Musik nickend strich ich über den mit grünem Stoff überzogenen Einband. Durch die eingearbeiteten blätterförmigen Goldornamente erinnerte es mich an einen Dschungel, weshalb ich es mir extra für die Reise gekauft und bereits mit zahlreichen Informationen gefüllt hatte.

Ich klappte es auf und überflog die Abläufe der kommenden Tage, um mich schon mal mental darauf vorzubereiten. Zunächst gab es ein mehrtägiges Basistraining, bei dem die Guides uns beibrachten, wie man in der Wildnis am besten zurechtkam. Gänzlich unvorbereitet war ich natürlich trotzdem nicht. Ich hatte viele Stunden investiert, um mir Youtube-Videos zum Thema Survivaltraining und -urlaub anzuschauen.

Außerdem hatten Holly und ich uns jede Realityshow angesehen, die wir finden konnten. Dabei hatten wir Wetten abgeschlossen, welche Teilnehmer es am längsten schafften, in der Wildnis zu überleben, und welche bereits nach wenigen Tagen das Handtuch warfen. Es war unfassbar, wie viele solcher Sendungen es gab. Und ich glaubte, wir hatten jede Einzelne davon inhaliert.

Mit dem Kugelschreiber tippte ich auf den heutigen Ablaufplan. Sollte nichts weiter dazwischenkommen, würden wir anstatt um halb eins nun gegen ein Uhr landen, womit sich kaum etwas verschob. Heute stand lediglich eine kurze Einführung inklusive Kennenlernen der Guides und der anderen Teilnehmer auf dem Plan. Die Pause hatte ich mir gefüllt mit: *auspacken, einrichten, PfS, Holly anrufen (und hoffen, dass sie ihr Handy auf laut gestellt hat).*

Aufgrund der knapp zwölfstündigen Zeitverschiebung zwischen Jeopardy Island und Bibury würde das mit den Telefonaten schwierig werden, vor allem, da Holly normalerweise nicht vor neun aus dem Bett zu kriegen war. Aber die Tage hier auf der Insel begannen schon gegen sechs, weshalb ich sicherlich jeden Abend tot ins Bett fallen würde. Es blieb also nur, das Beste zu hoffen.

Noch ein letztes Mal schaute ich aus dem Fenster und lächelte beim Anblick des klaren Blaus und der Sonne, die hoch am Himmel stand. Ich schloss das Journal und presste es mir an die Brust, während *The Man Who Sold the World* von *Nirvana* an meine Ohren drang.

Das Survivalcamp würde mich an meine Grenzen bringen. Doch ich würde es schaffen, für Holly und auch für mich. Ich war bereit, mich diesem Abenteuer zu stellen.

Kapitel 3

Die knatternd aus den Lautsprechern dringende Stimme des Piloten weckte mich aus meinem kurzen Schlaf. »Wenn Sie nun aus dem Fenster schauen, offenbart sich Ihnen ein einmaliger Blick auf Jeopardy Island von oben.«

Aufgeregtes Gemurmel ging durch die Reihen. Ayu hatte die Nase beinahe gegen die Scheibe gedrückt, weshalb ich nicht die beste Sicht hatte. Doch bereits das wenige, das ich sehen konnte, raubte mir den Atem.

Wir flogen gerade über das Tiefland, das durch mehrere hügelige Grünflächen und dichte Regenwälder bestach. In einiger Entfernung ragten bewaldete Berge in die Höhe, reichten beinahe bis in die Wolken. Bei genauerer Betrachtung erkannte man ein Funkeln zwischen dem Grün. Vermutlich waren das die zahlreichen Bergflüsse.

Zu unserer Rechten erstreckten sich die endlosen Weiten des Ozeans. Das rauschende Meer zerschellte an den Klippen, ehe es sich zurückzog, um sich ein weiteres Mal aufzutürmen.

Meine Liebe zum Meer war schon immer ausgeprägt gewesen, und in Los Angeles hatte ich es glücklicherweise direkt vor der Tür. Aber die Farbe des Wassers zu Hause war nicht ansatzweise vergleichbar mit der des Indischen Ozeans.

»Wunderschön, nicht wahr?« Ayu wandte sich mir zu. Ein Glitzern lag in ihren Augen.

Zu mehr als einem Nicken war ich nicht imstande. Dieser Anblick hatte mir im wahrsten Sinne des Wortes die Sprache verschlagen.

Nur wenige Minuten später flog die kleine Maschine über dichten Dschungel, ehe die Räder ruckelnd auf eine Lichtung trafen. Aus dem Augenwinkel sah ich unzählige Bäume an uns vorbeisausen, und ich hoffte, dass wir keinen davon rammen würden.

Noch während das Flugzeug ausrollte, wurde das Innere vom Klacken sich öffnender Gurte erfüllt. Ein Geräusch, das mich erleichtert aufatmen ließ. Der Flug war überstanden.

Erst als die Passagiere der hinteren Reihen ausgestiegen waren, stand auch ich auf und öffnete das Handgepäckfach. Neben meinem schweren Trekkingrucksack befand sich noch ein etwas kleinerer, ebenfalls khakifarbener darin.

»Gehört der Ihnen?«, fragte ich und hielt ihn Ayu entgegen.

»Ja, vielen Dank. Das ist wirklich sehr freundlich.« Ihr warmherziges Lächeln war ansteckend.

Ich schwang mir die Träger über die Schultern, klemmte mein Journal unter den Arm und lief den schmalen Gang entlang. Vor Aufregung spielte ich an den Anhängern meines Armbandes.

Je näher ich dem Ausgang kam, desto mehr beschleunigte sich mein Herzschlag. Ein Steward stand an der Tür und verabschiedete die Passagiere. »Einen angenehmen Aufenthalt.«

»Vielen Dank.« Lächelnd trat ich hinaus. Augenblicklich knallte mir die heiße Mittagssonne direkt ins Gesicht. Es war unfassbar warm, die Luftfeuchtigkeit noch höher als in Sri Lanka, und keine einzige Brise wehte. Der Stoff der dunkelbraunen Wanderhose war wenigstens atmungsaktiv, dennoch brach mir prompt der Schweiß aus.

Langsam ging ich die Stufen hinunter und auf die Menschentraube zu, die sich unter einem Schatten spendenden Baum versammelt hatte. Schräg hinter mir wurden gerade die Koffer aus der Maschine und auf Jeeps geladen. Das mussten die Fahrzeuge sein, die uns ins Camp bringen würden.

Die Lichtung war nicht sonderlich groß, weshalb es erstaunlich war, wie perfekt der Pilot die Maschine hier gelandet hatte. Doch vermutlich war dies nicht sein erster Flug nach Jeopardy Island gewesen.

Ringsherum befand sich das Dschungelgebiet, aus dem die himmlischen Melodien paradiesischer Vögel drangen. Etwas unbeholfen zog ich mein Handy aus der Hosentasche und schoss ein paar Fotos, die ich Holly nachher unbedingt schicken musste, wenn sie schon nicht hier sein konnte. Zwar konnte ich die vielen Stockwerke des Waldes niemals so einfangen, wie ich sie vor mir sah, trotzdem war ich mir sicher, dass die Bilder Holly gefallen würden.

Noch immer war ich nervös. Darüber zu reden, sich allein so weit von zu Hause zu entfernen, und es dann tatsächlich zu tun, waren zwei vollkommen unterschiedliche Dinge. Für einen Moment schloss ich die Augen und atmete tief durch. So lange, bis sich mein Herzschlag allmählich beruhigte.

Als ich die Lider wieder hob, ging es mir schon besser. Ich sah Ayu, die neben einem offenbar gleichaltrigen Mann stand. Während sie mich heranwinkte, lächelte sie. Erleichtert ging ich auf die beiden zu. Auf den ersten Blick schien ich die Einzige zu sein, die allein angereist war. Oder die anderen waren einfach geselliger als ich, was durchaus im Bereich des Möglichen lag.

»Es ist so schön hier!« Aufgeregt wippte Ayu auf ihren Füßen vor und zurück. Dann stupste sie ihrem Mann den Ellbogen in die Seite und funkelte ihn an. »Sei nicht unhöflich, stell dich vor.« Es war offensichtlich, wer in deren Beziehung die Hosen anhatte.

Der Mann neigte den Kopf und versuchte sich an einem Lächeln. »Satoshi Yamamoto. Freut mich, dich kennenzulernen.«

»Kimberly Chapman«, entgegnete ich und lächelte ebenfalls etwas verlegen. Glücklicherweise war Ayu ein so offenherziger Mensch, dass ich mich nicht gänzlich unwohl fühlte.

Sie nahm die Kamera, die um ihren Hals baumelte, und knipste ebenfalls ein paar Bilder, die sie anschließend mit einem anerkennenden Gesichtsausdruck auf dem Display anschaute.

Ein Klatschen ertönte. »Kommt bitte alle etwas näher«, rief ein Mann und hob die Hand. Er trug eine braune Wanderhose, ein beiges Hemd und eine Schirmmütze, die ihm vor der hoch stehenden Sonne Schutz bot. Ein paar wenige dunkle Haare lugten darunter hervor. Es musste sich bei ihm und der brünetten Frau, die neben ihm stand, um unsere Guides handeln.

Die Gruppe lief los, und ich fühlte mich sofort wie in

einer Konzertschlange. Von allen Seiten wurde gedrängelt. Hinter mir rangelten zwei Teenager miteinander. Als einer der beiden mir versehentlich seinen Ellbogen in die Seite rammte, taumelte ich einen Schritt nach vorn und stieß gegen den Rücken des Mannes vor mir.

Dieser schaute mich über die Schulter hinweg grimmig an. »Du schon wieder.« Es war der *überaus sympathische Kerl* aus dem Flugzeug.

»Entschuldigung, ich wurde angerempelt«, versuchte ich mich herauszureden. Am liebsten hätte ich mich selbst geohrfeigt. Normalerweise ließ ich mich nicht so leicht aus der Fassung bringen, aber der Blick aus seinen grün-braunen Augen, der noch immer auf mir ruhte, machte mich nervös. Dass dem Mann eine süßlich-erdige Note von Sandelholz anhaftete, machte die Sache nicht besser.

Kopfschüttelnd drehte er sich wieder um. Ich wünschte, der Erdboden hätte sich in jenem Moment aufgetan. Wir hatten nun wirklich alles andere als einen guten Start gehabt.

»Willkommen auf Jeopardy Island«, begann einer unserer Guides mit der Ansprache, nachdem wir alle nahe genug herangetreten waren. »Mein Name ist George Baxter, und diese wundervolle Dame ist meine Frau, Leah. Wir freuen uns, dass ihr euch entschieden habt, die kommenden Wochen mit uns gemeinsam das Abenteuer eures Lebens anzutreten. Wir werden eure Ansprechpartner für alles sein. Nachdem wir die Anwesenheit kontrolliert haben, werden wir ins Camp aufbrechen, wo nachher noch eine kleine Einführung auf euch wartet. Alles klar so weit?«

»Ja«, ging es durch die Reihen.

Leah Baxter schaute auf das Klemmbrett in ihrer Hand und rief nacheinander Namen auf. Eine bunte Mischung unterschiedlicher Nationalitäten.

»Aidan Rosario?«, sagte sie.

»Hier.« Es war der grummelige Kerl. Der grummelige, gut riechende Kerl. Wenigstens das musste man ihm lassen. Nun hatte ich auch einen Namen zu dem Gesicht.

Es vergingen noch ein paar Minuten, bis Leah am Ende der Liste angekommen war. Für Holly musste es einen spontanen Nachrücker gegeben haben, denn ich hatte zwanzig Personen gezählt – was die maximale Teilnehmerzahl für den Trip war.

»Gut, wir sind vollzählig. Dann teilt euch nun bitte auf die Fahrzeuge auf, damit es gleich losgehen kann.« Sie deutete auf die Jeeps hinter sich und steuerte dann das kleine Flugzeug an, um mit dem Piloten zu sprechen.

Kurz darauf startete die Propellermaschine laut scheppernd den Motor. Wegen der aufgewirbelten Erde kniff ich die Augen zusammen. Wehmütig beobachtete ich, wie die Räder sich in Bewegung setzten, die Maschine abhob und über die Bäume hinweg aus unserem Sichtfeld rauschte.

Nun gab es kein Zurück mehr, denn wie ich der Website entnehmen konnte, wurde die Insel nur angeflogen, um die Teilnehmer abzusetzen und am Ende des Trips wieder einzusammeln. Anschließend gab es eine Woche Pause, ehe die nächste Gruppe nach Jeopardy Island gebracht wurde. Sollte ich also Heimweh bekommen, würde mir nichts anderes übrig bleiben, als ins zweihundertfünfzig Meilen entfernte Myanmar zu schwimmen.

Wie antrainiert schwärmten wir alle aus. Ich stolperte

Ayu und Satoshi hinterher, die ein ziemliches Tempo an den Tag legten. Das musste die Vorfreude auf die bevorstehenden Wochen sein. Sie zwängten sich in den nächsten Jeep, der allerdings bereits voll war. Entschuldigend hob Ayu die Schultern.

Vielleicht war das gar nicht so verkehrt, denn so konnte ich noch weitere Campteilnehmer kennenlernen. Also steuerte ich einen anderen Wagen an, nahm den Rucksack ab und quetschte mich ins Innere. Erst als mein Arm warme Haut berührte, wurde mir bewusst, dass jemand neben mir saß. Der Duft, der mir in der Nase kitzelte, verriet auch, wer es war – Aidan.

Gerade als ich den Mund öffnete, um wenigstens freundlich *Hallo* zu sagen, stöhnte er und schaute aus dem Fenster. Mir klappte die Kinnlade hinunter. Wie konnte ein Mensch nur so unhöflich sein? Nur zu gern hätte ich ihm die Meinung gegeigt, aber dafür war mir meine Energie zu schade. Immerhin hatte ich so schon nach dem ersten Tag massig Gesprächsstoff für Holly parat.

»Hach, wie schön, in ein paar freundliche Gesichter zu blicken. Ich bin Finja.« Eine Frau, die vermutlich kaum älter war als ich, setzte sich uns gegenüber. Ihr Englisch war sehr gut, doch ihrem Akzent nach zu urteilen, vermutete ich, dass sie Skandinavierin war. Ein dünner Schweißfilm benetzte ihre Stirn, an der einzelne blonde Strähnen klebten. Ihre Wangen waren von der Hitze leicht gerötet, was sie aber nicht daran hinderte, über das gesamte Gesicht zu strahlen. Dabei leuchteten ihre Augen wie ein wolkenloser Sommertag.

»Kim«, entgegnete ich lächelnd.

»Es freut mich wahnsinnig, dich kennenzulernen. Du

bist mit deinem Freund hier, ja?« Sie deutete auf Aidan, dessen Kopf sofort hochschnellte.

Seine Augen weiteten sich vor Entsetzen. »O Gott, nein.«

Ein einfaches *Nein* hätte es zwar auch getan, aber was erwartete ich schon von einem so ruppigen Kerl? Ich schluckte einen bissigen Kommentar hinunter und fokussierte mich voll und ganz auf Finja. Auch wenn es schwerfiel, Aidans Präsenz neben mir gänzlich auszublenden.

»Wir haben uns gerade erst *kennengelernt*.« Das letzte Wort betonte ich absichtlich und warf ihm einen wütenden Seitenblick zu. Bedauerlicherweise bemerkte er ihn nicht, da er den Blick schon wieder in die Ferne aus dem Fenster gerichtet hatte. »Meiner besten Freundin ist leider etwas dazwischengekommen, weshalb ich allein hier bin.«

»Oh, das ist schade.« Ehrlichkeit schwang in Finjas Stimme mit. Sie war mir augenblicklich sympathisch. »Mein Freund hat mich vor ein paar Wochen sitzen gelassen. Eigentlich war geplant, dass er mitkommt, aber nun …« Sie zuckte mit den Schultern. »Jetzt bin ich auch allein hier.«

Diese vollkommene Offenheit einer Fremden gegenüber ließ mich einen Moment innehalten. Ich war es nicht gewöhnt, dass jemand so mit der Tür ins Haus fiel. »Tut mir leid«, entgegnete ich, da ich nicht wusste, was ich sonst sagen sollte.

»Ach, schon gut. Es hat eh nie gepasst.« Finja winkte ab. Sie machte den Eindruck, ein unglaublicher Sonnenschein zu sein, der selbst in schlechten Dingen das Gute sah. Wenn ihr die Trennung doch mehr zu schaffen machte, war sie in der Lage, das sehr gut zu überspielen.

Zwei weitere Männer setzten sich zu uns in den Jeep. Sie stellten sich als Andy und David vor und erzählten uns, dass sie aus Australien stammten. Finja wechselte noch ein paar Worte mit ihnen, ehe der Wagen endlich losfuhr.

Ich schaute an Aidan vorbei aus dem Fenster und bewunderte die Landschaft. Es dauerte nur wenige Momente, da preschte der Wagen einen versteckten Pfad entlang mitten durch den Dschungel.

Leider schaffte Aidan es, meine Begeisterung zu schmälern, indem er einen schmerzverzerrten Laut ausstieß, wann immer sich unsere Arme von den ruckelnden Bewegungen leicht streiften. Als würde meine Berührung ihm körperliche Schmerzen zufügen. Ich verdrehte die Augen. Er war so ein Übertreiber. Auch ich hätte gern woanders gesessen, aber wir mussten uns nun mal mit der Situation arrangieren.

Also versuchte ich, ihn auszublenden und mich stattdessen von Finja und den beiden anderen Männern in ein Gespräch verwickeln zu lassen.

Kapitel 4

Nach einer etwa halbstündigen Fahrt kam der Jeep schließlich zum Stehen. Mein Magen schlug bereits Saltos, denn es war eine ziemliche Holperpartie gewesen.

David öffnete die Tür und stieg dicht gefolgt von Andy aus. Ich hechtete beinahe hinterher und schnappte gierig nach Luft. Allerdings war diese so drückend, dass kaum Sauerstoff in meine Lunge drang.

»Alles in Ordnung?« Ein Lachen war in Finjas Stimme zu hören.

»Ja, alles bestens. Mir ist nur etwas übel geworden.«

Finja nickte. »Verständlich. Zum Glück habe ich noch nicht gefrühstückt, sonst hätte das ein böses Ende nehmen können. Obwohl das Frühstück ja eigentlich die wichtigste Mahlzeit des Tages ist, und gerade hier auf der Insel wäre es klug, sich gleich morgens mit den nötigen Nährstoffen zu versorgen. Ansonsten kippen wir einfach um, was auch nicht sonderlich sinnvoll wäre.« Erst als ich sie völlig irritiert anblinzelte, hörte sie auf zu reden und zog den Kopf ein. »Entschuldigung, ich weiß auch nicht, warum ich immer das Bedürfnis habe, wahllos mit Fakten oder unnützem Wissen um mich zu werfen.«

Nun musste ich doch lachen. »Schon okay.«

Nach und nach stiegen auch die anderen aus ihren Jeeps. Die Fahrer luden das Gepäck ab. Holly hatte eine knallpinke Schleife um den Griff meines Koffers gebunden, damit ich ihn auf keinen Fall aus den Augen verlor. Bei dem Gedanken daran stahl sich ein Grinsen auf mein Gesicht.

Ich sammelte den Koffer ein und schleifte ihn über den erdigen Untergrund, für den die Rollen absolut nicht gemacht waren. Aber ich würde die meiste Zeit ohnehin meinen Rucksack bei mir tragen, daher war das nebensächlich.

»Leah wird euch an der Rezeption im Foyer eure Zimmerschlüssel aushändigen«, rief George und deutete auf das längliche Blockhaus hinter sich. Die Hütte machte einen rustikalen und etwas heruntergekommenen Eindruck. Ich hatte schon damit gerechnet, dass die Bilder aus dem Internet nicht ganz mit der Realität übereinstimmten, weshalb mich diese Tatsache nicht weiter wunderte.

Das Holz war von außen etwas eingestaubt, und in den Dachschrägen erkannte ich zahlreiche Spinnennetze. Aidan stand nur wenige Meter entfernt, und als auch er den Blick nach oben lenkte, sprang er erschrocken zurück. Um nicht in Gelächter auszubrechen, schlug ich mir schnell die flache Hand vor den Mund.

Finja war allerdings weniger zurückhaltend. Lachend legte sie den Kopf in den Nacken, wobei mir ihr Pferdeschwanz ins Gesicht peitschte. »Du nimmst an einem Outdoor-Trip teil und hast Angst vor Spinnen? Ganz schön paradox, meinst du nicht?«

Aidan schnaubte. »So ein Quatsch.«

»Du bist wie von der Tarantel gestochen zurückgesprungen, als du einen der niedlichen Achtbeiner gesehen hast«, stichelte sie weiter.

Zu gern hätte ich mir die Neckereien der beiden weiter angeschaut, aber Aidan schien das alles überhaupt nicht witzig zu finden. Vermutlich war ihm nicht einmal bewusst, dass er die Hände zu Fäusten ballte und die Zähne fest zusammenbiss. Ein Spaßvogel war er wohl wirklich nicht.

»Nicht einschlafen!«, rief Leah gerade im richtigen Moment aus dem Haus. Aidan ging weiter und verschwand aus unserem Sichtfeld.

»So ein Brummbär.« Finja schüttelte den Kopf. »Schade, dass er so heiß ist. Eine ganz schöne Verschwendung.«

Mir entfuhr ein leises Glucksen.

»Was denn? Du musst zugeben, dass er ein Leckerbissen ist.« Verschwörerisch wackelte Finja mit den Augenbrauen.

Langhaarige Männer waren zwar für gewöhnlich nicht mein Typ, aber sie hatte recht. Da war etwas an Aidan, das durchaus anziehend war. Womöglich lag das an seinem lateinamerikanischen Touch mit dem irischen Akzent. Vielleicht auch an seiner markanten Kiefermuskulatur mit dem leichten Bartschatten. An dem Farbverlauf seiner Augen oder seinem Duft. Ganz vielleicht war es auch eine Kombination aus allem oder einfach die Tatsache, dass er ein Arschloch war. Seltsamerweise fühlten sich Frauen oft zu denjenigen mit Bad-Boy-Image hingezogen, weil sie die Gefahr anziehend fanden. Was davon auf Aidan zutraf, würde sich in den kommenden Wochen sicher noch zeigen. Wobei ich bezweifelte, dass ich sonderlich viel Zeit mit ihm verbringen würde, wo ihm doch meine bloße Existenz zuwider war.

»Kim?«

Ich blinzelte ein paarmal, da ich eben so in meine Gedankenwelt vertieft gewesen war. Ein verschmitztes Lächeln zeichnete sich auf Finjas Gesicht ab. Eines, das deutlich machte, was ihr durch den Kopf ging. Doch anstatt das Thema noch weiter zu vertiefen, nickte sie zum Haus hin, in dem der Rest der Gruppe mittlerweile verschwunden war. Den Koffer hinter mir herschleifend schloss ich zügig auf.

Leah händigte gerade der Familie mit den Teenagerjungs die Schlüssel aus. Kaum hatten diese einen Schritt zur Seite gemacht, winkte sie uns heran. »Ach, wie schön, dass ihr euch bereits kennengelernt habt«, sagte sie und schaute zwischen Finja und mir hin und her. Dann schob sie zwei Schlüssel über die kleine Theke. »Es gibt nur noch Doppel- und Familienzimmer, daher müsst ihr euch eines teilen. Ihr seid die einzigen beiden Frauen, die allein hier sind. Das ist hoffentlich kein Problem?«

»Nein, ganz im Gegenteil!«, stieß Finja aus. Sie rüttelte an meinem Arm und sprang aufgeregt auf und ab. »Ist doch super, oder?«

»Ja, natürlich.« Mein Lächeln musste etwas verkrampft aussehen, da ich so überschwängliche Gefühlsausbrüche nicht gewöhnt war. Selbstverständlich war es in Ordnung für mich, mir das Zimmer mit Finja zu teilen. Wir waren etwa im selben Alter und verstanden uns bisher gut. Trotzdem hatte ich gehofft, etwas mehr Privatsphäre zu haben. Zumindest in der ersten Woche, wenn das Basistraining stattfand.

»Euer Zimmer liegt fast am Ende des Flurs.« Leah beugte sich über die Theke und deutete in die Richtung, in die wir gehen mussten. »Das Gemeinschaftsbad befindet sich ein paar Türen weiter und sollte nicht zu übersehen sein. Kommt erst mal in Ruhe an, um siebzehn Uhr treffen wir uns wieder.« Sie schob uns noch zwei Gebäude- und Umgebungspläne zu, woraufhin Finja und ich uns bedankten und in den Flur traten.

Während sich die Zimmertüren alle auf der linken Seite entlangreihten, war die rechte Wand des Flurs mit Fotografien bedeckt, unter denen wissenswerte Fakten über die Tier- und Pflanzenwelt der Insel standen. Vor einem vergrößerten Umgebungsplan blieb ich stehen und warf einen raschen Blick darauf. Er zeigte die wichtigsten Anlaufstellen rund um das Camp in einem Umkreis von fünfhundert Metern. Ich konnte es kaum erwarten, das Gebiet zu erkunden.

Wir folgten dem schmalen Flur weiter bis zu unserem Zimmer. »Bereit?« Ich nickte, woraufhin Finja die Tür öffnete.

»Wow«, entfuhr es mir, als ich das Licht anschaltete. Die großen Betten waren ordentlich hergerichtet, und zwei große, aus Handtüchern gefaltete Schwäne betrachteten uns von den Matratzen aus.

Die Gardinen waren zurückgezogen, sodass sich uns der traumhafte Blick auf den Innenhof offenbarte. Unzählige Ficus-Arten reihten sich aneinander, deren verschlungene Äste gen Himmel ragten und die niederknallende Sonne etwas abschirmten. Zwischen den Zweigen tobten einige brüllende Äffchen miteinander.

Direkt vor dem Fenster waren diverse Blumen gepflanzt, die in der freien Natur sicher nicht so eng beieinander wuchsen. Dennoch waren die farbenprächtigen Blüten unglaublich schön anzusehen. Es fehlte eigentlich nur noch das Rauschen eines nahe gelegenen Wasserfalls, und es wäre das Paradies auf Erden gewesen.

»Es ist so viel schöner, als ich es mir jemals hätte erträumen können«, sagte Finja beinahe ehrfürchtig. Ich brummte zustimmend. Dann streckte Finja den Finger aus. »Siehst du die Pflanze zwischen den blasslila Orchideen?«

Ich neigte den Kopf, um besser zu sehen, worauf sie deutete. Es war eine in die Breite wachsende Pflanze, deren lange schmale Blätter wechselständig von der Mitte aus zu den Seiten ragten. An deren spitzen Enden hingen grünrote Gebilde, die einem kleinen Gefäß ähnelten. »Ja.«

»Das ist eine Nepenthes distillatoria«, erklärte Finja. »Diese fleischfressende Pflanze ist nur auf Sri Lanka und Jeopardy Island beheimatet. In den rötlich schimmernden, kannenförmigen Blättern befindet sich die Verdauungsflüssigkeit. Die Insekten, die auf der Pflanze landen, rutschen von den abgerundeten Kanten ab, fallen hinein und werden darin gefangen. Wer weiß, vielleicht können wir das in den nächsten Tagen noch beobachten, das wäre ziemlich cool!«

»Wow«, entgegnete ich und schaute Finja überrascht an. »Es ist beeindruckend, wie viel du über die Pflanzenwelt weißt.«

Das Grinsen auf ihrem Gesicht wurde breiter. »Danke! Ich finde Botanik einfach wahnsinnig interessant.«

»Finde ich auch.« Womöglich würde ich von Finja in den kommenden Wochen noch so einiges lernen. Nur legte ich es nicht unbedingt darauf an zuzusehen, wie ein Insekt verdaut wurde.

Ich konnte es kaum erwarten, Holly von all den neuen

Eindrücken zu berichten. Ein kurzer Blick auf mein Handy zeigte mir, dass es drei Uhr nachmittags war, was bedeutete, dass sie noch schlief. Nachher musste ich daran denken, ihr zu schreiben.

Gegenüber den Betten befand sich eine Holzkommode, auf der ich meinen Rucksack abstellte. Darüber hing ein Spiegel, der mir offenbarte, wie furchtbar ich aussah. Zwar fühlte ich mich weitgehend okay, aber man sah mir den Jetlag deutlich an. Die gesunde Bräune, die ich aus Kalifornien mitgebracht hatte, war verschwunden, und stattdessen hatte sich Blässe auf mein Gesicht gelegt. Durch die dunklen Schatten unter meinen Augen wirkten meine blauen Iriden beinahe weiß, und meine blonde Mähne stand wild in alle Himmelsrichtungen ab.

»Ich glaube, ich brauche erst mal eine Dusche. Du auch?« Finja trat auf ihren Koffer zu und holte ein Stück Seife hervor. Dann entfaltete sie den Handtuchschwan und legte ihn sich über den Arm.

»Nein, ich gehe etwas später. Ich möchte erst mal auspacken.«

»Alles klar.« Daraufhin verschwand Finja zur Tür hinaus.

Ehrlich gesagt war es mir lieber, erst dann zu duschen, wenn die anderen schliefen. Mir war unwohl bei dem Gedanken, von jemandem beobachtet zu werden. Zwar konnte ich mir auch einen Bikini anziehen, um mich etwas zu bedecken, aber irgendwann musste ich mich komplett waschen. Also blieb mir nichts anderes übrig, als zu warten.

Nachdem ich ausgepackt hatte, warf ich mich rücklings auf die weiche Matratze. Ich fühlte mich wie auf Wolken.

Mit einem so bequemen Bett hatte ich nicht gerechnet. Da wir die letzten drei Wochen des Trips überwiegend unter freiem Himmel verbringen würden, hatte ich geglaubt, man wollte uns schon mal auf diese Zeit vorbereiten und in Feldbetten schlafen lassen. Doch dieses hier war himmlisch.

Leise seufzend schloss ich die Lider nur für einen kurzen Augenblick, doch dieser genügte, um mich ins Land der Träume abdriften zu lassen.

»Aufwachen!« Ein Kopfkissen landete in meinem Gesicht.

»Aua«, nuschelte ich mehr aus Reflex als aus echtem Schmerz heraus. »Was soll das?«

»Wir müssen los. Die Einführung fängt gleich an.«

Sofort saß ich kerzengerade im Bett. »Ich habe die ganze Zeit geschlafen?« Das konnte doch nicht möglich sein. So hatte ich mir das nicht in mein Journal geschrieben.

»Geschlafen und geschnarcht«, sagte Finja kichernd.

Ich war drauf und dran zu protestieren, wusste aber, dass sie recht hatte. Holly zog mich gern damit auf. Daher schob ich lediglich schmollend die Unterlippe vor und schwang die Beine aus dem Bett.

Zügig kramte ich nach einem Zopfgummi und band mir die Haare zurück. Am liebsten hätte ich mir noch schnell etwas Wasser ins Gesicht gespritzt, aber dafür war keine Zeit. Ich schob den Zimmerschlüssel und einen Stift in meine Hosentasche, klemmte mir mein Journal unter den Arm und ließ mich anschließend von Finja hinausziehen.

Schon von Weitem hörte ich die Geräuschkulisse aus dem Speisesaal, in dem die Einführung stattfinden würde.

Finja warf mir einen Blick über die Schulter zu, vermutlich, um sich zu vergewissern, dass ich Schritt halten konnte. Dann öffnete sie schwungvoll die Flügeltür. Zahlreiche Köpfe schnellten in die Höhe, als wir den kantinenähnlichen Speisesaal betraten.

Hitze stieg mir in die Wangen. Wir waren gerade mal eine Minute zu spät, wurden aber angestarrt, als wären wir mitten in eine höchst wichtige Versammlung geplatzt. Finja ließ sich von den bohrenden Blicken weniger beeindrucken. Stattdessen führte sie uns direkt zum Büfett, das am anderen Ende des rechteckigen Raumes aufgebaut war.

Unzählige Leckereien türmten sich auf Tellern und Tabletts und verströmten einen angenehmen Duft. Wie der Website zu entnehmen gewesen war, gab es fast ausschließlich vegetarische Speisen. Für mich war das ein großer Pluspunkt, da ich das Fleischessen bereits vor zehn Jahren – sehr zum Leidwesen meiner Eltern – aufgegeben hatte.

Diese Entscheidung hatte besonders meinen Dad schwer getroffen. Nach langen Tagen in der Kanzlei gehörte es für ihn zur Entspannung, den Grill anzuwerfen und mit massig Fleisch zu bestücken. Aber seit wir in der Schule eine mehrstündige Dokumentation über Massentierhaltung gesehen hatten, konnte ich Tiere nicht mehr guten Gewissens essen. Ich verurteilte niemanden dafür, doch für mich war das nicht die richtige Lebensweise. Daher war ich froh darüber, dass es hier im Survival

Camp ähnliche Moralvorstellungen gab. Gerade weil die Auswahl an vegetarischen Speisen sonst oft eher mickrig ausfiel.

»Das sieht alles so gut aus.« Mit knurrendem Magen schaufelte Finja sich ein paar Salate auf den Teller.

Ich füllte mir Joghurt in eine Schüssel und löffelte einige exotische Früchte darauf, die in den USA nur selten oder zu horrenden Preisen zu finden waren.

Die Tabletts auf den Armen balancierend drehten wir uns etwas unbeholfen um und suchten nach einem freien Platz.

Nickend deutete ich ans andere Ende des Speisesaals. »Dort hinten sieht es gut aus.«

Darauf bedacht, nichts fallen zu lassen, dirigierte ich Finja zwischen den zahlreichen Tischen hindurch. Hier saßen nicht nur die Campteilnehmer, sondern auch die Mitarbeiter, die man anhand ihrer Namensschilder als solche erkannte. Kein Wunder also, dass es so voll war.

Die große Fensterfront offenbarte einen herrlichen Blick nach draußen in den Hof. Von dort konnten wir die eindrucksvolle Natur noch viel besser bewundern als von unserem Zimmer aus. Wir stellten unsere Tabletts auf dem einzigen freien Tisch ab. Erst da sah ich, wer alles daran Platz genommen hatte.

Aidan hob den Kopf, während er weiterhin auf seinem Teller herumstocherte. Er verzog keine Miene. Um ihn herum saßen drei weitere Leute, die vermutlich gemeinsam angereist waren. Zwei Männer mittleren Alters und eine etwas jüngere Frau. Sie schauten uns einen Moment an und stellten sich als Jeanny, Hudson und Lucas vor, ehe sie sich wieder ihrer angeregten Unterhaltung widmeten, an der Aidan sich nicht beteiligte. Wenn er nicht gerade ein Ekelpaket war, schien er eher ruhig und für sich zu sein. Worüber er wohl nachdachte?

Ich schüttelte den Kopf, schob mir den freien Stuhl ihm gegenüber zurecht und setzte mich, ohne ihn noch einmal anzuschauen. Nichtsdestotrotz spürte ich seinen Blick auf mir ruhen. Hatte ich etwas im Gesicht? Unwillkürlich wischte ich mir mit dem Handrücken über den Mund.

Ich tauchte meinen Löffel in den Joghurt und konzentrierte mich auf mein Essen. Das Journal öffnete ich neben meinem Tablett, damit ich gleich bei der Einführung mitschreiben konnte.

Wann immer mein Blick einen Moment nach oben huschte, schaute Aidan mich an. »Was ist?«, zischte ich irgendwann. Das Starren war kaum auszuhalten.

Sein Mundwinkel zuckte. »Ich frage mich nur, was jemand wie du hier zu suchen hat.«

»Wie bitte?«

Aidan lehnte sich auf seinem Stuhl zurück und betrachtete mich so eingehend, dass sich eine Gänsehaut über meinen Körper zog. »Du versuchst es zu verbergen, aber du bist ein Püppchen. Dazu noch ziemlich tollpatschig. Was verleitet dich also dazu, an einem Survival-Urlaub teilzunehmen?«

Das waren mehr Worte, als er bisher mit mir gewechselt hatte, aber jedes einzelne war wie ein Messerstich. Das Püppchen-Image war eines, das mich schon mein halbes Leben begleitete. Ich kleidete mich gern schick, war gut situiert, blond und blauäugig – das, was viele eine Klischee-Barbie genannt hätten. Allerdings machte mich das nicht aus, und ich hasste es, dass irgendwelche Fremden sich aufgrund meines Äußeren eine Meinung über mich bildeten.

»Wie kommst du darauf, dir ein Urteil über mich zu erlauben? Du bist so ein unverschämter ...« Mir fiel auf die Schnelle keine passende Beleidigung ein, daher sagte ich das Erstbeste, was mir in den Sinn kam. »Höhlenmensch!«

Finja neben mir kicherte, Aidan hob lediglich amüsiert eine Augenbraue. »Sehr schlagfertig.«

Wut brodelte in meinem Inneren und drohte, jeden Augenblick wie Lava aus einem Vulkan zu schießen und alles im näheren Umkreis zu verbrennen. Ich erinnerte mich nicht daran, wann es zuletzt jemandem gelungen war, mich so rasend zu machen.

Dass George in genau diesem Moment zweimal in die Hände klatschte, um unser aller Aufmerksamkeit auf sich zu lenken, kam mir gerade recht. Sonst wäre ich Aidan vermutlich an die Gurgel gesprungen oder hätte ihm die Augen ausgekratzt. Noch ein paar Sekunden lieferten wir uns ein stummes Blickduell, aus dem ich als Siegerin hervorging, denn er wandte sich ab.

»Guten Abend, schön, dass ihr alle anwesend seid. Ich hoffe, ihr konntet die letzten Stunden nutzen, um euch schon mal ein wenig einzugewöhnen«, eröffnete Leah die Ansprache. »Wie ihr sicher wisst, beginnt morgen unser einwöchiger Basiskurs, bei dem wir euch die Grundlagen des Survivals näherbringen werden. Jeden Tag nach dem Frühstück gehen wir die Theorie einer Einheit durch. Nach dem Mittagessen wird in den Praxisteil übergegangen. Diesen üben wir paarweise aus.«

George stand auf und schaute auf sein Klemmbrett. »Da

die meisten von euch in Paaren oder Gruppen angereist sind, ist hier die Aufteilung klar. Bei den anderen waren wir so frei, euch unter Berücksichtigung eures jeweiliges Herkunftslandes einzuteilen, damit ihr offene Fragen in eurer Muttersprache klären könnt. Ansonsten bitten wir euch, zu jeder Zeit Englisch zu reden, damit sich niemand ausgegrenzt fühlt. Irgendwelche Fragen?«

George ließ den Blick über die Gruppe schweifen, doch niemand zeigte auf, weshalb seine Frau wieder das Wort ergriff. Leah erzählte uns in groben Zügen, was in der ersten Woche auf uns zukam. Die Grundlagen des Survivals bestanden aus Wärmeerhalt, Finden von Wasser und Nahrung, Orientierung, Fortbewegung auf verschiedenen Untergründen, Erster Hilfe und wie man sich im Notfall zu verhalten hatte, Lagerplätze und Unterschlüpfe finden, Zelte errichten und zuletzt noch Selbstverteidigung.

Gerade was das Finden von Wasser und Nahrung betraf, hatten Holly und ich uns glücklicherweise ausreichend vorbereitet. In mein Journal hatte ich mir zu diesem Thema viele wichtige Notizen gemacht, denn wenn ich eines nicht wollte, dann mich im Dschungel zu verlaufen und verhungern zu müssen.

»Außerdem werdet ihr während eures Aufenthalts viel über die Natur lernen«, erklärte Leah weiter. »Wir haben ein stark ausgeprägtes Umweltbewusstsein und schätzen unseren Planeten sehr.« Sie schluckte, und der eben noch fröhliche Ausdruck auf ihrem Gesicht wich Besorgnis.

George nahm die Hand seiner Frau und drückte sie sanft. »Was Leah damit sagen möchte, ist, dass es uns gerade jetzt ein großes Anliegen ist, euch so viel wie möglich mit auf den Weg zu geben. Wir möchten, dass etwas von unserer Liebe zur Natur auf euch übergeht, denn darum tun wir das hier. Ihr seid eine der letzten Gruppen, die einen lehrreichen Survival-Urlaub auf Jeopardy Island erleben können.«

»Aber wieso das? Ihr bietet diese Trips doch schon seit fünfzehn Jahren an«, entgegnete ein Mann, der weiter vorne saß.

Finja und ich tauschten ebenfalls einen verwirrten Blick aus. Was die Baxters hier taten, war etwas Besonderes, etwas Einzigartiges. Wieso hörten sie auf?

»Die Insel befindet sich schon immer in Privatbesitz. Nun wurde sie allerdings an einen Hotelier verkauft. Der neue Eigentümer hat vor, einen Großteil des Dschungels zu vernichten, um ein riesiges Luxusresort mit angrenzendem Freizeitpark zu errichten«, erklärte George mit verhärteten Gesichtszügen.

»Und das geht einfach so?« Entsetzen lag in Satoshis Stimme. »Kann man dagegen nichts unternehmen?«

»Leider nein.« George presste die Lippen aufeinander. »Zwei Jahre haben wir gekämpft. Wir haben alles Menschenmögliche getan, damit die Insel zu einem Naturschutzgebiet erklärt wird. Durch das Privateigentum hat das nicht funktioniert. Und leider sieht auch der neue Eigentümer nicht von seinen Plänen ab. Deshalb hoffen wir, dass es uns in den kommenden vier Wochen gelingen wird, euer Bewusstsein für die wirklich wichtigen Dinge im Leben zu öffnen. Jeder Einzelne kann etwas bewirken. Selbst wenn es nur kleine Schritte sind.«

Beklemmende Stille legte sich über den Speisesaal. In meinem Brustkorb spürte ich eine Schwere, die mein Herz fest umschlossen hielt. Das war eine kaum zu verdauende

Information, und es tat mir in der Seele weh, dass man allem Anschein nach nichts für den Erhalt der Insel in dieser Form tun konnte.

»Es tut uns leid, dass wir so mit der Tür ins Haus gefallen sind.« Leah räusperte sich leise. »Das war nicht unsere Absicht. Als letzten Punkt auf der Agenda haben wir nun die Zuteilung für das Basistraining. Im Anschluss stehen wir euch für weitere Fragen zur Verfügung. Wobei sich ein Großteil sicher während des Trainings klären wird.«

Zuerst las Leah die Namen der Paare und Gruppen vor, die gemeinsam angereist waren. Ich mochte diese Diversität.

»Kimberly Chapman und Aidan Rosario«, sagte Leah plötzlich. Mir gefror das Blut in den Adern.

»Was?«, entfuhr es Aidan und mir zeitgleich.

Leah hob den Blick und schaute uns verwirrt an. »Gibt es ein Problem? Habe ich mir etwas falsch notiert? Hier steht bei euch beiden Englisch als Muttersprache.«

Ein provokantes Funkeln lag in Aidans Augen. Er wartete, dass ich mich wie ein bockiges Kleinkind beschwerte, obwohl er ebenfalls keine Lust hatte, mit mir zusammenzuarbeiten. Darauf konnte er lange warten.

»Nein, alles in Ordnung«, erwiderte ich mit dem zuckersüßesten Lächeln, zu dem ich mich imstande fühlte. Aidan schnaubte.

»Gut.« Leah fuhr fort. Finja wurde einem jungen Mann namens Laurin zugeteilt und verdrehte dabei auch die Augen. Er war ziemlich unscheinbar und saß am anderen Ende des Speisesaals. Nachher musste ich sie dringend fragen, weshalb sie schon jetzt so eine Abneigung gegen ihn hegte.

Noch einmal schaute ich zu Aidan, dessen Widerwillen deutlich in seinen Zügen stand. Einerseits hätte ich ihm aufgrund seiner Respektlosigkeit gern seinen ach so tollen Urlaub vermiest, aber wenn ich eines nicht wollte, dann verlieren. Er sah in mir nichts weiter als ein tollpatschiges Püppchen, das an einem Ort wie diesem nichts zu suchen hatte? Ich würde ihm das Gegenteil beweisen. Ihm würde das Lachen schon noch vergehen.

»Nun, das war ziemlich viel Input für einen Abend. Ihr müsst alle schrecklich müde und ausgelaugt sein, deswegen ist für heute Schluss. Morgen um sechs Uhr wird hier das Frühstück serviert.« Das waren Leahs und Georges letzte Worte, ehe sie den Speisesaal verließen.

Finja streckte sich ausgiebig. »Ich bin wirklich hundemüde. Wollen wir?«

»Ja, lass uns gehen.« Ich nahm den Apfel von meinem Tablett für den Fall, dass ich nachher noch etwas Appetit bekam. Dann brachten wir unser dreckiges Geschirr zum Rollwagen und gingen zurück in unser Zimmer.

Kapitel 5

Ein Kribbeln auf meiner Wange riss mich aus dem Schlaf. Fester als beabsichtigt, schlug ich mir mit der flachen Hand ins Gesicht. Sofort glühte und pochte die Stelle vor Schmerz.

Finja grummelte leise, drehte sich aber um und schlief weiter. Zum Glück hatte ich sie nicht geweckt.

Draußen dämmerte es langsam. Das rötliche Schimmern tauchte das Zimmer in ein sanftes Licht. Ich schaute auf mein Handy: Es war halb fünf. Keine Uhrzeit, zu der ich normalerweise aufstand, doch ich war abends so schnell eingeschlafen, dass ich nun halbwegs fit war.

Eine Nachricht blinkte mir entgegen. Als ich sie öffnete, hoben meine Mundwinkel sich zu einem Lächeln. Nachdem es uns gestern nicht möglich gewesen war zu telefonieren, hatte Holly mir nun eine Chatnachricht hinterlassen.

Hey, Blossom!
Sorry, ich habe geschlafen wie ein Stein, als du angerufen hast. Jetzt scheinst du zu schlafen – es ist wie verhext. Ruf mich an, sobald du kannst.
Du fehlst mir jetzt schon. Noch dreißig Tage!

Mein Finger glitt über das Display, hielt allerdings inne, als mir wieder einfiel, dass ich nicht allein war. Ich würde Holly etwas später anrufen. Nun musste ich erst mal schleunigst unter die Dusche springen, solange es noch still im Haus war.

Ich griff mir Handtuch und Wechselkleidung, ehe ich aus dem Zimmer huschte. Die Holzdielen knarzten bei jedem Schritt so ohrenbetäubend laut, dass ich zusammenzuckte und sich die Angst in mir festsetzte, die anderen aufzuwecken. Und dann wär's das mit meiner entspannten Dusche gewesen.

Das Gemeinschaftsbad befand sich am Ende des Flurs. Mit einem letzten Blick über die Schulter vergewisserte ich mich, dass mir niemand gefolgt war. Warum auch immer ich so paranoid war.

Die hohe Luftfeuchtigkeit peitschte mir ins Gesicht, kaum dass ich durch die Tür getreten war. Der warme Dampf konnte nur daher rühren, dass jemand hier war oder es zumindest vor wenigen Minuten noch gewesen war.

»Hallo?«, rief ich in den großen Duschbereich hinein, aber niemand antwortete, und es war auch keine eingeschaltete Brause zu hören. Erleichtert trat ich unter die Dusche in der hintersten Ecke – sicher war sicher.

Mit zitternden Fingern schlüpfte ich aus meiner Kleidung und warf sie auf eine der Bänke an der gegenüberliegenden Wand. Der heiße Strahl war wohltuend. Sofort fühlte ich mich nicht nur sauberer, sondern auch deutlich wacher. Gern hätte ich eine Weile hier gestanden und das Wasser meine Haut bedecken lassen, aber ich wollte das Schicksal nicht herausfordern. Daher seifte ich mir Körper und Haare zügig ein und spülte mich ab.

Der Schaum des Shampoos brannte mir ein wenig in den Augen, weshalb ich halb blind nach dem Handtuch tastete. Erst als ich es zu greifen bekam und der weiche Stoff fest um meinen Körper geschlungen war, wagte ich es, aufzuatmen und langsam die Lider zu heben. Doch als ich mich umdrehte, war ich nicht mehr allein.

Mit einem verschmitzten Lächeln stand Aidan vor mir. Von seinen nassen Haaren, die ihm offen bis zu den Schultern reichten, tropfte Wasser und perlte ihm über den Oberkörper. Ich kam nicht umhin, einen einzelnen Tropfen dabei zu beobachten, wie er Aidans durchtrainierte Brust hinunterlief, über sein Sixpack wanderte und im Bund seiner ... o mein Gott!

Schnell hob ich den Kopf, nur um Aidans amüsierten Gesichtsausdruck zu sehen. Reglos hatte er dagestanden, während ich ihn gemustert und Dinge gesehen hatte, die besser ungesehen geblieben wären. Der Wassertropfen war nämlich keineswegs im Bund seiner Hose oder unter einem Handtuch verschwunden, nein. Aidan stand splitterfasernackt vor mir. Das Bild seines Gemächts – und was für eines! – hatte sich in mein Gedächtnis gebrannt.

»Na, gefällt dir, was du siehst?« Der tiefe Bariton seiner Stimme ging mir durch Mark und Bein. Eine Erwiderung lag mir auf der Zunge, aber mein Mund war plötzlich staubtrocken. »Hat es dir die Sprache verschlagen?«, stichelte er weiter. Dabei funkelten seinen braunen Augen.

Das Herz hämmerte unaufhörlich in meinem Brustkorb. Keinesfalls wollte ich mir die Blöße geben und wie ein kleines Mädchen einfach davonlaufen. Daher entschied ich mich, die Coole raushängen zu lassen. Ich verschränkte die Arme vor der Brust, schaute ihn noch einmal von oben bis unten an und hob eine Braue. »Also ich habe einen größeren.«

Überrascht schaute Aidan mich an. »Was wird das, ein Schwanzvergleich?«

»Was?«

Als er provokant an meinem Handtuch herunterschaute, stieg mir Hitze in die Wangen. »Es sieht nicht wirklich so aus, als hättest du mehr zu bieten.«

Erst da wurde mir bewusst, was ich eben gesagt hatte. »Gesehen. Ich meine … ähm. Ich hab schon größere …«, stotterte ich.

»Gib dir keine Mühe.« Aidan winkte ab. »Ich bin mir meiner Wirkung auf Frauen durchaus bewusst.«

»Du bist so … so …« Ich ballte die Hände zu Fäusten.

»… gut bestückt?« Amüsiert kräuselte er die Lippen.

»… ein Arschloch!«

Aidan zuckte die Schultern. »Man hat mich schon Schlimmeres genannt.«

Ich wusste nicht, was mich wütender machte. Die Tatsache, dass er sich aufführte wie ein Gottesgeschenk, oder dass ich meine Augen trotzdem nicht davon abhalten konnte, auf seinen gebräunten Oberkörper zu schielen. Nicht in der Lage, noch etwas zu erwidern, griff ich nach meinem Kleiderhaufen und verließ nur in das Handtuch gewickelt das Gemeinschaftsbad. Aidans dunkles Lachen begleitete mich auf meinem Weg.

Seit geschlagenen fünf Minuten lachte Holly mich aus. Ich konnte es ihr nicht einmal verübeln, denn an ihrer Stelle hätte ich genauso reagiert. Bis ins kleinste Detail hatte ich ihr von dem Erlebnis in der Dusche erzählt, wobei meine Wangen schon bei dem Gedanken daran erneut geglüht hatten.

»O Mann, ich hätte so gern sein Gesicht gesehen.« Holly fiepte weiterhin wie eine Robbe auf Drogen.

»Er war zugleich verwirrt und amüsiert«, erklärte ich möglichst trocken, um mir nicht anmerken zu lassen, wie unangenehm mir die ganze Situation gewesen war.

Schließlich ebbte Hollys Lachanfall ab, und ich konnte förmlich vor mir sehen, wie sie sich einzelne Tränen aus den Augenwinkeln wischte. »Danke, dass du mir den Tag gerettet hast.«

»Immer wieder gerne.«

»Jetzt mal im Ernst. Ist er echt so gut bestückt?« Sie kicherte wie ein kleines Mädchen.

Stöhnend verdrehte ich die Augen. »Ist doch egal. Er ist ein Arschloch.«

»So wie du ihn beschrieben hast, scheint er aber ein heißes Arschloch zu sein. So hast du zumindest etwas zum Gucken.«

Ich seufzte. Zu gern hätte ich ihr gesagt, dass sie unrecht hatte, doch dem war nicht so. Und das war das Schlimmste daran. Aidan wusste, wie gut er aussah. Aber davon würde ich mich keinesfalls beirren lassen.

»Was gibt's bei dir Neues?«, versuchte ich nonchalant das Thema zu wechseln.

»Ich merke, was du versuchst«, entgegnete Holly ermahnend. »Ausnahmsweise lasse ich dir das durchgehen.

Wir haben einiges zu tun wegen der Beerdigung, und Ende der Woche steht unser Termin mit dem Nachlassverwalter an. Es ist komisch, wieder hier zu sein.«

Sie konnte mich zwar nicht sehen, dennoch nickte ich. »Das kann ich gut nachvollziehen. Wisst ihr denn schon, was ihr mit der Ranch machen werdet?«

»Eigentlich würden wir sie gern verkaufen. Was genau wir tun werden, wird sich wohl erst nach dem Termin zeigen.« Holly atmete tief durch. »Ich muss jetzt auch leider los. Schreibst du mir nachher, wie der erste Tag des Basistrainings war?«

»Natürlich. Und grüß deine Mom ganz lieb.«

»Mach ich.«

Nachdem wir aufgelegt hatten, schob ich das Handy zurück in die Hosentasche. Mittlerweile war es deutlich heller geworden, und auch wenn es erst kurz vor sechs war, war es bereits unerträglich warm.

Als ich wieder im Zimmer angekommen war, wartete Finja bereits auf mich. Hoffentlich würde der Rest des Tages besser werden.

Nach dem Frühstück zog ich mich noch mal um. Da heute Erste Hilfe auf dem Plan stand, würde ich wohl nicht meine dicke Wanderhose tragen müssen, in der ich bereits nach Sekunden höllisch schwitzte. Stattdessen schlüpfte ich in eine beige Shorts, die ich mit einem braunen T-Shirt kombinierte.

Wenige Minuten später trat ich aus der Hütte, vor der die übrige Gruppe bereits wartete.

»Ich hätte mich wohl auch noch mal umziehen sollen.« Mit der flachen Hand fächelte Finja sich Luft ins Gesicht.

Langsam trat ein Mann näher und stellte sich hinter Finja. Er war so groß, dass ich den Kopf in den Nacken legen musste, um ihm ins Gesicht zu schauen. Seine kurzen blonden Haare sahen beinahe wie flüssiges Gold aus, und seine Augen waren unglaublich blau. Ich streckte ihm die Hand entgegen. »Ich bin Kim.«

»Laurin«, sagte er. Gestern hatte ich ihn lediglich von Weitem gesehen, aber es handelte sich bei ihm um den Partner, der Finja zugewiesen war.

Bevor ich noch etwas erwidern konnte, hakte diese sich bei mir unter, drehte uns von Laurin weg und zog mich hinter sich her. »Was sollte das denn?«

»Er ist *Norweger.*« Finja betonte das letzte Wort und verzog dabei angewidert den Mund. Ich verstand nur Bahnhof.

»Okay. Und das bedeutet?«

»Ich bin Schwedin, musst du wissen. Die Welt steckt uns Skandinavier gern in eine Schublade, aber beste Freunde sind wir nicht gerade. Eher Rivalen.« Ihre Augen verengten sich.

»Wieso das?«, fragte ich irritiert.

Finja legte den Kopf schief. »Ach, du weißt schon. Das Übliche. Irgendwann hat irgendwer mal irgendwen bekämpft. Dann haben sich die Länder getrennt. Der eine war beleidigt …«

»Das ergibt natürlich Sinn«, erwiderte ich.

»Schön, dass wir da einer Meinung sind.« Wir schauten einander an und brachen dann in Gelächter aus. Ich wünschte, Finja und Holly hätten sich gekannt – sie hätten sich auf Anhieb verstanden. »Aber eine gute Sache hat Norwegen doch zu bieten.«

»Hübsche Männer?«, fragte ich grinsend.

Weiterhin lachend schüttelte Finja den Kopf. »Nein! Sir Nils Olav!«

»Und das ist …?«

»Ein Königspinguin, der als Brigadegeneral Teil der königlichen Garde von Norwegen ist!«, stieß Finja hervor. Fragend schaute ich sie an. Ich suchte in ihrem Gesicht nach einem Anzeichen dafür, dass das ein Witz war, den ich nicht so recht verstand. »Ich meine es ernst. Sir Nils Olav gibt es wirklich. Wie cool ist es bitte, einen Pinguin in der königlichen Garde zu haben?«

»Sehr cool?«

»Ja!« Sie lachte so ekstatisch, dass ich mit einstimmte. Manchmal war unnützes Wissen doch gar nicht so verkehrt.

Leah und George führten uns um ein paar Anbauten des Haupthauses herum. Die Anlage war viel weitläufiger, als ich gedacht hatte. Es gab unzählige kleine Häuser und Schuppen und sogar ein riesiges Gewächshaus.

»Dort bauen wir den Großteil unserer Lebensmittel an«, erklärte Leah. »Einige essbare Früchte wachsen im Dschungel, aber diese würden nicht ausreichen, um jährlich zehn Gruppen dieser Größe zu ernähren. Vor allem, wenn man auch etwas Abwechslung in den Speiseplan bringen möchte.«

»Und wo kommen die übrigen Lebensmittel her?«, fragte Ayu interessiert.

»Sie werden angeliefert. Etwa alle vier Monate bringt uns das Flugzeug aus Sri Lanka nicht nur eine neue Gruppe an

Survival-Teilnehmern, sondern ebenfalls eine Ladung haltbarer Lebensmittel.« Leah lächelte. »So haben wir immer genügend Essen hier und schonen noch dazu die Umwelt.«

»Großartig!« Ayu strahlte über das gesamte Gesicht und zupfte dabei Satoshi am Ärmel. »Findest du das nicht auch großartig?«

»Ja.« Zwar nickte er, aber er war nicht annähernd so enthusiastisch wie seine Frau.

Auf einer großen Lichtung kamen wir zum Stehen. Sie war von zahlreichen wohlduftenden Blumen und Sträuchern umsäumt. Die Laute der unterschiedlichsten Tiere drangen aus dem Dschungel wie ein Orchester. Erst jetzt wurde mir wirklich bewusst, dass ich mich auf einer Insel inmitten des Indischen Ozeans befand. Ich war allen Ernstes Tausende Meilen von zu Hause entfernt und umgeben von wilden Tieren.

Nervös holperte mein Herz in meiner Brust. Wie würde ich mich dann erst fühlen, wenn der richtige Survival-Trip losging? Wenn ich mich *wirklich* mitten im Dschungel befand? Das war unglaublich aufregend.

»Bildet bitte einen Kreis.« Finja und ich stellten uns nebeneinander. Aufgeregt wippte sie auf ihren Fersen vor und zurück, während Laurin sich schräg hinter uns platzierte. Als ich zu ihm hochschaute, sah ich den amüsierten Ausdruck auf seinem Gesicht, während er Finja beobachtete.

Mir gegenüber stand Aidan. Wie immer hatte er die Arme vor der Brust verschränkt, sodass ich mich fragte, ob sie ihm davon noch nicht wehtaten. Die Haare hatte er sich wieder in einen Zopf zurückgebunden, wobei ihm eine lose Strähne ins Gesicht fiel.

Als unsere Blicke sich trafen, schaute Aidan mich kühl

an. Es machte mich rasend, ihn nicht durchschauen zu können. In einer Sekunde benahm er sich wie ein abgehobener Macho, der sich für unwiderstehlich hielt, nur um mich im nächsten Moment wieder mit seinen Blicken töten zu wollen. Das waren zwei so grundverschiedene Gefühlslagen, die ich einfach nicht miteinander vereinbaren oder verstehen konnte.

»Schön, dass ihr alle gesund und munter hergefunden habt. In den kommenden Tagen wird Pünktlichkeit das A und O sein. Wer zu spät kommt, wird zurückgelassen, und das möchtet ihr doch nicht, oder?« Das Herz rutschte mir in die Hose. George fing an zu lachen. »Ihr müsstet mal eure Gesichter sehen.« Leah stimmte mit ein, während ich verwirrt blinzelte. »Das war ein Scherz. Natürlich wird hier niemand zurückgelassen. In erster Linie sind wir alle hier, um Spaß zu haben, Abenteuer zu erleben und etwas zu lernen. Da kann ich euch nicht einfach den Löwen zum Fraß vorwerfen.«

Nun lachten auch die anderen Teilnehmer leise. Nur ich hatte mich noch nicht gänzlich von dem kurzen Schreck erholt.

»Zunächst werden Claudia und Jeff euch eine theoretische Einweisung in das doch eher trockene Thema der Ersten Hilfe geben«, erklärte Leah weiter. Sie drehte sich zur Seite und deutete auf eine kleine Blockhütte hinter sich. »Im Schuppen findet ihr Stühle, die ihr euch gern holen könnt. Bei dem schönen Wetter dachten wir, es wäre nett, den Kurs draußen stattfinden zu lassen.«

Nach und nach holten wir uns Stühle, die wir im Kreis aufstellten. Claudia und Jeff positionierten sich in der Mitte. Die beiden waren jünger als George und Leah und trugen auch keine vollständige Park-Ranger-Montur wie die Baxters.

Sie schauten uns mit einem strahlenden Lächeln an. Ich schlug mein Journal auf und platzierte es auf meinem Schoß. Zwar hatte ich zu dem Thema schon zahlreiche Notizen, aber Vorbereitung war wichtig. In einer Gefahrensituation sollte man jedes noch so kleine Detail hervorrufen können.

»Hallo und herzlich willkommen bei eurem Survival-Urlaub. Wie bereits erwähnt, wird Woche eins ziemlich theoretisch. Doch glaubt uns, ihr werdet den Unterricht brauchen, denn der Wald ist nicht ungefährlich.« Meine Rede.

Claudia und Jeff fuhren fort. Das meiste war mir nicht neu, aber es gab doch ein paar Kleinigkeiten, die ich meinen Notizen hinzufügen konnte. Ab und zu hob ich den Kopf und sah, dass einige der Teilnehmer eher gelangweilt dreinblickten. Natürlich war Erste Hilfe etwas spannungsarm, aber wer an einem Survival-Urlaub teilnahm, sollte daran interessiert sein, zu wissen, wie man sich in einer Notsituation am besten verhielt.

Als die Sonne schließlich ihren höchsten Punkt erreicht hatte, läuteten Claudia und Jeff die Mittagspause ein.

Es war halb zwei am Nachmittag, als wir wieder aus dem Speisesaal gescheucht wurden, um mit dem Praxisteil zu starten. Das bedeutete, dass ich jetzt zwangsweise mit Aidan zusammenarbeiten musste.

Er saß bereits auf einem der Stühle und hob nicht mal den Blick, als ich mich neben ihm niederließ. Kurz überlegte ich, ob ich mit ihm reden sollte, doch dann entschied ich mich dagegen. Was sollte ich schon sagen?

»Steht alle auf, dann können wir beginnen.« Jeff klatschte zweimal in die Hände, woraufhin wir aufstanden und einige Schritte in seine Richtung gingen. Als Aidans Arm meinen streifte, stellten sich mir die Härchen auf, und mich überkam eine Gänsehaut, die sich kaum abschütteln ließ.

Seine Worte von vorhin gingen mir durch den Kopf. *Ich bin mir meiner Wirkung auf Frauen durchaus bewusst.* So ein abgehobener ... Ich war nicht in der Lage, meinen Gedanken zu beenden, denn Jeff ergriff bereits wieder das Wort.

»Nach und nach werdet ihr nun die Herzdruckmassage und Mund-zu-Mund-Beatmung durchführen. Falls jemandem ein Fehler auffällt, scheut euch nicht davor, das vorführende Paar darauf hinzuweisen. Es ist in unser aller Interesse, dass jeder von uns die Übungen beherrscht.« Jeff vergewisserte sich, dass wir alle verstanden hatten, dann nickte er. »Gut. Beginnen wir mit Ayu und Satoshi Yamamoto.«

Wir gingen der Reihe nach, weshalb Aidan und ich das vorletzte Paar waren. Je näher wir dem Ziel kamen, desto nervöser zupfte ich an meinem Armband. Diese Übung bedeutete nämlich, dass sich unsere Lippen jeden Augenblick aufeinanderlegen würden, ob wir wollten oder nicht. Keine Ahnung, warum mich das so aus der Fassung brachte.

»Gib's zu. Das ist doch genau das, was du dir in den letzten vierundzwanzig Stunden gewünscht hast.« Aidan schaute mich von der Seite an. Ein anzügliches Funkeln lag in seinem Blick. Augenrollend schaute ich in die andere Richtung, was ihn dazu verleitete weiterzusprechen. »Eine Gelegenheit, die sich dir nur einmal bieten wird. Also genieße es.«

Als ich noch immer nicht auf sein Spielchen einging, lachte er dunkel auf. Rechts neben Aidan stand die deutsche Familie, von der ich mittlerweile wusste, dass sie Weber hieß. Die beiden Jungs mussten etwa fünfzehn Jahre alt sein, und nun, da sie so dicht neben mir standen, fiel mir auf, dass es vermutlich Zwillinge waren. Der eine war lediglich etwas größer als der andere. Ich fragte mich, was die Eltern dazu bewogen hatte, mit ihren Jungs einen solchen Urlaub zu machen. So wie sie die ganze Zeit aufeinander losgingen, sollte man sie lieber zum Kickboxen oder Karate schicken.

»Aidan Rosario und Kimberly Chapman, ihr seid dran!« Ein schwerer Kloß saß mir in der Kehle. Ich schluckte ihn hinunter und wischte mir die schweißnassen Handflächen an der Hose ab. Durch das Spannen meines T-Shirts bildete ich mir ein, dass man meinen wummernden Herzschlag sehen konnte.

Es schien mucksmäuschenstill zu sein, als Aidan und ich im Inneren des Kreises ankamen. Lediglich die herumtobenden Zwillinge durchbrachen mit ihrem Kampfgebrüll die Stille. Sie schubsten und traten einander, während ihre Eltern krampfhaft versuchten, sie irgendwie auseinanderzubringen. Vielleicht sollte der Urlaub als eine Art Erziehungsmaßnahme dienen, die anscheinend ziemlich fehlschlug.

»Ladys first«, sagte Aidan und deutete eine überschwängliche Verbeugung an.

Langsam schüttelte ich den Kopf und zeigte zum Boden. »But men before.« Das Herz schlug mir noch immer bis zum Hals. Hoffentlich merkte Aidan nicht, wie nervös er mich machte. Ich ließ ihm nur den Vortritt, weil ich es schnell hinter mich bringen wollte.

»Aidan und Kim sitzen auf dem Baum.« Die Weber-Jungs stimmten das allseits bekannte Lied in sehr gebrochenem Englisch an. Ich schaute hoch und sah Finja, die ihr Kichern hinter ihrer Hand zu verstecken versuchte. Als ich ihr einen bösen Blick zuwarf, hob sie reumütig die Schultern.

Während die Jungs weiterhin ihr Lied trällerten, legte Aidan sich regungslos auf den Boden. Die Arme positionierte er flach neben seinem Körper.

»Kommst du schon auf falsche Gedanken?«, fragte er mit einem verwegenen Lächeln.

»Oh, und ob ich einen speziellen Gedanken habe, wenn ich dich hier so liegen sehe.«

»Mhm, jetzt wird's heiß«, raunte er.

»Mein Gedanke ist, dass ich dir am liebsten ein Kissen aufs Gesicht drücken würde«, presste ich möglichst leise zwischen den Zähnen hervor. Schließlich wollte ich nicht aufgrund eines solchen Kommentars abgemahnt werden.

Perplex hob Aidan die Lider. Mit einer so schlagfertigen Antwort hatte er nach meinem Gestammel vorhin wohl nicht gerechnet. Wenigstens dieser kleine Sieg war mir sicher.

»Gut, die anderen Paare haben es ja schon vorgemacht, nun seid ihr an der Reihe. Zeigt uns, wie ihr euch im Ernstfall verhalten würdet. Kim, du fängst an.« Jeff nickte mir aufmunternd zu. Ich atmete so tief durch die Nase ein, wie es mir nur möglich war. Die Luft war feucht und schwül.

Ganz vorsichtig drückte ich die Knie tiefer in die Erde und beugte mich über Aidan, der seelenruhig dalag. Ich war ihm unweigerlich so nah, dass ich sein Gesicht das erste Mal richtig in Augenschein nehmen konnte. Sowohl in seinem Bart als auch auf seinem Kopf waren vereinzelte rotblonde Haare zwischen den dunkelbraunen zu erkennen. Seine Brauen waren ordentlich getrimmt und seine Haut makellos. Ich ließ den Blick weiter über seinen Körper gleiten und bemerkte, dass auch seine Fingernägel ordentlich gekürzt und sauber waren. Er schien wirklich viel Wert auf sein Äußeres zu legen, wobei er gar nicht den Anschein erweckt hatte.

Als ich ihm wieder ins Gesicht schaute, bezwang ich das Bedürfnis, ihm die Haare aus der Stirn zu streichen. Ich beobachtete, wie ein einzelner Schweißtropfen seine Schläfe hinabperlte. Augenblicklich ging mir das Bild von Aidan in der Dusche durch den Kopf. Noch einmal schluckte ich. Konzentration war angesagt. Okay, also Herzdruckmassage und Mund-zu-Mund-Beatmung, das sollte ich ohne Zwischenfälle hinkriegen. Ich legte die Hände aufeinander und übte ein wenig Druck auf Aidans Brustkorb aus.

»Ruhig etwas fester«, sagte Jeff, der jede meiner Bewegungen genau beobachtete. Falls Aidan ein dummer Spruch auf der Zunge lag, verkniff er ihn sich, wofür ich ihm ausnahmsweise dankbar war.

»Okay«, murmelte ich und intensivierte den Druck. Dabei zeichneten Aidans Brustmuskeln sich deutlich ab, was mir ein leises Seufzen entlockte.

Nachdem ich die Herzdruckmassage dreißigmal durchgeführt hatte, nahm ich die Hände wieder von seiner Brust und konzentrierte mich auf seine Lippen, auf denen ein Lächeln lag. Noch ein letztes Mal ging ich in mich und versuchte, mich auf nichts weiter als die Übung zu konzentrieren und dabei völlig außer Acht zu lassen, wer genau vor mir lag. Was schwieriger war, als ich mir selbst eingestehen wollte.

Ich beugte mich so über Aidan, dass mein Oberkörper die Sonne abschirmte und sein Gesicht in einen dunklen Schatten tauchte. Gerade als ich ansetzen wollte, stieß mich jemand von hinten an.

»Justus, du Volltrottel, pass doch auf!«, sagte Tim zu seinem Bruder. Unbeholfen ruderte ich mit den Armen und versuchte, mich abzustützen. Zwar bekam ich den Boden unter meiner rechten Hand zu fassen, aber ich rutschte weg, schürfte mir die Handfläche auf und fiel mit dem Kopf voran auf Aidan.

Bevor er wusste, wie ihm geschah, landete ich mit den Zähnen auf seinen Lippen. Es dauerte nur den Bruchteil einer Sekunde, bis ich die Feuchtigkeit bemerkte, die sich an meinem Mund sammelte.

Mein ganzer Körper tat mir weh. Ächzend blieb ich halb auf Aidan liegen, der mich wutentbrannt von sich schob. Ich landete seitlich im Dreck und schürfte mir nun auch noch das Knie auf.

»Scheiße, was soll das?«, fluchte ich.

Aidan sprang auf die Beine und spuckte einen Schwall Blut neben mich. »Machst du Witze? Du hast mir in die Lippe gebissen, du tollpatschige Kuh!«

»Das war doch keine Absicht!«, entgegnete ich und rappelte mich ebenfalls wieder auf. »Eines der Kinder hat mich geschubst!«

»Hey!«, protestierten die Zwillinge, aber ich ignorierte sie. Hätten sie nicht die ganze Zeit ihre Tobsuchtsanfälle gehabt, dann wäre das niemals passiert.

»Ach komm, hör auf«, sagte Aidan. »Du hast es doch die ganze Zeit schon auf mich abgesehen.«

»Wie bitte? Ich habe es auf dich abgesehen? Du bist doch derjenige, der sich schon die ganze Zeit wie das Allerletzte benimmt!«

»So, nun beruhigen wir uns alle erst mal wieder.« Claudia stellte sich mit ausgestreckten Armen zwischen uns. Vermutlich war sie besorgt, dass wir ansonsten gleich aufeinander einprügeln würden.

»Tut mir leid.« Die Worte kamen mir nur schwer über Lippen. Aber Aidan schnaubte lediglich, wandte sich von der Gruppe ab und ging zurück in Richtung Haupthaus.

Noch sechs Tage musste ich es mit ihm aushalten. Danach würde es uns hoffentlich gelingen, einander aus dem Weg zu gehen. Falls nicht, wusste ich nicht, was ich tun sollte. Im Ernstfall musste ich nach Hause schwimmen. Das war immer noch besser, als mich mit einem Menschen abzugeben, der das Schlimmste in mir hervorrief.

Kapitel 6

Die darauffolgenden Tage liefen genauso furchtbar. Aidan nahm mir den Zwischenfall beim Erste-Hilfe-Kurs weiterhin übel, obwohl ich mich mehrfach bei ihm entschuldigt hatte. Trotzdem dachte er offenbar, ich wäre ihm aus reiner Boshaftigkeit auf die Lippe gefallen.

Dass wir während des Basistrainings gezwungenermaßen aufeinanderhockten, war unserem Verhältnis nicht gerade förderlich. Aber ich hatte mein Bestes gegeben, um ihn zu überzeugen, dass ich kein Püppchen war. Wirklich beeindrucken konnte ich ihn allerdings nicht. Und es ärgerte mich, dass mir diese Tatsache etwas ausmachte.

Das Training hatte mich an meine äußersten Grenzen gebracht. Nie im Leben hatte ich damit gerechnet, dass es so anstrengend werden würde. So nett George auch sein mochte, er wusste genau, wie man den Drill Sergeant raushängen ließ. Er meinte es nur gut und wollte nicht, dass jemand von uns im Dschungel elendig verendete, dennoch war ich mehr als einmal kurz davor gewesen, morgens nicht aus dem Bett zu kommen und mich stattdessen einzuschließen. Ohne Finja hätte ich das sicher getan.

Vorgestern waren wir durch das umliegende Tropengebiet gewandert und hatten gelernt, wie man am besten einen geeigneten Lagerplatz fand. Es gab zahlreiche

Dinge, auf die man achten musste, und ich war dankbar für all das Wissen, das die Baxters mit uns teilten. Ohne ihre Erklärung hätte ich geglaubt, ein Lagerplatz unten an einem Hang wäre eine geeignete Wahl, da man besser vor dem Wind geschützt war. Dass man dann im Falle eines plötzlichen Regenschauers unter Wasser begraben aufwachte, war mir nicht bewusst gewesen. Ebenfalls wichtig war es, darauf zu achten, dass keine Tiere in unmittelbarer Nähe ihren Unterschlupf hatten, dass eine Wasserquelle in der Nähe war und dass sich direkt über unseren Köpfen keine abgeknickten Äste befanden.

Aufgeregt hatte ich all diese neuen Erkenntnisse in meinem Journal notiert, was mir von Aidan nichts weiter als ein abfälliges Schnauben eingebracht hatte. Tja, irgendwann würde er sich noch darüber freuen, dass wenigstens ich beim Training aufgepasst hatte.

Gestern hatte es allerdings einen ganz kurzen Moment des Friedens zwischen uns gegeben. Wir hatten gelernt, Feuer zu machen. Uns wurden verschiedene Techniken gezeigt, je nachdem, welche Hilfsmittel uns zur Verfügung standen. Dabei hatte sich einer der Weber-Zwillinge beinahe selbst in Brand gesteckt, woraufhin Aidan und ich einander angeschaut hatten und in Gelächter ausgebrochen waren.

Für den Bruchteil einer Sekunde hatte ich geglaubt, dass wir damit das Kriegsbeil zwischen uns begraben konnten, aber weit gefehlt. Keine zwei Atemzüge später war Aidans Miene wieder so finster wie eh und je gewesen.

Aufgrund der anstrengenden Tage schmerzte mir heute jeder Muskel, und mein Körper fühlte sich an, als wäre ich einen Marathon gelaufen. Ich drehte mich auf die Seite und versuchte, noch ein wenig Schlaf zu finden, doch die Hitze im Zimmer sorgte dafür, dass ich mich hin und her wälzte. In einer halben Stunde hätte mein Wecker ohnehin geklingelt, weshalb ich aufstand und mich fertig machte.

Mit Handy und ein paar Crackern in der Hand, die ich mir eigentlich für den Notfall aus L. A. mitgebracht hatte, verließ ich das Haupthaus. Die angenehm kühle Brise wirbelte mir einzelne Strähnen aus dem Zopf. Der Himmel war ausnahmsweise bedeckt, was eine schöne Abwechslung zum strahlenden Blau der vergangenen Tage war. Ich holte tief Luft und nahm den blumigen Duft unzähliger unterschiedlicher Tropenpflanzen in mich auf.

Zum ersten Mal seit Langem hatte ich das Gefühl, wirklich durchatmen zu können. Seit ich denken konnte, machte ich mir viel zu viel Druck, womit ich das genaue Gegenteil von Holly war. Sie ließ das Leben einfach auf sich zukommen. Dass es mir gelungen war, wenigstens ein paar Tage nicht vierundzwanzig Stunden lang über meine Zukunft nachzudenken, war schon ein riesiger Schritt und glich beinahe einem Wunder.

Bereits nach dem zweiten Klingeln nahm Holly ab. »Ich wollte dich auch gleich anrufen.«

»Unsere telepathische Verbindung scheint also noch zu funktionieren.« Am anderen Ende der Leitung lachte Holly leise. Aber etwas stimmte nicht, das konnte ich hören. »Alles in Ordnung?«

»Ja«, hauchte sie. »Nein. Eigentlich nicht.«

»Möchtest du darüber reden?« Langsam lief ich um das Haupthaus herum. Die Erde knirschte unter meinen Schuhen. Am Rand des Dschungels hielt ich inne, nahm das gebogene Blatt einer mir unbekannten Pflanze zwischen die Finger. Es war samtweich wie der Flaum eines Kükens.

Mir war, als könnte ich die ineinandergreifenden Zahnrädchen in Hollys Kopf hören. Schließlich seufzte sie. »Wir hatten heute das Treffen mit Peter Haney, dem Nachlassverwalter. Aber es waren nicht nur Mom und ich eingeladen.«

Ich zog die Brauen zusammen und legte den Kopf schief. »Wer war denn noch dabei?« Als ein Regentropfen auf meine Stirn fiel und über meine Schläfe perlte, suchte ich Schutz zwischen den Bäumen für den Fall, dass es gleich losschüttete. Vorsichtig machte ich einen Schritt vor den anderen, darauf bedacht, nur geradeaus zu gehen.

»Scott Avari.«

Es dauerte einen Moment, ehe ich den Namen mit einer Person in Verbindung bringen konnte. Schließlich war es schon Jahre her, dass wir zuletzt die Ranch besucht hatten. »Der Sohn des Reitlehrers?«

»Ja! Nur dass er mittlerweile selbst Reitlehrer auf der Ranch ist.« Holly stöhnte.

»Und warum genau war er bei eurem Termin dabei?«, hakte ich nach.

»Weil Meemaw wohl der Meinung war, ihn zum Teilerben ernennen zu müssen.«

»Was?«, entfuhr es mir.

»Das kannst du laut sagen!« Hollys Stimme überschlug sich in den Höhenlagen. »Meine Kinnlade hat beinahe ein Loch bis nach China in den Boden gerammt.«

Es war verständlich, dass Holly aufgebracht war. Da mir zum Glück noch etwas Zeit blieb, ließ ich mich von ihr auf den neuesten Stand bringen. Während sie Bericht erstattete, schlenderte ich weiter zwischen den Bäumen entlang. Doch der Regen schien bereits aufgehört zu haben. Stattdessen drang etwas Licht der aufgehenden Sonne durch das Blätterdach. Ich legte den Kopf in den Nacken, damit der orange Schein mein Gesicht kitzeln konnte.

»Bist du noch dran, Kim?«

»Natürlich«, sagte ich schnell.

»Ich habe gefragt, ob es bei dir sonst etwas Neues gibt? Benimmt Aidan sich immer noch so daneben?«

Augenrollend lief ich um den nächsten Baum herum und nahm auf einer der ineinander verschlungenen Wurzeln eines Ficus Platz. »Er ist wirklich ätzend. Sein ganzes Verhalten treibt mich in den Wahnsinn.« Ich bemerkte kaum, wie ich meine freie Hand in der Wurzel vergrub. Erst als mir die Finger schmerzten, ließ ich locker. »Keine Ahnung, ich werde einfach nicht schlau aus ihm. In einem Moment habe ich das Gefühl, dass er endlich auftaut, und zwei Sekunden später ist er doch wieder kühl und abweisend.«

Holly kicherte leise. »Man könnte meinen, dass du auf ihn stehst.«

»Wie bitte?«

War es eben noch ein leises Kichern gewesen, wandelte es sich nun in einen waschechten Lachanfall. »So wie du dich über ihn aufregst. Außerdem liebst du Mysterien, und er ist das Rätsel in Person.«

»Du spinnst, Bubbles.« Zwar konnte sie mich nicht sehen, nichtsdestotrotz schüttelte ich den Kopf.

»Was hast … hören.«

Die Verbindung war abgehackt. »Holly? Kannst du das wiederholen?«

»W…«

Ich nahm das Handy vom Ohr. Der Empfang war weg. Ein weiteres Mal wählte ich ihre Nummer, aber ich bekam nicht mal mehr ein Freizeichen. Vielleicht war doch ein Sturm im Anmarsch.

Langsam stand ich von der Wurzel auf und streckte mich ausgiebig. Mein Magen rumorte – ein Zeichen dafür, dass ich mich besser auf den Rückweg machen sollte, wollte ich das Frühstück nicht verpassen. Zügig schob ich mir einen Cracker zwischen die Zähne, um wenigstens ein bisschen zu mir zu nehmen. Als ich mich umdrehte, rutschte mir das Herz in die Hose.

Verdammt, aus welcher Richtung war ich gekommen? Mehrfach drehte ich mich um die eigene Achse, auf der Suche nach einem Anhaltspunkt. Aber ich war so auf das Gespräch mit Holly konzentriert gewesen, dass ich kaum auf meine Umgebung geachtet hatte. Mir war nicht einmal bewusst gewesen, wie weit ich mich vom Camp entfernt hatte.

Ein weiterer flüchtiger Blick auf mein Handy brachte weder Erleichterung noch Erlösung. Die nicht vorhandenen Empfangsbalken lachten mich gehässig aus. Ich konnte nicht einfach hier stehen bleiben, daher rannte ich in die Richtung, die ich für die korrekte hielt. Dabei zerbröselte ich ein paar Cracker zwischen meinen Fingern, um im Ernstfall wenigstens zu meinem Ausgangspunkt zurückzufinden.

Äste peitschten mir ins Gesicht, verfingen sich in meinen Haaren. Meine Kopfhaut ziepte, als ich mich von ihnen befreite. Panik nistete sich in meinem Inneren ein und sorgte dafür, dass meine Beine bei jedem Schritt gefährlich zitterten. Aber es waren nicht nur meine Beine, sondern mein gesamter Körper bebte vor Angst.

Minuten später zwang ich mich innezuhalten. Meine Seite schmerzte, und der Schweiß brannte mir in den Augen. Ich beugte mich nach vorn und stützte die Hände auf den Oberschenkeln ab. Mit geschlossenen Lidern atmete ich tief durch. So lange, bis das Seitenstechen einem leichten Pochen wich und schließlich komplett verschwand.

Jeder meiner Knochen und Muskeln schmerzte, aber ich biss die Zähne zusammen. Ich lehnte mich gegen einen moosbewachsenen Stamm, bis mein Herzschlag sich reguliert hatte. Dann ging ich in mich.

Die Einheit zur Orientierung fand erst morgen statt. Deshalb musste ich mich an die Dinge erinnern, die ich vorab gelernt hatte.

Komm schon, Kim, denk nach, ermahnte ich mich in Gedanken. Die Panik war wieder kurz davor, mich zu übermannen. Mutig schluckte ich sie hinunter.

»Die Sonne!« Schnell stieß ich mich vom Baumstamm ab und legte den Kopf in den Nacken. Glücklicherweise hatten sich die Wolken beinahe gänzlich verzogen. Ich sprang auf eine höher gelegene Wurzel und streckte den Körper durch. Meine Lippen formten ein Lächeln, als ich erkannte, wo die Sonne aufging. Dort musste ich hin – nach Osten.

Hoffentlich lag ich richtig, ansonsten war ich aufgeschmissen. Ich festigte den Griff um mein Handy und marschierte los.

Erst jetzt hatte ich die Gelegenheit, die Umgebung vollständig in mich aufzunehmen. Einerseits herrschte eine so friedliche Stille, wie ich sie noch nie erlebt hatte. Andererseits nahm ich so viele Geräusche wahr. Der Wald war von Leben erfüllt – unterschiedliche Tierarten krächzten und brüllten zwischen den Ästen, das Summen unzähliger Mücken und anderer Insekten drang an meine Ohren, das Rascheln der Blätter klang, als würden sich die Bäume miteinander unterhalten. Dazu gesellten sich das Knirschen von Erde, Blättern und Kies bei jedem meiner Schritte und das laute Pochen meines Herzens, das mit der Natur im Einklang schlug.

Zwar befand ich mich mitten im Nirgendwo, fernab jedweder Zivilisation und viel zu weit vom Camp entfernt, nichtsdestotrotz fühlte ich mich frei und beseelt.

Über meinem Kopf hüpften zahlreiche Äffchen, deren Brüllen wie ein Echo durch den Wald getragen wurde. Es wunderte mich, wie wenig Scheu sie vor mir hatten. Vermutlich wussten sie, dass von mir keine Gefahr ausging. Trotzdem erschrak ich, als plötzlich eines von ihnen auf meiner Schulter landete.

»Na, wer bist du denn?«, fragte ich in dem Wissen, keine Antwort zu erhalten. Der kleine graue Affe musterte mich aus seinen riesigen schwarzen Knopfaugen. Er war gerade so groß wie mein Unterarm, weshalb ich vermutete, dass es sich um ein jüngeres Exemplar handelte. Der helle Bart, der einer Löwenmähne glich, und die spitzen dunklen Ohren, die aus dem Fell ragten, zeichneten ihn als einen Weißbartlanguren aus.

Das Tier machte keine Anstalten, sich davonzubewegen, stattdessen schaute es zwischen meinem Gesicht und meiner Hand hin und her. Da wurde mir bewusst, dass ich noch immer meine Cracker festhielt. Womöglich hatte meine unüberlegte Brotkrumenspur ihn und seine Kumpanen überhaupt erst angelockt.

»Den willst du haben, oder?« Ich hob meine Hand, und er griff gierig nach dem Leckerbissen. Doch ich schloss die Finger, bevor er ihn an sich reißen konnte. »Immer mit der Ruhe.« Dann brach ich den Cracker in zwei Hälften. Wilde Tiere anzufüttern war vermutlich nicht die klügste Idee, aber das Äffchen war einfach zu süß.

Seine Augen glitzerten vor Freude, als ich ihm die eine Hälfte reichte. Er biss hinein, brüllte in mein Ohr und schwang sich auf einen nahe gelegenen Ast, wo er seinen kostbaren Schatz in sich reinschaufelte.

Grinsend und mit angezogenem Tempo folgte ich einem kleinen Pfad, der sich zwischen den Bäumen entlangschlängelte. Allmählich stieg die Temperatur, sodass ich schnell ins Schwitzen geriet.

Je weiter ich ging, desto verunsicherter wurde ich. Laut Uhrzeit lief ich bereits mehr als eine Viertelstunde. So lange hatten Holly und ich nicht telefoniert – oder? Hatte ich mich vielleicht doch getäuscht und war in die falsche Richtung gegangen?

Der Gedanke daran, mich in den Tiefen des Dschungels verirrt haben zu können, trieb meinen Puls wieder in die Höhe. Die ganze Situation lief aus dem Ruder. So war dieser Urlaub nicht geplant gewesen. Auf meiner Agenda stand nirgends: *sich allein verirren und von Tieren gefressen werden.* Also durfte das auch nicht geschehen. Nur das, was auf meinem Tagesplan stand, durfte passieren!

Mit den Fingern krallte ich mich an den nächstgelegenen Stamm. Ich musste zu Atem kommen und einen kühlen Kopf bewahren. Mein Verstand wusste das, trotzdem ließ sich die Panik nicht vertreiben.

Mir blieb nichts anderes übrig, als irgendwie auf mich aufmerksam zu machen. Vielleicht war ich nicht so weit vom Camp entfernt, wie ich glaubte. Vielleicht würden George oder Leah mich hören. Vielleicht ...

Ich legte die Hände trichterförmig an die Lippen und holte tief Luft. Gerade als ich zum Hilferuf ansetzte, ertönte hinter mir ein ohrenbetäubendes Knacken. Mein Herz raste. Ich blickte über die Schulter, aber dort war nichts. Nichts, außer der Stille des Dschungels.

Wie bescheuert ich war! Natürlich gab es hier Knacklaute – immerhin befand ich mich in einem Tropengebiet. Vermutlich war das lediglich eines der Äffchen gewesen, auf der Suche nach noch mehr Crackern. Oder ein Vogel, der sich in die Lüfte erhoben hatte. Erneut setzte ich zum Hilferuf an, doch ein plötzliches Gewicht an meinem Rücken riss mich beinahe von den Füßen. Mit rudernden Armen bekam ich einen tief hängenden Ast zu greifen, der mich vor einem ungemütlichen Aufprall bewahrte.

»Verflucht!«, zischte ich.

»Was sollte das werden? Willst du Wildtiere anlocken? Dann nur zu. Sag mir aber Bescheid, damit ich wenigstens meinen Hintern noch in Sicherheit bringen kann.« Der höhnische Klang von Aidans Stimme ließ mich zusammenfahren.

Aus seinem Gesicht ging keine Regung hervor, als ich mich ihm zuwandte. »Was willst du hier?«

»Sollte die Frage nicht eher sein, warum du so tief in den Dschungel gerannt bist?« Er verschränkte die Arme vor der Brust. Das beige T-Shirt spannte um seinen Bizeps herum, und es fiel mir schwer, den Blick zu heben und stattdessen in sein verständnisloses Gesicht zu schauen.

»Das war keine Absicht. Ich habe telefoniert und die Orientierung verloren.« Warum verspürte ich andauernd den Drang, mich vor ihm zu rechtfertigen? Allerdings hatte er mir meine Frage noch nicht beantwortet. »Nun weißt du, wieso *ich* hier bin. Würdest du mich nun netterweise aufklären, was *du* hier machst?«

Ich meinte etwas wie Verlegenheit in seinen Zügen wahrzunehmen. Ein kurzer Anflug, der so schnell wieder verschwunden wie er aufgetaucht war. »George und Leah haben einige der Guides losgeschickt, weil du nicht zum Frühstück aufgetaucht bist und deine aufgedrehte Freundin auch nicht wusste, wo du steckst. Ich habe dabei geholfen.«

»Mich zu suchen?« Für diese geistreiche Frage hätte ich mich selbst ohrfeigen können.

»Ja, was denn sonst?«, entgegnete Aidan zynisch. »Je schneller du gefunden wirst, desto schneller können wir zu unserem gewohnten Tagesablauf übergehen.«

Meine Kinnlade klappte herunter, und ein verräterisches Brennen setzte sich hinter meinen Lidern fest. Darum ging es ihm also. Ich hätte es wissen müssen, und eigentlich sollte es mir egal sein. Nichtsdestotrotz hatte seine Antwort mir einen Stich versetzt. Ein wenig mehr Sorge seinerseits wäre nett gewesen, doch wie immer dachte er nur an sich selbst.

»Gut, dann lass uns gehen.« Seine Pose spiegelnd, verschränkte auch ich die Arme vor der Brust. Mit den Augen scannte er mich Millimeter für Millimeter auf eine Weise, die mich erröten ließ. Sein Blick war mir so unangenehm, dass ich mich umdrehte und wortlos voranstapfte. Doch Aidan folgte mir nicht. »Kommst du oder willst du dahinten Wurzeln schlagen?«

Als ich mich ihm zuwandte, lächelte er schelmisch. Von der Platzwunde an seinen vollen Lippen war kaum noch etwas zu erkennen. »Du läufst in die falsche Richtung, Püppchen«, sagte er trocken, drehte sich um und ging.

»Hör auf, mich so zu nennen!«, fauchte ich.

Abrupt blieb Aidan stehen und schaute mich mit hochgezogenen Brauen an. »Sonst was?«

»Sonst ...« Ich kam nicht dazu, den Satz zu beenden. Mit einem lauten Platschen traf ein brauner Haufen seine Stirn und lief langsam daran hinunter.

Auf einem Ast schräg über Aidan saß wieder das kleine Äffchen, das den Wurfarm ausgestreckt hatte und laut kreischte. Um mein Lachen zu ersticken, schlug ich mir die Hand vor den Mund. Es brach trotzdem schallend aus mir heraus.

Angewidert strich Aidan sich über die Stirn und hielt sich anschließend die eingesaute Hand vors Gesicht.

»Sonst bewirft dich ein Äffchen mit Scheiße«, sagte ich noch immer lachend.

»Sehr witzig«, knurrte Aidan. Mit dem Saum seines Shirts wischte er sich den Affenkot von der Stirn ... wobei er ihn quer über seiner Wange verteilte.

Mein Bauch schmerzte bereits vor Lachen. Für sein chauvinistisches Verhalten hatte er nichts anderes verdient. Aber ich war zu gut erzogen, um ihm nicht zumindest meine Hilfe anzubieten. Er konnte sich glücklich schätzen, dass ich zu jeder Zeit ein Päckchen Taschentücher in der Hosentasche hatte.

Ich holte es hervor und trat näher an ihn heran. Als ich die Hand hob, umfasste Aidan meinen Unterarm. Nicht grob, sondern sanft. Die Wärme, die von ihm ausging, löste ein prickelndes Gefühl in mir aus. Eines, das mir bekannt war, das ich aber lange nicht gespürt hatte. Aidan zog fragend die Brauen zusammen. »Was soll das werden?«

Leise räusperte ich mich, versuchte die Situation, so gut es ging, zu überspielen. Mit der freien Hand deutete ich auf sein Gesicht. »Du hast es überall verteilt. Soll ich dir helfen, oder willst du das so lassen? Vielleicht wird Affenkot ein neuer Trend, wenn du ihn nur lange genug erhobenen Hauptes trägst.«

Einen Moment länger als sonst schaute Aidan mich an, dann nickte er. »Na schön.«

Vorsichtig tupfte ich mit dem Taschentuch über seine Wange. Um sein Gesicht in meine Richtung zu drehen, legte ich die Finger an seinen markanten Kiefer. Er schluckte bei der Berührung, so als würde meine Nähe auch in ihm etwas auslösen.

Aidan hob den Blick. Die Sonne brachte seine Augen zum Strahlen, und ich erkannte einzelne grüne Sprenkel in dem dunklen Braunton.

Erst durch Aidans tiefe Stimme bemerkte ich, dass ich innegehalten hatte. »Was ist?«

»Nichts«, sagte ich schnell und entfernte auch den Rest. Dann ließ ich von ihm ab. Das wohlige Gefühl, das sich eben noch über mich gelegt hatte, verflüchtigte sich. »So, fertig.«

Aidan nickte. »Gut.«

»Wie wäre es mit einem *Danke*?«

Er atmete tief durch und lächelte aufgesetzt. »Danke schön.«

Dieser Kerl machte mich wahnsinnig. Wie konnte man nur unter solchen Stimmungsschwankungen leiden? Von jetzt auf gleich hatte sich sein Verhalten wieder komplett geändert. So als hätte es eben nicht diesen Moment zwischen uns gegeben. Aber vielleicht hatte ich mir das alles auch nur eingebildet.

Manchmal verfluchte ich mich selbst dafür, so freundlich zu sein. Eigentlich hätte ich ihn den restlichen Tag über mit Kot im Gesicht herumlaufen lassen müssen. Nichts anderes hatte er verdient.

Darauf bedacht, mich nicht einzusauen, faltete ich das Taschentuch zusammen und schob es mir in die Hosentasche. Aidan war währenddessen einfach weitergelaufen. Und zwar so schnell, dass ich kaum hinterherkam.

»Kannst du bitte etwas langsamer laufen?«, fragte ich nach Atem ringend.

Er warf mir einen leicht genervten Blick zu. Kurz glaubte ich, er würde einfach weitergehen, aber zu meiner Überraschung blieb er stehen und wartete, bis ich zu ihm aufgeschlossen hatte. Kaum dass ich neben ihm angekommen war, lief er bereits schweigend weiter.

Da ich nicht wusste, was ich sagen sollte, konzentrierte ich mich auf die Umgebung. Zumindest war das meine Intention. Aber ich konnte meine Gedanken nicht davon abhalten, an das Gefühl von eben zu denken, und meine Augen nicht davon, Aidan hin und wieder einen verstohlenen Blick zuzuwerfen.

»Gibt es einen bestimmten Grund, aus dem du mich so anstarrst?« Sein Kopf schnellte plötzlich in meine Richtung. Ein undurchschaubarer Ausdruck lag auf seinem Gesicht.

»Eigentlich wollte ich nur wissen, wie weit es noch bis zum Camp ist.« Ich spürte die Hitze in meine Wangen steigen. Es war mir unangenehm, dass er mich auf frischer Tat beim Starren erwischt hatte. Und eigentlich hatte ich mit einem Machokommentar seinerseits gerechnet, doch dieser blieb aus.

»Bist du ein Kleinkind?«, quittierte Aidan stattdessen meine Frage. Was es nicht unbedingt besser machte.

»Tut mir leid, dass dich meine einfache Frage schon so auf die Palme bringt.«

Er atmete tief durch, wobei sich seine Brustmuskeln unter dem engen Oberteil abzeichneten. »Ein paar Minuten sind es noch.« Aidan beschleunigte seine Schritte wieder. Dieses Mal bat ich ihn nicht, langsamer zu gehen.

Keine fünf Minuten später lichteten sich die Bäume, und das Haupthaus des Camps kam zum Vorschein. Ein paar vereinzelte Gestalten standen am Waldrand. Als uns nur noch wenige Meter von ihnen trennten, erkannte ich neben den Baxters auch Jeff und Claudia.

»Gott sei Dank!«, rief George und machte ein paar zügige Schritte auf uns zu. Die Furche zwischen seinen Augenbrauen war tief. »Tu das nie wieder, Kim! Wir waren gerade dabei, die Jeeps bereit zu machen, um nach dir zu suchen. Was hast du dir nur dabei gedacht?«

»Tut mir leid«, entgegnete ich kleinlaut.

»Und du!« George wandte sich Aidan zu. Aus dem Augenwinkel sah ich diesen kaum merklich zusammenzucken. George richtete sich vor ihm auf und schalt ihn mit erhobenem Zeigefinger. »Wir haben dir ausdrücklich gesagt, dass du bei den anderen warten und nicht auf eigene Faust losziehen sollst. Es hätte sonst was passieren können.«

Bei der Standpauke zuckte ich ebenfalls zusammen, auch wenn diese nicht mir gegolten hatte. Georges Worte verwunderten mich allerdings. Aidan war allein losgezogen, um nach mir zu suchen? Eigentlich hatte es so geklungen, als hätte er sich dem Suchtrupp angeschlossen.

»Das Frühstück ist fast vorbei. Nehmt euch noch schnell eine Kleinigkeit, dann müssen wir mit dem Training starten.« Es war offensichtlich, dass George wütend war. Verübeln konnte ich es ihm nicht, immerhin hatten sowohl Aidan als auch ich uns einer unnötigen Gefahr ausgesetzt. Das war unverantwortlich und tat mir schrecklich leid.

»Danke«, nuschelte ich an Aidan gewandt. »Dass du nach mir gesucht und mich zurückgebracht hast.«

»Bilde dir aber nicht zu viel darauf ein. Ich bin nicht dein Ritter in strahlender Rüstung«, erwiderte er trocken. Doch sein Mundwinkel zuckte, ehe er sich abwandte und durch die geöffnete Tür ins Haus trat.

Einen Augenblick später rannte Finja heraus und direkt auf mich zu. Ohne ihr Tempo zu verlangsamen, sprang sie mir in die Arme, sodass ich kurz davor war, das Gleichgewicht zu verlieren. »Gott sei Dank ist dir nichts passiert, Kim. Ich habe mir solche Sorgen um dich gemacht!« Sie ließ von mir ab und betrachtete mich eingehend von oben bis unten. »Alles noch dran?«

Lachend nickte ich. »Ja, alles noch dran. Danke für deine Sorge, das bedeutet mir viel.«

»Aber das ist doch selbstverständlich!«, winkte sie ab. Für mich war es das nicht. »Ich bin einfach froh, dass die Baxters dich gefunden haben.«

»Aidan war es. Er hat mich gefunden.«

Finjas Augen weiteten sich, dann grinste sie breit und legte mir den Arm um die Schultern. »Ich möchte die ganze Geschichte hören. Von Anfang bis Ende.«

Ich prustete. »Da gibt es nicht viel zu erzählen.«

»Oh, ich denke, schon. Komm, wir holen dir erst mal etwas zu essen.«

Gemeinsam gingen auch wir ins Haus und Richtung Speisesaal. Dabei ließ Finja keine Gelegenheit aus, mich über die Ereignisse der vergangenen Stunde auszuquetschen. Und während ich sprach, machte mein törichtes Herz einen kleinen Hüpfer.

Kapitel 7

»Woran denkst du?« Ayu stupste mir den Ellbogen in die Seite. Wir saßen um ein Lagerfeuer und ließen die vergangenen Tage noch einmal Revue passieren. Es war kaum zu glauben, wie viel in so kurzer Zeit geschehen konnte. Nun blieben uns nur noch ein einziger Trainingstag gefolgt von einem Ruhetag, ehe es in die Wildnis ging.

Wenn ich in die Gesichter der anderen Campteilnehmer schaute, war deutlich zu erkennen, dass die Woche jeden Einzelnen von ihnen ausgelaugt hatte. Wo sie vor fünf Tagen noch gestrahlt hatten, zeichneten sich nun dunkle Schatten unter ihren Augen ab. Es hatte wohl niemand damit gerechnet, wie anstrengend und kräftezehrend eine solche Reise werden würde.

»An heute früh«, beantwortete ich schließlich Ayus Frage. Seit Stunden kreisten meine Gedanken um kaum etwas anderes.

Ayu nickte. »Es ist schön, dass der junge Mann dich gefunden hat. Aidan war sein Name?«

Ich nickte. »Ja, genau.« Die Flammen knisterten und verströmten dabei nicht nur Wärme, sondern auch ein wohliges Gefühl von Heimat. Das Lagerfeuer erinnerte mich an die wenigen wirklich kalten Tage, an denen ich vor dem Kamin gesessen hatte, eingekuschelt in eine flauschige Decke mit einer Tasse heißer Schokolade in den

Händen. Gemeinsam mit meinen Eltern und Holly, die oft bei uns zu Hause gewesen war.

Wieso dachte ich gerade jetzt an diese Tage zurück? Vielleicht, weil einem auf dieser Insel kaum etwas anderes übrig blieb, als die Gedanken abdriften zu lassen und über jede Entscheidung nachzudenken, die man jemals in seinem Leben getroffen hatte? Aber es war schließlich genau das, was ich wollte. Einen klaren Kopf bekommen. Eine Antwort auf die Frage finden, was ich mit meinem restlichen Leben anfangen sollte.

»Ihr solltet miteinander sprechen.« Mit diesen Worten wandte Satoshi sich an mich. »Ayu und ich sind schon lange Zeit verheiratet. Das Geheimrezept einer lange andauernden Beziehung ist es, miteinander zu reden und Fehler zu verzeihen.«

Ich zog fragend die Brauen zusammen und legte den Kopf schief. Satoshi musste den grüblerischen Ausdruck auf meinem Gesicht fehlinterpretiert haben. Schließlich war es nicht Aidan, über den ich eben nachgedacht hatte. Es war mir ausnahmsweise gelungen, ihn komplett aus meinen Gedanken zu vertreiben.

»Das ist es nicht, was mir durch den Kopf ging«, erklärte ich.

Der ergraute Bart um Satoshis Lippen kräuselte sich, als er die Mundwinkel hob. »Wenn du das sagst.« Damit verschränkte er die Finger ineinander und blickte wieder ins Feuer.

Auch ich versuchte, mich auf nichts anderes als die Flammen vor mir zu konzentrieren. Aber Satoshi war es gelungen, mit seinen Worten in meinen Kopf vorzudringen und sich dort einzunisten. Nun wanderten meine

Gedanken instinktiv doch wieder zu Aidan, der nicht mit dem Rest von uns am Feuer saß. Mir war zuvor schon aufgefallen, dass es sich bei ihm eher um einen Einzelgänger handelte, der die Abende für sich verbrachte.

Ich ertappte mich dabei, zu überlegen, was der Anlass für seine Isolation war. Niemand schloss sich einfach so einer kleinen Gruppe auf einer mysteriösen Survival-Insel an, nur um dann komplett allein zu bleiben. Dann konnte man auch einfach in irgendeinem Wald campen gehen. Dass es ihn ausgerechnet hierher verschlagen hatte, musste einen Grund haben.

Kopfschüttelnd vertrieb ich die Überlegungen wieder. Es sollte mich nicht im Geringsten interessieren, weshalb er hier war. Nach morgen würden wir beide auch nicht weiter gezwungen sein, mehr Zeit als nötig miteinander zu verbringen, und dann konnte ich mich auf andere Dinge fokussieren. Zumindest in der Theorie.

Ich raffte mich auf und klopfte mir Asche und Ruß von der Hose. Es war spät geworden, und das Feuer verglühte langsam. Die anderen befanden sich noch inmitten ihrer regen Gespräche, aus denen ich mich allerdings ausklinkte.

Schnell verabschiedete ich mich von Ayu und Satoshi, deren Blicke ich noch spüren konnte, als ich um die Ecke abbog und im Haupthaus verschwand.

Möglichst leise schlich ich durch den Flur und hielt instinktiv vor Aidans Tür an. Sein Zimmer lag nur wenige Meter von Finjas und meinem entfernt. Das Herz schlug mir bis zum Hals, und mein Verstand fragte mich, was das werden sollte. Leider konnte ich ihm diese Frage auch nicht beantworten. Es gab keinen Grund für mich, mitten in der Nacht bei Aidan aufzutauchen. Vermutlich würde er mir ohnehin die Tür vor der Nase zuschlagen.

Dennoch zählte ich gedanklich bis drei, ehe ich an das Holz klopfte. Der dumpfe Laut erfüllte das ansonsten menschenleere Haus.

»Ja?« Vermutlich rechnete er nicht mit mir. Wieso sollte er auch? Immerhin hatte er mir mehr als einmal deutlich zu verstehen gegeben, was er von mir hielt. Ich öffnete die Tür einen Spaltbreit und schob meinen Kopf hindurch. »Darf ich reinkommen?«

Aidan lag lediglich mit einer Jogginghose bekleidet auf seinem Bett. Hatte mir das Herz eben noch bis zum Hals geschlagen, rutschte es mir mit einem Mal in die Hose. Den rechten Arm hatte er angewinkelt unter seinen nun angehobenen Kopf geschoben, während der linke lässig auf seinem Sixpack lag. In der Hand hielt er ein aufgeschlagenes Buch.

Verblüfft hob ich die Augenbrauen. Für einen Bücherwurm hatte ich Aidan nicht gehalten. Das machte ihn irgendwie … noch heißer. Unzählige Bilder flackerten vor meinem geistigen Auge auf. Was stimmte nicht mit mir? War ich wirklich schon so untervögelt, dass ich ausgerechnet von ihm fantasieren musste? Eigentlich konnte ich diese Frage ganz leicht mit *Ja* beantworten. Männer standen nicht auf meinem Plan, meine Zeit war ohnehin begrenzt. Daher sah es seit Collegebeginn in meinem Liebesleben eher mau aus.

»Und was willst du?«, fragte Aidan, da ich keinerlei Anstalten machte, das Gespräch zu beginnen.

»Wenn ich reinkommen darf, kann ich dir das gern sagen.«

»Gut, aber beeil dich.« Er klappte das Buch zu und legte es auf seinem Nachttisch ab. Anschließend schob er auch den anderen Arm angewinkelt unter seinen Kopf. Ich versuchte, möglichst woanders hinzugucken als auf seinen Oberkörper oder seinen Bizeps. Was schwierig war, da seine Muskeln bei jeder noch so kleinen Bewegung zuckten – etwas, wofür ich schon immer eine Schwäche hatte.

Auch wenn Aidan nicht den Eindruck vermittelte, mich gern um sich zu haben, trat ich ein und schloss die Tür hinter mir. Da es keine Sitzgelegenheiten gab, lehnte ich mich gegen die Kommode ihm gegenüber.

Das Zimmer war identisch zu dem von Finja und mir aufgebaut. Mit einem Unterschied ... »Du hast ein Einzelzimmer?«

Aidan hob die Schultern. »Ich mag meine Privatsphäre.«

Geistesabwesend nickte ich und ließ den Blick weiter schweifen. Er war eindeutig ein Chaot. In jeder Ecke türmten sich schmutzige Kleiderberge. Sein Koffer stand offen vor dem Bett, und es roch ein bisschen nach Striplokal – eine Mischung aus Schweiß und Deodorant, gepaart mit der leicht blumigen Note von Duschgel oder Bodylotion. Von dem angenehmen Duft von Sandelholz, der Aidan sonst umgab, war hier nichts zu riechen.

»Es ist ja schön, dass du dich hier umsehen willst, aber kommst du jetzt zum Punkt? Ich würde mich gern wieder meinem Buch widmen.«

Ich lächelte verhalten. »Eigentlich bin ich nur hier, um mich zu bedanken. Und mich zu entschuldigen«, begann ich. Dabei fixierte ich meine Finger, die sich um mein

Armband gelegt hatten, damit ich Aidan nicht anschauen musste. »Die letzten Tage waren schwierig, und ich habe einfach das Gefühl, wir haben uns auf dem falschen Fuß kennengelernt. Ich dachte, es wäre nett, das Kriegsbeil zu begraben.«

Ein Knarzen ließ mich den Blick heben. Aidan hatte sich aufgerichtet und lehnte nun mit dem Rücken gegen das Polster. Man hätte das Wort *Verblüffung* auch als Leuchtreklame über seinem Kopf anbringen können, so deutlich war sie ihm anzusehen.

»Danke«, sagte er nach einer gefühlten Ewigkeit. Dieses Mal schwang in seiner Stimme kein Sarkasmus mit, sondern Ehrlichkeit. »Womöglich hast du recht.« Ein leises Räuspern, dann setzte er seine emotionslose Miene erneut auf. »Freunde werden wir wohl nicht werden, aber dieser ewige Streit ist auch keine Lösung.«

Es war schade, dass er so dachte, aber widersprechen konnte ich ihm nicht. Aidan und ich waren nicht kompatibel, sondern stießen einander ab wie zwei gleiche Magnetpole. »Dem kann ich nur beipflichten«, entgegnete ich daher.

»Gut.« Er drehte sich zur Seite und nahm wieder sein Buch. Als er es bis zum Anschlag öffnete, gefror mir das Blut in den Adern, und ich zischte schmerzverzerrt. Stirnrunzelnd schaute Aidan auf. »Hast du dich gestoßen?«

»Nein. Es ist nur …« Mit zusammengepressten Lippen deutete ich auf das Buch. »Du hast den Buchrücken gebrochen.«

Aidan lachte leise. Es war keines seiner üblichen herablassenden Lachen, sondern ein aufrichtiges. Eines, das einen wolkenverhangenen Tag erhellen konnte. Dunkel, aber melodisch. »Es ist doch nur ein Gebrauchsgegenstand.«

Gespielt erschrocken stieß ich den Atem aus. »Wir könnten diese Diskussion jetzt führen, aber damit würde ein erneuter Streit ausbrechen, und das wollen wir ja nicht.«

Kopfschüttelnd schnaubte Aidan und blätterte die Seite um. Es war eindeutig, dass er in Ruhe lesen wollte. Daher verstand ich nicht, weshalb mein Körper sich einfach nicht in Bewegung setzen und rausgehen wollte.

Eher umständlich reckte ich das Kinn, um den Titel entziffern zu können. Aber ich konnte ihn aus meiner Position nicht lesen.

»*Sherlock Holmes*«, sagte Aidan, ohne aufzusehen. Stattdessen hob er das Buch so, dass ich es besser betrachten konnte. Es war eine mir unbekannte Taschenbuchausgabe der gesammelten Werke.

»Und lass mich raten – *der Hund von Baskerville* gefällt dir am besten?« Wir hatten in der Literatur-AG einige Erzählungen und Romane von *Sherlock Holmes* behandelt, und dieser kam bei den meisten am besten an. Was ich nie hatte verstehen können. Für mich war das eine seiner am meisten überschätzten Geschichten. Ich traute mich allerdings nicht, das auszusprechen.

Nun senkte Aidan das Buch doch. »Ganz im Gegenteil. Die Geschichte wird völlig überbewertet.«

Ich lächelte. »Pass auf, was du sagst. Nicht dass wir doch noch versehentlich Freunde werden.«

Ein weiteres Mal lachte Aidan leise. Wow, schon zum zweiten Mal innerhalb weniger Minuten. »Keine Sorge.«

Für einen Moment schauten wir einander bloß an.

Dann lehnte Aidan sich in seinem Kissen zurück, und der lockere Ausdruck auf seinem Gesicht wich wieder einer sehr ernsten Miene. »Wenn du nichts dagegen hast, würde ich jetzt gern weiterlesen.«

Wieder wurde er plötzlich ernst, ohne dass ich verstand, warum.

»Natürlich.« Ich stieß mich von der Kommode ab und lief Richtung Tür. Bevor ich die Klinke hinunterdrückte, warf ich noch einen Blick über die Schulter. Aidan war bereits wieder in sein Buch vertieft. Vielleicht wollte er doch einfach allein sein und lesen. Also verabschiedete ich mich und verließ das Zimmer.

Im Haus war es mucksmäuschenstill. Kurz überlegte ich, ob ich noch mal zurück zum Lagerfeuer gehen sollte, verwarf diesen Gedanken aber schnell wieder. Stattdessen steuerte ich mein Zimmer an in der Hoffnung, dass Finja noch nicht zurück war. Ich wollte mich in Ruhe ein wenig mit meinem Journal beschäftigen. Denn wer wusste schon, wie viel Zeit mir dafür in den nächsten Wochen bleiben würde.

Kapitel 8

Meine Finger schwitzten, und das Herz schlug mir bis zum Hals. Ich wischte mir die Hände an der Hose ab. Dabei bemerkte ich, wie sehr ich vor Aufregung zitterte. Ich musste mich selbst ermahnen, Ruhe zu bewahren, denn das war das Wichtigste. Ansonsten machte man Fehler.

»Jedes Paar erhält einen Rucksack, in dem sich alles Lebensnotwendige befindet«, erklärte George. »Setzt das erlernte Wissen der letzten Tage um, dann wird euch mit Sicherheit nichts passieren.«

»Und wenn wir uns verlaufen?«, fragte Frau Weber unsicher. Dabei griff sie nach dem Unterarm ihres Mannes. Die Zwillinge bemerkten die Sorge ihrer Mutter nicht, da sie wieder damit beschäftigt waren, einander wie Kühe umzuschubsen.

»Dann seid ihr verdammt.« George verzog keine Miene, dann lachte er. »Nein, natürlich nicht. Es sind Peilsender in die Rucksäcke eingenäht. Solltet ihr nicht spätestens eine Stunde nach der vereinbarten Zeit zurück sein, werden wir euch einsammeln kommen. Je nachdem, wo genau ihr euch befindet, ist auch der Handyempfang halbwegs in Ordnung.«

Seine Worte waren wenigstens ein bisschen beruhigend. Trotzdem änderte das nichts an der Tatsache, dass es eine unheimlich große Herausforderung darstellte, allein in den Dschungel geschickt zu werden. Nun gut, gänzlich allein würde ich nicht sein.

Aidan öffnete den Rucksack, den George vor uns abgestellt hatte. Darin befanden sich zwei große Flaschen Wasser, ein paar Sandwiches und Obst. Verhungern oder verdursten würden wir schon mal nicht. Und für den Fall der Fälle hatten wir schließlich auch gelernt, wie man sich in der Wildnis selbst versorgen konnte.

Als Aidan den Reißverschluss etwas weiter öffnete, sah ich noch ein Erste-Hilfe-Kit, Seile und Karabinerhaken sowie ein zusammengefaltetes Blatt Papier.

Während ihr Mann die übrigen Rucksäcke verteilte, ergriff Leah das Wort. »Tut uns einen Gefallen und nehmt sämtlichen Müll, den ihr fabriziert, wieder mit ins Camp. Wir möchten den Dschungel nicht unnötig verschmutzen.«

Verständlich. Die Insel war unglaublich schön und sollte es auch bleiben. Es war ohnehin eine Zumutung, wie viel Müll Menschen produzierten. Wenigstens dieses Fleckchen Erde sollte davon verschont bleiben. Zumindest solange das noch möglich war …

Nach wie vor verstand ich nicht, wie dieser Ort verkauft werden konnte. Und es machte mich wütend, dass irgendein Hotelier sich hier ohne Rücksicht auf Verluste ausbreiten wollte. Gab es nicht genügend Platz auf der Welt? Musste man wirklich die wenigen Tropengebiete noch abholzen? Wie war es Menschen möglich, sich so wenig um ihre Umwelt zu kümmern und zu sorgen?

Tief durchatmen, Kim. Ich zupfte an den Anhängern meines Armbands. Schrittweise überkam mich eine innere

Ruhe. Als meine Finger das kleine Smartphone ertasteten, lächelte ich.

»In den Rucksäcken befindet sich eine Karte der Insel. Holt sie bitte einen Moment hervor«, sagte George, als auch die letzte Gruppe ihre Tasche erhalten hatte. Aidan faltete die Karte auf und hielt sie so, dass auch ich einen Blick darauf werfen konnte. »Jede Gruppe hat unterschiedliche Markierungen darauf. Diese müsst ihr finden.«

»Und dann?«, fragte Laurin, der uns gegenüber neben Finja stand. Sie hielt die Arme vor der Brust verschränkt, und als unsere Blicke sich einen Moment trafen, verdrehte sie die Augen. Ich grinste. Ihre Lust, die Insel gemeinsam mit Laurin zu erkunden, war scheinbar kaum vorhanden.

»Einige unserer Mitarbeiter haben dort Dinge für euch hinterlegt, die ihr gut gebrauchen könnt. Sie sind ein wichtiger Zusatz zu allem, was in euren Taschen ist.« George zwinkerte, lieferte aber keine weitere Erklärung. »Gekennzeichnet sind diese Sachen durch rote Stoffbänder, die ihr bitte ebenfalls einsammelt und mitbringt. Habt ihr noch Fragen?«

Gedanklich ging ich alles durch, was George und Leah uns in den vergangenen Minuten erzählt hatten. Markierungen finden, Gegenstände und Stoffbänder mitnehmen, innerhalb von zehn Stunden – also gegen acht Uhr abends – wieder im Camp sein. Auf Anhieb fiel mir nichts weiter ein. Aber so, wie ich mich kannte, würde sich das keine fünf Minuten nach unserem Aufbruch ändern.

Aidan schaute noch immer mit zusammengekniffenen Augen auf die Karte in seinen Händen. So wie er sie hin- und herdrehte, vermutete ich, dass er keine Ahnung hatte, wie man sie las.

»Gib mal her«, sagte ich und riss ihm das Papier aus der Hand.

»Mist, was soll das?«, fluchte Aidan und pustete gegen seinen Finger. »Das hat wehgetan!«

»Entschuldigung.« Ich konnte nur hoffen, dass er während unserer Tour nicht stolperte, wenn er bereits wegen eines Minischnitts jammerte. Mein Blick wanderte über die Karte. Sie wirkte nicht hundertprozentig maßstabsgetreu, aber es sollte genügen.

Das Camp lag im südöstlichen Teil der Insel, etwa drei Meilen vom Meer entfernt. Die nähere Umgebung befand sich in einer flachen Region. Doch je tiefer man in den Dschungel vordrang, desto bergiger wurde es. Was mich erstaunte, war die Vielzahl an Flüssen, die es auf Jeopardy Island gab.

Mit dem Zeigefinger fuhr ich die Wege vom Camp bis zu den Markierungen auf der Karte nach und prägte sie mir ein. Das erste Kreuz lag mitten im Dschungel, das zweite auf einem Hügel oder niedrigem Berg und das dritte an einem Fluss. Ich schätzte die Strecke auf etwa acht Meilen hin und wieder zurück. Sechzehn Meilen sollten je nach Untergrund in der vorgegebenen Zeit gut zu schaffen sein.

Ein letztes Mal zog ich mein Handy hervor, um sicherzugehen, dass ich genügend Akku hatte. Dreiundsiebzig Prozent – das sollte auch ohne Powerbank ausreichen. Rasch tippte ich eine Nachricht an Holly, in der ich ihr von der heutigen Aufgabe berichtete. Die Antwort folgte prompt.

Uhhh, zehn Stunden mit Mr Hot. Wenn ihr euch beeilt, bleibt bestimmt noch Zeit für andere Dinge 😉

Ich schüttelte den Kopf. Hätte ich ihr mal lieber nicht gesagt, dass Aidan ein heißer Bücherwurm war. Ich hätte wissen müssen, dass mir das noch zum Verhängnis werden würde. Ein Schmunzeln konnte ich trotzdem nur schwer unterdrücken.

Eher fressen mich die Bären 😛

»Na, erzählst du deiner Freundin gerade von deinem heißen Begleiter?«, fragte Aidan mit rauer Stimme.

Schnell – vermutlich etwas zu schnell – presste ich mir das Handy an die Brust, damit er den Gesprächsverlauf nicht lesen konnte. »Wenn überhaupt, dann von meinem grummeligen Begleiter.«

»Sagte sie sabbernd.« Als ich zu Aidan hochschaute, fuhr er sich mit der Zunge über die Lippen, die ich einen Moment zu lange betrachtete. Seine Augen funkelten provokativ. Bevor ich mir einen passenden Konter zurechtlegen konnte, lachte er leise und blickte schon wieder nach vorn.

»Ich wünsche euch viel Vergnügen.« George schob die Mütze auf seinem Kopf zurecht. »Zehn Stunden starten jetzt.«

Darauf schwärmten die ersten Gruppen aus und rannten beinahe auf die unterschiedlichen Pfade zu – als wäre das hier ein Wettbewerb, aus dem sie unbedingt als Sieger hervorgehen mussten. Wenn sie so rasten, hatten sie in spätestens zwanzig Minuten Seitenstechen.

»Und, wo geht's lang, Watson?«

»Sollte ich nicht Sherlock sein, wenn ich die Karte in der Hand halte?«

Aidan schüttelte den Kopf. »Träum weiter. Und jetzt sag schon, wo wir hinmüssen.«

Ich atmete tief durch, um keine Diskussion zu starten. Stattdessen deutete ich in die entgegengesetzte Richtung vom Haus. »Dort müsste sich ein schmaler Pfad befinden, dem wir etwa zwei Meilen bis zur ersten Markierung folgen können.«

Ohne ein Wort zu sagen, schulterte Aidan den Rucksack und marschierte voran.

»Danke, Kim«, nuschelte ich mir selbst zu und lief ihm hinterher.

»Danke, dass du den Rucksack trägst, Aidan«, entgegnete mein Vordermann sarkastisch.

Wenn das so weiterging, würden das die anstrengendsten zehn Stunden meines Lebens werden.

Was den Pfad betraf, sollte ich recht behalten. Er lag etwas versteckt direkt zwischen einigen Puderquastensträuchern, deren rot leuchtende Blütenköpfe an Pusteblumen erinnerten. Aidan schob die tief hängenden Äste, die uns den Weg versperrten, zur Seite. Wenigstens hielt er sie auch noch fest, als ich bei ihm angekommen war. Kurz hatte ich geglaubt, er würde sie absichtlich loslassen, damit sie mir ins Gesicht klatschten. Das hätte ihm ähnlich gesehen.

Um meine Kräfte zu sparen, lief ich möglichst langsam und konzentrierte mich auf meine Atmung. Dass Aidan nicht an einem Gespräch interessiert war, kam mir dabei ganz gelegen. Die Karte schob ich zusammengefaltet in den Bund meiner Hose und zog mein dunkelgrünes T-Shirt darüber. In Kombination mit meiner braunen Wanderhose und den dunklen Schuhen verschmolz ich komplett mit meiner Umgebung, ähnlich wie ein Chamäleon.

Aufgrund der tropischen Insekten wäre es klüger gewesen, ein langärmeliges Top anzuziehen, aber die Hitze auf Jeopardy Island war kaum auszuhalten. Die drückende Luft schnürte mir förmlich die Kehle zu, weshalb es unmöglich gewesen wäre, etwas anderes als ein T-Shirt zu tragen. Die Haare hatte ich mir in einem losen Zopf zurückgebunden, spürte aber bereits jetzt, wie sie mir im Nacken kleben blieben.

»Willst du einen Marathon gewinnen?«, rief ich, da Aidan wieder viel schneller als nötig lief. Er blickte über die Schulter und blieb stehen. Eine Strähne hatte sich aus seinem Bun gelöst und haftete an seiner Stirn. »Sorry, liegt in meiner Natur.«

Überrascht hob ich eine Braue. »Wow, hast du dich gerade entschuldigt *und* etwas über dich preisgegeben?«

Aidan schnaubte. »Bilde dir bloß nicht zu viel darauf ein.«

»Mach ich nicht, keine Sorge.« Ich grinste ihn breit an, was ihn dazu veranlasste, leise zu lachen und weiterzulaufen. Dieses Mal langsamer.

Eine Weile folgten wir schweigend dem Trampelpfad. Jeder Baum glich dem anderen, und es war erstaunlich still. Das ruhige Summen von Insekten lag in der Luft, und die Blätter raschelten durch die leichte Brise, die wenigstens eine kleine Abkühlung bescherte.

Ich musste lächeln. Dieser Ort verströmte eine ganz eigene Magie, der man sich einfach nicht entziehen konnte. Holly hatte darauf bestanden, dass ich hier in der Lage sein würde, auf andere Gedanken zu kommen. Allmählich glaubte ich, dass sie recht hatte.

Die Sonnenstrahlen, die durch das Blätterdach brachen, formten ein einzigartiges Lichtspektakel. Sie hüllten einzelne Bäume in dunkle Schatten, während sie andere zum Funkeln brachten. Bei jedem unserer Schritte wurden Erdpartikel aufgewirbelt, die ebenfalls im Lichtspiel tanzten.

»Da vorn ist so ein Stoffband.« Seine Worte rissen mich aus den Gedanken.

Es waren nur noch wenige Schritte bis zu dem Band, das um den Ast eines Buschs gewickelt war. »Kannst du was sehen?«

Aidan hockte sich hin und griff zwischen die Zweige. Als er die Hand hervorzog, hielt er ein goldenes Kästchen darin. Er drückte auf einen seitlich befestigten Knopf, woraufhin sich eine Klappe öffnete. »Es ist nur ein Kompass«, sagte er enttäuscht und reichte ihn mir.

»Wow«, hauchte ich. Aidans Enttäuschung konnte ich nicht nachvollziehen. Der Kompass war sehr alt, einige Rostpartikel hatten sich bereits vom Gehäuse gelöst. Aber die eingezeichnete Windrose hatte viele filigrane Verzierungen, die sie einzigartig machten.

Während ich den Gegenstand betrachtete, entfernte Aidan das Stoffband und schob es sich in die Hosentasche. Dann tat er etwas Merkwürdiges, wobei ich ihn stirnrunzelnd beobachtete. Er strich über den Stamm einer Palme und klopfte anschließend dagegen.

»Was soll das denn werden?«

»Ich wollte wissen, ob der Stamm hohl ist.«

Mit schief gelegtem Kopf musterte ich Aidan. »Und wieso?«

»Meine Yuccapalmen zu Hause sind hohl.«

»Vermutlich hast du keinen grünen Daumen«, entgegnete ich grinsend. »Schmeiß sie lieber weg, die faulen von innen heraus.«

Aidan nickte und wechselte dann so rasch das Thema, dass es selbst mich verwunderte. »Wohin jetzt?«

»Moment.« Ich verstaute den Kompass und faltete die Karte auseinander. »Ein paar Meter weiter müsste eine Weggabelung kommen. Dort links entlang, vorbei an einer Felswand, und kurz danach folgt ein Schlenker nach rechts den Hügel hinauf, wo die zweite Markierung zu finden sein müsste.«

Aidan blinzelte ein paarmal und schaute mich ungläubig an. »Du hättest auch einfach sagen können, *erst mal geradeaus.*«

»Nur damit du mich in fünf Minuten wieder fragst?«

»Und du glaubst, dass ich mich in fünf Minuten noch an deine Ausführung erinnern kann?«

»Ich zeige dir gern, wie man eine Karte liest, damit du das nächste Mal selbst draufgucken kannst«, entgegnete ich und stöhnte.

Aidan rümpfte die Nase, dann ging er weiter. Sein gemächliches Tempo war wieder verschwunden. Er rannte durch das Unterholz, ohne darauf zu achten, wo er hintrat.

»Kann es sein, dass du als irgendein Firmenfuzzi arbeitest, wenn du dich nicht gerade durch den Dschungel schlägst?«, wollte ich keuchend wissen.

Aidan blieb so abrupt stehen, dass ich frontal in den Rucksack hineinlief. »Wie kommst du darauf?«

»Du missbrauchst mich als deine Sekretärin, du sprintest, als würde dein Leben davon abhängen«, zählte ich auf. Seine Gesichtsfarbe änderte sich, und ich meinte einen roten Schimmer auf seinen Wangen zu erkennen. Das konnte nur eines bedeuten. »Ich habe ins Schwarze getroffen, oder?«

»Keine Ahnung, wovon du sprichst.«

»Was arbeitest du dann?« So leicht würde ich nicht klein beigeben. Ich starrte Aidan in Grund und Boden, während ich auf eine Antwort wartete.

Nach einer Weile schnaubte er. »Schön, du hast recht. Bist du jetzt zufrieden?«

»Irgendwie schon, ja«, antwortete ich grinsend. Also hatte mich meine Menschenkenntnis noch nicht komplett verlassen. Trotzdem fiel es mir schwer, Aidan gänzlich zu durchschauen. Doch legte ich es wirklich darauf an, seine Geheimnisse zu ergründen?

»Und was machst du?«, fragte Aidan und lief weiter.

»Interessiert dich das wirklich?«

»Eigentlich nicht.« Er zuckte mit den Schultern. »Aber es ist nur fair, wenn du jetzt etwas über dich erzählst. Wobei ich da auch schon eine Vermutung habe.«

»Ach ja?« Nun war ich ganz schön gespannt.

»Ich bin ein guter Beobachter«, meinte Aidan trocken und wischte sich endlich die losgelöste Strähne aus der Stirn. »Entweder bist du Veranstaltungsplanerin oder Journalistin.«

Meine Kinnlade verselbstständigte sich. »Wie …?«

»Du schreibst dir alles auf und bist durchorganisiert. Heute sehe ich dich zum ersten Mal ohne dein Notizbuch. Es würde mich nicht im Geringsten wundern, würdest du es gleich aus deinem Hosenbund zaubern.«

»Nein, ich habe es nicht dabei!« Das stimmte. Meine Angst, das Journal zu verlieren, war zu groß gewesen, weshalb ich es auf dem Zimmer gelassen hatte. Mir war zwar nicht wohl bei dem Gedanken, doch zur Not würde die Notizapp auf meinem Handy herhalten müssen.

Aidan schmunzelte. »Aber ich habe ins Schwarze getroffen, oder?« Es ärgerte mich, dass er mich nachäffte. Noch mehr ärgerte mich, dass er recht hatte.

»Ja«, sagte ich mürrisch.

»Ha!« Aidan wackelte mit den Augenbrauen. Es fehlte nur noch, dass er einen Siegestanz aufführte.

Kopfschüttelnd presste ich mich an ihm vorbei und ging voran. So musste ich ihn wenigstens nicht mehr anschauen. Der Untergrund wurde immer feuchter. Entweder hatte es letzte Nacht geregnet, oder wir waren in der Nähe eines Bachs. Der Geruch von Wasser lag auch in der Luft, aber ich konnte weder etwas sehen noch hören. Blieb nur zu hoffen, dass ich die Karte richtig gelesen hatte und wir nicht doch einen falschen Weg gegangen waren.

Meine Sorge war unbegründet, denn zwischen den Bäumen ragte eine kleine Felswand in die Höhe. Als wir davorstanden, ließ ich die Finger langsam über den kühlen Stein wandern. Am liebsten hätte ich mein Gesicht zum Abkühlen dagegen gepresst. Die dicke Spinne, die gerade zwischen zwei Steinen verschwand, hielt mich davon ab.

»Ekelhaft«, hörte ich Aidan leise sagen.

Ein Kichern entfuhr mir. »Wir sind in einem Tropengebiet. Hier gibt es massig Spinnen.«

»Das bedeutet noch lange nicht, dass ich sie mögen muss.«

»Und was, wenn deine Freundin in eurer Wohnung eine sieht, die du entfernen sollst? Tust du das dann auch nicht, weil du dich ekelst?«

»Versuchst du gerade, mich auf sehr subtile Weise zu fragen, ob ich eine Freundin habe?« Aidan zog den Mundwinkel hoch. »Ich wusste vom ersten Tag an, dass du an dem hier Interesse hast.« Er deutete mit der flachen Hand an seinem Körper hinab.

»Wow! Du bist so ein Macho.«

»Und ich habe sicher ein weiteres Mal ins Schwarze getroffen.« Sein selbstgefälliger Tonfall sorgte dafür, dass ich mich am liebsten im Strahl übergeben hätte.

»Weißt du, ich habe wirklich versucht, nett zu dir zu sein.« Mir platzte allmählich der Kragen. »Aber dein mieser Charakter stellt dein gutes Aussehen in den Schatten. Ob ich wissen wollte, ob du eine Freundin hast? Nein, denn die Frage kann ich mir auch selbst beantworten. Der einzige Mensch in deinem Leben, den du liebst, bist du selbst. Für mehr als dich und dein Ego ist kein Platz. Daher, nein, du hast sicher keine Freundin und falls doch, kann sie einem nur leidtun.«

Mein Puls raste, und mein Herz schlug mir bis zum Hals. Das unkontrollierte Zittern meiner Hände versuchte ich zu verbergen, indem ich sie hinter dem Rücken verschränkte. Mir war bewusst, dass ich zu weit gegangen war. Ich kannte Aidan kaum und bildete mir ein Urteil über ihn. Das war falsch und ein Verhalten, das ich bei anderen schon nicht mochte. Trotzdem wollten meine Lippen keine Entschuldigung formen, da mein Herz schrie, dass er es nicht anders verdient hatte.

Aidans Kiefer mahlte. Seine Augen verengten sich. Dass auch sein Puls sich beschleunigt hatte, verdeutlichte die pochende Vene an seinem Hals. Mit der Zunge fuhr er sich über die Lippen. Einen Moment blieb mein Blick an der verschorften Platzwunde hängen, und ich verspürte plötzlich doch einen Anflug von Mitleid. Ich wartete nur darauf, dass seine Stimme wie ein Donnergrollen über mich kommen würde, aber Aidan schwieg.

»Wir sollten weitergehen, sonst sind wir niemals pünktlich zurück im Camp.« Mit diesen Worten wandte er sich von mir ab und folgte dem Pfad, der in einem kleinen Schlenker nach rechts um die Felswand führte. Er hatte sich meine Ausführung also doch gemerkt.

Wie angewurzelt blieb ich stehen, krallte die Finger in den kühlen Stein. Es dauerte einen Augenblick, ehe ich mich ausreichend beruhigt hatte, dass ich in der Lage war, ihm zu folgen. Ich wusste nicht, was ich davon halten sollte, dass er sich so einfach geschlagen gegeben hatte. Eigentlich hatte ich Aidan als jemanden eingeschätzt, der gern das letzte Wort hatte.

Du tust es schon wieder. Die kleine Stimme in meinem Kopf hatte recht. Ein weiteres Mal urteilte ich, obwohl ich ihn nicht kannte.

Es war schwer, mit Aidan Schritt zu halten, doch ich wagte es nicht, etwas zu sagen. Ich war heute schon oft genug in Fettnäpfchen getreten und hatte Dinge gesagt, die besser ungesagt geblieben wären. Mir gingen die Worte des kleinen Häschens Klopfer aus dem Disneyfilm *Bambi* durch den Kopf. Wenn man nichts Nettes zu sagen hatte, war es besser zu schweigen. Wieso hatte ich mir daran kein Beispiel genommen?

Meinen Blick hielt ich gen Boden gerichtet. Nicht unbedingt, um darauf zu achten, nicht umzuknicken, sondern weil ich Aidan nicht anstarren wollte. Was schwierig war, da sein Duft von Sandelholz mir in der Nase kitzelte.

Wenige Minuten später fingen meine Beine langsam an zu schmerzen. Ich hatte kaum bemerkt, dass es hier eine Steigung gab. Das bedeutete, es würde nicht mehr lange dauern, bis wir die zweite Markierung erreicht hatten.

Mittlerweile waren meine Arme ziemlich zerstochen, und am liebsten hätte ich mir die juckenden Stellen gekratzt. Aber ich wusste, dass die Stiche sich dadurch entzünden konnten. Sobald wir unser Ziel erreicht hatten, musste ich im Erste-Hilfe-Kit schauen, ob sich darin ein antiseptischer Stift gegen Insektenstiche befand.

Schnaufend folgte ich Aidan über den unebenen Untergrund. Die Zweige der Sträucher zerkratzten mich, und das Geröll auf dem Boden sorgte dafür, dass ich beinahe wegrutschte. Zum Glück hatten wir während des Basistrainings bereits ein wenig geübt, in etwas steinigeren Umgebungen zu laufen.

Der Karte hatte ich nicht entnehmen können, wie steil dieser Weg wirklich war. Die bis eben kaum merkliche Steigung veränderte sich radikal. Aidan blieb stehen und legte den Kopf in den Nacken.

»Sind wir hier richtig?« Aus seiner Stimme waren keinerlei Emotionen herauszuhören. Daraus ließ sich also nicht ableiten, ob er mir noch böse war oder mir meinen kleinen Ausbruch verziehen hatte.

»Ja, dort oben müsste die zweite Markierung zu finden sein.«

Aidan schnaubte. »Na gut, dann mal los.« Er setzte seinen rechten Fuß auf den größeren Stein vor sich. Kurz legte er sein ganzes Gewicht darauf, und erst als er sicher war, dass der Stein ihn halten würde, trat er mit dem linken Fuß auf einen etwas höher gelegenen.

Ich schluckte schwer. Der Hügel glich eher einem Berg, und der Winkel betrug sicher einhundertdreißig Grad. Wie weit es nach oben ging, konnte ich nur erahnen, da die fächerartigen Blätter einiger Baumfarne mir die Sicht versperrten. Ein mulmiges Gefühl setzte sich in meiner Magengegend fest. Der Fluchtinstinkt überkam mich.

»Kommst du?«, rief Aidan, der bereits mehrere Meter hinaufgestiegen war. Es machte mich nervös zu sehen, dass er sich kaum festhielt, sondern den Berg wie Stufen erklomm. Hoffentlich würde er nicht fallen, denn er würde mich wie einen Dominostein mit in die Tiefe reißen.

»Ja«, sagte ich mit zittriger Stimme. Im Gegensatz zu Aidan krabbelte ich den Berg allerdings mehr hoch, als dass ich lief. Dabei zwang ich mich krampfhaft, nicht nach unten zu schauen. Stattdessen konzentrierte ich mich auf eine möglichst gleichmäßige Atmung.

Es dauerte eine gefühlte Ewigkeit, ehe ich mich auf die Anhöhe rollte und keuchend auf dem Rücken liegen blieb. Ich hatte überlebt. Aidan stand stirnrunzelnd über mir, wodurch er die knallende Sonne vor mir abschirmte. »Du hast Höhenangst«, bemerkte er trocken.

»Nein. Ich fühle mich in Höhen nur nicht unbedingt wohl.«

Aidan schüttelte kaum merklich den Kopf. »Etwas scheinheilig, dass du dich fragst, weshalb ich hier bin, obwohl ich keine Spinnen mag. Und du selbst hast Höhenangst.«

»Das habe ich wohl verdient«, nuschelte ich. Dann drehte ich mich um und rappelte mich auf. Als ich noch immer schwer atmend die Hände auf den Oberschenkeln abstützte, schaute ich unwillkürlich nach unten. Ich machte einen erschrockenen Satz nach hinten, wobei ich mit dem Rücken gegen Aidans harten Brustkorb stieß. Reflexartig umfasste er meine Oberarme, um mein Stolpern abzufangen.

»Wird das jetzt unser Ding, dass du andauernd in mich reinrennst?« Sein warmer Atem kitzelte meinen Nacken, und ein angenehmer Schauder überkam mich.

Ich hob den Kopf, um ihn anzuschauen. Aidans Augen blitzten wieder provokant auf. »Das hättest du wohl gern, dass es ein Ding zwischen uns gibt.«

Seine Mundwinkel kräuselten sich. Noch einen Moment ließ er nicht von mir ab. Als er es doch schließlich tat, streiften seine Daumen noch einmal meine Arme. Den Blick hielt er dabei starr auf mich gerichtet, was für das Hämmern meines Herzens nicht gerade förderlich war. Das Gefühl von Aidans warmer Haut auf meiner verschwand und ließ stattdessen eine unangenehme Kälte zurück.

Ich senkte den Blick, entfernte mich zügig von dem Höllenschlund und drehte mich um. Schließlich waren wir hier, um nach dem Stoffband und dem zweiten Gegenstand zu suchen.

Die Luft auf dem Gipfel war angenehmer, was vermutlich daran lag, dass hier nicht unzählige Bäume dicht an dicht standen.

»Teilen wir uns auf?«, schlug ich vor.

Aidan fuhr sich mit der Hand durch die Haare. Im Schein der Sonne schimmerten die vereinzelten helleren Strähnen darin. »Alles klar.« Er nickte nach rechts. »Ich geh dorthin.«

»Okay.« Ich lief in die andere Richtung. Es war unglaublich heiß, weshalb ich dankbar für mein dunkles Oberteil war, auf dem man die Schweißflecken nicht sah. Wobei es mir eigentlich egal sein sollte, schließlich war dies ein Survival-Urlaub. Schwitzen und sich schmutzig machen gehörte einfach dazu.

Je weiter ich nach links ging, desto lauter wurde das Rauschen eines nahe gelegenen Flusses. Es wurde etwas windiger, weshalb ich mein Tempo verlangsamte. Die Anhöhe endete nämlich in wenigen Metern, und ich wollte unter keinen Umständen hinuntergeweht werden.

Ich legte mir die Hand an die Stirn, um das Sonnenlicht abzuschirmen, und blickte in die Ferne. Direkt hinter dem Berg verlief ein wildes Gewässer. Mit unbezähmbarer Wucht rauschte der Fluss ins Tal hinab. Das Wasser brach sich an zahlreichen Felsen. Unwillkürlich trat ich einen Schritt zurück.

Graukopfseeadler erhoben sich über dem Gewässer, streckten die Flügel von sich und glitten voller Eleganz durch die Lüfte.

Von hier oben sah der Fluss aus, als würde er aus Abermillionen Diamanten bestehen. Durch die Sonne, die ungehindert darauf scheinen konnte, glitzerte und funkelte er, sodass es mir den Atem raubte.

Bei dem Anblick bemerkte ich kaum, dass sich aufgrund des starken Windes hier an der Klippe eine Gänsehaut über meine Arme legte. Wie von selbst ging ich in sicherer Entfernung in die Hocke und nahm dieses unglaubliche Naturspektakel vollends in mich auf.

Für Holly knipste ich ein paar Bilder, die ich ihr nachher unbedingt senden musste. Und vielleicht würde ich mir eines davon auf Leinwand drucken lassen und in unserer Wohnung aufhängen. Denn das hier war das perfekte Fotokalendermotiv.

Wie gern ich meine Arme ausgestreckt und wie die Adler durch die Lüfte geflogen wäre! Sie wirkten so völlig frei und losgelöst.

Ich wusste, dass Aidan hinter mir stand, als ich in Schatten gehüllt wurde. »Ein Taschenmesser.« Er ließ sich neben mich fallen und reichte es mir.

»Du hast es gefunden.« Eine geistreiche Bemerkung meinerseits, die er überraschenderweise unkommentiert ließ. Ohne es zu betrachten, schob ich das Messer zum Kompass in meine Hosentasche. Mir war gerade nicht danach, mich darum zu kümmern, wenn sich direkt vor meinen Augen das pure Leben auftat.

Schweigend reichte Aidan mir ein Sandwich und eine Flasche Wasser. Beides nahm ich dankbar entgegen. Meine Kehle war bereits staubtrocken, weshalb ich die kühle Flüssigkeit gierig hinunterstürzte. Das Sandwich war zwar zäh wie Gummi, aber es erfüllte seinen Zweck.

Als ich zu Aidan schaute, hatte er die Beine vor sich ausgestreckt und die Finger hinter sich in die Erde gegraben. Sein Kopf lag im Nacken, und er streckte das Gesicht zum Himmel und ließ es sich von der Sonne wärmen. Vermutlich bemerkte er selbst nicht, dass er lächelte.

»Glaub nicht, ich kriege nicht mit, dass du mich beobachtest.« Weder öffnete er die Augen, noch senkte er die Mundwinkel.

»Keine Ahnung, wovon du redest.« Noch einen Moment schaute ich in sein friedlich wirkendes Gesicht, ehe ich den Blick wieder zum Fluss lenkte und ein weiteres Mal vom Sandwich abbiss.

Leider arbeitete die Zeit gegen uns. Zwar waren gerade erst vier Stunden vergangen, aber wir mussten noch eine letzte Markierung erreichen, und diese lag ein gutes Stück entfernt. Ich schob mir den letzten Rest zähes Brot in den Mund und reichte Aidan das zerknüllte Packpapier. Anstatt es im Rucksack zu verstauen, legte er es neben sich ab.

»Kannst du das bitte einpacken?«

Nun neigte er den Kopf wieder nach vorn und schaute mich stirnrunzelnd an. »Was?«

»Das Papier. Leah hat uns gebeten, unseren Müll mitzunehmen.«

Aidan schnaubte. »Die Hotelgäste werden die Insel eh zumüllen.«

»Das bedeutet nicht, dass wir damit anfangen müssen. Also pack es bitte ein«, sagte ich nun etwas schroffer. Augenrollend tat Aidan mir den Gefallen, aber nicht, ohne noch einmal so laut aufzustöhnen, als würde es ihm körperliche Schmerzen bereiten. Was für eine tolle Einstellung er der Umwelt gegenüber doch hatte! Aber wenn ich eines gelernt hatte, dann, dass Diskussionen mit ihm zwecklos waren.

Ich stand auf und streckte mich ausgiebig. Dabei knackte jeder meiner Rückenwirbel. »Wir müssen den Berg wieder runter. Knapp drei Meilen entfernt befindet sich der letzte Gegenstand.«

»Auf der anderen Seite ist ein weniger steiler Pfad. Oder willst du denselben Weg zurück?« Nun erhob sich auch Aidan. Als er sich mit den Händen abstützte, zuckten seine Muskeln.

Schon bei dem Gedanken daran, den steilen Abhang

hinunterzuklettern, überkam mich Panik. Schnell schüttelte ich den Kopf. »Der weniger steile Pfad klingt gut.«

Ein verschmitztes Lächeln zierte seine Lippen. »Als hätte ich es geahnt.«

Da ich nicht wusste, wo genau sich dieser Weg befand, lief Aidan voran. Meinem Empfinden nach viel zu nah am Abhang. Dabei hielt er den Rucksack in der Hand und verstaute seine Flasche darin. Ich nahm noch einen kräftigen Schluck, ehe ich den Deckel wieder auf meine draufschraubte. Mit dem Handrücken wischte ich mir über den Mund.

Aidan warf einen Blick nach hinten und streckte den Arm aus. »Soll ich sie wieder einpacken?«

Nickend reichte ich ihm die Flasche, doch bevor er sie zu greifen bekam, stieß Aidan einen erstickten Laut aus. Ein lautes Knacken ertönte. Risse zogen sich über den Felsen am Boden.

Ein kehliger Schrei entfuhr mir. Mit einem Satz sprang ich in Aidans Richtung. Ohne großartig darüber nachzudenken, griff ich nach seinen Handgelenken und zog ihn an mich. Das Herz hämmerte ohrenbetäubend gegen meinen Brustkorb. Darüber hinweg hörte ich noch, wie einer der Steine wegbrach, gegen den Berg krachte und in die Tiefe stürzte. Wie eine Ertrinkende krallte ich mich noch immer an Aidan fest, um auf Nummer sicher zu gehen.

Ein breites Grinsen. »Das war kna…«

Er konnte nicht weitersprechen. Ein weiteres lautes Knacken ertönte, der Felsen riss auf, und Aidan rutschte weg.

Kapitel 9

»Aidan!« Mein Herz setzte aus. »Halt dich fest!«

Meine Hände wurden mit einem Mal schweißnass, und ich hatte die schlimme Befürchtung, dass er mir jeden Moment entgleiten würde. Sein Gewicht riss mich beinahe selbst über die Klippe, und ich fragte mich, was mich geritten hatte, so selbstlos – und verdammt unüberlegt – hinter ihm herzuspringen.

Aus dem Augenwinkel sah ich den Rucksack in die Tiefe stürzen. Das war's mit unserem Peilsender. Aber besser er als Aidan. Wobei … Nein, er ging mir zwar auf die Nerven, aber ich würde ihn sicher nicht auf dem Gewissen haben!

Mit aller Kraft zog ich an seinem Arm. Ich schluckte den Schmerz meiner beinahe auskugelnden Schulter hinunter. Mein Körper war so voller Adrenalin, dass ich eine unglaubliche Stärke aufbrachte. Sie genügte, um Aidan ein Stück hochzuziehen, sodass er mit den Stiefeln Halt an einem hervorstehenden Felsen finden und sich zurück auf das Plateau ziehen konnte.

»Alles okay?«, keuchte ich mehr, als dass ich sprach. Ich grub die Fingerspitzen in den Kies und holte tief Luft. Meine Lunge lechzte nach Sauerstoff.

Da Aidan schwieg, schaute ich zu ihm. Er hatte sich auf den Rücken gerollt. Seine Brust hob und senkte sich, also war er zumindest am Leben.

»Aidan?« Sein Gesicht war von mir abgewandt. Zum wiederholten Mal beschleunigte sich mein Puls. Verdammt, er war doch nicht etwa bewusstlos? Schnell beugte ich mich über ihn. »Aidan!« Wie wild rüttelte ich an seiner Schulter.

Aidan gluckste und drehte den Kopf. Dann brach er in schallendes Gelächter aus. Verwirrt, aber zugleich erleichtert schaute ich ihn an.

»Was ist so witzig? Du hast mir einen Schrecken eingejagt!« Mit der flachen Hand schlug ich ihm sacht gegen den Oberarm. Etwas, das mir vermutlich mehr wehtat als ihm. Anstatt endlich zu reagieren, wurde sein Lachen immer lauter, immer inbrünstiger. Aidan legte sich die Hand auf den Bauch und krümmte sich. Als ein röchelndes Fiepen aus seiner Kehle drang, musste auch ich lachen.

»Scheiße«, sagte er irgendwann erstickt. Dabei wischte er sich die Lachtränen aus den Augenwinkeln. »Das hätte echt schiefgehen können.«

»Jetzt sind wir quitt.«

Fragend hob er eine Augenbraue. »Wieso quitt?«

»Du hast mich im Wald gerettet? Und das Äffchen hat dich mit Scheiße beworfen.«

»Ah, ich weiß schon, weshalb ich das verdrängt habe.« Ein ehrliches Lächeln umspielte seine Lippen. Es ließ ihn jünger und deutlich freundlicher als sonst wirken. »Danke, Kimberly.«

Es war das erste Mal, dass er meinen Namen sagte. Und dann auch noch den vollständigen. Mit seinem irischen Akzent klang das irgendwie schön. Daran hätte ich mich glatt gewöhnen können. »Nichts zu danken. Hast du dich verletzt?«

»Nein.« Er schüttelte den Kopf. »Du? Bis auf die Platzwunde an deiner Schläfe?«

»Was?« Ich legte die Fingerspitzen an die Stirn und tastete mich langsam Richtung Schläfe vor. Ein stechender Schmerz durchzuckte mich, als ich die Wunde berührte. »Autsch!«

»Ich würde dich ja verarzten, aber ich fürchte, der Rucksack treibt gerade flussabwärts.« Aidan lachte. »Wobei das hier vermutlich ohnehin der falsche Ort für Doktorspiele ist.«

Wäre ich nicht so lädiert gewesen, hätte ich Aidan wohl doch noch eigenhändig die Klippe hinuntergeworfen. Ich kniff die Augen zusammen und warf ihm den bösesten Blick zu, zu dem ich mich gerade in der Lage fühlte. Das sorgte nur dafür, dass sein Lachen wieder lauter wurde.

»Entschuldigung«, sagte er. »Frieden?«

Na gut, ich war vorhin schließlich auch kein Engel gewesen. »Frieden.«

Einen Moment länger als sonst schaute Aidan mir direkt in die Augen. Der Braunton erinnerte mich an flüssige Schokolade. Ein Anblick, in dem ich mich hätte verlieren können. Was war los mit mir? Vermutlich hatte ich mir den Kopf doch heftiger angeschlagen. Ja, eine Gehirnerschütterung war die einzig logische Erklärung für diese wirren Gedankengänge!

»Wir sollten gehen.« Aidan räusperte sich und stand auf.

»Ja, du hast recht.« Vorsichtig ließ ich mir von ihm aufhelfen und tastete mich nach weiteren Verletzungen ab. Meine Schulter schmerzte zwar, aber ansonsten ging es mir gut. Abgesehen von den Abschürfungen an meinen

Ellbogen. Diese musste ich mir zugezogen haben, als ich Aidan zurück aufs Plateau geholfen hatte. Trotzdem fühlte ich mich wie einmal durch den Fleischwolf gedreht.

Als wir losliefen, bemerkte ich einen drückenden Schmerz an meinem Oberschenkel. Ich griff in meine Hosentasche und holte den Kompass hervor. Ernüchtert stellte ich fest, dass er kaputtgegangen war. Das Glas war gesprungen und die Nadel von der Spitze gefallen.

»Was ist los?«, wollte Aidan wissen.

Ich reichte ihm den Kompass. »Wir haben ein Problem.«

»Solange die Karte noch intakt ist, kommen wir sicher halbwegs lebendig wieder zurück.«

Die Karte hatte ich vollkommen vergessen. Schnell holte ich sie aus meinem Hosenbund.

»Gut, dann lass uns gehen, bevor wir noch von Bären gefressen werden.« Aidan lachte leise, aber mir gefror das Blut in den Adern.

»Bären?«, stammelte ich und riss die Augen auf.

»Das war ein Scherz! Wir sind von ihrem Territorium weit genug entfernt. Das solltest du doch wissen, die Baxters haben uns schließlich lang und breit erklärt, wo die Bären leben.«

Daran erinnerte ich mich nur noch dunkel. Aber ich vertraute darauf, dass Aidan recht hatte. »Okay.«

Der Pfad, für den wir uns entschieden hatten, war glücklicherweise relativ eben, weshalb wir gut vorankamen. Nichtsdestotrotz liefen wir deutlich vorsichtiger als auf dem Hinweg.

Bei jedem kleinen Stein oder hervorstehenden Ast, auf den ich trat, rutschte mir das Herz in die Hose. Ich hatte solche Panik, dass wir ein weiteres Mal beinahe in den Tod stürzen würden. Was paradox war. Diese Insel sollte schließlich ein Abenteuer bieten, und nun hatten wir Wildnis durch und durch. Eine Schlitterpartie in Klippennähe gehörte einfach dazu. Zumindest versuchte ich, mir das einzureden.

Unten angekommen, lehnte Aidan sich mit dem Rücken gegen einen Ficus. »Wollen wir noch zur dritten Markierung oder lieber zurück?«

»Zur dritten Markierung!« Schlappmachen kam nicht infrage.

Amüsiert kräuselten sich seine Lippen. »So viel Enthusiasmus hätte ich dir nicht zugetraut, Pü… Kim.«

»Gerade noch gerettet.« Das Grinsen auf meinem Gesicht wurde breiter. Noch vor wenigen Stunden hätte ich nicht damit gerechnet, dass Aidan es schaffen würde, mich zum Lächeln zu bringen. Eigentlich hatte ich geglaubt, dass wir nach diesem Tag so die Nase voll voneinander haben würden, dass wir keine Minute mehr miteinander verbringen würden. Aber beinahe zu sterben schweißte zwei Menschen wohl zusammen.

Der Gedanke daran ließ mich erschaudern. Eine Gänsehaut legte sich über meinen Körper. Nun, da mein Adrenalinspiegel allmählich abfiel, wurde mir erst wirklich bewusst, was alles hätte passieren können. Wir hätten *wirklich* sterben können. Wozu hatte Holly mich hier nur überredet? Meine Vorstellung von Outdoorurlaub war ein Hotel im Wald gewesen. Und nicht das hier!

Wie von selbst wanderten meine Finger an mein Handgelenk und fuhren über die einzelnen Anhänger des Armbands.

»Warum bist du so nervös?« Ich hob den Kopf und schaute direkt in Aidans besorgtes Gesicht.

»Ich bin nicht nervös«, entgegnete ich.

»Du spielst an deinem Armband herum. Das tust du, wenn du nervös bist.«

Ich war mir nicht sicher, ob es mir schmeicheln sollte, dass er mich allem Anschein nach in den letzten Tagen beobachtet hatte, oder ob es besorgniserregend war. Bisher war nur wenigen Menschen dieser Tick aufgefallen.

»Schön«, sagte ich seufzend. »Ich habe einfach gerade darüber nachgedacht, dass wir hätten sterben können. Das ist … gruselig.«

»Immerhin wäre mein schönes Gesicht das Letzte gewesen, was du gesehen hättest.« Dieses Mal lag kein arroganter Unterton in seiner Stimme. Nein, er hatte die Worte bewusst gewählt, um mich auf andere Gedanken zu bringen.

Ich nickte. »Immerhin.«

Eine beklemmende Stille legte sich über uns. Ich war Aidan dankbar, als er diese füllte. »Was sind das überhaupt für Anhänger?« Er stieß sich vom Stamm ab und griff so plötzlich nach meinem Handgelenk, dass ich erschrocken zusammenfuhr. Dabei begann die Wunde an meiner Schläfe wieder zu pochen, doch ich schluckte den Schmerz hinunter.

»Meine beste Freundin Holly und ich haben beide dasselbe Armband. Wir ergänzen es um jeweils einen Anhänger, wenn wir ein einschneidendes Erlebnis miteinander geteilt haben.« Die Worte sprudelten aus mir heraus, ehe ich darüber nachdenken konnte.

Aidan nahm einen der Anhänger zwischen die Finger

und beäugte ihn akribisch. »Und wofür steht der? Dass ihr euch im Frauenknast kennengelernt habt?«

Ohne hinschauen zu müssen, wusste ich, dass er die kleinen Handschellen meinte. Lachend schüttelte ich den Kopf, bereute die ruckartige Bewegung allerdings augenblicklich. Sobald wir im Camp waren, musste meine Wunde dringend verarztet werden. »Nein, den haben wir uns geholt, als wir sämtliche Escape Rooms der Stadt durch hatten.« Aidan musterte mich erstaunt. »Was denn? Du bist nicht der Einzige, der gern rätselt, Sherlock.«

»Ich war noch nie in einem Escape Room.« Er betrachtete wieder den Anhänger. Ein seltsamer Ausdruck legte sich über seine Züge. Einer, den ich nicht recht zu deuten wusste.

»Dann solltest du das ändern! Schnapp dir ein paar Freunde und los geht's.«

»Vielleicht irgendwann mal.« So plötzlich, wie er nach meinem Handgelenk gegriffen hatte, ließ er wieder von mir ab und trat zurück. Und seine Mauern, von denen ich gedacht hatte, sie langsam einzureißen, setzte er Stein für Stein wieder zusammen.

Ob ich etwas Falsches gesagt hatte? Eigentlich war das ein ganz gewöhnliches Gespräch gewesen, demnach musste es etwas anderes sein. Etwas, worüber er wohl nicht mit mir sprechen wollte. Ich verspürte den Drang nachzuhaken, widerstand ihm aber. Schließlich waren wir lediglich zwei Fremde, die nach diesem Sommer wieder getrennte Wege gehen würden. Wieso also sollte ich mich in seine Privatsphäre drängen und Sachen aus ihm herauskitzeln wollen, die mich nichts angingen?

»Der dritte Gegenstand liegt übrigens dort entlang.« Mit einem Nicken deutete ich nach links. »In der Nähe gibt es auch ein fließendes Gewässer. Falls wir durstig werden, ist das vermutlich die beste Anlaufstelle.«

»Wenn du dich vergiften möchtest.« Aidan zuckte die Achseln. »Ich warte lieber, bis wir wieder im Camp sind.«

Ich erwiderte nichts, stattdessen lief ich an ihm vorbei in Richtung der dritten Markierung. Die sengende Mittagshitze hatten wir zum Glück bereits hinter uns. Hier in der Boden- und Krautschicht des Regenwaldes, wie man die unterste Region nannte, knallte die Sonne ohnehin nicht nieder. Das wirkte sich allerdings auf die Luftfeuchtigkeit aus. Für Moose und Farne war das humide Klima perfekt geeignet, für Menschen hingegen eher weniger.

Wir folgten dem schmalen Pfad eine Weile schweigend. Anhand der an den Seiten abgeknickten und abgeschlagenen Äste und Zweige war zu vermuten, dass er menschengemacht war – sicher von den Baxters oder ihrem Team, um uns den Weg durch den Dschungel zu erleichtern.

Je länger wir liefen, desto trockener wurde meine Kehle. Die Schwüle und der Wassermangel machten mir körperlich ziemlich zu schaffen, weshalb ich instinktiv meine Schritte verlangsamte. Aidan passte sich meinem Tempo wortlos an. Ich ließ den Blick schweifen und suchte zwischen den Sträuchern nach essbaren Beeren, aber wir befanden uns in einem Teil des Regenwaldes, der allem Anschein nach wenig zu bieten hatte.

Als ich auf mein Handy schaute, stellte ich fest, dass es bereits nach vier Uhr nachmittags war. Wir hätten unser Ziel schon längst erreichen müssen.

Ruckartig blieb ich stehen, holte die Karte hervor und musterte die einzelnen Linien.

»Bitte sag nicht, dass wir uns verlaufen haben.« Aidan stöhnte.

»Ich …« Mir blieben die Worte im Hals stecken. Ich kniete mich auf den Boden und breitete das Papier vor mir aus. Die wenigen Sonnenstrahlen, die sich ihren Weg durch das Blätterdach kämpften, waren der einzige Hinweis darauf, in welche Himmelsrichtung wir liefen. Aber ich konnte unseren Standort beim besten Willen nicht ausmachen.

»Kim?«, hakte Aidan genervt nach.

»Ich weiß nicht, wo wir sind«, gestand ich schließlich.

»Verdammt! Du hast doch gesagt, du kannst diese blöde Karte lesen!« Wie ein bockiges Kind trat Aidan einen am Boden liegenden Ast in einen Busch. Ein kleines Nagetier sprang heraus und suchte Schutz im Dickicht. »Wir gehen zurück, und zwar sofort!«

»Aber wir brauchen den dritten Gegenstand.«

»Das hier ist nichts weiter als ein Spiel. Das einzig Wichtige ist, dass wir wieder im Camp ankommen.« Aidan strich sich die Haare aus der Stirn.

»Es tut mir leid«, nuschelte ich.

Er schnaubte. »Sollte es auch!« Danach drehte er sich um und lief zurück in die Richtung, aus der wir gekommen waren.

Empört schnappte ich nach Luft. »Es ist nicht meine Schuld, dass wir uns verlaufen haben!« Ich faltete die Karte wieder zusammen und schob sie zurück an ihren Platz.

»Ach, und wessen Schuld sonst?«, rief Aidan über seine Schulter hinweg.

»Deine! Hättest du aufgepasst, wohin du läufst, wäre der Rucksack nicht die Klippen hinuntergestürzt und ich hätte mich nicht in den Dreck werfen müssen, um deinen Hintern zu retten. Dann wäre der Kompass nicht kaputtgegangen und wir hätten uns nicht verlaufen!«

»Das waren ziemlich viele *hätte.*« Ich kannte Aidan mittlerweile gut genug, um zu wissen, dass er gerade die Augen verdrehte. Es machte mich so wütend, dass er die Schuld auf mich abwälzen wollte.

»Und ich habe noch ein *hätte* für dich.« Wenn ich mich einmal in Rage geredet hatte, war es nur schwer, mich aufzuhalten. »Hättest du im Training aufgepasst und nicht nur dumm in der Landschaft herumgeguckt, dann wüsstest du, wie man Karten liest. Mir ist nämlich durchaus aufgefallen, dass du mit den Gedanken immer woanders warst!«

Aidan sagte nichts, sondern beschleunigte sein Tempo.

»Hast du nichts zu deiner Verteidigung zu sagen?«

Schweigen.

»Hallo?«

Nichts. Als legte er es darauf an, mich zum Explodieren zu bringen. Meine Wangen glühten. Um mich zu beruhigen, tastete ich nach meinem Armband. Zwar regulierte sich mein Puls ein wenig, aber die Wut kochte immer noch in mir.

Hatte ich vorhin noch geglaubt, wir wären über diesen Punkt hinaus, hatte Aidan nun ein weiteres Mal bewiesen, dass es mit ihm nicht auszuhalten war. Diese Stimmungsschwankungen waren unerträglich. Mit so jemandem konnte und wollte ich nicht arbeiten.

Ich sehnte mich nach dem morgigen Tag. Dann war das Training endlich vorüber.

Diese andauernden Streitigkeiten mit Aidan waren bloß kräftezehrend. Deshalb ging ich Konfrontationen normalerweise aus dem Weg. Nur war das hier inmitten des Regenwaldes nicht so leicht. Es gab keine Möglichkeit, mich einfach aus dem Staub zu machen, denn wir waren in dieser Situation nun mal aufeinander angewiesen. Mir blieb kaum etwas anderes übrig, als darauf zu vertrauen, dass Aidan in der Lage war, denselben Weg zurückzugehen, ohne dass wir uns noch weiter verliefen.

Nachdem ich viermal die Anhänger meines Armbands gezählt hatte, atmete ich wieder gleichmäßig. Ich war nicht nur wütend. Ich war auch nervös. Wenn etwas nicht nach Plan lief, konnte das meinen inneren Monk ganz schön zur Verzweiflung bringen. Diese Eigenschaft trieb mich zwar selbst ab und an in den Wahnsinn, aber es gelang mir bisher eher weniger, dieses Gefühl zu kontrollieren. Vor allem, wenn Holly nicht da war. Ihr Chaos war der Gegenpol zu meiner Ordnung.

Um nicht vollends in Panik zu verfallen, lauschte ich in den Regenwald hinein. Es war unglaublich, wie unberührt die Natur an diesem Fleckchen Erde noch war. Und es gab hier unendlich viele Geräusche zu hören. Man musste sich bloß darauf konzentrieren.

Kurz vor der Abreise hatte ich mir eine Dokumentation über die Faszination der Regenwälder angeschaut. Da sie in der Regel in mehreren Stockwerken angeordnet waren, war es schwer, sie richtig zu ergründen. Über die Flora und Fauna in den höchstgelegenen Baumkronen konnte man kaum etwas sagen. Wie die endlosen Tiefen des Ozeans waren diese Gebiete so gut wie unerforscht. Welche Tiere also mehrere Meter über mir lebten, konnte ich nur vermuten. Das war nicht nur beeindruckend, sondern gewissermaßen berauschend.

Natürlich war ich neugierig und verstand, weshalb diese Mysterien erforscht werden sollten. Aber es war schön zu wissen, dass die Lebewesen dort oben von den Einwirkungen der Menschen weitgehend verschont blieben.

»Ist es nicht schade, dass es diesen Ort bald nicht mehr geben wird?« Eigentlich hatte ich die Frage nicht laut stellen wollen, doch sie hatte meine Lippen verlassen, noch bevor ich darüber nachdenken konnte.

Überraschenderweise brummte Aidan. Aber nur halb zustimmend, wie sich herausstellte. »Die Insel ist riesig. Es wird sicher nicht alles abgeholzt.«

»Jeder Quadratmeter ist zu viel«, schnaubte ich. Im Vorbeigehen nahm ich das längliche Blatt eines Schraubenbaumgewächses zwischen die Finger. Die Kanten waren geriffelt, sodass man sich bestimmt an ihnen schneiden konnte. Ich wollte gerade einen hinabgefallenen Zweig von der Pflanze wischen, als dieser sich plötzlich in Bewegung setzte. Es war kein Ast, sondern eine gut getarnte Stabheuschrecke, die sich wohl von meiner Anwesenheit gestört fühlte. Nein, diesen Ort durfte man nicht zerstören. »Niemand braucht einen Freizeitpark auf einer Insel mitten im Indischen Ozean.«

»Das ist nun mal nicht unsere Entscheidung.« Aidan zuckte mit den Schultern. »Oder was willst du tun? Dich an einen Baum ketten und hoffen, dass die Baupläne damit gestoppt werden?«

»Wenn es hilft?«, entgegnete ich und beobachtete, wie das Insekt es sich auf einem anderen Blatt gemütlich machte.

Er wandte mir den Blick zu, ein müdes Lächeln auf seinen Lippen. »Wird es nicht. Wenn George und Leah nichts unternehmen konnten, dann auch du nicht.«

Mir war bewusst, dass er recht hatte. Nichtsdestotrotz fiel es schwer, an etwas anderes zu denken. Ich konnte nicht verstehen, wie Menschen in der Lage waren, Tieren ihren natürlichen Lebensraum zu nehmen. Wie sie den Planeten mit ihren eigenen Händen zerstören konnten. Auch ich war nicht perfekt, das wusste ich. Aber wenigstens versuchte ich, durch meine Entscheidungen und mein Handeln die Welt ein kleines bisschen besser zu machen.

»Wir sollten langsam im Camp anrufen.« Aidan blieb stehen und schaute nach oben. »Die Sonne geht bald unter.«

»Dann ruf an?«

»Ich habe kein Handy dabei.«

»Wie kann man – egal.« Das wäre nur in eine weitere Diskussion ausgeartet, für die ich keine Kraft mehr hatte. Meine Kehle brannte, mein Magen knurrte, meine Schläfe schmerzte, und meine Laune war nicht mehr ansatzweise so gut wie noch vor Stunden. Ein Blick auf das Display sorgte dafür, dass meine Stimmung noch mieser wurde. »Kein Empfang.«

Aidan stöhnte. »War nicht anders zu erwarten.«

»Ich schicke George unseren Standort. Vielleicht kommt die Nachricht nachher durch.« Zum Glück hatte ich die Nummern der Guides eingespeichert, sonst hätten wir nun vor einem noch gewaltigeren Problem gestanden. Während ich tippte, hörte ich zwischen den Lauten der Tiere ein weiteres Geräusch. Mein Kopf schnellte in die Höhe. »Hörst du das?«

»Was?«

Ich hob die Hand und spitzte die Ohren. Ein leises Plätschern. Der frische Duft von Wasser stieg mir in die Nase. »Ein fließendes Gewässer«, sagte ich und deutete zwischen die Zweige.

»Auf keinen Fall. Wir sind eh schon aufgeschmissen, und du willst den Weg verlassen?« Energisch schüttelte Aidan den Kopf.

»Es ist nicht weit«, beharrte ich. »Wenn wir immer geradeaus gehen, verlaufen wir uns nicht.«

»Nein! Wir gehen zurück ins Camp. Und zwar auf direktem Weg.«

Mir missfiel sein bestimmender Tonfall. Als wäre das einzig und allein seine Entscheidung. »Mach, was du willst, ich gehe Wasser holen.« Noch einen Moment wartete ich auf Widerworte, die ausblieben. Also zückte ich das Taschenmesser und stapfte in Richtung des Bachs, wie ich vermutete.

Ein Schnaufen ertönte hinter mir, gefolgt von dem Rascheln von Blättern und Knacken von Ästen. Ich konnte mir ein siegreiches Lächeln nicht verkneifen. War klar, dass Aidan nicht allein in der Landschaft herumstehen wollte.

Mit der kleinen Klinge zerschnitt ich dichteres Gestrüpp, so wie wir es während des Trainings gelernt hatten. Allerdings nur so viel, wie nötig war, um durchzukommen. Eigentlich wurde dafür ein größeres und vor allem schärferes Messer verwendet. Dieses Klappmesser würde sicher nicht lange durchhalten. Aber für den Moment erfüllte es seinen Zweck.

»Wir müssten gleich da sein.« Der Untergrund wurde

feuchter und gab bei jedem Schritt nach. Ich quietschte euphorisch, und mein Herz begann in einem unbeständigen Rhythmus gegen meinen Brustkorb zu schlagen.

»Hoffentlich.« Aidan gab sich keine Mühe, seinen Widerwillen zu verbergen. Von so einem Miesepeter würde ich mir meine Freude aber nicht verderben lassen.

Gerade mal wenige Tage Training hatten genügt, damit ich im Wald nicht völlig hilflos war. Das war etwas, worauf ich stolz sein konnte!

Der Bach kam in Sicht. Eine Kühle lag in der Luft, weshalb ich das Taschenmesser wegsteckte und mir die fröstelnden Arme rieb.

Das glitzernde Wasser war kristallklar. Es war nicht tief, und man konnte bis auf den Grund sehen, an dem kleine silbrige Fische schwammen und einzelne grünbraune Pflanzen wuchsen. Ich ließ die Hände hineingleiten. Sofort wurde eine dunkle Erdkruste von meiner Haut gespült.

Als meine Finger sauber waren, trank ich gierig ein paar Handvoll. Die Kälte ließ mich erschaudern. Doch ich fühlte mich augenblicklich besser. Erfrischt und weniger durstig.

»Willst du wirklich nichts?«, fragte ich. Aidan stand einige Meter hinter mir und beobachtete mich skeptisch. Seine Füße trippelten ungeduldig auf dem Boden. Da hatte es aber einer eilig! »Es schmeckt wirklich gut«, fügte ich hinzu.

Er neigte den Kopf, was beinahe so aussah, als wäge er das Für und Wider ab. Dann trat Aidan näher und hockte sich neben mich. Eine Staubschicht hatte sich um seine Arme gelegt, die er nun ebenfalls ins Wasser tunkte. Er schrubbte sich so lange über die Haut, bis sie rundum gereinigt war. Anschließend löste er überraschenderweise seinen Bun und tauchte den Kopf in den Bach.

Als er wieder auftauchte, warf er die Haare zurück wie in einer Shampoowerbung. Ich gluckste, als mich der kühle Strahl von oben bis unten nass spritzte.

Die durchtränkten Haare fielen ihm auf die Schultern, und einzelne Wassertropfen perlten von den Spitzen. Er fuhr sich über den Kopf – eine Bewegung, die mir bei Aidan schon mehrfach aufgefallen war und die mich noch immer in den Bann zog.

Nachdem auch er ausreichend getrunken hatte, wischte er sich mit dem Handrücken über den Mund und stand auf. Vermutlich aus einem bloßen Reflex heraus reichte er mir die Hand, um mir ebenfalls auf die Beine zu helfen. Unsere Haut berührte sich, woraufhin mich ein elektrischer Schlag durchfuhr. Ich hasste es, dass ich diese Reaktion nur schwer unterdrücken konnte.

»Hast du Taschentücher?«, fragte Aidan plötzlich.

Ich tastete nach der seitlichen Tasche meiner Wanderhose und zog das Päckchen heraus. »Klar, hier.«

Er holte eines der Papiertücher hervor, tauchte es ins Wasser und stellte sich mir direkt gegenüber. Dann legte er ohne Vorwarnung die Hand an mein Kinn und hob es an. Unfähig, mich zu rühren, blinzelte ich perplex, während mein Puls in die Höhe getrieben wurde. Aidans Mundwinkel kräuselten sich, als er sich mir entgegenneigte. »Das könnte kurz wehtun«, sagte er mit rauer Stimme.

Von diesen Worten völlig verwirrt bemerkte ich zu spät, dass er die andere Hand hob und das nasse Tuch gegen die Platzwunde an meiner Schläfe drückte. »Argh, verdammt.« Reflexartig schlug ich Aidans Arm zur Seite.

Ein dunkles Lachen drang aus seiner Kehle. »Ich habe dich gewarnt.« Er räusperte sich. »Oder was hast du gedacht, wovon ich spreche?« Da war er wieder – dieser selbstgefällige und anzügliche Unterton, der mich eigentlich nur wütend machte, weil er genau die beabsichtigte Wirkung hatte.

Ich blieb ihm eine Antwort schuldig. Vorsichtig tupfte er das Tuch noch ein paarmal an die Wunde, ehe er anerkennend nickte. »Das Gröbste sollte erledigt sein.«

»Danke, Herr Doktor«, entgegnete ich süßlich. Aidan schaute erst verblüfft, dann fing er an zu lachen. Das hätte er viel öfter tun sollen, denn es klang wirklich schön. Solange sein Lachen von Herzen kam.

Schlagartig verstummte er und setzte seine undurchdringliche Maske auf. »Wir werden nicht rechtzeitig zurück im Camp sein. Hoffen wir also, dass deine Nachricht durchkommt«, sagte er, während er in den Himmel blickte. Die Ausgelassenheit war wieder wie weggeblasen. Und ich blieb erneut fragend zurück.

Nickend löste ich mich von ihm. »Dann sollten wir keine Zeit verschwenden.«

Wir gingen denselben Weg zurück. Aufgrund der abgeschnittenen Äste war es nicht schwer auszumachen, aus welcher Richtung wir gekommen waren. Da wir nun gestärkt waren, konnten wir wenigstens das Tempo anziehen. Halb gehend, halb sprintend schlugen wir den Rückweg ein.

Eine Stunde später waren auch die letzten Sonnenstrahlen beinahe verschwunden. Ich legte den Kopf in den

Nacken. Ein rötlicher Schimmer war zu erkennen. Nicht mehr lange, und Schwärze würde uns komplett die Sicht nehmen.

»Mist!«, zischte Aidan irgendwann. »Wir müssten schon längst da sein!«

»Ich weiß«, murmelte ich und warf einen Blick auf mein Handy. Der Akku war fast leer, der Empfang noch immer bescheiden, aber wenigstens war die Nachricht versendet. Blieb nur zu hoffen, dass George sie sehen würde. »Wir können auch einfach warten, bis jemand kommt.«

»Und wenn nicht? Dann verhungern wir hier im Wald?«

»Ach, Quatsch. Wir bauen uns einen Unterschlupf, und sobald es hell wird, gehen wir weiter.« Keine Ahnung, wo dieser Optimismus herkam. Eigentlich war ich ein nervliches Wrack. Allein die Vorstellung, mit Aidan die Nacht im Wald verbringen zu müssen, jagte mir eine Heidenangst ein. Vor allem, da wir beide kaum Ahnung hatten, was wir taten.

Aidan ging ein paar weitere Schritte auf einen aus der Erde ragenden Felsen zu. Schnaufend ließ er sich darauf nieder.

Vor uns erstreckte sich eine weitläufige Lichtung. Das Gras reichte mir beinahe bis zum Knie. An diesem Ort waren wir auf dem Hinweg sicher nicht vorbeigekommen, und ich bezweifelte, dass es klug war, im Dunkeln dort durchzulaufen. Es glich ohnehin einem Wunder, dass wir noch keinem giftigen Tier begegnet waren. Zwischen den Halmen lauerte sicher die eine oder andere Gefahr.

Ich setzte mich neben Aidan und schaute einfach geradeaus. Wenn die Sonne nicht schien, konnte es ziemlich frisch werden. Nun bereute ich es zum ersten Mal, ein kurzes Oberteil zu tragen. Ich zog die Knie an und umschloss sie mit den Armen.

Auch Aidan richtete den Blick schweigend in die Ferne. Als ich kurz zu ihm hinüberschaute, hatte er die Augen geschlossen. Sein Adamsapfel trat etwas hervor. Innerhalb der letzten Stunde waren seine Haare getrocknet, und zum ersten Mal sah ich, dass sie sich leicht lockten. Ich fragte mich, von welchem Elternteil er sein Aussehen geerbt hatte.

Die Stille war angenehm. Bloß das Zirpen von Insekten war zu hören. Selbst ein Großteil der Dschungeltiere bettete sich langsam zur Nachtruhe. Ich beobachtete, wie die Halme hin und her schwangen, als vollführten sie einen Tanz zu einer Melodie, die nur sie allein hören konnten.

Die kühle Brise kitzelte meine Wangen. Meine Armhärchen stellten sich auf, aber ich biss die Zähne zusammen, ignorierte die Kälte, die mich allmählich umschlang.

Es war dunkler geworden. Auch die letzte rötliche Färbung des Himmels verblasste. Stattdessen wurde er in tiefes Schwarz getaucht. Am Firmament funkelten die Sterne. Ein Anblick, den ich schon immer geliebt hatte. Es gab kaum etwas Beruhigenderes, als in den Nachthimmel zu schauen, die Sternbilder zu suchen und sich von ihnen in den Bann ziehen zu lassen. Eine seltsame Leichtigkeit durchdrang mein Herz.

»Es tut mir leid«, sagte ich leise. Ich wagte nicht, den Blick vom Himmel abzuwenden.

»Mhm?« Aidans Stimme klang weit entfernt. Als ginge es ihm ähnlich, als genieße er ebenso den Frieden des Dschungels.

»Was ich vorhin zu dir gesagt habe, von wegen, du liebst nur dich selbst. Das war bescheuert von mir, und ich hätte das nicht sagen dürfen.« Ich wählte die Worte mit Bedacht, aus Angst, schon wieder ungewollt etwas Falsches zu sagen. Meine Wangen wurden heiß. Ich schluckte und riss mich zusammen, um Aidan anzuschauen.

Sein Mundwinkel war angehoben. Die Sterne spiegelten sich in seinen Augen wider. Als wären sie Teil des Nachthimmels. »Schon okay. Mir tut es auch leid, dass ich mich so eklig verhalten habe.«

»Halb so wild.« Wie von selbst hoben sich auch meine Mundwinkel zu einem Lächeln. Ich wusste nicht recht, wo ich hinschauen sollte. Aidans Augen hielten mich gefangen. Doch er ... schaute an mir vorbei.

»Guck mal.« Kopfnickend deutete er auf die Lichtung.

Ich ließ von meinen angezogenen Beinen ab und drehte mich um. Mir stockte der Atem. Grüne Lichter leuchteten zwischen den Halmen. Das Flattern Hunderter kleiner Flügel erfüllte die Nacht. »Wahnsinnig schön«, hauchte ich ehrfürchtig.

Unsere Anwesenheit schien die Glühwürmchen nicht im Geringsten zu stören. Sie hatten sich hier versammelt, um gegeneinander anzuleuchten. Ein solches Lichtspektakel hatte ich bisher nur im Fernsehen gesehen.

»Es ist ein Wunder, dass wir das zu sehen bekommen.« Dass Aidan näher an mich herangerückt war, hatte ich nicht bemerkt. Doch nun spürte ich seine Präsenz deutlich hinter mir und seinen warmen Atem in meinem Nacken.

»Wieso?« Ich drehte den Kopf, wobei meine Nasenspitze seine für einen Moment streifte. Peinlich berührt räusperte ich mich. Die Hitze in meinen Wangen nahm wieder zu.

Aidan grinste verschmitzt. Ich wusste, was er dachte. Sicher etwas wie: *Ich bin mir meiner Wirkung auf Frauen durchaus bewusst.* Aber er behielt seine Bemerkung für sich. »Sie leuchten, weil sie paarungswillig sind.« Er wackelte mit den Augenbrauen, woraufhin mir ein Schnauben entfuhr. »Es ist eine komplizierte biochemische Reaktion, die dabei im Körper der Glühwürmchen abläuft. Da die Weibchen nicht fliegen können, sitzen sie am Boden oder auf Grashalmen und recken ihr leuchtendes Hinterteil in die Höhe, um einen geeigneten Partner zu finden. Die Männchen kämpfen sich vor und suchen sich ein Weibchen für die Paarung.«

»Und dann?«, fragte ich neugierig. Es erstaunte mich, dass Aidan so viel über Glühwürmchen wusste. Das war nichts, was wir im Basistraining gelernt hatten.

»Dann sterben sie«, entgegnete er trocken.

»Einfach so?« Entsetzt riss ich die Augen auf.

Aidan lachte leise. »Nachdem es das Weibchen begattet hat, stirbt das Männchen. Das Weibchen lebt noch ein paar Tage, legt seine Eier am Boden ab, ehe es auch verendet.« Er lehnte sich auf dem Felsen zurück und schaute wieder zur Lichtung.

Ich folgte seinem Blick. »Woher weißt du das alles?«

»Aus dem Flyer.«

»Flyer?«, hakte ich nach.

»Die neben dem Gebäude- und Umgebungsplan an der Rezeption. Auf der Karte war die Glühwürmchenlichtung eingezeichnet, und im Flyer standen Informationen dazu.« Aidan zuckte mit den Schultern, als wäre das alles nichts Besonderes.

Ich hingegen fühlte mich total bescheuert. Wieso waren mir die Flyer nicht aufgefallen? Darin waren sicherlich viele nützliche Tipps enthalten, die wir gut hätten gebrauchen können. Normalerweise war ich nicht der Typ, dem so etwas entging. Genau … mir entging für gewöhnlich nichts!

Ruckartig sprang ich vom Felsen und drehte mich Aidan zu. »Du hast gesagt, die Lichtung ist auf der Karte eingezeichnet?«

»Ja und?« Ihm war deutlich anzusehen, dass er nicht wusste, worauf ich hinauswollte.

»Der Umgebungsplan umfasst nur die wichtigsten Anlaufstellen im Umkreis von fünfhundert Metern um das Camp. Damit wir uns daran orientieren können!« Aufgeregt griff ich nach Aidans Händen und zog ihn auf die Füße. Ich musste den Kopf in den Nacken legen, um ihn direkt anschauen zu können.

»Gut kombiniert, Watson«, sagte er lächelnd.

»Ich denke immer noch, ich hätte es verdient, Sherlock zu sein. Aber das können wir in den nächsten Wochen noch ausdiskutieren.«

»Das betreffend werden wir wohl nie auf einen gemeinsamen Nenner kommen.« Sacht schüttelte Aidan den Kopf.

»Wir werden sehen.« Kurz überlegte ich, wo genau die Sonne untergegangen war, und zerrte Aidan in die entgegengesetzte Richtung. »Komm, hier geht's lang.« Am einfachsten wäre es gewesen, quer über die Lichtung zu laufen, aber ich wollte die Glühwürmchen nicht verschrecken, weshalb wir außen herum gingen.

Am anderen Ende der Lichtung führte ein kleiner Pfad direkt zwischen den Bäumen entlang. Mit zusammengekniffenen Augen schaute ich an den Ästen vorbei. Es war unglaublich dunkel, weshalb ich notgedrungen die letzten Reste Akku nutzte, um meine Handytaschenlampe einzuschalten. Dafür musste ich Aidan loslassen, aber er würde schon nicht weglaufen.

Der Lichtkegel war gerade hell genug, dass man etwa zwei Meter weit sehen konnte. Mir rutschte das Herz in die Hose, und Adrenalin erfüllte mich komplett.

»Was ist los?« Aidan flüsterte.

Ich zuckte mit den Schultern. »Nichts. Eigentlich. Es ist nur stockfinster.«

»Lass mich mal.« Ohne eine Antwort abzuwarten, quetschte er sich an mir vorbei. Dabei streifte sein Arm meinen, und sofort überkam mich eine wohlige Wärme. Seine Haut war geradezu heiß – etwas, worum ich Männer schon immer beneidet hatte. Während ich sofort zu frieren begann, sobald die Temperaturen etwas nachließen, schienen die meisten Männer eine in den Körper integrierte Heizung zu besitzen.

Aidan nahm mir das Handy aus der Hand und hockte sich hin. »Hier sind frische Schuhabdrücke, die dort entlangführen. Wir sind richtig.« Zuversicht lag in seiner Stimme. Von diesen neuen Erkenntnissen berauscht, machte mein Herz einen Hüpfer. Und einen weiteren, als Aidan mit der freien Hand nach meiner tastete und unsere Finger ineinander verschränkte. »Nicht loslassen. Wir wollen ja nicht, dass du verloren gehst.«

Ich räusperte mich. »Ähm, klar.«

Langsam setzte er einen Fuß vor den anderen, darauf bedacht, keinen Krach zu machen. Ab und an durchbrach ein Rascheln in den Büschen die Stille. Dann zuckte ich unweigerlich zusammen und zerquetschte beinahe Aidans Hand. Bisher hatte er sich noch nicht darüber beschwert, aber ich meinte, ihn schmerzverzerrt zischen zu hören.

Mein Herz pochte in einem unbeständigen Rhythmus. Hoffentlich hallte es nur in meinen Ohren so laut. Jedes Knirschen unter meinen Sohlen ließ Panik in mir aufkeimen. Panik, dass wir irgendwelche wilden Tiere auf uns aufmerksam machen würden.

»Riechst du das?«, fragte Aidan leise über die Schulter.

Stirnrunzelnd reckte ich das Kinn und schnupperte. Es roch nach feuchter Erde, Orchideen und ... Feuer.

»Das Lagerfeuer!«, stieß ich lauter als beabsichtigt hervor.

»Psscht!«, machte Aidan. Er beschleunigte sein Tempo, sodass ich kaum hinterherkam. Dieses Mal befürwortete ich das allerdings.

Die Bäume standen an dieser Stelle des Dschungels nicht mehr so dicht beieinander, und auch der Pfad wurde breiter. Der Geruch von Feuer hatte sich in der Luft festgesetzt und intensivierte sich mit jedem Schritt.

Als das Haupthaus des Camps in Sicht kam, war ich kurz davor, in Tränen auszubrechen. »Wir haben es geschafft.« Noch immer ließ ich nicht von Aidans Hand ab.

Inbrünstig lachend legte er den Kopf in den Nacken, wobei einzelne seiner Strähnen mein Gesicht kitzelten.

»Kim, Aidan! Gott sei Dank, da seid ihr ja endlich!« Leah stolperte in unsere Richtung. Schon aus der Ferne sah man ihr die Erleichterung an. Die eine Hand hatte sie sich an die Brust gelegt, und in der anderen hielt sie ein Walkie Talkie, in das sie nun sprach. »Abbruch, Abbruch. Die beiden sind zurück!«

Eine knatternde Stimme ertönte. Ich konnte die Worte zwar nicht verstehen, aber das brauchte ich auch nicht.

Um das Feuer saßen noch einige Campteilnehmer, die nun nacheinander aufstanden.

»Ist alles okay?« Leah atmete schwer, als wir bei ihr angekommen waren.

»Alles bestens«, sagte ich keuchend und zwang mich dazu, endlich Aidan loszulassen.

»Wir sind nur beinahe gestorben, der Rucksack ist eine Klippe hinuntergestürzt, und dann haben wir uns verlaufen. Aber sonst ist alles super«, winkte Aidan weiterhin lachend ab. Dass er beinahe hysterisch klang, bemerkte er vermutlich nicht. Ich konnte es ihm nicht verübeln, denn der Tag war mehr als verrückt gewesen.

Leah erbleichte während Aidans kurzer Ausführung. »Was? Was meinst du damit, ihr wärt fast gestorben?« Sie war einer Ohnmacht nahe. »Wisst ihr was, erzählt es uns, sobald die anderen Guides zurück sind. Zum Glück kam deine Nachricht noch durch, Kim. Nur wurde der Standort nicht regelmäßig aktualisiert.«

Ich nickte. Daran hatte ich gar nicht gedacht.

»Wir haben euch etwas Essen beiseitegestellt.« Leah ging zurück zum Lagerfeuer und winkte uns heran.

Noch einmal schaute ich zu Aidan hoch, der mich ebenfalls ansah. Sein Lachanfall war abgeebbt, aber er grinste weiterhin. Ich konnte nicht sagen, woran genau ich es festmachte, doch in der vergangenen Stunde hatte sich etwas zwischen uns verändert. Vielleicht war es ein stummes, endgültiges Begraben des Kriegsbeils. Jedenfalls hoffte ich das.

Wir hatten innerhalb eines Tages so viele unterschiedliche Emotionen durchlebt, hatten uns gestritten und wieder versöhnt, einander Vorwürfe gemacht und uns entschuldigt. Aidan schaffte es, die verschiedensten Gefühle in mir zu wecken. Und ich war mir ziemlich sicher, dass er mich noch mehr als einmal auf die Palme bringen würde. Aber für den Moment hatten wir Frieden geschlossen. Und diesen Moment würde ich auskosten, solange er anhielt.

Kapitel 10

Ich fühlte mich wie ausgekotzt. Das war sogar noch untertrieben.

Nachdem wir den anderen am Lagerfeuer erzählt hatten, was uns passiert war, war ich nur noch todmüde ins Bett gefallen. Jetzt keimte das schlechte Gewissen in mir auf, weil ich das Laken komplett eingesaut hatte. Ich hätte dringend vorher duschen sollen, aber dazu hatte mir die Kraft gefehlt.

Meine Lider waren schwer, trotzdem schlurfte ich ins Gemeinschaftsbad. Aber auch nach einer zwanzigminütigen Dusche fühlte ich mich nicht viel besser. Mein Körper war übersät von Schrammen, die ich gestern nicht bemerkt hatte. Nun, da der Adrenalinrausch vollständig verschwunden war, spürte ich umso mehr, wie sehr mir die Muskeln und Glieder schmerzten.

Im Camp gab es eine Krankenstation. Erst beim zweiten Anlauf erwischte ich den richtigen Flur. Bevor ich die Tür öffnen konnte, wurde diese schwungvoll aufgezogen, sodass ich beinahe kopfüber ins Zimmer fiel.

Aidan fing mich an den Oberarmen auf. »Siehst du? Ich sagte doch, das scheint unser Ding zu sein.« Ein entkräftetes Lächeln zeichnete sich auf seinem Gesicht ab. Schatten lagen unter seinen Augen, wodurch sie noch dunkler wirkten als sonst.

»Tut mir leid«, murmelte ich.

»Ist ja nichts passiert.« Er ließ von mir ab und hob die Hand zum Abschied. Perplex schaute ich ihm hinterher. War das eben wirklich geschehen, oder hatte mein angeschlagener Kopf mir einen Streich gespielt? Kein bissiger oder anzüglicher Kommentar?

»Du kannst reinkommen.« Die Stimme der Schwester riss mich aus den Gedanken. Zügig trat ich über die Schwelle und schloss die Tür hinter mir.

Sie wartete geduldig auf einem kleinen Drehstuhl und bedeutete mir, ihr gegenüber Platz zu nehmen. Ein freundliches Lächeln zierte ihre vollen rot bemalten Lippen und ließ ihre grünen Augen aufleuchten.

Ich setzte mich und zeigte ihr einen Großteil meiner Blessuren. Konzentriert zog sie die Brauen zusammen, während sie die Wunden mit einem Antiseptikum abtupfte. »Autsch«, entfuhr es mir, als sie meine Schläfe erreicht hatte.

»Entschuldige.« Ihre Mundwinkel senkten sich. »Du hast Glück gehabt. Die Wunde ist nicht verunreinigt, sollte sich also nicht entzünden.«

»Ja, Aidan hat sie gesäubert«, sagte ich leise und fragte mich im selben Augenblick, warum ich das überhaupt erwähnte.

Nun strahlte die Schwester, auf deren Namensschild Paula stand, wieder. »Das hat er ganz hervorragend gemacht. Vorsichtshalber klebe ich die Wunde ab. Lass das Pflaster bitte drei Tage drauf.«

»Okay«, sagte ich und ließ die Tortur über mich ergehen. »Danke.«

»Nicht dafür. Benötigst du sonst noch etwas?«

»Könnte ich eine Kopfschmerztablette bekommen?« Ich legte mir den Handrücken an die Stirn, hinter der es schmerzhaft pochte.

»Selbstverständlich. Ist dir übel oder schwindelig?«

»Nein, eigentlich nichts davon. Es ist nur ein leichtes Pochen.«

»Gut.« Sie reichte mir eine kleine Dose. »Nicht alle auf einmal nehmen, sondern maximal alle sechs Stunden eine und auch nur, wenn du Schmerzen hast.«

»Natürlich.« Ich nahm die Dose und bedankte mich, ehe ich die Krankenstation verließ.

Wieder im Zimmer, setzte ich mich im Schneidersitz aufs Bett und strich über den Einband meines Journals. Gestern war ich nicht mehr dazu gekommen, die Ereignisse des Tages festzuhalten, weshalb ich das jetzt unbedingt nachholen musste. Zwar hatte ich das Gefühl, einen Presslufthammer hinter meiner Stirn sitzen zu haben, und mein Magen verlangte nach Frühstück, aber ich hatte Angst, etwas zu vergessen, wenn ich es nicht sofort notierte.

Ich schob die Kappe von meinem schwarzen Fineliner und schrieb mir alles von der Seele.

Mein Herz schlägt schnell bei dem Gedanken an die Dinge, die geschehen sind. Aidan, der beinahe in den Tod gestürzt ist. Ich, die mit beiden Händen nach ihm gegriffen und ihn vor dem Absturz bewahrt hat. Unsere Streitigkeiten haben an meinen Kräften gezehrt, und doch ist es uns gelungen, all das hinter uns zu lassen und einander zu vertrauen …

In geschwungener Schrift schrieb ich so lange, bis die für den gestrigen Tag vorgesehene Doppelseite gefüllt war. Anschließend zeichnete ich Blätterornamente an den Rand, die ich nachher vielleicht noch ausmalen würde. Doch nun musste ich erst einmal dringend etwas essen.

Der Ruhetag verging viel zu schnell. Nachdem ich den Rucksack für die nächsten drei Wochen gepackt hatte, war ich mit Finja über das Gelände gelaufen. Mehr als einmal vergewisserte sie sich, dass wirklich alles in Ordnung war und ich keine Schmerzen hatte. Ihre Sorge rührte mich, denn sie war nicht selbstverständlich und gab mir das Gefühl, in Finja jemanden gefunden zu haben, auf den ich mich verlassen konnte. Etwas, das ich ihr unglaublich hoch anrechnete.

Am Abend waren die Kopfschmerzen beinahe gänzlich verschwunden. Nur der Muskelkater machte mir weiterhin zu schaffen. Ich sah es schon kommen: George würde mich nach zwei Tagen tragen müssen, wenn er nicht wollte, dass ich die gesamte Gruppe aufhielt.

Ich ließ das knisternde Lagerfeuer hinter mir und wählte Hollys Nummer. Gerade als ich dachte, sie würde nicht drangehen, ertönte ihre Stimme. »Kim! Endlich erwischen wir uns. Ich bin so froh, dass es dir gut geht. Du kannst dir nicht vorstellen, wie schlecht ich mich fühle, dich mit diesem Urlaub allein gelassen zu haben!«

»Du hast es dir ja nicht ausgesucht.«

»Das stimmt, aber trotzdem. Geht es dir wirklich gut?«

»Ja, es sind nur ein paar Kratzer«, winkte ich ab. Ich

hatte ihr vor dem Schlafengehen noch eine kurze Nachricht geschrieben, in der ich ihr erzählt hatte, was passiert war.

»Gott sei Dank! Jag mir nie wieder so einen Schrecken ein!« Holly atmete tief durch. Trotzdem war die Besorgnis aus ihrer Stimme herauszuhören, und ich sah förmlich vor mir, wie sie ermahnend versuchte, mit dem Zeigefinger zu wackeln. »Dann bin ich jetzt ganz Ohr. Erzähl mir alles. Jedes noch so anzügliche Detail.«

Ein Glucksen entfuhr mir. »Es gibt keine anzüglichen Details.«

»Das lass mal schön meine Entscheidung sein.« Holly kicherte.

Sie konnte es zwar nicht sehen, trotzdem schüttelte ich den Kopf. Wann immer wir miteinander sprachen, versetzte es mir einen Stich. So gern hätte ich all diese Erfahrungen mit ihr geteilt. Mich mit ihr im Wald zu verlaufen wäre vermutlich auch deutlich amüsanter gewesen. Wobei wir dann womöglich nie wieder im Camp angekommen wären.

Ich lief um das Gebäude herum, darauf bedacht, weit genug vom dunklen Dschungel entfernt zu bleiben. Schließlich wollte ich nicht erneut verloren gehen. Während ich über die Lichtung schlenderte, auf der ein Großteil unseres Basistrainings stattgefunden hatte, erzählte ich Holly alles, was vorgefallen war. Einen Moment überlegte ich, meine Gefühle außen vor zu lassen, aber leider kannte sie mich zu gut. Sie ahnte, wann ich etwas ausließ oder sie anlog.

Vor dem Gewächshaus blieb ich stehen und warf einen Blick hinein. Es war bloß spärlich beleuchtet, weshalb ich nicht viel erkannte. Aber es roch bis nach draußen nach unterschiedlichen Gewürzen und Gemüse. Eine Mischung, bei der ich schon wieder hungrig wurde, obwohl das Abendessen gerade erst zwei Stunden zurücklag.

»Also habt ihr nun endgültig Frieden geschlossen?«, fragte Holly, als ich am Ende meiner Schilderungen angekommen war.

Ich zuckte die Schultern. »Keine Ahnung. Heute haben wir uns nur kurz gesehen, da schien es zumindest so, als wäre zwischen uns alles in Ordnung.«

»Lass dir bloß nicht von ihm das Herz brechen«, ermahnte sie mich ernst.

»So ein Blödsinn«, prustete ich. »Wir werden uns lediglich respektvoll begegnen und einander nicht mehr den Schädel einschlagen ... hoffentlich.«

»Wenn du meinst.« Aus Hollys Stimme war herauszuhören, dass sie meinen Worten keinen Glauben schenkte. Ja, Aidan mochte attraktiv sein, aber das änderte nichts daran, dass er unter furchtbaren Stimmungsschwankungen litt und wir nach dem Ende der Reise ohnehin getrennte Wege gehen würden. Ich hielt mich für intelligent genug, mein Herz unter Verschluss zu halten.

»Reden wir doch lieber über Scott«, wechselte ich das Thema.

Holly stöhnte. »Er ist so ...«

»Heiß?«

»Nein!«, schrie sie mir förmlich ins Ohr. »Er ist einfach ... Ach, ich weiß auch nicht. Ich habe das Gefühl, er würde gern die Welt an einem Tag retten, und zwar im Alleingang.«

Stirnrunzelnd legte ich den Kopf schief und lehnte

mich gegen das warme Glas des Gewächshauses. »Was meinst du damit?«

»Wusstest du, dass sich viele Ranchbesitzer Wildtiere aus Asien und Afrika einfliegen lassen, um sie zu züchten und anschließend zur Trophäenjagd freizugeben?«

Meine Augen weiteten sich vor Entsetzen. »Wie bitte? Ist das dein Ernst?«

»Ja! Ich hatte auch keine Ahnung. Also, dass Jagdtourismus so ein Ding ist, wusste ich schon, aber nicht, dass dafür extra Wildtiere gezüchtet werden. Das ist so krank!«

»Allerdings! Und Scott möchte das verhindern?«, schlussfolgerte ich.

»Genau. Er hat wirklich großartige Ideen, das muss ich ihm lassen. Jedoch benötigt er dafür die Pierson Ranch.« Holly seufzte und atmete tief durch. Ich konnte mir denken, worauf sie hinauswollte. Sie wollte die Ranch am liebsten verkaufen und wieder nach Hause fahren. Aber es lag ebenfalls nicht in ihrer Natur, Tiere leiden zu lassen, wenn es einen Weg gab, das zu verhindern. Sie befand sich in einer Zwickmühle und benötigte nun einen Schubs in die richtige Richtung.

»Was auch immer Scott plant, lass es zu«, sagte ich. Dann stützte ich mich vom Glas ab und lief weiter um das Haupthaus herum. »Gib ihm zumindest eine Chance, für die Dinge einzustehen, an die er glaubt und an denen er festhält. Wenn du merkst, dass es nicht funktioniert, dann werdet ihr euch sicher anderweitig einig.«

»Meinst du wirklich?«, fragte sie verunsichert.

»Ja.« Ich nickte. »Natürlich wird es eine Umstellung für dich, Dinge planen zu müssen und nicht in den Tag hineinleben zu können. Doch du packst das, Bubbles.«

»Ich könnte deine Hilfe dabei gebrauchen«, nuschelte sie noch immer zweifelnd.

»Du kannst mir schreiben, wann du willst. Sofern es aus der Distanz möglich ist, werde ich dich unterstützen.«

Hinter dem Haus befand sich ein kleiner Teich, auf dem zahlreiche farbenprächtige Stern-Seerosen schwammen. Bei Sonnenschein sahen sie sicher noch hundertmal schöner aus. Umsäumt war der Teich von bunten Orchideen, die einen unglaublichen Geruch verströmten.

»Danke, Blossom. Ich wüsste nicht, was ich ohne dich tun würde«, entgegnete Holly erleichtert. »Zum Glück haben wir die erste Woche überstanden.«

»Nur noch drei vor uns, und dann sehen wir uns endlich wieder.« Ich ging in die Hocke und schob die Nase in eine der Blüten. Von Nahem rochen sie noch himmlischer.

»Das schaffen wir auch noch.« Holly legte offenbar kurz ihre Hand aufs Mikro und redete mit jemand anderem. Es folgte ein Rascheln, und sie war zurück. »Sorry, das war Mom. Ich muss los. Hören wir uns morgen?«

»Bestimmt. Morgen geht's los mit dem eigentlichen Trip.«

»Ach ja! Dann wünsche ich dir ganz viel Spaß, Blossom. Tu nichts, was ich nicht auch tun würde.«

Ich lachte leise. »Damit meinst du, ich soll einfach alles tun, worauf ich Lust habe?«

»Und mit wem du Lust hast«, fügte sie frivol hinzu.

»Gute Nacht!« Ich lachte und schüttelte dabei ungläubig den Kopf.

»Na ja, für mich Guten Morgen. Aber dir wünsche ich eine gute Nacht!« Holly legte auf.

Schnell schob ich mein Handy in die Tasche und richtete mich auf.

»War das dein Freund?«

Erschrocken drehte ich mich so schnell um, dass ich auf dem feuchten Untergrund wegrutschte und beinahe kopfüber im Teich landete. Gerade so konnte ich das Gleichgewicht halten. Aidan saß im Schatten eines Ficus auf einer Bank, in seinem Schoß ein kleines Notizheft. »Wie lange sitzt du da schon?«

Er klappte das Heft zu und stand auf. »Eine Stunde? Zwei?«

Das bedeutete, dass er einiges von meinem Telefonat mitbekommen hatte. Glücklicherweise hatte ich seinen Namen in den letzten Minuten nicht erwähnt. »War das gerade deine subtile Art zu fragen, ob ich in festen Händen bin?«, fragte ich grinsend.

Aidan lächelte verwegen, hob dann die Schultern und zwinkerte. »Vielleicht.«

Ich schnaubte. »Nein, das war Holly. Die eigentlich mit mir herkommen wollte.«

»Und mit der du gern in Escape Rooms gehst.« Er deutete auf das Armband an meinem Handgelenk.

»Genau.« Dann zeigte ich auf das Buch, das er sich fest an die Brust presste. »Was hast du da?«

»Nichts.«

»Nach nichts sieht das aber nicht aus.«

Sein Mundwinkel zuckte. »Wenn ich nicht gerade lese, zeichne ich.«

Überrascht hob ich die Brauen. »Zeigst du es mir?«

Er fuhr sich mit der Hand durch die Haare und wich meinem Blick aus. Stattdessen fokussierte er die farbenprächtigen Orchideen. War es ihm etwa unangenehm, mich seine Zeichnungen sehen zu lassen? War die Frage zu forsch gewesen?

»Ich zeige meine Zeichnungen einfach nicht gern«, beantwortete er meine gedanklich gestellten Fragen. Die Enttäuschung musste mir ins Gesicht geschrieben stehen, denn er fügte schnell hinzu: »Vielleicht ein andermal.«

»Okay.«

Aidan trat etwas näher an den Teich heran, sodass uns nun lediglich wenige Zentimeter voneinander trennten. Mein Herz machte einen nervösen Hüpfer, und ich ermahnte es, sich einzukriegen. So war das, wenn Holly mir irgendwelche Flausen in den Kopf setzte.

»Ich habe vier jüngere Schwestern«, sagte Aidan irgendwann, den Blick nicht vom Teich abwendend. »Sie wollten immer, dass ich ihnen Bilder male, die sie sich ins Zimmer hängen konnten. Anfangs war ich nicht sonderlich angetan davon. Doch mit den Jahren habe ich meine Liebe zum Zeichnen gefunden.«

Warum er mir das erzählte, war mir schleierhaft. Doch es gefiel mir, mehr über ihn herauszufinden. Wie von selbst formten meine Lippen ein Lächeln.

»Was?«, fragte Aidan, als er es bemerkte.

»Ich kann mir dich einfach nicht als großen Bruder vorstellen«, gab ich zurück.

»Weil ich nur mich selbst liebe und alle anderen mir egal sind?«

»Autsch.« Theatralisch fasste ich mir mit der einen Hand an die Brust, während ich die freie Hand an meine Stirn legte. »Das habe ich wohl verdient.«

Aidan lachte. »Was ist mit dir?«

»Ob ich Geschwister habe?« Er nickte. Ich schüttelte den Kopf. »Holly ist wohl das, was für mich einer Schwester am nächsten kommt.«

»Verstehe.« Er hob den Kopf und ließ den Blick über mein Gesicht schweifen, als suchte er etwas darin.

Ich wollte noch etwas sagen, die Stille irgendwie mit Worten füllen, damit das Gespräch kein abruptes Ende fand. Aber ich wusste nicht, was. Ich griff nach meinem Armband. Aidan bemerkte es.

»Mache ich dich so nervös?«, fragte er neckend. Da war er wieder – der Aidan, den ich kennengelernt hatte. *Und ein wenig vermisst habe*, hallte es in meinen Gedanken nach. Schnell schüttelte ich sie ab. Das war doch lächerlich!

»Menschen machen mich nervös.« Das Geständnis hatte meine Lippen verlassen, ehe ich darüber nachdenken konnte.

Aidan schaute mich überrascht an. »Du bist nicht gern unter Menschen?«

»Nein.« Peinlich berührt zog ich den Kopf ein. »Nicht, wenn es sich vermeiden lässt.«

Aus Aidans Kehle drang ein so lautes Lachen, dass ich zurücktaumelte. »Das hätte ich nicht gedacht.«

»Weil ich ein Püppchen bin, das nur Party macht und in der freien Natur nichts zu suchen hat?«, konterte ich und verschränkte die Arme vor der Brust.

Mit der Zungenspitze fuhr Aidan sich über die Lippen. Unweigerlich fragte ich mich, ob sie so weich waren, wie sie aussahen. Ich zwang mich, woanders hinzugucken. In seine Augen, in denen ein amüsiertes Funkeln lag. »Touché.«

Ich nahm ein heruntergefallenes Orchideenblütenblatt zwischen die Finger, damit ich nicht schon wieder nach meinem Armband griff. Dass ich es zerrupfte, bemerkte ich erst, als die kleinen lila Stückchen auf den Boden glitten.

Aidan beobachtete meine Bewegungen akribisch. Als auch das letzte Stück heruntergefallen war, streckte er den Rücken durch, das Notizheft noch immer fest umklammert. Zu gern hätte ich einen Blick hineingeworfen, aber ich verstand, dass er seine Geheimnisse brauchte. Wenn Zeichnen sein Rückzug von der Welt war, dann sollte ich nicht in diese Privatsphäre eindringen.

»Ich gehe dann mal packen.«

Meine Kinnlade klappte herunter. »Du hast noch nicht gepackt?« Das war für mich unvorstellbar.

Aidan zwinkerte. »Man muss nicht sein komplettes Leben durchplanen. Ein gesundes Chaos hat noch niemandem geschadet.«

Scharf atmete ich zwischen den Zähnen ein und schüttelte den Kopf. »Nein, nein, nein. Davon will ich nichts hören.« Mir entfuhr ein leises Zischen, als es hinter meiner Schläfe zu pochen begann. Ich hätte den Kopf wohl langsamer bewegen sollen.

Aidan kam sofort näher und streckte die Finger nach mir aus. Ganz sacht legte er sie mir an die Stirn, nur wenige Millimeter von dem Pflaster entfernt. Ein Prickeln ging von der Stelle aus, an der seine Haut die meine berührte, und sofort war der Schmerz vergessen. Leider zog er die Hand viel zu schnell wieder zurück. Er räusperte sich. »Was macht die Wunde?«

»Alles gut. Ich habe nur etwas Kopfschmerzen.«

»Soll ich dich ins Bett bringen?«

»Was?«, fragte ich überrascht.

»Ähm«, stammelte Aidan, fing sich aber schnell wieder. »Das war ausnahmsweise mal nicht beabsichtigt. Ich meinte nur, ob ich dich zu eurem Zimmer begleiten soll.«

Sah ich da etwa eine leichte Röte auf seinen Wangen? Ein wenig geschmeichelt fühlte ich mich, aber ich wollte noch etwas draußen bleiben. »Nein, ich setze mich zurück zu den anderen.«

Aidan nickte. »Verstehe. Dann gute Nacht, Kim.«

»Gute Nacht, Aidan.«

Ein letztes Mal schaute er mich an, ehe er um die Ecke verschwand. Das schnelle Klopfen meines Herzens ignorierte ich, als ich mit den Fingerspitzen nach der Stelle tastete, an der er mich berührt hatte. Es war, als könnte ich die Hitze seiner Haut noch immer spüren.

»Was ist nur los mit dir?«, flüsterte ich mir selbst zu, wohl wissend, dass niemand mir diese Frage beantworten konnte. Nicht einmal ich selbst.

Für einige Minuten blieb ich noch am Teich stehen und betrachtete das sanfte Wiegen der Seerosen auf dem Wasser. Erst als meine Arme zu frösteln begannen, umschlang ich meinen Körper und lief zurück zum Lagerfeuer, um den letzten Abend vor dem großen Abenteuer in Ruhe ausklingen zu lassen.

Kapitel 11

Eine angespannte Atmosphäre hatte sich über den Speisesaal gelegt. Im Gegensatz zu den letzten Tagen war es überaus still, nur die Familie Weber unterhielt sich leise miteinander. Nun ja, so leise es für ihre Verhältnisse möglich war.

Schon seit einigen Minuten knabberte ich an meinem Butterbrot herum. Mir war bewusst, dass ich so viel wie möglich in mich hineinschaufeln sollte, da die nächsten Wochen essenstechnisch nicht ganz so rosig aussehen würden, doch jeder Bissen lag mir schwer im Magen.

»Bist du auch so aufgeregt?« Finja rutschte auf ihrem Stuhl hin und her. Sie konnte keine zwei Sekunden still sitzen.

Schulterzuckend schluckte ich hinunter. »Ein wenig.« Das lag aber nicht nur daran, dass es in einer Stunde losging. Gestern Abend hatte ich einen Blick auf die letzte Seite meines Journals geworfen. Die Seite, die ich am liebsten verdrängt hätte.

Vor der Abreise hatte ich mir denkbare Wege notiert, die ich nach dem Abschluss einschlagen konnte. Eigentlich hatte ich gehofft, dass ich durch den Aufenthalt auf der Insel nach und nach einige Punkte würde streichen können. Bisher war ich allerdings noch nicht schlauer geworden. Die Liste an Möglichkeiten erschlug mich regelrecht. Wenn ich es bis heute noch nicht besser wusste, wie sollte sich das in zwanzig Tagen ändern?

»Ich hoffe, ich habe nichts vergessen«, redete Finja weiter. »Mein Botanikbuch liegt noch auf dem Bett. Erinnerst du mich gleich im Zimmer daran, es einzustecken?«

»Natürlich«, entgegnete ich geistesabwesend.

»Danke!« Fröhlich ratterte sie weiter irgendwelche Dinge herunter, die allerdings nicht bei mir ankamen. Es tat mir leid, dass ich Finja so wenig zuhörte, aber mir war gerade einfach nicht nach einem Gespräch.

»Gut, wir treffen uns in dreißig Minuten draußen.« George stand auf und erklärte das Frühstück für beendet. »Geht sicher, dass ihr die wichtigsten Sachen eingepackt habt. Jeder noch so kleine Gegenstand könnte euch vor dem Tod bewahren.« Er lachte leise, doch dieses Mal stimmte niemand mit ein. »Zumindest, wenn ihr allein unterwegs wärt.«

Wieder hatte ich meinen Apfel nicht gegessen, also nahm ich ihn mit ins Zimmer und schob ihn in eine der Seitentaschen meines Trekkingrucksacks. Ich überflog meine fein säuberlich notierte Packliste, um sicherzugehen, dass wirklich nichts fehlte.

Neben ein paar Wechselkleidern hatte ich ein Messer, ein Feuerzeug, einen Wasserfilter, Seile, mehrere aufgeladene Powerbanks, meine Isomatte, Schlafsack, Seifenstück, Zahnputzzeug und eine Windjacke eingepackt. Ein kleines Erste-Hilfe-Set befand sich in der Vordertasche, genau wie eine gefüllte Flasche und mein Journal mitsamt Stifteetui.

»Eine Alutasse oder -schüssel.« Finja schaute über meine Schulter auf die Liste in meiner Hand. »Hast du so etwas dabei?«

Mein Mund öffnete und schloss sich. Dann blinzelte ich ein paarmal unbeholfen. Meine Hände begannen zu zittern. »Daran habe ich nicht gedacht«, stammelte ich. Es sah mir nicht ähnlich, etwas zu vergessen. Wie konnte das passieren? Und wieso hatte Holly mich beim Packen nicht daran erinnert?

»Ist doch nicht schlimm. Warte.« Finja drehte sich um und wühlte in ihrem Koffer herum. Dabei stieß sie ein paar schwedische Flüche aus, die mich kurz auf andere Gedanken brachten. »Ahh, hier ist sie!« Sie wandte sich mir zu und reichte mir eine Schüssel. »Ich habe immer von allem zu viel dabei.«

»Danke.« Erleichterung durchflutete mich, als ich die Schüssel an mich nahm und zu den anderen Dingen in den Rucksack schob. Dabei handelte es sich um einen der wichtigsten Gegenstände, der dazu diente, Regenwasser aufzufangen. Man konnte nie wissen, wann man auf ein fließendes Gewässer stieß, weshalb es wichtig war, sich anderweitig zu helfen.

Nun, da ich alles beisammenhatte, schaute ich mich zum vorerst letzten Mal im Zimmer um. Es war in den vergangenen Tagen mein Rückzugsort gewesen. Ich hatte fast jeden Abend mit dem Blick aus dem Fenster auf dem Bett gesessen und in mein Journal geschrieben. Hatte die Tage noch einmal Revue passieren lassen. Ein beängstigendes Kribbeln durchzog mich.

Finja legte den Arm um meine Schultern. Ich zuckte kaum merklich zusammen. »Abenteuer Wildnis, wir kommen!«, rief sie enthusiastisch. Dabei schüttelte sie mich durch.

»Juhu!«

Sie ließ von mir ab und stemmte die Fäuste in die Seite. »Das war armselig, Kim. Das können wir besser.«

Nun musste ich doch lächeln. »Wir kommen!«, rief ich aus.

»Genau das wollte ich hören!«, sagte Finja lachend.

Wir warfen uns die Rucksäcke über und traten aus dem Zimmer.

»Mann, pass doch auf«, zischte Finja wütend, als Laurin sie anrempelte.

Dieser verdrehte lediglich die Augen und nuschelte: »Sorry.«

Mit zusammengezogenen Brauen schaute sie ihm nach, bis er in seinem Zimmer verschwand. Hoffentlich würde es den beiden gelingen, ihre Schweden-Norwegen-Rivalität noch zu begraben, so wie Aidan und ich es mit unserem Kriegsbeil getan hatten. Ich schüttelte den Kopf und ermahnte mich, nicht an ihn zu denken.

Wir gehörten zu den Ersten, die draußen ankamen. Lediglich Andy und David, die beiden Australier, waren schon da und gerade in eine angeregte Unterhaltung mit den Baxters vertieft. Als wir näher kamen, hoben sie die Köpfe und begrüßten uns lächelnd.

Das Gewicht des Rucksacks begrub mich beinahe unter sich. Bereits nach kürzester Zeit spürte ich, wie mir der Schweiß den Rücken hinunterlief. Mit beiden Händen fächerte ich mir Luft zu, was mein Gesicht wenigstens ein bisschen abkühlte. Heute war es einfach nur drückend. Der Himmel war wolkenverhangen, und es sah nach Regen aus. In der Nacht hatte ich schon einzelne Tropfen gegen das Fenster prasseln hören. Ein bisschen Regen wäre aber eine angenehme Abwechslung zu den sonst so heißen Temperaturen und der niederknallenden Sonne gewesen.

In den darauffolgenden Minuten stieß auch die restliche Gruppe zu uns. Mit einigen von ihnen hatte ich bisher leider kein einziges Wort gewechselt. Es kam mir etwas seltsam vor, mit Small Talk über das Wetter zu beginnen. Aber womöglich würde sich noch die eine oder andere Gelegenheit ergeben.

Aidan war der Letzte, der aus dem Haupthaus trat. Meine Mundwinkel hoben sich wie von selbst, als ich ihn sah. Ein weiteres Mal musste ich mich gedanklich ermahnen, bei der Sache zu bleiben. Was schwierig war, denn Aidan hatte sich frisch rasiert, sodass nun bloß noch ein angedeuteter Dreitagebart seine Wangen und den Kiefer zierten. Dadurch kamen seine vollen Lippen noch besser zur Geltung.

»Na, läuft da was?« Finja stupste mir den Ellbogen in die Seite.

Vermutlich etwas zu energisch schüttelte ich den Kopf. »Nein, natürlich nicht.« Ob sich meine Stimme nur für mich so fiepend anhörte?

»Was auf Jeopardy Island passiert, bleibt auf Jeopardy Island.« Sie grinste breit und wackelte mit den Augenbrauen. Einmal mehr fiel mir auf, wie ähnlich Finja und Holly sich waren. Das musste einer der Gründe dafür sein, dass ich mich in ihrer Gegenwart so wohlfühlte.

»Da ist nichts zwischen uns. Wir haben uns nur mehr oder weniger vertragen.« Eigentlich war ich niemandem Rechenschaft schuldig, trotzdem verspürte ich das dringende Bedürfnis, mich zu erklären.

»Genau deswegen kommt er direkt auf uns zu«, sagte

Finja an mein Ohr. Ich brauchte mich nicht umzudrehen, um Aidans Anwesenheit zu spüren. Außerdem haftete ihm wie immer diese leichte Sandelholznote an.

»Guten Morgen«, sagte er erstaunlich fröhlich.

»Morgen«, entgegnete ich, ohne ihn anzuschauen.

»Seid ihr schon voller Tatendrang?«

»Und wie!«, erwiderte Finja aufgeregt. »Kim, du doch auch, nicht wahr?«

Ich versuchte mich an einem zuckersüßen Lächeln. »Natürlich.«

George und Leah wurden beinahe gänzlich von ihren Rucksäcken verschluckt. Ich fragte mich, was sie alles dabeihatten. Aufgrund ihrer jahrelangen Outdoorerfahrung hatten sie sicherlich noch an weitaus mehr wichtige Dinge gedacht. Aber es sah so aus, als würden sie das dreifache Gewicht meines Rucksacks auf dem Rücken tragen. Ich konnte mir beim besten Willen nicht vorstellen, dass das angenehm war.

»Wir sind vollzählig!« George klatschte zweimal in die Hände, woraufhin auch die letzten Gespräche verstummten. »Jeff geht gleich rum und gibt jedem von euch einen kleinen Proviantbeutel für die nächsten Tage, damit ihr für den Ernstfall etwas habt. Denn auch wenn wir euch eine möglichst realistische Erfahrung bieten möchten, wollen wir nicht, dass ihr vom Fleisch fallt. Außerdem erhaltet ihr wieder Peilsender.« George schaute grinsend zwischen Aidan und mir hin und her. »Seht nur zu, dass ihr sie dieses Mal nicht verliert.«

Leises Kichern ging durch die Reihen. Mir schoss die Hitze in die Wangen. Als ich den Blick hob und zu Aidan schaute, sah ich, dass er sich dem Lachen der anderen angeschlossen hatte. Dabei trug er die Schuld daran, dass der Peilsender verloren gegangen war! Nein, ich musste dringend damit aufhören, anderen die alleinige Schuld in die Schuhe zu schieben. Wenn wir in der Wildnis überleben wollten, mussten wir einander vertrauen.

Kurz darauf traten Jeff und ein junger Mitarbeiter, den ich bisher nicht gesehen hatte, aus dem Haupthaus. Gemeinsam teilten sie die Beutel und Sender aus. Ich knotete meinen Proviantbeutel an den Träger, denn hätte ich den Rucksack jetzt abgenommen, hätten mich keine zehn Pferde mehr dazu gebracht, ihn anschließend wieder über die Schulter zu legen. Den Peilsender schob ich mir erst mal in die Hosentasche.

»In den nächsten Tagen wird es voraussichtlich regnen. Ihr seid also hoffentlich nicht wasserscheu.« Leah lachte leise und strich sich eine Strähne hinters Ohr. »Aber keine Sorge, wir müssen nicht jede Nacht unter freiem Himmel schlafen, denn auf der Insel gibt es zahlreiche von Tieren unbewohnte Höhlen.«

»Wie auch schon bei eurer kleinen Schnitzeljagd bitten wir euch, nichts liegen zu lassen.« Georges Miene wurde streng. »Alles, was die Wälder in irgendeiner Weise verschmutzt, wird wieder mitgenommen.«

Die Baxters gaben uns noch einige Instruktionen. Dabei fassten sie einen großen Teil der Informationen aus den letzten Tagen zusammen. Das meiste davon hatte ich mir ohnehin ins Journal geschrieben. Nichtsdestotrotz versuchte ich zuzuhören. Ich legte es nicht wirklich darauf an, ein drittes Mal im Wald verloren zu gehen.

»Noch Fragen?« Georges Blick glitt über unsere Gesichter. Da niemand aufzeigte, nickte er. »Gut, dann bleibt nichts zu sagen außer: Lasset das Abenteuer beginnen.«

Ein Jubeln ging durch die Menge, und allmählich erreichte das Hochgefühl auch mich. Ich festigte den Griff um die Träger und folgte den anderen in den Dschungel.

Kapitel 12

Wir schlugen einen Weg ein, den ich bisher nicht gegangen war. Hinter dem Gewächshaus gab es einen kleinen Trampelpfad, der auf eine abseits gelegene Lichtung führte, die an den Dschungel angrenzte. George schob das hinabhängende Geäst zur Seite, sodass wir ungehindert auf den breiten, von Büschen umsäumten Pfad treten konnten.

Einige Papageien erhoben sich in die Lüfte, als wir zwischen den Bäumen auftauchten. Sie krächzten und suchten sich einen anderen Platz, an dem sie ungestört sein konnten.

Dieser Teil des Dschungels schien noch naturbelassener zu sein als die Pfade, denen ich bisher gefolgt war. Überall wuchsen Sträucher und Gräser wild durcheinander. Wurzeln ragten aus dem Boden, und abgefallene Äste und Blätter lagen auf dem Weg.

»Nehmt euch vor Schlangen in Acht«, rief George über seine Schulter hinweg.

»Hat er gerade Schlangen gesagt?« Frau Weber krallte sich an den Arm ihres Mannes. Ihre Bewegung war so ruckartig, dass der Fischerhut auf ihrem Kopf verrutschte.

»Du weißt doch, dass es hier Schlangen gibt«, zischte ihr Mann und schob ihre Hand von sich. Ob zwei anstrengende Teeniejungs so etwas aus einer Ehe machten? Bisher hatte ich nicht ein einziges Mal erlebt, dass die beiden auch nur ansatzweise liebevoll miteinander umgegangen waren. Womöglich hatte ich mich getäuscht und dieser Urlaub sollte keine Erziehungsmaßnahme darstellen, sondern die Familie wieder enger zusammenschweißen.

»Keine Sorge.« Leah schob ein etwas dichteres Gestrüpp zur Seite. »Menschen gehören nicht ins Beuteschema von Schlangen. Solltet ihr eine sehen, einfach Ruhe bewahren und keine plötzlichen Bewegungen machen. Wenn die Schlange nahe ist, dann bleibt stehen – sie wird von allein weiterziehen.«

Ein bisschen tat mir Frau Weber schon leid. Sie zitterte am ganzen Körper, und ihr Mann legte nicht einmal den Arm um sie. Die Ärmste hatte sich vorab wohl nicht ausreichend informiert. Aber das hier war die Wildnis, natürlich gab es hier gefährliche und auch giftige Tiere.

»Keine Angst, Mama.« Einer der Zwillinge sprang neben seine Mutter. Dabei schwang er ein ziemlich scharfes Messer. »Ich spieße jede Schlange auf, die dir zu nahe kommt.«

»Quatsch.« Der andere Junge schubste seinen Bruder. »Justus weiß gar nicht, wie man das macht. Ich werde dich retten, Mama.«

Die Mutter kicherte leise in ihre Hand. »Ach, Jungs, das ist lieb von euch.«

»Tiere werden nur im äußersten Notfall getötet«, kam es von George. Die Zwillinge zuckten zusammen, und Justus Weber schob die Klinge zurück in die Messerscheide an seinem Gürtel. »Von einigen Arten gibt es nur noch eine kleine Population, und manche sind auf Jeopardy Island endemisch. Das bedeutet, dass sie nur hier leben.«

»Und was passiert mit ihnen, wenn der Hoteltyp kommt und alles plattmacht?«, fragte Justus.

George hielt inne und seufzte. Als er sich umwandte, zierte eine tiefe Sorgenfalte seine Stirn. »Einige Arten werden vermutlich aussterben. Da Jeopardy Island ähnliche klimatische Bedingungen wie Sri Lanka hat, hoffen wir, dass sich einige Tiere dort niederlassen können. Wir planen das betreffend schon einiges im Hintergrund.«

»Das ist doch schrecklich«, sagte Finja zu mir. »Wie kann ein einzelner Mensch es nur mit seinem Gewissen vereinbaren, für den Tod unzähliger Tiere verantwortlich zu sein? Für das Aussterben ganzer Rassen?«

Ich schluckte und atmete tief durch. »Das weiß ich auch nicht. So etwas werde ich nie begreifen können.«

»Menschen tun seit Jahrhunderten nichts anderes.« Aidan schnaubte. Ich hatte vollkommen vergessen, dass er direkt hinter uns lief und alles mit anhören konnte.

»Und das rechtfertigt deiner Meinung nach, dass ein geldgieriger Hotelier eine wunderschöne Insel kauft und zerstört? Obwohl es auf der Welt ohnehin kaum noch naturbelassene Fleckchen gibt, an denen die Tiere Tiere sein dürfen?« Finja zischte beinahe so bedrohlich wie die giftigen Schlangen, die sich hier irgendwo durchs Unterholz schlängelten.

Aidans Kiefer mahlte, aber anstatt dagegenzuhalten, seufzte er resigniert und schüttelte kaum merklich den Kopf. Einmal mehr fragte ich mich, was ihn überhaupt hierher verschlagen hatte, wenn er nichts von der Natur und den Lebewesen hielt. Man besuchte einen solchen Ort doch, um ihn zu erleben, zu fühlen, eins mit ihm zu werden. Das bedeutete, ihm mit Respekt zu begegnen. Nur sah er das wohl anders.

Die Stunden vergingen. Schweiß perlte mir von der Stirn, und meine Atmung ging schwer. George und Leah schien diese Wanderung nicht im Geringsten zuzusetzen. Kein Wunder, wenn man einen solchen Trip jeden Monat durchführte. Die restlichen Teilnehmer sahen allerdings so aus, als könnten sie dringend eine Pause gebrauchen. Selbst die Zwillinge waren allmählich am Ende ihrer Kräfte. Mit hängenden Schultern schlurften sie mehr, als dass sie liefen.

»Nicht schlappmachen!«, rief George. Besorgt und zugleich amüsiert musterte er uns. »In einer halben Stunde erreichen wir einen kleinen Bach. Dort wartet auch eine köstliche Überraschung auf euch.«

Mein Magen rumorte. Hoffentlich war die Überraschung wirklich so köstlich. Sonst musste ich bald an meine Vorräte gehen, und das wollte ich eigentlich noch nicht.

Es dauerte zum Glück nicht mehr lange, ehe ich das Plätschern des nahe gelegenen Bachs hörte. Meine Beine freuten sich schon unglaublich auf die Pause, und auch mein Rücken lechzte danach, das Gewicht des Rucksacks nicht mehr tragen zu müssen.

»Aufpassen!«, rief George und kletterte als Erster über eine Ansammlung ineinander verschränkter Wurzeln, die den Weg versperrten. Genau deshalb liebte ich diesen Ort so sehr. Hier war noch fast alles unberührt. Wollte man einen bestimmten Weg einschlagen, dann musste man mit dem vorliebnehmen, was die Natur einem bot. Nicht mehr und nicht weniger.

Die Wurzeln waren nicht sonderlich hoch, trotzdem fühlten sich meine Beine beim Drüberklettern schwer wie Blei an. Sobald ich wieder in Los Angeles war, würde ich eine Woche durchschlafen, das war sicher.

Der Bach floss einen kleinen Hügel hinunter. Kurz dachte ich, es wäre der gleiche, an dem ich mit Aidan gewesen war, aber dieser hier war deutlich breiter und das Ufer dicht von unterschiedlichen exotischen Pflanzen bewachsen. Es war eine faszinierende Mischung aus kleinen bunten Blüten und solchen, die mich um einen Kopf überragten und einen so intensiven Geruch verströmten, dass ich ein Niesen nur schwer unterdrücken konnte.

Ich löste den Brust- und Hüftgurt des Rucksacks und ließ ihn vor mir auf die feuchte Erde fallen. Sofort spürte ich eine Leichtigkeit wie schon lange nicht mehr. Ich hatte das Gefühl zu schweben. Finja setzte sich neben mir auf den Boden und lehnte sich gegen einen nassen Felsen. Ihr Gesicht glitzerte vom Schweiß, und ihre Wangen waren knallrot.

Als Erstes hockte ich mich hin und spritzte mir kaltes Wasser ins Gesicht. Da die Sonne heute nicht schien, trocknete meine Haut nicht sofort wieder, und ich begann etwas zu frösteln, obwohl es trotz allem ziemlich warm war. Dann tastete ich nach dem kleinen Pflaster an meiner Schläfe, um sicherzugehen, dass es sich nicht löste.

Auf einem Stein mitten im Bach saß eine weiße Ente, die auf ihren Flügeln kleine schwarze Tupfer hatte. Sie musterte mich mit schief gelegtem Kopf. Stirnrunzelnd betrachtete ich sie genauer und stellte fest, dass sie um Augen und Schnabel herum knubbelige rote Flecken besaß.

»Eine Moschusente.« Leah hockte sich neben mich und wusch sich ebenfalls den Schweiß ab. Dann deutete sie mit einem Kopfnicken auf den Vogel, der mich noch immer skeptisch beäugte. »Eigentlich stammen sie aus Südamerika. Wie sie hierhergekommen sind, wissen wir nicht. Vielleicht haben sie sich auf einem Schiff versteckt oder der ehemalige Besitzer der Insel hat sie herbringen lassen.« Sie zuckte mit den Schultern. »So oder so, jetzt leben sie hier.«

»Ist die Ente krank?«, fragte ich.

»Du meinst wegen der Warzen?« Als ich nickte, sprach Leah weiter: »Nein, man könnte sagen, das ist das Markenzeichen dieser Enten. Sie ist kerngesund.«

»Danke«, sagte ich. »Nicht nur für die Auskunft, sondern für alles. Das, was ihr hier tut, ist ... großartig. Ich wünschte nur ...«

Ich musste nicht weitersprechen. Das hier war Leahs Heimat, der Ort, an dem sie viele Jahre ihres Lebens verbracht hatte. Und nun nahm man ihr diesen Teil. Sie presste die Lippen aufeinander und nickte. »Ja, ich auch.«

Sie blieb noch einen Moment neben mir sitzen, ehe sie wieder aufstand und zu George ging. Er stand etwas abseits und behielt alles im Blick.

Als ich wieder zu meinem Rucksack ging, saß Finja noch immer regungslos in ihrer Position. »Alles in Ordnung?«, fragte ich lachend und holte meine Trinkflasche hervor, um einen ordentlichen Zug zu nehmen. Das kühle Nass erfüllte mich mit neuem Leben.

»Mir tut alles weh«, jammerte Finja. »Ich hätte bei der Schnitzeljagd nicht so rennen dürfen.«

»Wieso hast du es dann getan?«

Sie seufzte. »Kennst du das, wenn du in allem die Beste sein willst?«

Das kannte ich nur zu gut. Schon immer war ich eine hervorragende Schülerin mit Bestnoten in jedem Fach gewesen. Nach dem Abschluss hatten mir alle Türen offen gestanden, und doch war ich mit einem Stipendium in der Tasche an die Jameson University gegangen, um mein Journalismusstudium anzutreten. Bis zur letzten Sekunde hatten meine Eltern noch die Hoffnung gehabt, ich würde es mir anders überlegen, da sie meinen Berufswunsch lediglich als Hirngespinst abgestempelt hatten. Den enttäuschten Ausdruck in ihren Augen würde ich niemals vergessen.

»Kim?«

Ich räusperte mich und vertrieb die trüben Gedanken. »Ja, das kenne ich.«

Finja nickte. »Dann verstehst du vielleicht auch, dass ich unbedingt als Erste alle Markierungen erreichen und wieder im Camp ankommen wollte. Aber Laurin …« Ein beängstigendes Knurren lag in ihrer Stimme, als sie seinen Namen sagte. »… er hat mir den Sieg versaut. Weil er *die Umgebung genießen wollte.*« Stöhnend verdrehte sie die Augen.

Ich konnte nicht anders, als zu lachen. »Ach, Finja!« Vorsichtig ließ ich mich am Felsen hinuntergleiten.

»Ja, ja, ich weiß. Eigentlich ist das ja etwas Gutes.« Sie verschränkte die Arme vor der Brust und schob die Unterlippe schmollend vor.

»Besser so, als die Natur mit Füßen zu treten.« Mein Blick huschte über die anderen, bis ich Aidan sah. Er unterhielt sich gerade mit Ayu. Wobei es eher den Anschein erweckte, dass sie ihn unterhielt und er es lediglich über sich ergehen ließ. Sie redete und zupfte zwischendurch an seinem T-Shirt-Ärmel, während er vergeblich nach einem Ausweg aus seiner misslichen Lage suchte.

»Das stimmt. Ich verstehe nicht, wieso er so ist.« Finja folgte meinem Blick, und ihre Augen verengten sich. Das verlieh ihr etwas Raubtierhaftes.

Gedanklich ging ich noch einmal das Gespräch durch, das ich mit Aidan geführt hatte. »Ich glaube, er möchte sich nicht mit Dingen auseinandersetzen, an denen er nichts ändern kann. So etwas in der Art hat er gesagt.«

Finja schnaubte. »Wenn jeder so eine Einstellung hätte, dann würde sich nie etwas ändern.«

Damit hatte sie zugegebenermaßen recht. Ich war der festen Überzeugung, dass es die kleinen Dinge waren, die einen Unterschied machten. Wenn jeder Mensch auf der Welt auch nur eine winzige Kleinigkeit an seinem Lebensstil geändert hätte, dann wäre die Erde ein weitaus besserer Ort gewesen. Es gab unzählige Sachen, die auch ich noch ändern konnte. Aber irgendwo musste man anfangen. Sei es, dafür zu sorgen, keinen Müll zu hinterlassen, auf Tierleid zu verzichten, den Plastikverbrauch zu reduzieren oder einen Baum zu pflanzen, um etwas Gutes zu bewirken. Jeder konnte *irgendetwas* tun. Machte man aber mit der Einstellung »Es bringt nichts, wenn nur ich es mache« weiter, dann waren wir dem Untergang geweiht.

Ein Klatschen riss mich aus meinen Gedanken. Ich bezweifelte, dass ich mich jemals daran gewöhnen würde, dass die Baxters damit unsere Aufmerksamkeit auf sich lenken wollten. Wann immer sie in die Hände klatschten, fühlte ich mich in den Kindergarten zurückversetzt.

»Wir müssen gleich weiter«, rief George.

»Aber was ist mit der köstlichen Überraschung?«, fragte Andy und kratzte sich die sonnengebleichten Bartstoppeln.

»Diese befindet sich nur wenige Meter entfernt.« George winkte uns heran. Leah stand hinter ihm mit dem Rücken gegen einen Baumstamm gelehnt. Ein verschwörerisches Grinsen lag auf ihren Lippen.

Ich hielt mir den noch immer rumorenden Magen. Mir war es in den letzten Minuten zwar gelungen, mein Hungergefühl kurz beiseitezuschieben, aber nun, da von Essen gesprochen wurde, war es umso präsenter. Ich zog meinen Rucksack halb hinter mir her, da ich mich noch zu kraftlos fühlte, um ihn aufzusetzen.

Finja griff nach meinem Arm und ließ sich von mir aufhelfen. Als wir langsam zu George und Leah liefen, erfasste meine Nase einen merkwürdigen Geruch. Schnüffelnd ging ich weiter. Er war undefinierbar, aber ziemlich penetrant und gewöhnungsbedürftig.

»Boah ih ey. Was stinkt hier denn so?« Justus Weber verzog angewidert das Gesicht und hielt sich die Nase zu. Sein Bruder steckte sich den Zeigefinger in den Hals und machte ein würgendes Geräusch, das so realistisch klang, dass mir ganz anders wurde.

»Im Training haben wir euch einige der essbaren Pflanzen auf Jeopardy Island gezeigt, falls ihr euch erinnert.« George deutete über seine Schulter. »Kommt mit.«

Eher widerwillig folgten wir anderen ihm und Leah in Richtung des Gestanks. Je tiefer wir in den Wald vordrangen, desto beißender wurde der Geruch.

Vor einer Reihe hochgewachsener Bäume blieben die

Baxters stehen. Ich legte den Kopf in den Nacken. Die Bäume mussten mindestens zehn Meter emporragen. Sie sahen ungewöhnlich aus. Einige dünnere Äste schlängelten sich an ihren Stämmen nach oben. An ihnen hingen dicke gelbgrüne, kegelförmige Früchte. Sie waren es, von denen dieser Geruch ausging.

»Wer kann uns sagen, was das ist?«, fragte Leah in die Runde.

Mir lag der Name auf der Zunge, aber ich konnte ihn gerade nicht hervorrufen, und die Kraftlosigkeit zehrte so sehr an mir, dass ich es nicht einmal schaffte, mein Journal herauszuholen.

Die Hand von Esha Kumar schoss in die Höhe. Die junge Frau indischer Abstammung war gemeinsam mit ihrem Mann, Ravi, angereist. Leah gab ihr die Erlaubnis zu sprechen. »Das sind Jackfruchtbäume.«

»Ganz genau.« Leah lächelte anerkennend. »Und was ist die Besonderheit an ihnen?«

»Es gibt einige Besonderheiten an der Jackfrucht«, sprach Esha weiter. »Die Bäume sind wetterfest und immergrün. Dürren machen ihnen nichts aus. Die Früchte sind sowohl im reifen als auch unreifen Zustand genießbar.« Sie legte sich Zeigefinger und Daumen ans Kinn. »Ach ja! Die Kerne kann man ebenfalls verzehren.«

»Sehr gut, Esha.« Leah nickte. Auch Ravi trug ein stolzes Lächeln auf den Lippen. Er schaute seine Frau auf eine so verliebte Weise an, wie man es sonst nur aus Filmen kannte.

»Schmecken die Dinger so, wie sie riechen?«, fragte Justus, der sich noch immer die Nase zuhielt.

George lachte dumpf. »Nein, keine Sorge. Im reifen

Zustand schmecken sie sehr süß. Die unreifen Jackfrüchte eignen sich als veganer Fleischersatz, da sie eine ähnliche Konsistenz wie Hühnchen haben. Sehr zu empfehlen.«

»Iiiih«, machten die Zwillinge zeitgleich, woraufhin ihr Vater leise kicherte. Das war das erste Mal, dass ich ihn hatte lachen hören.

»Bedient euch und lasst es euch schmecken. Solltet ihr Probleme beim Schälen haben, sagt Bescheid.« George drehte sich zu einem Jackfruchtbaum um und machte sich an einem der Äste zu schaffen. »Ach, bevor ich es vergesse: Wenn ihr sie aufschneidet, tritt eine klebrige Flüssigkeit hervor. Sagt nicht, ich hätte euch nicht gewarnt.«

Ich öffnete den Rucksack und kramte nach dem Messer, das ich besser griffbereit hätte verstauen sollen. Aber bei meiner Tollpatschigkeit hätte ich mich noch selbst verletzt, wäre es nicht fein säuberlich zwischen Kleider gewickelt gewesen. Ich zog die Klinge aus der Scheide und ging auf den Baum hinter mir zu. Finja trat an meine Seite und schaute sich die Früchte an.

»Wer soll so viel essen?«, fragte sie stirnrunzelnd. Sie hatte recht, die Früchte waren teilweise größer als Wassermelonen und sicher mehrere Kilo schwer.

»Vielleicht finden wir kleinere«, schlug ich vor und dirigierte sie zur nächsten Pflanze. Doch auch an dieser befanden sich auf unserer Höhe überwiegend große Früchte.

Laurin und Aidan standen vor einem Baum wenige Meter entfernt. An diesem hingen einige kleine Jackfrüchte, doch ebenfalls auf einer Höhe, die Finja und ich nicht erreichen konnten. Selbst Laurin, der sicher einen Meter neunzig groß war, musste sich auf die Zehenspitzen stellen, um an die Frucht zu gelangen. Dabei spannten sich seine Armmuskeln an. Aus dem Augenwinkel sah ich, dass Finja jede seiner Regungen beobachtete.

»Wir sollten ihn fragen, ob er uns helfen kann«, sagte ich und deutete auf Laurin.

»Nur über meine Leiche.« Finja verschränkte die Arme vor der Brust und reckte empört das Kinn.

Schnaubend schüttelte ich den Kopf. »Na schön, und wenn ich frage?«

»Wenn du willst«, entgegnete sie schulterzuckend.

Ich biss mir auf die Unterlippe, um nicht zu lachen. Keine Ahnung, ob sie ihn wirklich so wenig leiden konnte oder ob es ihr hierbei einfach ums Prinzip ging. »Laurin?«, rief ich.

Er zog das Messer ein letztes Mal durch, um die Frucht vom Ast zu trennen. Nach Luft ringend wandte er sich mir zu – in der einen Hand die Jackfrucht, in der anderen das Messer. So wie er dastand, mit dem dichten Bart und dem zerknautschten karierten Hemd, das er trug, erinnerte er mich an einen Holzfäller. »Ja?«

»Könntest du uns vielleicht helfen?« Ich deutete erst auf mich, dann auf Finja. »Die kleinen Früchte wachsen so weit oben, und wir kommen nicht dran.«

Aidan lugte um den Stamm herum. »Hier«, rief er und holte plötzlich aus. Die faustgroße Jackfrucht drehte sich um ihre eigene Achse. Dabei raste sie direkt auf mich zu.

Reflexartig riss ich die Arme hoch und duckte mich unter dem Geschoss hinweg. Die Frucht landete ein paar Meter hinter mir auf dem Boden und kugelte durch das Unterholz. »Willst du mich umbringen?«, fragte ich entsetzt.

»Ich dachte, du fängst sie einfach.« Aidan grinste.

»Na klar, weil das so einfach ist«, entgegnete ich genervt und rappelte mich wieder auf.

»Wie wär's mit: Danke, Aidan? Oder ist das auch nicht so einfach?«

Finja und Laurin schauten skeptisch zwischen uns hin und her. Ich selbst war mir gerade nicht sicher, ob es sich hierbei um eine waschechte Diskussion zwischen Aidan und mir oder nur um einen Scherz handelte. Vermutlich wusste auch er das nicht genau.

»Danke, Aidan. Das ist unglaublich nett von dir.« Ich verschränkte die Finger ineinander, hielt sie mir an die Wange und klimperte mit den Wimpern wie eine Zeichentrickfigur. Genau genommen wie ein Powerpuff Girl.

Sein rechter Mundwinkel kräuselte sich. »Gern geschehen.«

Halb lachend und kopfschüttelnd drehte ich mich um und ging auf die Jackfrucht zu. Gerade als ich mich nach ihr bückte, drückte mich ein Gewicht hinunter. Ich geriet ins Straucheln, konnte mich aber am Boden abstützen. Ein Kreischen an meinem Ohr ließ mich zusammenfahren. Beinahe hatte ich das Gefühl, dass mein Trommelfell explodierte.

»Kim ... du hast da was«, stammelte Finja, ein bestürzter Unterton lag in ihrer Stimme.

»Ach was.« Ein Schulterblick genügte, um das Äffchen zu sehen, das es sich dort gemütlich gemacht hatte, als wäre das der VIP-Platz bei einem Boxkampf. Mit seinen Fingerchen zupfte es an meinen Haaren. »Ey, lass das.«

Ein erneutes Brüllen war seine Antwort. Wie konnte ein so kleines Wesen nur so laut sein? Vorsichtig richtete ich mich auf und versuchte, das Äffchen genauer zu betrachten. Als mich die schwarzen Knopfaugen aus der grauen Mähne anschauten, lächelte ich. »Kennen wir uns nicht?« Ich erwartete keine Antwort, trotzdem sprang es auf meiner Schulter kreischend auf und ab. »Wusste ich's doch.« Mein Cracker liebender Freund.

»Oh, so ein zutrauliches Äffchen.« Ayu kam auf mich zu und schaute meinen neuen Kumpel mit großen, funkelnden Augen an. Als sie näher kam und ihre Hand nach ihm ausstreckte, sprang er von meiner Schulter und hüpfte auf die Jackfrucht zu, die noch immer zwischen den Ästen am Boden lag. Er nahm sie zwischen die Finger und machte sich aus dem Staub.

»Hey, die war nicht für dich!«, rief Aidan empört.

»Und du meinst, dass dein Protest den Affen jetzt davon abhält?«, entgegnete ich lachend.

»Na warte.« Aidan stapfte dem Äffchen hinterher, das sich einen Spaß daraus machte, ihm immer dann aus dem Weg zu springen, wenn er es fast erreicht hatte. Keine Ahnung, ob Aidan nicht bemerkte, dass er von einem Tier verspottet wurde, oder ob es ihm einfach gleichgültig war.

»Was genau tut er da?«, fragte Finja stirnrunzelnd und beobachtete die beiden.

»Das kann ich dir auch nicht so genau sagen.«

Aidan rannte um den Baum herum und packte das Äffchen am Schwanz. Es kreischte so laut auf, dass Aidan unwillkürlich von ihm abließ. Schnell brachte es sich in Sicherheit und sprang auf einen Ast, die Jackfrucht weiterhin fest umklammert.

»Blöder Affe!«

Leise lachte ich in meine Hand, da ich Aidan nicht das Gefühl geben wollte, dass ich mich über ihn lustig machte. Aber die ganze Situation war einfach skurril. Es fiel mir schwer, nicht in lautes Gelächter auszubrechen. Auch Finja biss sich in die Wange.

Das Äffchen saß einige Meter über Aidan im Baum und beobachtete ihn akribisch. Aus der Entfernung meinte ich sogar ein verschmitztes Grinsen auf seinem Gesicht zu erkennen. Es legte die Frucht einen Moment vor sich ab. Das Grinsen wurde breiter. Als hätte es etwas vor …

»Aidan, duck dich!«, rief ich, während das Äffchen die Hand wie ein Pitcher beim Baseball nach vorn sausen ließ.

Ein verwirrter Ausdruck legte sich auf Aidans Gesicht. Anstatt meiner Aufforderung nachzukommen, drehte er sich unbeholfen um die eigene Achse. Ein saftiger Fladen landete flatschend an seiner Stirn.

Erneut.

Aidan wurde zum zweiten Mal von einem Äffchen mit Scheiße beworfen.

Finjas Kinnlade klappte herunter. Sie griff nach meinem Unterarm, während ihr Kopf wie in Zeitlupe in meine Richtung wanderte. »Ist das gerade wirklich passiert?«

Ich nickte. Doch bevor ich zu einer Antwort ansetzen konnte, brach das Gelächter aus mir heraus. Es war nicht mehr möglich, meinen Gefühlsausbruch zu kontrollieren.

Einen Moment später stimmten auch Finja, Ayu und Laurin mit ein.

»Was ist hier los?«, fragte George und kam näher, die Stirn skeptisch in Falten gelegt.

»Aidan …« Finja versuchte zu sprechen, aber mehr als ein Fiepen drang nicht aus ihrer Kehle. »Er …«

»Er was?« Nun schaute George nur noch verwirrt.

Ich wollte antworten, doch ich konnte nicht. Wie eine Ertrinkende krallte ich mich an Finja und hielt mir mit der anderen Hand den Bauch. Lachtränen rannen aus meinen Augenwinkeln und meine Wangen hinunter.

»Ein blöder Affe hat mich mit Scheiße beworfen. Ja, ja, sehr witzig«, knurrte Aidan und wischte sich mit dem Handrücken den Fleck aus dem Gesicht.

Erst dachte ich, dass George ihm beruhigende Worte zusprechen würde. Stattdessen fing auch er an zu lachen.

»Es freut mich, dass ich zu eurer Belustigung diene.« Aidan schaute zu dem Äffchen hoch, das noch immer auf seinem Ast saß. »Und du wirst schon noch sehen, was du davon hast.« Kreischend griff das Äffchen wieder nach seiner Frucht, hüpfte auf den nächsten Ast und verschwand schließlich in den Baumkronen.

»Ach, lass Mo in Ruhe«, sagte ich, als mein Lachflash endlich abgeebbt war.

»Mo?« Aidan runzelte die Stirn.

»Das Äffchen. Mariano ›Mo‹ Rivera, einer der besten Pitcher, den die New York Yankees jemals hatten«, entgegnete ich schulterzuckend.

Finja ließ von mir ab und setzte sich lachend vor einen der Jackfruchtbäume. Die anderen stimmten erneut mit ein.

Aidans Kiefer hingegen mahlte, und er kniff die Augen zusammen. »Auch du wirst schon noch sehen, was du davon hast, Chapman.« Entgegen meiner Erwartung klang er aber alles andere als wütend, sondern amüsiert.

»Ist das eine Drohung?«

»Mehr ein Versprechen.« Aidan warf einen Blick auf seinen Handrücken. »Und jetzt entschuldigt mich bitte. Ich müsste mir mal die Scheiße abwaschen.«

Da der Bach hinter mir lag, lief Aidan direkt auf mich zu. Er hielt den Blick starr auf mich gerichtet und wendete ihn auch nicht ab, als er für den Bruchteil einer Sekunde neben mir stehen blieb. Seine Haut sonderte eine unglaubliche Hitze ab, die meinen Puls in die Höhe trieb.

Aidan neigte den Kopf und legte seine Lippen an mein Ohr. »Ich freue mich schon darauf, das Versprechen wahr zu machen.« Sein warmer Atem kitzelte meinen Nacken, wobei sich ein angenehmes Kribbeln über meinen Körper zog.

Ohne mein Zutun fuhr ich mir mit der Zunge über die Lippen und schluckte. Dann hob ich den Kopf leicht an, um Aidan in die Augen schauen zu können. »Ich mich auch.«

Überrascht hob er eine Braue und strich sich mit der sauberen Hand durch die Haare. Er ging auf den Bach zu, ohne sich noch einmal umzudrehen.

Mein Herz hämmerte schnell. Ein mulmiges Gefühl breitete sich in mir aus – zog sich durch meinen Körper vom Scheitel bis zur Sohle. Ein Gefühl, das mir bedeutete, mich vor Aidan in Acht zu nehmen. Nicht weil von ihm eine echte Gefahr ausging, nein. Nur eine Gefahr für mein Herz. Und das war weitaus schlimmer.

Kapitel 13

Meine Finger zitterten, als sie das von der Nässe gewölbte Papier berührten. Behutsam strich ich es glatt. Der Regen der letzten drei Tage hatte die Schrift etwas verwischt, aber nicht so sehr, dass man sie nicht mehr lesen konnte. Zum Glück. Trotzdem ärgerte es mich, dass ich mein Journal nicht noch zusätzlich geschützt hatte.

Gehässig stierte mir die Liste entgegen. Ich fuhr sie entlang, las jedes Wort, jeden möglichen Weg, den ich einschlagen konnte. Noch immer stand ich an der Abzweigung, schaute nach rechts, nach links, nach vorn, nach hinten. Ich schloss die Lider und horchte in mein Inneres. Dort war eine leise Stimme, die mir etwas zuflüsterte.

Als ich die Augen wieder öffnete, wusste ich, was zu tun war. Eigentlich hatte ich es schon eine Weile gewusst. Aber sobald ich etwas von der Liste strich, hatte ich das Gefühl, es wäre endgültig. Obwohl einzig und allein ich die Macht über meine Zukunft besaß.

Aus dem Rucksack kramte ich mein Etui. Der schwarze Fineliner war ganz unten. Er fühlte sich schwer zwischen meinen Fingern an. Mir war, als wollte sein Gewicht mich unter sich begraben. Doch ich war stärker.

Vorsichtig legte ich das Journal vor mir auf dem Boden ab. Das Lagerfeuer war beinahe erloschen, am Horizont ging langsam die Sonne auf und tauchte den Himmel in ein farbenfrohes Lichtermeer. Bald würden die anderen aufstehen und wir alle gemeinsam in den Tag starten.

Jetzt oder nie.

Ich schob die Kappe vom Stift und betrachtete die dünne Mine, mit der ich schon immer gern geschrieben hatte. Sie eignete sich perfekt für geschwungene Linien, die dem geschriebenen Wort ein ganz besonderes Flair verliehen. Doch heute würde ich den Fineliner nutzen, um eine gerade Linie zu zeichnen. Eine, die einen großen Teil der Berufswege von meiner Liste strich.

Ein letztes Mal atmete ich tief durch, dann zog ich die alles entscheidende Linie. Mein Herz hämmerte, während die Buchstaben verschwanden. Einer nach dem anderen, bis von **HARD NEWS** nichts mehr zu erkennen war.

Anschließend setzte ich den Stift eine Zeile darunter an und strich die Unterpunkte ebenfalls durch. Kein Investigativjournalismus, keine Lokalpolitik, keine Wirtschaftsnachrichten und auch kein Kriminaljournalismus. Mit anderen Worten: keine seriösen Nachrichten.

Ich schluckte schwer. Es war ein riesiger Schritt, aber ich hatte es geschafft. Meine Eltern würden einen halben Herzinfarkt erleiden, sobald ich ihnen davon erzählte. Der einzige Grund, aus dem sie sich schlussendlich halbwegs mit meinem Berufswunsch hatten anfreunden können, war der, dass ich über die in ihren Augen wirklich wichtigen Dinge berichten konnte. Als Strafverteidiger gehörte für sie gerade der Kriminaljournalismus dazu. Sie würden unglaublich enttäuscht von mir sein. Aber es war mein Leben, meine Entscheidung. Ich musste niemandes Erwartungen erfüllen, außer meine eigenen. Und sollten meine Eltern ein Problem damit haben, dann war das ihre

Angelegenheit, nicht meine. Das musste ich mir immer wieder vor Augen führen.

»Was ist das?« Ich zuckte zusammen. Bevor ich mein Journal an mich nehmen und schließen konnte, hatte Aidan sich bereits neben mich gesetzt und danach gegriffen.

»Hey, gib das zurück«, protestierte ich.

Mit zusammengezogenen Brauen starrte er auf die Seite. Schnell riss ich ihm mein Journal aus der Hand. Ein lautes Ratschen ertönte und ließ mich zusammenfahren. Ich schluckte den Schmerz, den reißendes Papier in mir auslöste, hinunter. Für einen solchen Notfall hatte ich Washitape im Etui.

»Tut mir leid«, nuschelte Aidan. Seine Haare waren zerzaust, so als hätte er in eine Steckdose gefasst, und die Schatten unter seinen Augen ließen seine Iriden bedrohlich dunkel wirken. »Willst du wirklich Boulevard- oder Modejournalistin werden?«

Meine Wangen glühten. Aidan hatte es also geschafft, die übrig gebliebenen Punkte zu lesen. »Ich weiß es nicht.«

»Wie wäre es mit Hoteltesterin? Du bist doch so gern hier, vielleicht gefällt dir das Resort, das gebaut werden soll.« Er zuckte mit den Schultern.

»Denkst du wirklich, ich würde die Monster unterstützen, die die Insel zerstören wollen?«, fragte ich entgeistert. Keine Ahnung, was in Aidan gefahren war, so etwas überhaupt von mir zu denken. Nie im Leben würde ich einen Fuß in das Resort setzen und auch in kein anderes, das diesem dubiosen Hotelier gehörte. Sollte ich herausfinden, um welche Kette es sich dabei handelte, würde ich eher auf die Barrikaden gehen.

Aidan zuckte bei meinen Worten kaum merklich zusammen. »Es war ja nur eine Idee.«

»Eine ganz schlechte Idee.«

Er lehnte sich nach hinten und vergrub die Finger in der noch feuchten Erde. In der Nacht hatte es aufgehört zu regnen. Daher hatte ich während meiner Wache wenigstens im Trockenen sitzen können. Trotzdem kratzte mein Hals, und der andauernde Wetterumschwung machte mir körperlich zu schaffen.

Nach einer Weile stupste Aidan mich in die Seite. »Ich habe noch eine Idee.«

Seufzend schaute ich ihn an. »Und die wäre?«

»Nutzwertjournalismus. Das stand nicht auf deiner Liste.«

Verblüfft hob ich eine Braue. Es wunderte mich, dass er sich überhaupt mit den verschiedenen Bereichen auskannte. Aber womöglich hatte er das mal in einem Buch aufgeschnappt. »Also soll ich Menschen irgendwelche Ratschläge erteilen?«

Aidan nickte. »Aber damit meine ich nicht fragwürdige Gesundheitstipps, sondern das hier.« Er richtete sich auf und streckte die Hand vor sich aus.

Ich verstand nicht recht, worauf er hinauswollte. »Das bedarf einer Erklärung.«

»Du könntest eine Kolumne schreiben oder einen Blog erstellen und über Themen berichten, die dir am Herzen liegen. Dir stehen alle Türen offen, Kim. Schreibe über die schönen, naturbelassenen Orte dieser Welt, über Nachhaltigkeit oder was auch immer dir auf der Seele brennt.« Aidan lächelte, und er klang, als würde er seine Worte ernst meinen.

»Wirklich?«

»Ja, ich denke, du wärst gut darin, anderen deine Werte zu vermitteln.«

»Wow«, hauchte ich. »Wie viel hat dieses Kompliment dir abverlangt?«

Er legte den Kopf schief, dann drehte er den Oberkörper so, dass er mich vollständig betrachten konnte. Als Aidan sich die Haare aus dem Gesicht strich und ich seine Augen sehen konnte, nahm mich der intensive Ausdruck darin gefangen. Ein Lodern lag darin. Eines, das meinen Körper in Brand steckte. Aidan streckte die Hand aus und legte sie auf mein Journal. Dabei berührten seine Fingerspitzen meinen Handrücken, von dem sofort ein angenehmes Prickeln ausging. »Es ist nur die Wahrheit. Du brauchst keine Liste. Hör auf dein Herz und vertraue auf deine Gefühle.«

»Wenn das nur so einfach wäre …«

Ganz sacht strich Aidan mir mit dem Daumen über den Handrücken, ehe er wieder von mir abließ. »Du schaffst das.«

»Tust du das, wofür du brennst?«, wollte ich wissen.

Die Frage schien ihn unvorbereitet getroffen zu haben. Aidan stand auf und streckte den Rücken durch. »Ich tue, wofür ich vorgesehen bin.« Dann grinste er. »Und für den Moment ist das, mich für den Tag fertig zu machen.«

»Aber …« Bevor ich den Satz überhaupt anfangen konnte, war er auf dem Weg zurück zu seinem Schlafsack auf der anderen Seite des Lagerfeuers. Perplex schaute ich ihm hinterher. Was war das denn eben gewesen? Keine schwere Frage, und doch war er ihr ausgewichen, anstatt einfach darauf zu antworten.

Ich fuhr die Stelle nach, an der unsere Haut sich eben berührt hatte. Es ärgerte mich, dass Holly recht behielt, obwohl sie Tausende Meilen entfernt war. Wieso wusste sie immer, was in meinem Kopf vor sich ging, noch bevor ich selbst es wusste? Dass es eine gewisse körperliche Anziehungskraft zwischen Aidan und mir gab, war nicht von der Hand zu weisen. Seine Berührungen ließen mich nicht kalt.

Holly würde sich ins Fäustchen lachen, sobald ich ihr davon erzählte. Doch darüber würde ich mir später noch Gedanken machen können. Fürs Erste stand ein neuer Tag vor der Tür.

Niemand von uns hatte damit gerechnet, dass es noch so sonnig und heiß werden würde. Selbst George und Leah waren am frühen Nachmittag vollkommen erschöpft und hatten ihr Tempo deutlich heruntergeschraubt. Wenn es den beiden schon so ging, dann war es verwunderlich, dass wir anderen überhaupt noch gerade laufen konnten.

Aufgrund des starken Regens der letzten Tage steuerten wir unseren eigentlich geplanten Rastplatz erst jetzt an. Laut des Tagesplans musste es sich dabei um einen See inmitten des tiefen Dschungels handeln. *Ein Anblick, den man so schnell nicht wieder vergisst*, hatte auf der Website gestanden. Um den Überraschungseffekt nicht zu verderben, hatte man keine Bilder hochgeladen. Umso neugieriger war ich, was uns heute erwartete.

Mein Magen knurrte. Das Frühstück lag mittlerweile mehrere Stunden zurück, doch ich wollte auch nicht im

Laufen essen. Ich hatte noch einige Stücke Jackfrucht in der Tasche, aber wann immer ich sie ansah, kamen mir Aidans Worte von jenem Tag in den Sinn. Das sorgte dafür, dass meine Wangen zu glühen begannen.

»Goldfische besitzen kein Sättigungsgefühl. Deshalb essen sie immer weiter, solange sie gefüttert werden.« Das musste Finjas Reaktion auf meinen knurrenden Magen sein.

»Kommt daher der Ausdruck zu essen, bis man platzt?«, fragte ich lachend.

Sie blieb stehen und schaute mich mit großen blauen Kulleraugen an. Dann schob sie schmollend die Unterlippe vor. »Ich habe keine Ahnung. Wenn wir am See sind, schaue ich gleich online nach.«

»Das war ein Scherz.«

»Ich weiß, aber ich mag es nicht, Dinge nicht zu wissen.« Darin waren wir uns ähnlich.

Eine kleine grau geschuppte Eidechse krabbelte über meinen Schuh und verschwand im dichten Gestrüpp. Ich hatte bisher erstaunlich wenige dieser Reptilien gesehen. Was womöglich daran lag, dass wir ihnen zu viel Krach machten und sie uns deshalb lieber mieden.

Hoch oben in den Baumkronen krächzten einige Papageien. In den Guavenbäumen, die rechts von uns wuchsen, saßen hingegen einige grün gefiederte Sittiche. Wenn sie nicht gerade mit ihren roten Schnäbeln nach den Früchten an den Ästen pickten, sangen sie ihr klangvolles Lied. Ich hätte nur allzu gern mit eingestimmt, aber ich hatte keine sonderlich schöne Singstimme, weshalb ich den Mund besser geschlossen hielt. Nicht mal in den Schulchor war ich aufgenommen worden, was mich damals ziemlich verletzt hatte. Im Nachhinein war ich glücklich über die Entscheidung des Chorleiters gewesen, denn er hatte mich davor bewahrt, mich zum Gespött der Schule zu machen. So etwas passierte, wenn Eltern ihren Kindern immer einbläuten, in allem großartig zu sein, nur um deren Gefühle zu schonen.

Aufgrund der Wärme waren meine Wanderstiefel endlich wieder vollständig getrocknet. Zwar hatte ich beim Kauf darauf geachtet, dass sie nicht nur aus veganem Leder bestanden, sondern auch wasserdicht waren, aber bei den monsunartigen Regenfällen hätte es mich gewundert, wenn nichts durchgedrungen wäre.

»Oh, Wahnsinn!«, rief jemand von ganz vorn. Ich meinte, dass die Stimme zu David gehörte, konnte sie aber nicht hundertprozentig zuordnen. Dafür hatten wir bisher zu wenig miteinander gesprochen.

»Was ist denn da?«, kam es von Justus, der sich zwischen Finja und mich quetschte, um ans Kopfende zu gelangen. Sein Bruder ließ nicht lange auf sich warten.

»Passt doch auf, wo ihr hinlauft«, zischte Finja. Unbeeindruckt von ihrem Tonfall liefen sie weiter, ohne uns eines Blickes zu würdigen. Teenager!

Aber ich musste mir eingestehen, dass auch mein Herz einen freudigen und vor allem aufgeregten Hüpfer machte. Wir mussten jeden Moment am See angekommen sein. Finja und ich schauten einander grinsend an. Zeitgleich nickten wir, fingen zu lachen an und rannten ebenfalls los, wie Kinder, die es kaum erwarten konnten, am Weihnachtsmorgen ihre Geschenke zu öffnen.

»Entschuldigung!«, rief ich, als ich irgendjemanden beinahe mit meinem Trekkingrucksack umstieß. Als ich über die Schulter schaute, sah ich, dass es Laurin gewesen war. Er schüttelte lediglich den Kopf, konnte sich ein Lächeln aber nicht verkneifen.

Vor uns hatte sich eine Menschentraube versammelt, die niemanden durchließ. Ich hielt mich an Finjas Rucksack fest und verlangsamte meine Schritte, damit wir nicht gleich jeden wie Bowlingpins umrissen.

»Wir warten, bis alle da sind«, sagte George und kräuselte amüsiert die Lippen. Mit vor der Brust verschränkten Armen stand er in unsere Richtung gewandt. Sein Gesicht war leicht gerötet, und seine Haare lockten sich leicht in den Spitzen. Leah nahm sich den Hut vom Kopf und fächerte sich damit Luft zu. Einzelne Strähnen hatten sich aus ihrem Pferdeschwanz gelöst.

Schlurfende Schritte näherten sich, und als auch die übrigen Teilnehmer endlich den Weg zu uns gefunden hatten, wurde das Grinsen auf Georges Lippen immer breiter. Vor Aufregung hatte ich kaum auf die Umgebung geachtet. Nun besann ich mich eines Besseren und schaute mich um.

Unter meinen Sohlen befand sich saftig grünes Gras, das vom Tau oder Regen noch feucht war. Zahlreiche kleine Wassertropfen glitzerten an den Halmen. Der Baum, vor dem George und Leah angehalten hatten, besaß tief hängende Äste, deren Blätter bis zum Boden reichten. Wie ein Vorhang, hinter dem ein ganz besonderes Geheimnis verborgen lag. Ich vermutete, dass es sich um eine Trauerweide handelte, auch wenn ich nicht wusste, ob solche Bäume im Regenwald überhaupt wuchsen.

»Wir werden unser Lager hier aufschlagen«, sagte George. »Morgen Vormittag brechen wir wieder auf und kämpfen uns weiter Richtung Norden. Haltet eure Kameras bereit.«

Ayu war die Erste, die ihren Fotoapparat aus dem Rucksack holte und sich um den Hals legte. Ein Schmunzeln umspielte meine Lippen. Manche Klischees schienen doch der Wahrheit zu entsprechen.

George und Leah traten jeweils an eine Seite der hängenden Äste und rieben sich die Hände. Sie wussten genau, wie man jemanden auf die Folter spannte.

Ganz langsam schoben sie das Gewächs beiseite. Mein Herz polterte in meiner Brust, und ich griff instinktiv nach Finjas Hand, die meine so fest drückte, dass mir ein leiser Schmerzenslaut entfuhr.

»Willkommen im Paradies!«

Meine Kinnlade öffnete und schloss sich wie die eines Nussknackers. Der See, der sich vor uns auftat, war atemberaubend. Das Wasser schillerte in der Sonne, ein Tukanpärchen drehte laut kreischend seine Runden über der Oberfläche. Dabei tauchte es hin und wieder die Flügel ins kühle Nass, ehe es sich wieder erhob und einen Tanz in den Lüften aufführte.

Wie in Trance lief ich zwischen den Ästen hindurch. Der See war größer, als ich vermutet hatte. Das leise knirschende Gras wurde lichter und wandelte sich in Ufernähe zu einem kleinen Strand, an dem man es definitiv aushalten konnte. Einige wenige Bäume spendeten genügend Schatten, die einen davor bewahrten zu verbrutzeln. Ein besonders dicker Ast wuchs direkt über die Wasseroberfläche hinaus. Daran befestigt war ein Tau, an dem sich die Zwillinge sicherlich gleich zu schaffen machen würden.

Ich legte meinen Rucksack ab und ließ ihn achtlos auf den Boden fallen. Dann streifte ich Stiefel und Socken ab – der Sand fühlte sich weich und kühl an meinen Füßen an. Ganz langsam lief ich bis zu den Knöcheln in den See. Das Wasser war von der Sonne erwärmt, legte sich um meine Haut wie eine wohlige Umarmung. Einzelne Schilfhalme kitzelten meine Zehen, während die Brise meine Haare aufwirbelte. Mit geschlossenen Lidern reckte ich das Kinn in die Höhe. Und ich lächelte.

»Aus dem Weg!« Die Zwillinge stürmten nur mit Boxershorts bekleidet direkt auf mich zu. Gerade im letzten Moment sprang ich zurück auf den Strand, um nicht mit ihnen ins Wasser gerissen zu werden.

Finja winkte mich heran. »Willst du mit baden gehen?« Noch während sie sprach, streifte sie sich Hose und T-Shirt ab. Die Haare band sie sich zu einem hohen Dutt.

»Klar.« Kurz hielt ich inne, denn ein plötzliches Schamgefühl überkam mich. Ich musste mich selbst daran erinnern, dass es egal war, ob ich im Bikini oder in Unterwäsche herumlief. Auch wenn die Gesellschaft gern einen Unterschied daraus machte, der sich mir über die Jahre ins Hirn gebrannt hatte.

Geduldig wartete Finja auf mich. Mit einem schnellen Schulterblick ging ich sicher, dass mich niemand beobachtete, und schlüpfte aus meiner Kleidung. Es war unglaublich befreiend, die verschmutzten Wandersachen endlich mal abzulegen.

Die restliche Gruppe war bereits im See verschwunden. Nur George und Leah bereiteten erst mal ihr Lager für den Tag vor. Doch dafür war später noch genügend Zeit.

»Bereit?« Finja griff nach meiner Hand.

»Bereit«, entgegnete ich, woraufhin sie mich über den schmalen Strand zog und wir gemeinsam ins Wasser rannten.

Sofort spürte ich, wie geschätzt ein Kilo Sand und Erde von meinem Körper gespült wurden. Hin und wieder zuckte ich zusammen, wenn ein glitschiger Fisch oder eine Pflanze mein Bein streifte, doch nach ein paar Minuten blendete ich auch das aus und gab mich voll und ganz dem Augenblick hin.

Wir schwammen durch den See, bis uns die Arme schmerzten, spielten ausgelassen wie Kinder und genossen einfach die Zeit. Wann ich das letzte Mal so frei im Moment hatte leben können, wusste ich nicht. Hier an diesem Ort, der wahrhaftig dem Paradies glich, konnte ich den Dingen einfach ihren Lauf lassen.

»Brr, ich werde mich mal zum Trocknen in die Sonne legen«, sagte Finja irgendwann. Trotz des warmen Wassers zitterte sie, und eine Gänsehaut hatte sich um ihre Arme gelegt.

»Ich bleibe noch ein bisschen«, sagte ich und drehte mich auf den Rücken, um ein wenig auf dem Wasser zu treiben. Ich hörte kaum das Plätschern, als Finja den See verließ.

Mit geschlossenen Augen streckte ich Arme und Beine wie ein Seestern von mir. Es war schön, einfach mal nichts zu tun – nur zu entspannen und zu genießen. Wir existierten in einer schnelllebigen Zeit, es gab immer etwas zu tun. Daher war es oft schwer, einen Atemzug lang mal zur Ruhe zu kommen. Dabei sollten wir uns viel öfter Zeit für uns nehmen. Meine Gedanken kreisten gerade ausnahmsweise nicht um all die To-do-Listen, und das war eine wundervolle Abwechslung.

Vielleicht war Hollys Lebensweise doch nicht so verkehrt. Einfach in den Tag hineinleben, alles auf sich zukommen lassen. Sie wusste nicht, was die Zukunft für sie bereithielt, und wollte es auch nicht wissen, während mich der bloße Gedanke an die Unwissenheit in Panik versetzte. Aber dieser Ort lehrte mich, dass es manchmal sogar ganz gut war, nicht zu wissen, was morgen war. Man lernte das Leben auf eine ganz andere Art und Weise zu schätzen.

Noch eine Weile trieb ich vor mich hin. Bis meine Unbedachtheit dazu führte, dass ich in jemanden hineinstieß. Gegen die Sonne anblinzelnd öffnete ich die Augen. Breite Schultern, muskulöse Arme, die die langen Haare zurückstrichen – Aidan.

Auf seiner rechten Schulter prangte eine große Tätowierung, die bisher verborgen geblieben war. Nun ja, ich hatte ihn bislang auch nur von vorne nackt gesehen. Schon der Gedanke daran trieb mir wieder die Röte ins Gesicht.

Er hatte nicht bemerkt, dass ich ihn angerempelt hatte. Oder es war ihm schlichtweg egal, weil auch er den Moment genoss. Da er im Wasser stand, war sein knackiges Hinterteil direkt auf meiner Augenhöhe. Dabei gingen mir Dinge durch den Kopf, die besser ungedacht geblieben wären.

Vorsichtig stellte ich mich hin. Mein Fuß berührte irgendetwas Glitschiges am Grund des Sees. Ich wollte gar nicht so genau wissen, was es war. Das Wasser perlte von meinen Haaren über meinen Oberkörper, der sofort zu frösteln begann. Noch immer bemerkte Aidan mich nicht. Ich legte den Kopf schief, um seine Tätowierung genauer zu betrachten.

Es war kein Muster oder Symbol, wie ich zuvor geglaubt hatte. Das Tattoo sah aus wie die Zeichnung einer Skulptur – ein kleiner Mann mit geschlossenen Augen und einem großen Schmuckstück, das auf seinem Kopf prangte. Vielleicht eine Gottheit? Die feinen Linien waren so sauber gestochen, dass die Tätowierung unglaublich realistisch aussah. Beinahe so, als könnte ich nach der Figur greifen. Was vermutlich auch der Grund dafür war, dass meine Finger sich verselbstständigten und die Konturen auf Aidans Schulterblatt nachfuhren.

Er versteifte sich unter meiner Berührung, und ich hielt in der Bewegung inne. Als er den Kopf etwas drehte, entspannte sich seine Haltung wieder. »Eine Taíno Figur«, raunte Aidan. »*Mi madre* hat die Skizze angefertigt.«

»Du sprichst Spanisch?« Weiterhin fuhr ich über seine weiche Haut. Ich meinte sogar, ihn unter meinen Fingern leicht zucken zu spüren.

»*Sí*. Mein Vater ist Ire und meine Mutter Dominikanerin. Sie legt viel Wert darauf, meinen Schwestern und mir ihre Kultur nahezubringen.« Aidan befeuchtete seine Lippen und schluckte, als ich die Konturen seines Schulterblatts nachfuhr. Dann drehte er sich ruckartig in meine Richtung und griff nach meinem Handgelenk, ein provokantes Funkeln in seinen Augen. Er ließ von mir ab und strich mir die Haare aus dem Gesicht. Seine Finger glitten langsam meinen Hals hinab, ehe er mein Schlüsselbein nachzeichnete. Alles in mir zog sich bei seinen sanften Berührungen zusammen.

»Was machst du da?« Aus meiner Kehle drang lediglich ein Fiepen.

»Das Gleiche wie du eben mit mir.« Sein warmer Atem

traf auf meine Haut und ließ meinen gesamten Körper in Flammen stehen.

Anstatt die Hand zu senken, trat Aidan einen weiteren Schritt auf mich zu. Kein Blatt hätte noch zwischen uns gepasst. Sein Daumen zog weiterhin kleine Kreise an meinem Schlüsselbein. Mein Herz war kurz davor, aus meiner Brust zu springen. Es sehnte sich in diesem Augenblick nur danach, die letzte Distanz zu überbrücken.

Ich wusste nicht, wo ich den Mut hernahm, meine Hände auf Aidans Brust zu legen, in der ich auch sein Herz schnell schlagen spürte. Ganz langsam stellte ich mich auf die Zehenspitzen, bis unsere Nasenspitzen sich berührten. Seine freie Hand glitt über meine Schulter meinen Rücken hinab. Ein angenehmer Schauder durchfuhr mich.

Mein Kopf schrie dagegen an, während mein Herz mich Pompon schwingend befeuerte. Rational gesehen wäre das keine kluge Entscheidung gewesen, aber ich tat nie etwas Verrücktes. Eine bessere Möglichkeit würde sich mir nicht bieten. Ich musste auch mal entgegen meiner Pläne handeln.

»Kim!« Finjas Stimme katapultierte mich wieder zurück in die Realität. Die kleine Traumblase, in der ich eben geschwebt hatte, zerplatzte.

Aidan schluckte, wobei sein Adamsapfel leicht hervortrat. »Möchtest du nicht so tun, als hättest du sie nicht gehört?«

Ja!, schrie mein Herz. »Nein«, kam es über meine Lippen. »Ich sollte schauen, was sie möchte.«

Falls er enttäuscht war, konnte Aidan das gut verbergen. Er ließ von mir ab und tauchte bis zum Hals ins Wasser. »Dann sehen wir uns später.« Er hob die Mundwinkel.

Aidan hielt mich nicht auf. Und das machte es noch viel schlimmer. Er drängte mich nicht, ließ mir alle Zeit der Welt und war nicht im Geringsten verärgert, dass ich den perfekten Moment zwischen uns hatte verstreichen lassen. Was mein törichtes Herz nur noch schneller schlagen ließ.

»Bis später«, sagte ich lächelnd und drehte mich um. Auf dem Weg aus dem See zählte ich die Anhänger meines Armbands. Doch dieses Mal beruhigte mich diese Ablenkung in keinster Weise.

Kapitel 14

Eine beste Freundin zu haben, auf die man sich immer verlassen konnte, war ein Segen. Ohne Holly wäre ich gestern Abend wohl noch vollkommen durchgedreht.

Finja hatte nichts Bestimmtes von mir gewollt. Sie hatte lediglich Bericht erstattet, dass sie nicht herausfinden konnte, weshalb man sagte, dass man platzte. Stattdessen hatte sie sich anderes unnützes Wissen über Fische angeeignet und mir vor Lachen fast erstickend erzählt, dass auch Fische seekrank werden konnten. Was für mich logisch war. Schließlich besaßen auch Fische ein Gleichgewichtsorgan. Um ihr eine Freude zu machen, hatte ich trotzdem mitgelacht.

Später hatte ich mich von der Gruppe entfernt und ewig mit Holly telefoniert. Mit rasendem Herzen hatte ich ihr erzählt, was beinahe vorgefallen war. Ihr Quietschen hatte sie nicht unterdrücken können, und mehr als einmal musste ich mir *Ich hab's dir doch gesagt* anhören.

Ich hatte mein Journal mitgenommen, und gemeinsam hatten wir eine Pro-und-Kontra-Liste erstellt.

Schon immer war es mir schwergefallen, körperliche Anziehung und Gefühle voneinander zu trennen. Aidan und ich würden uns nach dieser Reise vermutlich nie wiedersehen. Das war der wesentliche Grund, aus dem ich so unsicher war. Schließlich brachte es mir nichts, mein

Herz jemandem zu öffnen, der damit nichts anfangen konnte.

»Wo bist du nur mit deinen Gedanken?«, fragte Finja.

»Beim Rafting«, sagte ich. Zwar kannten wir uns mittlerweile besser, und ich mochte Finja sehr gern, trotzdem wollte ich ihr ungern mein Gefühlschaos anvertrauen. Außerdem wollte ich ihr nicht auf die Nase binden, dass Holly mich förmlich dazu gedrängt hatte, ausnahmsweise meinen Verstand komplett auszuschalten. Und das würde ich tun, denn sie hatte recht. Ich musste endlich leben. Und wenn das bedeutete, mich auf einen Flirt mit einem Mann einzulassen, der in wenigen Wochen wieder aus meinem Kosmos verschwand, war das völlig okay. Einfach leben, ohne an die Konsequenzen zu denken. Neue Erfahrungen machen und von ihnen profitieren. Ja, sollte sich noch einmal die Chance bieten, würde ich sie ergreifen.

Finja schnallte den Hüftgurt ihres Rucksacks fester. »Darauf freue ich mich schon, seit ich davon gelesen habe.« Ihre Augen glitzerten.

In zwei Stunden würden wir am Fluss ankommen. Zumindest, wenn alles nach Plan lief. Wir waren früh aufgebrochen, und ich vermisste den See jetzt schon. Nicht nur aufgrund der Erinnerungen, die ich mit ihm verband, sondern weil er so wunderschön war. Ich konnte mir kaum vorstellen, dass es auf Jeopardy Island einen noch malerischeren Ort gab.

Wenn ich die Augen schloss, hatte ich das Gefühl, auf einem fremden Planeten zu sein. Der süßliche Duft von Orchideen gepaart mit Ananas stieg mir in die Nase und trieb mir das Wasser in den Mund. Die Blätter raschelten im Wind, und das Brüllen der wilden Tiere erfüllte den Dschungel.

Heute war glücklicherweise ein weiterer sonniger Tag. Trotzdem lag die untere Krautschicht des Regenwaldes beinahe gänzlich in Schatten verborgen. Nur einzelne Sonnenstrahlen brachen durch das Blätterdach. Gerade genug, um Moos und Pilzen zum Sprießen zu verhelfen. Ein durch den Sturm der letzten Tage hinabgefallener Ast ließ mich straucheln. Ich hielt mich am nächsten Stamm fest, um nicht das Gleichgewicht zu verlieren.

Mein Schnürsenkel hatte sich gelöst. Ich ging in die Hocke, um ihn wieder zu binden, da sah ich aus dem Augenwinkel, dass ich angestarrt wurde. »Na, wer bist du denn?« Ich grinste, als ich zwischen den Zweigen eines mit gelben Blumen bewachsenen Strauchs ein Chamäleon sitzen sah. Mit aller Kraft versuchte es, sich vor meinen Augen zu verbergen, aber es war zu spät. Ich hatte es bereits entdeckt.

Dennoch war es faszinierend, dabei zuzusehen, wie seine Farbe von grün zu braun-gelb wechselte und es allmählich mit dem Strauch verschmolz. Wie oft ich mir schon gewünscht hatte, mich einfach unsichtbar machen zu können.

Ein Klicken direkt neben meinem Kopf erschreckte mich. Als ich mich umdrehte, stand Ayu lächelnd vor mir, die Kamera noch immer vor dem Gesicht. »Guck mal, ein Chamäleon!« Sie zupfte Satoshi am Hemdsärmel. Das Tier ließ ihn allerdings unbeeindruckt.

»Die haben wir doch schon letztes Jahr gesehen«, entgegnete er.

»Du bist so ein Miesepeter!«

»Nur weil du alle zwei Schritte anhältst, um etwas zu fotografieren. Die Natur muss gefühlt werden.« Er legte seine Hand auf ihre, woraufhin Ayu die Kamera langsam sinken ließ. »Genieße den Moment. Nur dann kannst du spüren, dass du zur richtigen Zeit am richtigen Ort bist.«

»Du hast recht.« Ayu nickte und schaltete ihre Kamera aus.

Satoshis Worte gingen mir nah. Er hatte nicht viel gesagt, doch in dem wenigen lag so viel Weisheit und Wahrheit. Natürlich war es schön, Erinnerungen in Form von Fotos mit nach Hause zu nehmen. Aber was brachte es, die Natur die ganze Zeit nur durch eine Linse zu betrachten, anstatt sie wirklich zu fühlen und mit ihr zu erblühen?

Ayu hakte sich bei ihrem Mann unter, und gemeinsam liefen sie weiter. Dieses Mal baumelte die Kamera ausgeschaltet um ihren Hals.

»Das war schön, was er gesagt hat.« Aidan trat aus dem Unterholz hervor. Ein kleiner Zweig und einige Blätter hatten sich in seinen Haaren verfangen.

»Wo kommst du denn her?« Als er neben mir stehen blieb, zupfte ich das Grünzeug von seinem Kopf.

»Danke«, raunte er. »Was habe ich wohl in den Büschen gemacht?«

Ich hatte das Gefühl, dass ein kleiner Affe in meinem Kopf saß und Schellen aneinanderschlug. »Ah!«, entfuhr es mir, als mir endlich ein Licht aufging.

»Du stehst ganz schön auf dem Schlauch.« Aidan lachte und reichte mir den Arm. Perplex schaute ich ihn an. »Damit du nicht wieder stolperst.« Er zwinkerte. Etwas, das ich weitaus attraktiver fand, als ich sollte.

»Oh, ganz der Gentleman.«

»Natürlich. Oder was denkst du von mir?«

Ich hakte mich bei ihm unter, und wir folgten der Gruppe mit etwas Abstand. Dass er mich anschaute und auf eine Antwort wartete, spürte ich, ohne aufsehen zu müssen. »Soll ich das wirklich zusammenfassen?«

»Ich bitte darum.«

Kurz wog ich das Für und Wider ab. Aber eigentlich sollte er wissen, was er für einen ersten Eindruck hinterlassen hatte. »Na ja, ich habe dich für einen ziemlichen Macho gehalten.«

»Autsch.«

»Ich bin noch nicht fertig.« Er versiegelte die Lippen mit einem imaginären Schlüssel und bedeutete mir mit einer Handbewegung weiterzusprechen. »Deine eingebildeten Aufreißersprüche waren nicht von schlechten Eltern. Daher dachte ich, du kriegst immer das, was du willst. Oder nimmst es dir einfach.« Ich schielte nach oben und sah Aidans entsetzten Gesichtsausdruck. Seine Augen waren geweitet und sein Mund einen Spaltbreit geöffnet. »Du hast gefragt«, fügte ich schulterzuckend hinzu.

Abrupt hielt er an und zwang mich so, ebenfalls stehen zu bleiben. Er kam mir so nah, dass mir das Herz in die Hose rutschte. Meine Knie waren weich wie Wackelpudding. »Dass ich mir nicht einfach nehme, was ich will, solltest du wissen.« Mit dem Zeigefinger hob er mein Kinn an.

Ich schluckte. »Das weiß ich mittlerweile auch.«

Bevor seine Lippen meine berühren konnten, nickte er und senkte die Hand wieder. Dann lief er genauso abrupt weiter, wie er stehen geblieben war. »Gut.« Leise räusperte er sich. »Alles andere tut mir leid.«

»Was meinst du?«, hakte ich nach.

»Mein machohaftes Verhalten. Ich halte andere für gewöhnlich lieber auf Abstand.«

»Du?« Amüsiert hob ich eine Braue.

Aidan lachte. »Ist das wirklich so schwer zu glauben?«

»Ein bisschen schon. Ich hätte dich eher für den offeneren Typ gehalten.«

»Tja, man sollte Menschen halt nicht gleich in eine Schublade stecken.«

»Wahre Worte.« Ich lächelte. »Und was hast du von mir gedacht, außer dass ich ein tollpatschiges Püppchen bin?«, fragte ich herausfordernd.

Sein tiefes Lachen ging mir durch Mark und Bein. »Dass du andere gern um den Verstand bringst.« Er wandte mir beim Laufen den Kopf zu und betrachtete mich von oben bis unten, wodurch ich mich seltsam entblößt fühlte. »Und das denke ich immer noch, auch wenn du das vielleicht gar nicht beabsichtigst.«

»Ich bin mir nicht sicher, ob ich weiß, was du meinst.«

Seine Augen funkelten provokant, und sein Mundwinkel hob sich. »Doch, ich denke, das weißt du.«

Ich zog den Kopf so tief es ging ein und spürte, wie meine Wangen glühten. Das waren eindeutig zu viele Offenbarungen für einen Tag.

In den nächsten Minuten vermied ich es, Aidan noch einmal anzuschauen. Stattdessen konzentrierte ich mich auf das, was Satoshi gesagt hatte. Dass man die Natur fühlen musste. Und das tat ich. Mit jedem Atemzug, der meine Lunge füllte, spürte ich, wie ich langsam Teil dieses Ortes wurde.

Meine Gedanken wanderten wie von selbst zu der Tatsache, dass es Jeopardy Island in dieser Form bald nicht mehr geben würde. Ich hatte in den letzten Tagen versucht, nicht daran zu denken und es stattdessen wie Aidan zu handhaben – mir den Kopf nicht zu sehr über Dinge zu zerbrechen, an denen ich nichts ändern konnte. Aber je länger ich hier war, desto tiefer war die Verbundenheit, die ich spürte.

Meine Augen wurden glasig, und ich kämpfte mit den Tränen. Normalerweise reagierte ich nicht ansatzweise so emotional. Vielleicht lag das nicht nur am Verkauf der Insel, sondern an allen Dingen, die mich innerlich belasteten.

»Alles okay?« Aidan drückte sanft meinen Unterarm.

Ich nickte. »Klar.«

»Du hast geschnieft.« Konnte ich da etwa einen Hauch von Besorgnis in seiner Stimme erkennen?

»Ach, das war nichts«, winkte ich ab. Aber Aidan schien das Thema nicht einfach auf sich beruhen lassen zu wollen.

»Wenn du reden magst … ich bin ein guter Zuhörer. Du weißt schon, vier Schwestern und so. Wie oft ich mir schon Ciaras Jungsprobleme anhören musste, kann ich schon gar nicht mehr zählen.« Er lachte, womit er mich ein wenig aufheiterte und meine Gedanken in eine andere Richtung lenkte.

»Ciara ist ein hübscher Name. Wie alt sind deine Schwestern denn?« Ob er den Versuch eines Themenwechsels bemerkte, konnte ich nicht sagen.

»Ciara und ich sind zehn Jahre auseinander. Sie hat vor Kurzem ihren sechzehnten Geburtstag gefeiert. Aisling ist zwölf, und die Zwillinge, Emma und Sophie, sind zehn.«

»Das muss ziemlich anstrengend sein.«

Aidan lachte. »Du hast ja keine Vorstellung! Meine Mutter hätte gern noch mehr Kinder gehabt, doch Dad konnte sie glücklicherweise von dem Gedanken abbringen. Ich liebe meine Familie, das tue ich wirklich, aber ein Wochenende zu Hause reicht, um mir Dutzende graue Haare zu bescheren.«

Nun stimmte auch ich in sein Lachen mit ein. »Es muss schön sein, so viele Menschen um sich zu haben, die einen lieben. Ich weiß nicht, wie das ist.« Normalerweise war Holly die einzige Person, mit der ich mich über Privates unterhielt. Ich hatte nie das Bedürfnis verspürt, mit anderen über solche Dinge zu sprechen, mich ihnen zu öffnen. Doch bei Aidan war das irgendwie anders.

»Dafür hast du deine beste Freundin. Das ist auch etwas, worum dich viele beneiden«, gab Aidan schulterzuckend zurück.

Fragend zog ich die Brauen zusammen. »Hast du keinen besten Freund?«

Erst nickte er, hielt dann in der Bewegung inne und schüttelte stattdessen den Kopf. »Mir fehlt die Zeit, Freundschaften zu pflegen. Ich habe viele Bekannte, aber enge Freunde? Eher weniger.«

Der Schmerz in seiner Stimme brach mir das Herz. Ein Leben ohne Holly konnte ich mir beim besten Willen nicht vorstellen. Jeder brauchte diesen einen Menschen, dem man sich neben der Familie anvertrauen konnte. Niemand sollte mit seinen Sorgen und Ängsten allein sein müssen.

Das stellte ich mir auf Dauer sehr einsam vor. »Weißt du, ich bin auch eine gute Zuhörerin.«

Aidan schaute in die Ferne, sein Blick war leer. »Danke«, sagte er dann leise. »Das weiß ich zu schätzen.«

Zu gern hätte ich gewusst, was in ihm vorging, worüber er so krampfhaft nachzudenken schien. Am ersten Tag hätte ich nie geglaubt, wie viele Facetten sich in ihm verbargen, aber ich hatte bereits jetzt unzählige an ihm kennengelernt: der verschlossene Macho, der fürsorgliche Familienmensch, der attraktive Charmeur und der einsame junge Mann. All diese doch sehr gegensätzlichen Eigenschaften machten Aidan zu dem großen Mysterium, das ich nicht knacken konnte. Bisher hatte es kein Rätsel gegeben, das ich nicht lösen konnte, doch er stellte mich vor eine Zerreißprobe. Und die Zeiger tickten schnell voran, bald würde die Zeit abgelaufen sein.

Auf dem restlichen Weg blieben wir überwiegend still. Aidans Blick wanderte immer wieder umher, so als versuchte er, sich jeden Millimeter der Umgebung genauestens einzuprägen. Über einen etwas dickeren Stamm ließ er zaghaft die Finger gleiten, als wollte er die Beschaffenheit des Baumes erfahren. Vermutlich nahm auch er sich Satoshis Worte zu Herzen und versuchte, die Natur zu fühlen.

Als der rauschende Fluss in Sicht kam, veränderte sich Aidans Körperhaltung. Ich schaute hoch. In seinem Gesicht war blanke Panik zu erkennen.

»Ist alles okay? Du bist kreidebleich.« Ich tippte ihn an, aber er reagierte nicht. Stattdessen starrte er weiterhin entsetzt geradeaus. Also stellte ich mich vor ihn und griff nach seinem Handgelenk. »Aidan?«

Kopfschüttelnd blinzelte er und schaute mich an – die Augen noch immer schockgeweitet. »Ich …« Mehr sagte er nicht. Er schaute an mir vorbei zum Fluss, der sich vor uns erstreckte.

Das Rauschen des wilden Gewässers, das teilweise an den Felsen zerschellte und aufspritzte, schien ihn in eine Trance versetzt zu haben. Sein Puls ging schnell, seine Atmung war unbeständig, und ein hauchdünner Schweißfilm benetzte seine Stirn.

»Hey, schau mich an«, sagte ich beruhigend und legte ihm die Hand an die Wange.

Aidan senkte den Blick und fixierte mich.

»Gut. Und jetzt atme regelmäßig«, redete ich ihm zu. »Okay?«

Er nickte und schloss die Augen. Dann atmete er tief durch die Nase ein und durch den Mund wieder aus. Einmal. Zweimal. Dreimal. Anschließend öffnete er langsam die Lider.

»Danke. Es geht schon.« Aidan lächelte zögerlich.

»Möchtest du darüber sprechen?« Meine Finger blieben noch kurz an seiner warmen Wange und strichen wie von selbst über seine dunklen Bartstoppeln, die sich ungewöhnlich weich anfühlten.

Aidan legte die Stirn in Falten. Er sah aus, als überlegte er, inwieweit er sich mir anvertrauen sollte. »Als Kind bin ich in einem solchen Fluss beinahe ertrunken.«

Schockiert atmete ich auf. »Das ist ja schrecklich!« Ich konnte mir beim besten Willen nicht vorstellen, wie es ihm damit gehen musste. Er schaute mich an und hob den Mundwinkel. Aber er sah alles andere als glücklich aus, sondern eher, als würde er sich gleich übergeben.

»Es ist nicht so schlimm«, sagte er und legte seine Hand auf meine. »Alles gut.«

»Okay.« Ich senkte meinen Arm wieder und vermisste augenblicklich das Gefühl seiner warmen Haut an meiner.

Aidan schluckte. Ich merkte deutlich, dass es ihm ziemlich viel abverlangte, nicht die Beine in die Hand zu nehmen und die Flucht zu ergreifen. Es war ein mutiger Schritt, seine Angst hinunterzuschlucken. Ich wusste nicht, ob ich das gekonnt hätte. Erst als er bereit war, liefen wir weiter.

Das schnelle Gewässer trieb meinen Puls vor Aufregung in die Höhe. Ich liebte es. Nicht nur war der Anblick wieder mal atemberaubend, nein. Wassersport erfüllte mich einfach auf eine ganz andere Weise. Es war das einzig Abenteuerlustige, das ich von ganzem Herzen mochte und gern ausübte. Holly und ich waren erst ein Mal beim Rafting gewesen, und seitdem sehnte ich mich danach, noch einmal durch wildes Wasser zu fliegen.

Glücklicherweise schien es nicht sonderlich steil bergab zu gehen, was Aidan beruhigen durfte. Das Wasser floss zwar schnell, aber es sollten nicht allzu viele Hindernisse im Weg sein.

»Da seid ihr ja endlich!«, rief Finja. Sie stand mit Andy und David vor einem Schuppen, der zwischen den Bäumen versteckt lag.

Laurin und George kamen gerade aus der geöffneten Tür hinaus, ein großes Schlauchboot, das Platz für bis zu acht Personen bot, auf dem Arm. Nach und nach traten auch die anderen mit drei weiteren Booten hinaus, die sie zum Flussufer brachten.

»Ich hole uns Westen«, sagte ich an Aidan gewandt und war schon auf dem Weg, noch bevor er mir antworten konnte. Ravi stand vor dem Schuppen und teilte sie gerade aus. Die orangefarbenen Westen hatten schon mal bessere Tage gesehen, aber sie würden ihren Zweck erfüllen.

»Alles okay bei euch?« Finja griff im Vorbeigehen nach meinem Handgelenk und deutete kopfnickend zu Aidan.

»Er ist kein Fan von wilden Gewässern«, erklärte ich schnell, ohne zu sehr ins Detail zu gehen. Da er schon nicht den Anschein erweckt hatte, mit mir darüber sprechen zu wollen, wollte ich sein Vertrauen nicht missbrauchen, indem ich Finja davon erzählte.

Sie nickte. »Okay, dann sollten wir gut auf ihn aufpassen. Ihr kommt doch mit uns ins Boot, oder?«

»Uns?« Überrascht hob ich die Augenbrauen.

Finja grinste verschmitzt. »Ja, George und Leah haben eben diejenigen mit Erfahrung aufgeteilt, damit nicht nur Anfänger in einem Boot sitzen. Bei Laurin sind noch zwei Plätze frei, wenn ihr wollt.«

»Klar.« Ich drehte mich um und winkte Aidan heran, der widerwillig näher an den Fluss trat. »Wir sind mit Finja und Laurin im Boot, in Ordnung?«

»Mir egal«, nuschelte er und schaute an mir vorbei auf das Wasser. Vermutlich würde heute nicht mehr allzu viel mit ihm anzufangen sein.

Wir legten uns die Westen an. Ich sah aus wie ein Leitkegel und fühlte mich auch genauso aufgeplustert. Wenigstens erging es den anderen nicht anders. Währenddessen richtete Leah das Wort an die Gruppe. »Ihr habt Glück, dass die Laichzeit der Fische bereits vorbei ist, weshalb es uns überhaupt möglich ist, diese Wildwassertour zu erleben. Aber keine Sorge, es wird ein relativ entspanntes Raften.« Sie deutete den Fluss hinab. »Nach etwa fünfzehn Minuten haben wir das Schlimmste überstanden und kommen in seichteres Gewässer.«

George zog eines der Boote näher an uns heran. »Hier unter den Sitzen befinden sich Halterungen für eure Rucksäcke.« Er hockte sich hin und zeigte uns, wie wir unser Gepäck befestigen mussten, damit es nicht bei einer etwas ruckeligeren Strecke aus dem Boot flog. »Leah führt die Tour an. Es gibt keine Möglichkeit, von der Strecke abzukommen, also macht euch darüber keine Gedanken.«

George stand wieder auf und schleifte das Boot zum Ufer. Ich war unfassbar aufgeregt. Seit ich von dieser Tour gelesen hatte, freute ich mich schon darauf. Es war zwar schade, dass die wilde Strecke nur einen so kurzen Zeitraum einnahm, aber das war besser als nichts.

Ayu und Satoshi stiegen bei Leah ein, gefolgt von der Weber-Familie. Na, wenn Tim und Justus das Boot mal nicht zum Kentern brachten! Ich sah es schon vor mir.

Laurin zog mithilfe von Finja ebenfalls eines der Boote zum Wasser. »Kommt ihr?«, fragte er in unsere Richtung.

Noch einmal schaute ich zu Aidan, der wieder blass wurde. Trotzdem schlurfte er zum Ufer, lehnte sich über das Boot und befestigte zuerst seinen Rucksack in der Halterung. Wir taten es ihm gleich und stiegen nacheinander ein. Neben uns waren noch Hudson, Lucas und Jeanny in unserer Gruppe. Es waren die drei, die am Ankunftstag mit uns am Tisch gesessen hatten.

Aidan blieb vor dem Boot stehen. Er hatte die Lippen fest aufeinandergepresst und die Stirn in Falten gelegt. Ich reichte ihm meine Hand, mit der anderen schirmte ich mein Gesicht ab, denn die Sonne blendete mich. »Komm, vertrau mir.«

Noch einmal atmete Aidan tief durch und fuhr sich durch die Haare. Ein Blick über seine Schulter verriet ihm, dass es keine Fluchtmöglichkeit gab. Seufzend ergriff er meine Hand und ließ sich neben mich ins Boot fallen. »Okay, los, bevor ich es mir anders überlege.«

Laurin saß mit Finja direkt vor uns. Die beiden fingen an zu lachen und griffen nach ihren Paddeln. Ich reichte Aidan eines, das er mit leicht zittrigen Fingern entgegennahm.

»Bereit?«, rief Laurin über die Schulter.

»Ja!«, entgegneten wir anderen. Besonders laut jubelten die drei hinter mir. Nur Aidan blieb stumm.

Laurin und Finja waren die Ersten, die ihre Paddel ins Wasser tauchten und sich vom Grund des Flusses abstießen. Ruckelnd setzte sich das Boot in Bewegung, und wir sausten in Höchstgeschwindigkeit über das Wasser.

Das Boot von Leah war schon vorwärtsgeprescht, wir waren ihm dicht auf den Fersen. Laurin rief uns immer wieder einige Kommandos zu, damit wir wussten, in welche Richtung wir steuern mussten. Lachend legte ich den Kopf in den Nacken, als wir über einen flachen Felsen schlitterten und einen Augenblick abhoben. Laut klatschend traf das Boot wieder auf die Oberfläche, sodass links und rechts Wasser aufspritzte.

Zunächst war Aidans Körperhaltung noch unglaublich verkrampft, wann immer ich kurz zu ihm schaute, aber nach wenigen Minuten schaffte er es, sich zu entspannen und die Fahrt zu genießen.

Am Flussufer rauschten die Bäume an uns vorbei.

Unsere lauten Schreie schreckten Vögel auf, die sich in die Lüfte erhoben und kreischend davonflogen. Aufgrund der hoch stehenden Sonne funkelte der Schaum an der Oberfläche in bunten Farben.

Die starke Strömung trieb uns an. Geschickt dirigierte Laurin uns an zahlreichen Felsen vorbei, die glücklicherweise alle nicht hoch genug aus dem Wasser ragten, um uns wahrhaftig gefährlich zu werden. Mein gesamter Körper war klitschnass, und meine Kleidung hing an mir wie ein nasser Sack. Aber das war mir egal. Auch dass ich fror, schob ich beiseite und genoss das Abenteuer.

Mit aller Kraft drückte ich das Paddel ins Wasser, tauchte es immer und immer wieder unter, sobald Laurin das Kommando gab. Wir wurden auf den Sitzen hin und her geschleudert, mussten uns Mühe geben, nicht den Halt zu verlieren. Ich spürte die Anstrengung in jeder Faser meines Körpers, und doch fühlte ich mich in diesem Moment freier als jemals zuvor. Das Adrenalin pumpte durch mich hindurch, und mir war, als könnte ich alles erreichen.

Leider sollte Leah recht behalten. Die Zeit verging wie im Flug, und schon nach wenigen Minuten, die mir gerade einmal wie ein Wimpernschlag vorkamen, glitt das Boot eine kleine Anhöhe hinunter, woraufhin das Gewässer seichter wurde. Wir hatten den wilden Fluss hinter uns gelassen und trieben nun durch ein deutlich ruhigeres Gebiet.

»Das war so krass!«, quietschte Finja und drehte sich um. »Bei euch auch alles in Ordnung?«

Hinter mir brummten Hudson und Lucas zustimmend, und auch ich nickte eifrig. Ein Blick zu Aidan ließ mich erleichtert aufatmen. Auf seinem Gesicht zeichnete sich ein Lächeln ab.

»Nicht so schlimm wie erwartet«, sagte er und strich sich die nassen Haare nach hinten. Er drehte mir den Kopf zu und flüsterte: »Danke.«

Nickend winkte ich ab. Ich war einfach nur froh, dass er die Fahrt überstanden hatte und sie doch noch hatte genießen können.

Ganz langsam trieben wir Leahs Boot hinterher. Das Wasser war so klar, dass man die unterschiedlichen Fische darin schwimmen sehen konnte. Ihre Schuppen funkelten in allen Farben des Regenbogens. Am Grund des Flusses wuchsen unzählige verschiedene Pflanzen, und eine kleine Krabbe wirbelte den Sand auf, als sie sich ein Loch grub, in dem sie verschwand.

Vorsichtig lehnte ich mich über den Rand des Bootes und tauchte die Finger in den eisigen Fluss.

An dieser Stelle wurde die Sonne von dichten Blättern und Ästen verdeckt, die wie ein Dach über uns wucherten. Einzelne Palmen wuchsen am Ufer und reckten ihre Blätter schirmartig in die Höhe. Languren saßen in ihnen und beobachteten die vorbeifahrenden Boote interessiert. Unwillkürlich fragte ich mich, ob Mo sich unter ihnen befand.

Weit entfernt hörte ich das Rauschen eines Wasserfalls. Das Geräusch entlockte mir ein sehnsüchtiges Seufzen. Ich schloss die Augen und träumte mich dorthin.

»Schaut mal«, sagte Jeanny leise.

Grummelnd öffnete ich die Lider wieder, und der Wasserfall in meiner Vorstellung war verschwunden. Ein großer bewachsener Ast ragte über das Flussufer. Doch den meinte Jeanny nicht. Tiefenentspannt lag ein Leopard darauf, der gefleckte Schwanz baumelte hinunter. Unser Eindringen in sein Territorium interessierte ihn nicht. Stattdessen gähnte das Tier und entblößte dabei seine scharfkantigen Zähne.

Langsam fuhren wir an ihm vorbei. Die majestätische Raubkatze blickte sich noch einmal nach uns um, ehe sie den Kopf auf die Vorderpfoten bettete und zur Ruhe kam.

Dass ich die Luft angehalten hatte, fiel mir erst auf, als meine Lunge gierig nach Sauerstoff schnappte. Ich hätte mir nie ausmalen können, jemals einen Leoparden in freier Wildbahn zu sehen. Mein Herz polterte in meiner Brust, und meine Hände zitterten leicht – ob vor Nervosität oder Angst, konnte ich nicht sagen. Wobei der Leopard nicht den Anschein erweckt hatte, als wollte er uns jagen.

»Sie werden uns nicht angreifen«, sagte Aidan. »Solange wir sie in Ruhe lassen, haben wir nichts zu befürchten.«

Finja rutschte seitlich auf ihren Sitz und musterte Aidan. »Bist du sicher? Das sind Raubtiere.«

Aidan zuckte mit den Schultern. »Sie wollen auch nur leben und haben gegen eine größere Menschengruppe keine Chance. Wieso sollten sie es riskieren, wenn wir keine Gefahr für sie darstellen?«

»Trotzdem sollten wir uns schleunigst weit von ihrem Revier entfernen«, sagte Laurin.

»Woher kennst du dich mit Leoparden aus?«, fragte ich interessiert.

»Manchmal lasse ich beim Zeichnen Tierdokus laufen. Das ist irgendwie entspannend.« Er grinste. »Ein bisschen was bleibt auch mal hängen.« Perplex blinzelte ich. Es überraschte mich immer mehr, wie viel in Aidan steckte. »Was ist? Kann ich nicht heiß und klug sein?«

Ich prustete und schüttelte den Kopf. Finja stöhnte leise auf. »Du solltest deiner Auflistung lieber *eingebildet* hinzufügen.«

»Da sagt sie etwas Wahres«, erwiderte ich, konnte mir das Lachen aber nicht verkneifen. Mittlerweile hatte ich immerhin gelernt, dass das nur eine von Aidans vielen Facetten war. Und nach unserem Gespräch vorhin vermutete ich eher, dass er eigentlich gar nicht so von sich selbst überzeugt war, wie er gern tat.

Als wir wenig später das Flussbett erreichten, wurde mir schwer ums Herz. Zu gern wäre ich noch viele weitere Stunden einfach auf dem Wasser getrieben. Meine Gedanken überraschten mich und machten mich zugleich glücklich. Da wünschte ich mir doch ehrlich etwas, das vom ursprünglichen Plan abgewichen wäre. Und es ließ mich nicht im Geringsten panisch werden.

Womöglich hatte Holly recht gehabt und ich hatte diesen Tapetenwechsel bitter nötig gehabt, um mein Leben in eine neue Richtung zu lenken. Um meine Gedanken treiben zu lassen und all die geschmiedeten Pläne einfach über Bord zu werfen. Wenigstens für den Moment.

Kapitel 15

Donnergrollen zog übers Land. Bei jedem Blitzschlag zuckte ich zusammen. Der Boden unter meinen Sohlen vibrierte. Die vom strömenden Regen durchtränkte Erde sorgte dafür, dass jeder Schritt mühselig war. Nicht einmal das Blätterdach schützte uns vor dem Gewitter, das bereits seit Stunden nicht aufhören wollte.

Während es die letzten zwei Tage überwiegend genieselt hatte, hatte sich das Wetter heute früh schlagartig gewandelt. Ich war bis auf die Knochen durchweicht und zitterte am ganzen Körper. Meine Regenjacke brachte gar nichts, da der Wind mir andauernd die Kapuze vom Kopf pustete, wodurch das Wasser ungehindert in sämtliche Ritzen dringen konnte. Ich hätte schwören können, dass meine Haut mittlerweile aussah wie die einer Achtzigjährigen.

Leider befand sich die Höhle, in der wir schlafen wollten, noch einen halben Tagesmarsch entfernt. Eigentlich hätten wir sie bereits gestern erreichen sollen, aber da wir nur schwer vorankamen, wurden wir erneut in unserem Zeitplan zurückgeworfen. Aber seit der Raftingtour versuchte ich, nicht weiter an solche Belanglosigkeiten zu denken. Solange wir pünktlich wieder im Camp ankamen und unseren Flieger nicht verpassten, war alles in bester Ordnung. Und da George und Leah genug Erfahrung mitbrachten, hatten sie solche Wetterumschwünge mit Sicherheit einkalkuliert.

So fest es ging, umschlang ich meinen Oberkörper mit den Armen und kämpfte gegen den von vorn kommenden Wind an. Einige Äste waren mittlerweile von den Bäumen gerissen worden und behinderten uns noch weiter in unserem Marsch. Es war die reinste Kletterpartie. Während zu unserer Linken die Bäume dicht an dicht wuchsen, ging es zu unserer Rechten bergab. Nur ein matschiger Abhang, also nicht lebensgefährlich. Trotzdem machte dieser das Fortbewegen noch schwieriger.

»Durchzählen!«, kam es von vorderster Front. Ich fühlte mich wie beim Militär. Das ging jede Stunde so. Es ergab schon Sinn, dass die Baxters sichergehen wollten, dass alle anwesend waren, nur musste das so oft sein?

»Vierzehn«, nuschelte ich nach meinem Vordermann. So ging es weiter, bis auch die Nummer zwanzig gerufen wurde. Also waren noch alle da. Wer hätte es gedacht?

Stöhnend verdrehte ich die Augen. Ich merkte selbst, dass ich langsam grantig wurde. Das war die Kombination aus Hunger, Kälte und Schmerzen. Mein Körper bestand nur noch aus einem einzigen Muskelkater, und meine Beine mussten von blauen Flecken übersät sein, so oft, wie ich schon gegen irgendeinen Baumstumpf oder Ast gerannt war, weil ich ihn im Regen übersehen hatte.

Wenn wir nicht bald eine Pause einlegten, dann würde ich jedenfalls ziemlich unausstehlich werden.

Daher musste ich mich irgendwie ablenken. Nur womit? Krampfhaft überlegte ich, aber mir wollte nichts einfallen, weshalb ich schon mal gedanklich meinen Journaleintrag des Tages verfasste. Wobei dieser wohl von der ersten bis zur letzten Seite mit Flüchen gefüllt sein würde.

Es war nichts Spannendes passiert. Schon die letzten zwei Tage nicht. Es gab keine neuen Erkenntnisse meine Zukunft betreffend, auch mit Finja und Aidan hatte ich nur wenig gesprochen, da wir aufgrund des Wetters alle grummelig waren, und über diesen Ort hatte ich ebenfalls nichts Neues erfahren. Die Laune war bei jedem von uns einfach komplett umgeschlagen, weshalb ich umso mehr hoffte, dass die Sonne bald wieder zum Vorschein kommen würde. Schließlich hatten wir bereits Halbzeit.

Wütend stapfte ich weiter. Das war Hollys Schuld! Sie hatte uns ja in diesem doofen Camp anmelden müssen. In der Wildnis hausen, völlig egal, welches Wetter herrschte. Wer dachte sich so etwas bitte aus? Ich fühlte mich gerade wie ein bockiges Kleinkind, dem man den Nachtisch verweigert hatte.

Weil ich so mit meinen trüben Gedanken beschäftigt war, merkte ich zu spät, dass der Boden unter mir langsam nachgab. Ich blieb mit dem Stiefel im Schlamm stecken. So heftig ich konnte, riss ich mein Bein nach oben. Ein schmatzender Laut ertönte, und ich war frei. Zumindest für den Augenblick.

Wild mit den Armen rudernd versuchte ich, nicht das Gleichgewicht zu verlieren. Doch genau in dem Moment riss mich eine Böe beinahe von den Füßen. Der Schlamm rutschte weg, und unter mir tat sich der Abgrund auf. Ein Kreischen drang aus meiner Kehle, das von dem lauten Donner verschluckt wurde.

»Kim!« Irgendjemand rief meinen Namen, aber ich war zu sehr damit beschäftigt, nicht zu stürzen. Ich rutschte immer weiter hinunter, griff ins Leere auf der Suche nach irgendetwas, das mich retten konnte.

Aidan packte mein Handgelenk. »Halt dich fest!« Doch er rutschte ebenfalls weg und stieß frontal gegen mich.

Ein weiterer Schrei drang aus meiner Kehle, als wir gemeinsam den Abhang hinunterfielen. Der glitschige Untergrund dämpfte unseren Aufprall. Dennoch durchzuckte mich ein dumpfer Schmerz, wann immer mein Körper die nasse Erde traf.

Als ich endlich liegen blieb, drehte sich die Welt über mir. Ich musste mich zusammenreißen, um mich nicht hier und jetzt zu übergeben.

»Kim! Aidan!«

»Mhm«, machte ich. Doch meine Stimme war so leise, dass man mich niemals dort oben hätte hören können. Ganz vorsichtig hob ich die Lider, eins nach dem anderen.

»So eine verdammte …«, zischte Aidan, der nur ein paar Meter von mir entfernt gelandet war. Langsam rappelte er sich auf. Er sah aus, als hätte er sich in Mist gewälzt. Seine komplette Vorderseite war von Schlamm bedeckt, sodass ich nicht mehr ausmachen konnte, welche Farbe seine Kleidung ursprünglich gehabt hatte. Er legte sich die Hände trichterförmig an die Lippen. »Ja, alles okay.« Dann klopfte er sich den Schlamm von der Hose … zumindest meinte ich, dass das seine Intention war.

»Dir ist bewusst, dass das im Regen nichts bringt?« Ich rollte mich auf die Seite und stützte mich ab. Mein Blick fiel auf meine blutende Hand, die ich mir an einem Stein aufgeschlagen haben musste. Es war nur eine kleine Schürfwunde am Handgelenk, aber sie brannte wie Feuer.

Aidan quittierte meine Frage mit einem bösen Blick, der ihm nicht stand.

»Geht zum Wasserfall!« Ich schaute hoch und erkannte George, der in eine bestimmte Richtung deutete. »Wir kommen dorthin!«

Ich streckte meine Daumen in die Höhe und nickte, da ich keine Lust hatte, gegen den Sturm anzuschreien. Daraufhin ging die Gruppe weiter den Hang entlang. Mir wurde ganz anders, als ich sah, wie tief wir gefallen waren. Wir konnten uns glücklich schätzen, dass es eher ein matschiger Hügel gewesen war.

»Du hast ihn gehört«, sagte ich, stand ebenfalls auf und richtete meine verrutschte Jacke.

Aidan schaute auf seine dreckigen Hände und wischte sie sich an der Hinterseite seiner Hose ab. Das machte es nicht im Geringsten besser, aber dieses Mal behielt ich meinen Kommentar für mich.

Hier unten waren wir etwas geschützter vor dem Regen, doch der Wind riss weiterhin an meiner Kleidung. Niemand konnte sich vorstellen, was ich gerade für eine heiße Dusche gegeben hätte.

Wir kamen nur langsam voran. Allmählich knurrte mein Magen so laut, dass er sich wie der Donner am Himmel anhören musste. Ich legte mir eine Hand auf den krampfenden Bauch und blieb stehen. Aidan lief noch ein paar Schritte weiter, ehe er bemerkte, dass ich zurückgefallen war. »Was machst du?«

Langsam öffnete ich die Jacke, unter der mein Rucksack weniger Regen abbekam. »Wenn ich nicht gleich etwas esse, kippe ich um. Willst du mich den restlichen Weg tragen?«

»Ich hoffe, du hast da ein Snickers drin versteckt«, murmelte er.

»Was hast du gesagt?« Ich verengte die Augen.

»Ach, nichts.« Besser für ihn. In diesem Zustand wollte Aidan sich nicht mit mir anlegen.

Schnell öffnete ich den Rucksack und griff hinein. Als ich eine Banane ertastete, atmete ich erleichtert auf, holte sie hervor und schob sie mir beinahe im Ganzen in den Mund.

Aidan grinste. »Da passt ganz schön was rein.« Er wackelte mit den Augenbrauen.

»Ich bin gerade nicht in der richtigen Stimmung für deine anzüglichen Scherze«, schmatzte ich.

Er ließ den Blick an mir hinabgleiten. Zumindest sah es aus meiner Position so aus, als würde er mich betrachten. Dann aber trat er auf mich zu und griff so stark nach meinem Arm, dass mir die Schale aus der Hand glitt. »Kim ... ich sage es nur ungern ...«

»Was denn?«, hakte ich verwirrt nach.

Aidan schaute auf mein Handgelenk. Ich folgte seinem Blick. Es dauerte kurz, bis mein Hirn schaltete. Mir gefror das Blut in den Adern. »Mein Armband! Wo ist mein Armband?« Mein Herz raste, ich drehte mich um die eigene Achse, suchte den Waldboden ab, in der Hoffnung, etwas Schimmerndes zu sehen, aber da war nichts. »Wir müssen zurück. Sofort.«

Ohne eine Antwort abzuwarten, drehte ich mich um und lief den Weg ab, den wir eben genommen hatten.

»Du wirst es nicht finden«, sagte Aidan hinter mir. Seine Stimme klang weit entfernt.

Das konnte nicht sein, das durfte nicht sein. Dieses

Armband bedeutete mir alles. Es war nicht nur mein Glücksbringer, sondern all meine Erinnerungen, die ich mit Holly gesammelt hatte, waren daran geknüpft. Meine Augen brannten. Heiße Tränen rannen meine Wangen hinunter und vermischten sich mit dem kalten Regen.

Ich lief schneller, trat einige Äste und Steine aus dem Weg. Panisch drehte ich mich um, sah nach, ob das Armband sich beim Vorbeigehen in einem Busch verfangen hatte, aber nichts.

Als wir an der Stelle angekommen waren, an der wir den Hügel hinuntergerollt waren, warf ich Rucksack und Jacke von mir und stemmte die Knie in die nasse Erde. Ich grub die Finger in den Schlamm, grub, bis mir die Knöchel schmerzten. Doch von meinem Armband fehlte jede Spur.

Wimmernd kauerte ich am Boden. Dass es regnete, bemerkte ich kaum noch. Zwei starke Arme legten sich um meine Schultern. Aidan zog mich fest an sich, sodass ich den Kopf an seiner Brust vergrub und mich weinend in sein T-Shirt krallte. Beruhigend strich er mir durchs Haar. Er sagte nichts, sondern ließ mir meinen Gefühlsausbruch.

Irgendwann war die letzte Träne versiegt. Schniefend hob ich den Kopf. Aidan hatte die Lippen zusammengepresst, und in seinem Blick lag Mitgefühl. Meine Augen taten weh und waren sicher total verquollen. Ich musste absolut fürchterlich aussehen, aber ihn schien das nicht zu stören.

»Tut mir leid, dass es weg ist«, sagte Aidan.

Ich nickte. »Ja, mir auch.« Vorsichtig löste ich mich von ihm und rappelte mich auf. Mir tat der ganze Körper weh.

Schweigend liefen wir wieder in Richtung Wasserfall. Ich betrachtete den eingekrusteten Dreck an meinen Handflächen und unter meinen Nägeln. Dann fuhr ich über die Stelle, an der das Armband normalerweise befestigt war. Ohne das Schmuckstück fühlte ich mich nackt.

Aber ich war selber schuld. Es war dumm gewesen, es mitzunehmen. Ich hätte wissen müssen, dass die Möglichkeit bestand, es zu verlieren. Gerade in der Wildnis, wo man nie wusste, was der nächste Tag brachte. Trotzdem hatte ich es nicht über mich gebracht, es abzulegen. Es war ein Teil von mir. Und dieser Teil war nun für immer verschwunden.

Der Regen wurde schwächer, und ein Riss in der Wolkendecke ließ einzelne Sonnenstrahlen hindurch, die meine Haut erwärmten. Mir war, als wollte das Wetter mich auf den Arm nehmen. Nun, da es mir dreckig ging, entschied es sich, plötzlich umzuschlagen. Na, schönen Dank auch!

Aidan schwieg, und dafür war ich ihm dankbar. Denn ganz egal, was er auch gesagt hätte, es hätte nichts an meiner aktuellen Gefühlslage geändert. Mir graute schon davor, Holly meinen Verlust zu beichten. Ich wusste, dass sie es nicht schlimm finden würde. Natürlich würde sie kurz traurig sein, aber dann wäre es auch schon wieder vergessen. Nur konnte ich mir selbst nicht so leicht verzeihen.

Ein Rauschen ließ mich die Ohren spitzen. Mittlerweile tröpfelte es nur noch, und die Luft wurde allmählich wärmer. Jetzt begann ich erst richtig zu zittern. Vor Kälte und auch vor Trauer.

»Ich glaube, wir sind gleich da«, sagte Aidan und

schaute mich über die Schulter hinweg an. Er versuchte sich an einem aufmunternden Lächeln. Ich nickte bloß.

Nur wenige Minuten später eröffnete sich uns der Blick auf einen etwa zehn Meter hohen rauschenden Wasserfall. Er mündete in einen kleinen See, an dessen Ufer ein Felsvorsprung lag, der geradezu dazu einlud, ihn als Sprungturm zu nutzen.

Die Aussicht brachte mich für einen Moment auf andere Gedanken. Es war der erste Wasserfall, den ich auf der Insel sah. Er war noch atemberaubender als in meiner Vorstellung. Zwar war er sehr schmal und nicht zu vergleichen mit den Niagarafällen, aber genau das machte seinen Charme aus.

In der dahinterliegenden Felswand befand sich eine große Höhle. Das musste der Ort sein, den George und Leah für unser Nachtlager auserkoren hatten. Es würde eine angenehme Abwechslung sein, nicht unter freiem Himmel, der Witterung und den Tieren schutzlos ausgeliefert, zu schlafen.

Noch während ich die Umgebung in mich aufnahm, begann Aidan sich Stück für Stück auszuziehen. Es war nichts, was ich nicht schon gesehen hatte, trotzdem wurden meine Knie plötzlich ganz weich, als er auch den letzten Stofffetzen über seinen Kopf zog, bis er nur noch in seiner engen Boxershorts vor mir stand, die keinen Spielraum für Fantasien ließ.

Kopfüber sprang Aidan ins Wasser, wodurch eine kleine Welle entstand, die meine Knöchel nass spritzte. Unter anderen Umständen hätte ich mich empört beschwert, aber da ich ohnehin schon gänzlich durchgeweicht war, machte mir das bisschen Wasser auch nichts mehr aus.

Als Aidan wieder auftauchte, stellte er sich an einer etwas flacheren Stelle aufrecht hin und strich sich die Haare nach hinten. Vermutlich würde ich mich niemals an diesen Anblick gewöhnen, der mich jedes Mal aufs Neue schwach werden ließ. Ein verschmitztes Lächeln zeichnete sich auf seinen Lippen ab, als er mein Starren bemerkte.

Mit geröteten Wangen wandte ich den Blick ab. Doch meine Augen wollten Aidan weiter beobachten. Er lief auf den Wasserfall zu und stellte sich darunter, senkte den Kopf und ließ die Fluten seinen Rücken hinunterprasseln.

Das sah nach so viel Entspannung aus, dass ich nicht weiter nachdachte. Zügig schlüpfte ich ebenfalls aus meiner Kleidung und sprang zu ihm ins überraschend warme Wasser. Ich tauchte ab und schwamm die wenigen Meter unter der Oberfläche. Erst als die Strömung etwas stärker wurde, tauchte ich auf und kam direkt neben Aidan unter dem Wasserfall zum Stehen.

Ich lehnte den Kopf nach hinten, um mir die Haare auszuspülen. Es dauerte lange, bis ich mich wieder halbwegs menschlich fühlte. Zumindest, was den Dreck auf meinem Körper betraf.

Aidan hielt die Augen geschlossen und genoss die natürliche Massage des Wasserfalls. »Dass ich dich nicht sehe, heißt nicht, dass ich deinen Blick nicht spüre«, sagte er. Sein Mundwinkel hob sich.

»Ich weiß nicht, was du meinst«, entgegnete ich. Allerdings schaute ich gar nicht erst in eine andere Richtung, sondern betrachtete weiter ungeniert sein Sixpack.

»Gib dir keine Mühe.« Aidan lachte leise. »Es ist schmeichelhaft, von einer so schönen Frau angeschaut zu werden.«

Ich schnaubte, gleichzeitig pochte mein Herz wie wild. »Gib dir keine Mühe, ich sehe absolut furchtbar aus.«

Nun hob Aidan doch den Kopf und öffnete die Augen, die mich ungläubig betrachteten. Sacht fuhr er mir mit dem Daumen über die Wange und wischte etwas hartnäckigen Dreck ab. »Ein bisschen Schlamm sorgt nicht dafür, dass du furchtbar aussiehst.«

»Es ist nicht nur das.«

»Sondern? Deine verquollenen Augen?« Erneut lachte er leise. »Dass du Gefühle zeigst, ist nichts weiter als ein Zeichen dafür, dass du ein unglaublich großes Herz hast. Damit zeigst du anderen, dass du Stärke besitzt und wahrhaftig lebst. Das ändert nicht das Geringste daran, dass du wunderschön bist.«

Erneut stiegen mir die Tränen in die Augen. Ich erinnerte mich nicht, dass jemals jemand so etwas zu mir gesagt hatte. »Ich ... weiß nicht, was ich sagen soll.«

Aidan zuckte mit den Schultern. »Du musst nichts sagen. Es ist nur die Wahrheit.«

Ein weiteres Mal strich er mit dem Daumen über meine Wange und fuhr die Konturen meines Kiefers nach. Als er meine Unterlippe berührte, prickelte mein gesamter Körper. Wie von selbst trat ich näher an ihn heran, strich ihm über die Brust, wanderte langsam mit den Händen hinauf, bis ich sie in seinem Nacken verschränkte.

Das Wasser perlte von seinen dichten Wimpern, und die Sonnenstrahlen hoben die grünen Sprenkel in seinen Augen hervor. Langsam ließ Aidan die freie Hand meinen Rücken hinuntergleiten, wo sie kleine Kreise zog, die mich förmlich in Brand steckten.

Er wartete, ließ mir die Entscheidung, ob ich das hier

wirklich wollte. Und verdammt, ja! Ich wollte es. Wenn nicht jetzt, wann dann? Dieser Augenblick war perfekt – hier unter einem Wasserfall mit dem Zwitschern der Vögel, die ihr Lied nur für uns sangen.

Ich vergrub die Finger in seinen Haaren und zog ihn näher an mich. Ein Raunen drang aus seiner Kehle. Dabei streifte sein warmer Atem meine Haut.

Dann senkte Aidan den Kopf und presste seine Lippen endlich auf meine. Der Kuss war anders, als ich es mir vorgestellt hatte. Einfühlsamer. Sanfter. Besser. Trotzdem oder vielleicht gerade deshalb pochte mein Herz immer schneller, und das Prickeln in meinem Körper intensivierte sich.

Ich öffnete meine Lippen einen Spaltbreit und stöhnte leise, als seine Zunge in meinen Mund eindrang. Er schmeckte süßlich und zugleich nach Regen. Und eine erdige Note haftete ihm an. Instinktiv krallte ich die Finger fester in seine Haare, was auch Aidan ein leises Stöhnen entlockte.

Seine Finger wanderten über meine nackte Haut, die bei jeder noch so zarten Berührung in Flammen aufging. Unwillkürlich presste ich mich gegen seinen Oberkörper. Ich wollte ihm noch näher sein, noch mehr von ihm spüren. Alles.

Als Aidan den Kuss schlagartig beendete, wollte ich protestieren. Ein hungriges Flackern lag in seinem Blick. Er legte seine Lippen an mein Schlüsselbein und küsste es Zentimeter für Zentimeter. Keuchend gab ich mich dem Gefühl hin. Hitze pulsierte durch meine Adern. Hätte Aidan mich nicht so fest gehalten, hätten meine Knie vor Verlangen einfach nachgegeben.

Er schaffte es, dass ich mich fallen ließ, alles um mich herum vergaß. Dieser Moment gehörte nur Aidan und mir.

Seine Lippen wanderten langsam meinen Hals hinauf. Ich hob den Kopf an. Das Wasser umschloss uns schützend. Mit der Zungenspitze fuhr Aidan über meine Unterlippe. Leise seufzte ich. Lächelnd küsste er mich ein weiteres Mal.

Der Augenblick hätte meinetwegen ewig währen können. Aber ein Rufen holte uns aus dem Paradies, das wir uns eigens geschaffen hatten. Widerwillig löste Aidan sich von mir und legte seine Stirn an meine. Er hielt die Augen geschlossen und lächelte noch immer. Er sah glücklich aus, und mein Herz schmolz bei dem Gedanken daran, dass ich dafür verantwortlich war.

»Wir sind da! Ich hoffe, ihr habt uns vermisst.« Noch im Flug schrie Finja uns zu, bevor sie nur wenige Meter entfernt im Wasser landete. Als sie wieder auftauchte, lagen ihre blonden Haare wie ein Schleier über ihren Augen. Sie schob sie beiseite und musterte uns verwundert. Ihr Mund formte ein O, als sie sah, wie nah wir beieinanderstanden. Noch immer lagen meine Hände um Aidans Nacken und seine um meine Hüften. »Wie ich sehe, konntet ihr euch gut allein beschäftigen.« Sie hob eine Braue. »Ich hoffe, euch ist bewusst, dass sich Milliarden von Bakterien von rund fünfhundert Stämmen im Mund befinden. Und die habt ihr soeben miteinander ausgetauscht.«

Ich biss mir in die Wange. Aidan konnte sich weniger zurückhalten und fing so laut zu lachen an, dass ich zusammenzuckte. Dann ließ er unerwartet von mir ab und schaufelte Finja eine Ladung Wasser ins Gesicht. Es traf sie so unvorbereitet, dass sie nach Luft rang.

»Habt ihr das gesehen?«, rief sie über ihre Schulter hinweg. Nach und nach traten die anderen aus dem Dschungel und positionierten sich auf dem Felsvorsprung, auf den Finja ihre Sachen geworfen hatte. »Das schreit nach Krieg!«

Ehe ich wusste, wie mir geschah, landeten viele Kilo auf mir und drückten mich unter Wasser. Wie wild strampelte ich, um mich freizukämpfen. Als mein Kopf endlich durch die Oberfläche drang, hatte ich geschätzt literweise Wasser geschluckt. Finja quietschte wie eine durchgeknallte Robbe. »Was hab ich denn gemacht?« Die Frage kam zu neunzig Prozent hustend aus mir heraus.

»Nichts, aber mir war danach.« Noch immer lachte Finja.

Platschend landeten auch die Weber-Zwillinge im See, gefolgt von Laurin, Andy und David. Die Wolken hatten sich mittlerweile komplett verzogen, und ein farbenprächtiger Regenbogen zierte den Himmel. Ich musste lächeln.

Aidan griff unter Wasser nach meiner Hand und verschränkte seine Finger mit meinen. Ich konnte nicht in Worte fassen, wie dankbar ich ihm war. Für seine Worte und dafür, dass er einfach da war. Auch wenn ich wusste, dass es sich hierbei um nichts weiter als einen vergänglichen Urlaubsflirt handelte, bedeutete mir dieser im Moment alles. Und diese Erinnerung würde ich für immer im Herzen tragen.

Kapitel 16

Die Sterne funkelten am wolkenlosen Himmel und tauchten den See in einen mystischen Schein. Der volle Mond wachte über uns wie ein Schutzpatron. Ihm war es auch zu verdanken, dass ich mich in der Höhle schlaflos umhergewälzt hatte. Nun saß ich mit angezogenen Beinen auf dem Felsvorsprung und beobachtete den glitzernden Wasserfall. Es war ein beruhigender Anblick, der von den Rufen der Eulen in den Baumkronen begleitet wurde.

Als mein Handydisplay aufleuchtete und einen eingehenden Anruf von Holly anzeigte, rutschte ich vor Aufregung hin und her. Mit zittrigen Fingern drückte ich auf den kleinen Hörer.

»Kim!? Was ist los? Ich habe deine Nachricht bekommen. Geht es dir gut? Was ist passiert? Wieso sagst du denn nichts?« Die Worte sprudelten aus Holly heraus, ohne dass sie Luft holte. Natürlich ging sie direkt vom Schlimmsten aus; das hätte ich wissen müssen.

»Ja, es ist alles gut«, sagte ich leise. Ein Kloßgefühl setzte sich in meiner Kehle fest und hinderte mich daran weiterzusprechen.

»Wieso jagst du mir so einen Schrecken ein?« Hollys Atem ging schwer. »Irgendwas bedrückt dich doch. Du kannst mit mir reden, das weißt du.«

Tränen brannten in meinen Augen. Es fiel mir schwer,

die richtigen Worte zu finden. Ich hatte unglaubliche Angst davor, dass Holly mir den Kopf abreißen würde. »Ich …«, begann ich. »Das Armband. Ich habe es verloren. Es tut mir so schrecklich leid. Ich hätte es gar nicht erst mitnehmen sollen, das war blöd von mir. Aidan und ich sind einen Abhang hinuntergefallen, nicht tragisch. Dabei muss es mir irgendwie abhandengekommen sein. Wir haben es gesucht, aber …«

»Stopp!«, unterbrach Holly meinen Redeschwall. In ihrer Stimme schwang allerdings keine Verärgerung mit, sondern ein Hauch von Belustigung. »Das ist alles? Es geht hier nur um das Armband?«

»Ja?«

»Mensch, du bist doch plemplem! Es ist nur ein Armband, Blossom. Solange es dir gut geht, ist das doch nicht schlimm. Wir holen dir einfach ein neues. Die Anhänger kann man bestimmt ersetzen.«

»Bist du wirklich nicht sauer?«, hakte ich unsicher nach.

Holly kicherte. »Ach, Quatsch! Unsere Freundschaft ist stärker als irgendwelcher materieller Schnickschnack.«

Erleichterung durchflutete mich. »Danke, Bubbles. Du kannst dir nicht vorstellen, wie beruhigt ich bin.«

»Du musst dringend aufhören, dir immer zu viele Gedanken über alles zu machen. Wobei du dich in der Hinsicht sicher hervorragend mit Scott verstehen würdest.« Sie stöhnte.

»Aha, aha. Scott also.« Ein breites Grinsen zierte meine Lippen. »Wie ist er sonst so?«

»Er treibt mich regelmäßig in den Wahnsinn mit seiner Nettigkeit«, sagte sie genervt. »Er ist noch vor Sonnenaufgang auf den Beinen, und jetzt halt dich fest, Kim! Er hat dann auch noch gute Laune! Gute Laune vor dem ersten Kaffee! Wo bitte gibt es denn so was?«

Ihre Schilderung sorgte dafür, dass ich so laut lachen musste, dass ich mir die Hand vor den Mund schlug, um die anderen nicht zu wecken. Holly war der schlimmste Morgenmuffel, den es gab. Sie ertrug es schon nicht, wenn ich um sieben Uhr hellwach war. Vor neun oder zehn brauchte ich den Kopf für gewöhnlich gar nicht erst in ihr Zimmer zu stecken. Nur wenn ich es darauf anlegen sollte, ein Kopfkissen ins Gesicht geworfen zu kriegen. »Aber was hast du gegen Nettigkeit?«

Holly seufzte. »Ach, keine Ahnung. Kennst du diese Menschen, die immer versuchen, es allen recht zu machen?«

»Klar.«

»Genau so einer ist er.«

Kopfschüttelnd lehnte ich mich zurück und stützte die rechte Hand hinter mir am Boden ab. »Ist das nicht mal eine *nette* Abwechslung zu den Kerlen, die du sonst immer anschleppst?«

»Haha, sehr witzig! Und außerdem ist das doch nicht so! Scott und ich sind nur Arbeitskollegen wider Willen.«

»Natürlich. Deswegen regst du dich auch so über ihn auf, weil ihr *nur* Arbeitskollegen seid.«

»Papperlapapp. Von dir lasse ich mir gar nichts einreden.« Ihre Stimme überschlug sich in den Höhenlagen. Also hatte ich ins Schwarze getroffen. »Reden wir lieber über dich.«

»Über mich?«, fragte ich und tat, als wisse ich nicht, worauf sie hinauswollte.

»Tu nicht so. Aidan ... du ... das Paradies auf Erden. Hach, das stelle ich mir so romantisch vor wie in einem Disneyfilm.« Sie seufzte theatralisch.

»Mhm«, machte ich lang gezogen. Ein wenig wollte ich Holly noch schmoren lassen.

»Sag nicht, ihr habt ...? Warte, was? Hast du dir meinen Rat etwa wirklich zu Herzen genommen?«, schrie Holly ins Telefon, sodass ich es vom Ohr weghalten musste. »Spann mich nicht so auf die Folter!«

»Na gut, aber hör auf zu schreien«, entgegnete ich lachend und legte mir schon mal die passenden Worte zurecht. Wie sollte man etwas so Magisches wie den gestrigen Augenblick beschreiben? Hollys Disneyfilmmetapher traf es eigentlich ganz gut, nur in der etwas weniger unschuldigen Variante. Ich konnte mir förmlich ausmalen, wie sie gebannt mit großen Kulleraugen darauf wartete, dass ich endlich mit der Sprache herausrückte. »Wir haben uns geküsst.«

Lauter als jede Sirene quietschte Holly in den Hörer: »Ich wusste es!« Danach lachte sie noch geschlagene fünf Minuten und war komplett aufgedreht. Und das, obwohl ich noch nicht mal die ganze Geschichte erzählt hatte. Doch so war Holly – leicht zu begeistern.

»Möchtest du den Rest auch noch hören, oder reicht dir das?«, fragte ich, als sie zwischen zwei Lachanfällen Luft holte.

»Ich will jedes schmutzige Detail wissen.«

»Das habe ich mir gedacht.« Grinsend erzählte ich ihr, wie genau es dazu gekommen war. Dabei versuchte ich, nichts auszulassen, aber dieser Ort benebelte mein Hirn so sehr, dass ich alles wie durch eine Traumblase sah.

Eine Weile schwieg Holly. Dann seufzte sie. »Das klingt wirklich romantisch. Du hast es so verdient, Blossom.«

»Danke«, sagte ich leise. »Allerdings ist es nicht so, wie du vielleicht denkst. Es ist nichts weiter als ein Urlaubsflirt.«

»Das glaubst du doch selber nicht.«

»Doch, ehrlich. Oder denkst du, ein Mann passt irgendwie in meine Pläne? Ein bisschen Spaß haben, die Zeit genießen, und in zehn Tagen gehen wir eh wieder getrennte Wege und werden uns niemals wiedersehen. Nur die Erinnerung an die Zeit auf der Insel wird bleiben. Das ist es, was ich will. Nicht mehr, nicht weniger.« Je mehr ich sprach, desto unsicherer wurde ich mir, ob ich die Worte wirklich ernst meinte. Obwohl mein Plan es genau so vorsah und nicht anders.

Hinter mir ertönte ein leises Räuspern. Mir lief es eiskalt den Rücken hinunter. Langsam drehte ich mich um und sah Aidan, der mit den Händen in den Hosentaschen auf dem Felsvorsprung stand.

»Kim, bist du noch da?«, fragte Holly in den Hörer.

»Ähm, ja, ich ruf dich später noch mal an.«

»Aidan steht hinter dir und hat alles mit angehört, vermute ich mal. Alles klar, melde dich einfach.« Wie immer wusste Holly sofort, was Sache war. Als sie aus der Leitung verschwunden war, legte ich das Handy neben mir ab.

»Wie lange stehst du da schon?«, fragte ich etwas neben der Spur. Mein Herz polterte ungewöhnlich schnell. »Das … du … ich meinte nur.« Mein Mund wollte keine zusammenhängenden Sätze formen.

Aidans Mundwinkel hob sich. »Mach dir nicht so viele

Gedanken. Lass das Leben einfach mal auf dich zukommen.«

»Tut mir leid«, murmelte ich. »Du musst mich für einen furchtbaren Menschen halten.«

Er lachte und trat näher. Als er neben mir angekommen war, setzte er sich ebenfalls. Die Beine ließ er über den Felsvorsprung baumeln und drückte die Hände in den Stein hinter sich. »Tu ich nicht. Ob du es glaubst oder nicht, ich verstehe das. Ich bin sicher nicht mit der Intention hergekommen, eine Frau kennenzulernen. Ich habe dir schon einmal gesagt, dass mir die Zeit fehlt, Freundschaften zu pflegen. Eine Beziehung würde da noch weniger funktionieren.«

Im Grunde gab er nur das wieder, was ich eben auch Holly am Telefon gesagt hatte. Trotzdem trafen mich seine Worte und gruben sich in mein Herz wie kleine Messerstiche. Tief im Inneren hatte ich mir von ihm eine andere Antwort gewünscht. Es kostete mich die größte Mühe, mir meine Enttäuschung nicht anmerken zu lassen.

»Warum bist du dann hier?«, fragte ich, um das Thema zu wechseln und die peinliche Stille zu überbrücken. Fragend legte er den Kopf schief. »Irgendeinen Grund musst du doch haben, allein an einem solchen Trip teilzunehmen. Obwohl du nicht unbedingt der größte Naturfan zu sein scheinst.«

Verschiedene Emotionen spiegelten sich in seinen Augen. Grüblerische Falten überzogen seine Stirn, dann räusperte er sich und zuckte mit den Schultern. »Ich wollte einfach mal was Neues ausprobieren.«

Für diese Antwort hatte er meiner Meinung nach zu lange gebraucht. »Das ist alles?«

»Ja.« Dieses Mal kam es wie aus der Pistole geschossen. Da war etwas, das Aidan verschwieg, dessen war ich mir sicher. Aber wenn er nicht mit mir darüber sprechen wollte, dann brachte es auch nichts, ihn zu drängen. Es war nicht meine Angelegenheit, und da wir ziemlich einvernehmlich entschieden hatten, uns nach diesem Trip nicht wiederzusehen, konnte es mir auch egal sein. »Bist du schon weitergekommen?«, fragte er irgendwann. »Mit deiner Liste an möglichen Berufswegen?«

»Nicht wirklich«, gestand ich. »Aber deine Vorschläge waren gar nicht so verkehrt. Nur weiß ich noch nicht, inwiefern sich das verwirklichen lässt. Meine Miete zahlt sich schließlich nicht von selbst, und Los Angeles ist ziemlich teuer.«

Aidan nickte. »Verstehe. Du wirst deinen Weg finden, da bin ich mir sicher.« Er legte sich auf den Rücken und verschränkte die Arme unter dem Kopf. Dann schloss er die Augen.

»Willst du hier oben schlafen?«, fragte ich lachend.

»Wieso nicht? Es ist schön hier.« Auch während er sprach, öffnete er die Augen nicht.

Ich warf einen Blick nach unten. Der Felsen war nicht sonderlich hoch. Würde man fallen, landete man nur im See. Trotzdem machte mich schon der Gedanke daran nervös, so nah an einem Vorsprung einzuschlafen.

Finger legten sich um mein noch leicht schmerzendes Handgelenk. Ich schaute zu Aidan, der ein Auge öffnete und grinste. »Komm her.« Er zog so stark an meinem Arm, dass mir nichts anderes übrig blieb, als näher an ihn heranzurutschen. Mit der anderen Hand klopfte er auf seine Schulter. »Einfach hinlegen und schlafen.«

»Du willst, dass ich mich an dich herankuschle und neben dir im Freien schlafe?«, fragte ich ungläubig.

»Wie war das? Zehn Tage die Zeit genießen und dann wieder getrennte Wege gehen? Also sollten wir diese Zeit nutzen. Es sei denn, du hast es dir anders überlegt.« Ein herausfordernder Ausdruck legte sich auf sein Gesicht.

Er hatte recht. Das waren meine Worte gewesen. Zwar hatte ich mir unter Spaß und Zeit genießen ein bisschen etwas anderes vorgestellt, aber wann hatte man schon die Gelegenheit, unter dem Vollmond an einem Wasserfall zu schlafen?

Aidan streckte den Arm von sich, sodass ich meinen Kopf an seine Schulter schmiegen konnte. Ich drehte mich auf die Seite und legte meine Hand auf seine Brust, in der ich sein schnell schlagendes Herz spürte. Ein Lächeln zeichnete sich auf meinen Lippen ab. Das letzte Mal, dass ich an einen Mann gekuschelt dagelegen hatte, war lange her. Ich hatte vergessen, wie schön das war.

Mit dem Duft von Sandelholz in der Nase und dem Rauschen des Wasserfalls driftete ich schnell in einen unglaublich erholsamen Schlaf ab.

Kapitel 17

»Ich weiß ja nicht, ob das sonderlich bequem ist.« Ein Schatten ragte über mir auf. Mehrmals blinzelte ich, wusste aber noch immer nicht, wo genau ich mich befand.

Finja stemmte die Hände auf die Oberschenkel. Ihre wachen blauen Augen musterten mich amüsiert. Sie streckte die Hand nach mir aus. Vermutlich, um mir aufzuhelfen, doch ich war noch zu kraftlos.

Schlagartig fiel mir wieder ein, dass Aidan und ich auf dem Felsvorsprung eingeschlafen waren. Ich richtete mich auf und betrachtete ihn. Er atmete gleichmäßig und erweckte nicht den Anschein, heute noch aufstehen zu wollen. Als ich ihm die Haare aus dem Gesicht strich, rümpfte er die Nase, und sein Kopf zuckte. Grinsend pustete ich ihm gegen die Wange, woraufhin er wie von einer Tarantel gestochen hochschreckte.

»Auch endlich wach, Dornröschen?«, fragte Finja lachend. »George und Leah haben sich Sorgen gemacht. Sie dachten, ihr wärt einfach schon wieder verschwunden.«

»Mhm«, machte Aidan und rieb sich mit dem Handrücken über die Augen. So verschlafen sah er viel jünger aus als Mitte zwanzig.

Ich ergriff die Hand, die Finja mir noch immer entgegenstreckte, und ließ mir von ihr aufhelfen. Jeder

Wirbel in meinem Rücken knackte, sodass selbst ich angewidert den Mund verzog. Trotz des eher harten Untergrunds musste ich mir eingestehen, dass ich lange nicht so ruhig geschlafen hatte.

»Das Knacken klingt alles andere als gesund«, sagte Finja. Ich wartete darauf, dass sie einen unnützen Fakt zu dem Thema aus dem Ärmel schüttelte, aber allem Anschein nach hatte sie ausnahmsweise nichts parat.

Aidan schaffte es gerade so, allein aufzustehen und sich den Dreck von der Kleidung zu klopfen. Seine Haare waren zerzaust, was ihm einen wilden Touch verlieh. Dadurch fügte er sich perfekt in die Umgebung ein. Als er mich anschaute, lächelten wir beide.

»Könnt ihr bitte aufhören, euch so anzuglotzen? Oder wollt ihr, dass ich vom Zusehen Diabetes kriege?« Finja machte ein würgendes Geräusch. »Das ist ja nicht auszuhalten.«

Kopfschüttelnd stieß ich ihr leicht gegen den Oberarm und hoffte, dass man mir meine Verlegenheit nicht ansah.

Die anderen hatten ihr Nachtlager bereits wieder zusammengepackt. In der Höhle war es erstaunlich frisch. Zum Glück hatten wir draußen geschlafen, dort war die Luft wenigstens noch aufgewärmt gewesen.

»Schön, dass ihr euch nicht schon wieder verlaufen habt.« George rollte seine Isomatte zusammen und befestigte sie oberhalb seines Rucksacks mit zwei Gurten, die er ordentlich festzog. Mit dem Handrücken wischte er sich den Schweiß von der Stirn, als er sich wieder aufrichtete. »Aber sagt nächstes Mal bitte Bescheid, damit wir wissen, wo ihr euch rumtreibt, okay?«

»Ja, natürlich. Tut mir leid, das war gar nicht geplant.«

George grinste, wodurch sich kleine Fältchen an seinen Augenwinkeln abzeichneten. »Leah und ich schlafen auch gern unter freiem Himmel. Und besonders dieser Wasserfall lädt regelrecht dazu ein. Man fühlt sich wie auf einem anderen Planeten.« Damit hatte er meine Gedanken ziemlich genau auf den Punkt gebracht.

»Gerätst du wieder ins Schwärmen?« Leah schlang die Arme um George und gab ihm einen Schmatzer auf die Wange. »Vergiss nicht, in ein paar Monaten müssen wir gehen.«

Das Grinsen auf Georges Gesicht verschwand, und seine Züge verhärteten sich.

»Wohin werdet ihr gehen?«, fragte ich interessiert. Ich konnte mir nicht vorstellen, wie es war, wenn man von jetzt auf gleich aus seiner gewohnten Umgebung gerissen wurde und sich einen anderen Ort suchen musste, an dem man seine Zukunft verbringen konnte.

»Meine Familie besitzt ein kleines Cottage in Schottland«, erklärte Leah. Im Gegensatz zu George strahlte sie förmlich. »Es ist schön dort. Sehr ruhig und ländlich. Ein kleines Dorf, in dem jeder jeden kennt. Es ist zwar nicht Jeopardy Island, aber ein Ort, an dem man sich niederlassen kann.«

George schnaubte. Er war von dem Cottage wohl nicht sonderlich begeistert.

»Das klingt himmlisch«, sagte ich wahrheitsgemäß. Lange hatte ich geglaubt, dass ich den Trubel der Großstadt brauchte, um in der Anonymität unterzugehen. Aber allmählich gewöhnte ich mich an die Stille und daran, die Natur auf mich wirken zu lassen. All der Kummer und all die Sorgen, die ich sonst mit mir herumschleppte, schienen an einem solchen Ort in weite Ferne zu rücken. Sie schienen plötzlich nicht mehr wichtig zu sein. Hier konnte man seinen Gedanken freien Lauf lassen und das Leben in vollen Zügen auskosten. So stellte ich es mir in einem ländlichen Cottage ebenfalls vor.

Leah nickte eifrig. »Wir sind auch wirklich froh darüber, dass meine Eltern uns das Haus vermacht haben. Nicht wahr, Schatz?«

George schluckte und versuchte sich an einem Lächeln, das seine Augen aber nicht erreichte. »Ja, natürlich.« Es fiel ihm unglaublich schwer, Jeopardy Island zu verlassen. Das sah man ihm deutlich an.

Ich entschuldigte mich bei den Baxters und packte meine Sachen zusammen. Für ein Frühstück blieb leider keine Zeit mehr, da Aidan und ich verschlafen hatten. Deshalb holte ich bloß eine Scheibe mittlerweile komplett trockenes Brot hervor und schob sie mir zwischen die Zähne.

George und Leah warteten, bis jeder von uns fertig war. Mir fiel auf, dass Leah ein zusammengefaltetes Blatt Papier unter den Arm geklemmt hatte, das sie nun hervorholte. Zum Vorschein kam eine große Karte der Insel. Sie legte sie vor sich auf den Boden und deutete darauf. »Wer kann mir sagen, wo wir uns befinden?«

Ich schluckte schwer. Peinlicherweise hatte ich mich in den vergangenen Tagen zu einhundert Prozent darauf verlassen, dass George und Leah uns schon den richtigen Weg entlangführen würden. Dass es sich hierbei um einen Survival-Trip handelte, hatte ich in den hintersten Winkel meines Kopfes verdrängt. Zum Überleben in der Wildnis gehörte, dass man sich orientierte. Hätten wir Schulnoten erhalten, hätte ich ein großes *F* gestempelt bekommen.

»Hier.« Esha beugte sich über die Karte und deutete auf einen dunkleren Fleck in einer nordwestlichen Region, der in einem dichten Waldgebiet eingezeichnet war. Dann fuhr sie mit dem Zeigefinger eine dünne Linie entlang. »Von hier sind wir gekommen. Dann durch dieses Gebiet gelaufen.« Sie tippte mehrmals auf eine dickere Linie. »Und das ist der Fluss, den wir entlanggefahren sind.«

Leah klatschte in die Hände. »Ausgezeichnet.« Dann schaute sie mit gekräuselten Mundwinkeln hoch. »Hoffentlich geht ihr anderen nicht verloren.«

»Bei jeder Tour fragen wir nach der ersten Hälfte des Trips, wo wir uns befinden. Interessanterweise kennt fast nie jemand die Antwort.« George lachte. »Ihr dürft euch nicht zu sehr auf uns verlassen. Schärft eure Sinne, achtet auf euch und eure Umgebung, damit ihr immer einen Weg nach Hause findet.«

»Aber ansonsten schlagt ihr euch ganz hervorragend«, ergriff Leah wieder das Wort. »Nach anfänglichen Schwierigkeiten ...«, sie schaute zu Aidan und mir, ehe sie den Blick weiter zu Finja und Laurin wandern ließ, »... habt ihr euch ganz toll integriert und angepasst. Das ist eine großartige Leistung. Weiter so!«

Mir war Lob schon immer unangenehm gewesen. Aber dass selbst Aidan sich peinlich berührt den Hinterkopf kratzte, wunderte mich doch. Es war niedlich anzusehen und ließ mein Herz Purzelbäume schlagen. Ich musste mich gedanklich selbst ermahnen, dass das hier nichts weiter als ein Urlaubsflirt war. Wenn ich diese Worte wie ein Mantra wiederholte, würden sie sich früher oder später hoffentlich eingeprägt haben.

»Wie ihr bereits gelernt habt, herrschen auf Jeopardy

Island ähnliche klimatische Bedingungen wie auf Sri Lanka.« Georges Stimme hallte von den hohen Wänden der Höhle wider. »Der Großteil unserer Tour findet im südöstlichen Teil der Insel statt. Das liegt daran, dass im Norden die trockenen Steppen liegen. Die dort vorherrschende Flora und Fauna ist atemberaubend. Wenn ihr glaubt, dass der Dschungel bereits das Paradies auf Erden ist, werdet ihr noch ordentlich ins Staunen geraten.«

Leah lachte und hakte sich bei George unter. »Aber wir werden diese Region aus Respekt den Tieren gegenüber nicht betreten. Der Survival-Trip beschränkt sich auf das Dschungelgebiet.« Ein Raunen ging durch die Menge. »Nicht traurig sein. Wir werden trotz allem einiges zu sehen bekommen. Haltet eure Ferngläser und Kameras also besser griffbereit!«

Ehe ich es zurückhalten konnte, entfuhr mir ein aufgeregtes Quietschen. Anstatt in Panik zu verfallen, dass diese Information nicht im Tagesplan gelistet war, freute ich mich über die Neuigkeit.

»Aber jetzt wird sich einiges ändern.« George hielt sich die geballte Faust vor den Mund und räusperte sich. Dann deutete er auf die noch immer entfaltete Karte auf dem Boden. »Wir möchten natürlich eure Überlebensfertigkeiten auf die Probe stellen, weshalb wir ab heute immer einem Paar die Führung überlassen werden. Zehn Tage haben wir noch vor uns, also wird keiner von euch drum herum kommen.«

Nun rutschte mir das Herz in die Hose. Eigentlich war es nicht verwunderlich. Immerhin hatten wir uns in den letzten Tagen wirklich stark auf George und Leah ausgeruht. Zwar mussten wir uns selbst essbare Pflanzen und Obst sammeln, und auch für seine Wasservorräte war jeder selbst verantwortlich, aber es gab schließlich noch weitaus mehr Dinge, auf die es ankam.

Einerseits freute ich mich über diese Aufgabe, die mich sicher an meine Grenzen bringen würde. Andererseits hatten Aidan und ich es mittlerweile mehr als einmal geschafft, von der Gruppe abzukommen oder uns zu verlaufen. Es war also nicht gerade unwahrscheinlich, dass wir alle im Dschungel sterben würden, wenn wir die Führung übernahmen.

»Esha und Ravi, ihr seid zuerst an der Reihe.«

Ohne zu zögern, bückte Esha sich nach der Karte und presste sie sich an die Brust. Ihr Mann legte ihr die Hand auf den unteren Rücken und nickte lächelnd. Die Art und Weise, wie er sie anschaute, war herzallerliebst. Eigentlich sollte Finja eher bei diesem Anblick Diabetes bekommen.

»Folgt mir«, sagte Esha. Schnurstracks lief sie an den Baxters vorbei zum Höhlenausgang.

Das ließ sich keiner von uns zweimal sagen. Denn auch wenn sie einen halben Kopf kleiner war als ich – und ich glänzte mit meinen knapp ein Meter siebzig schon nicht unbedingt –, hatte sie doch etwas Angsteinflößendes an sich. Sie würde sicher wie schon George im Basistraining den Drill Sergeant heraushängen lassen, sollten wir nicht gehorchen. Daher schwang ich mir schnell den Rucksack auf die Schultern, schloss den Hüftgurt und setzte mich neben Finja in Bewegung.

Ich erwischte mich dabei, wie ich den Blick umherwandern ließ und nach Aidan Ausschau hielt. Das war ziemlich erbärmlich. Ich war nicht hier, um mich von einem Mann um den Finger wickeln zu lassen und mich von ihm abhängig zu machen. Deshalb war ich Finja dankbar, als sie sich bei mir unterhakte und Richtung Höhlenausgang führte.

Der Weg war relativ schmal. Es handelte sich um einen steinernen Pfad, der sich direkt hinter dem Wasserfall an der Felswand entlangschlängelte. Ein leichter Sprühnebel rieselte auf uns nieder. Instinktiv schüttelte ich mich, als ein wenig Feuchtigkeit mir den Nacken kitzelte und in mein T-Shirt drang. Vorsichtig setzte ich einen Fuß vor den anderen. Da der Stein nass war, glich der Weg einer Schlitterpartie, doch wir kamen glücklicherweise sicher auf der anderen Seite an.

Esha war ziemlich schnell. Kaum hatten wir den Wasserfall hinter uns gelassen, steuerte sie bereits den Dschungel an und verschwand zwischen den Pflanzen.

Mit dem Jagdmesser zwischen den Fingern schnitt sie einige Äste durch, die uns den Weg versperrten. Wann immer sie ausholte, stieß sie einen so kämpferischen Laut aus, dass es mich wunderte, dass sie sich noch keinen Matsch als Tarnung ins Gesicht geschmiert hatte. Ich wusste nicht, wem sie hier etwas beweisen wollte, aber sie nahm das Ganze auf jeden Fall unglaublich ernst. Was einerseits beeindruckend, andererseits etwas beängstigend war.

Wir liefen einen sehr überwucherten und naturbelassenen Weg entlang. Im Gegensatz zu den Pfaden im Tieflandregenwald standen die Bäume und Pflanzen hier nicht mehr ganz so licht, was das Durchkommen erschwerte. Mehrfach drehte ich mich nach George und Leah um. Aus ihren Gesichtern war aber nicht abzulesen, ob wir wirklich richtig waren. Doch sollten Esha und Ravi uns in eine verkehrte Richtung führen, würden die Baxters uns das rechtzeitig mitteilen, oder? Wobei sie so aussahen, als würden sie nicht wirklich darauf achten, wohin wir gingen, sondern sich voll und ganz auf Eshas Fähigkeiten verlassen. Diese ließ nicht mal ihrem Mann die Chance, einen Blick auf die Karte zu werfen, sondern nahm die Zügel allein in die Hand.

»Wusstest du, dass der Herzschlag und die Atmung von Paaren synchronisiert sind, selbst wenn sie mehrere Meter voneinander entfernt sind?« Finja schob einen mit Dornen übersäten Ast beiseite und ließ mir den Vortritt.

Ich legte die Stirn in Falten und duckte mich unter dem Geäst hinweg. »Das kann ich mir nicht vorstellen.«

»Es ist aber wahr.« Sie nickte und kam hinter mir her. »Das haben Wissenschaftler an der University of California festgestellt. Ziemlich skurril, oder? Dass Verliebtsein die Sinne benebelt, weiß man ja, aber dass es den Herzschlag beeinflusst? Ob Aidan und du jetzt auch synchron atmet?«

Kopfschüttelnd kletterte ich über eine hervorstehende Wurzel und half Finja, ebenfalls drüberzusteigen. Sie blieb mit dem Schuh hängen, doch ich fing sie auf, bevor sie unsanft im Gestrüpp landen konnte. »Wie kommst du denn auf so etwas?«

»Na ja, ich dachte, ihr seid jetzt …«

Schnell schnitt ich ihr das Wort ab. »Nein. Da ist nichts. Wirklich nicht.«

»Ihr habt Bakterien ausgetauscht.«

»Musst du das immer so sagen? Das klingt ziemlich ekelhaft.« Mich schüttelte es bei dem Gedanken daran.

»Aber es ist die Wahrheit.« Finja zuckte mit den Schultern. »Umso besser. Irgendwas stimmt nicht mit ihm.«

Fragend zog ich die Brauen zusammen. Dann senkte ich die Stimme, da ich nicht wollte, dass Aidan uns hörte. Er lief zwar weit genug hinter uns, doch sicher war sicher. »Was meinst du?«

Finja schob ihren Kopf näher an mich heran, sodass einzelne ihrer abstehenden Haare mich im Gesicht kitzelten. »Ist dir nicht aufgefallen, wie oft er mal kurz im Wald verschwindet? Und beim Basistraining war er abends auch nie mit uns am Lagerfeuer.«

»Er ist lieber allein, weil er liest und zeichnet«, erklärte ich Finja schulterzuckend.

»Glaubst du echt, das ist alles?«

»Keine Ahnung«, antwortete ich ehrlich. »Manchmal ist es schon seltsam, wie schnell er von einem Thema ablenkt, aber vielleicht möchte er einfach nicht mit Fremden über sein Privatleben reden. Das kann ich gut nachvollziehen, ich spreche auch nicht mit jedem über alles.«

»Hmm, das kann sein. Und warum kommt er andauernd aus den Büschen gelaufen? Was macht er da immer?«

»Pinkeln?« Wieder zuckte ich mit den Schultern. »Oder er hat Verdauungsprobleme, weil ihm das Essen nicht so bekommt.«

»Und ich bin eklig, weil ich von Bakterienstämmen im Mundraum rede, ist klar.« Finja lachte und schüttelte den Kopf. »Okay, ich gebe mich geschlagen. Trotzdem hoffe ich, dass du auf dich achtgibst. Ich mag dich, Kim, und ich möchte nicht, dass du verletzt wirst.«

Meine Mundwinkel hoben sich wie von selbst. Ich war immer der Meinung gewesen, dass ich bis auf Holly niemanden in meinem Leben brauchte. Trotzdem hatte ich Finja binnen weniger Wochen unglaublich ins Herz geschlossen. Ich wusste schon jetzt, dass mir der Abschied von ihr extrem schwerfallen würde. Schnell blinzelte ich die Tränen fort, die kurz davor waren, sich ihren Weg aus meinen Augenwinkeln zu bahnen. Das hier war nicht der richtige Zeitpunkt für Gefühlsduseleien. Wir hatten schließlich noch zehn Tage.

»Danke«, hauchte ich. »Das weiß ich zu schätzen.«

»Ach, ist doch selbstverständlich.« Finja hakte sich wieder bei mir unter und zerrte mich hinter den Webers her. Dass sie daraufhin weiter wie ein Wasserfall redete, erleichterte mich. Denn es ließ mich die trüben Gedanken von eben vergessen.

Kapitel 18

Weil Esha uns so angetrieben hatte, erreichten wir unser Ziel eine Stunde früher als geplant. Ich war vollkommen außer Atem, hatte Seitenstechen und der Schweiß rann mein Gesicht hinunter und verklebte mir die Wimpern.

Eine gefühlte Ewigkeit hatten wir bergauf gehen müssen. Zwar war es nicht sonderlich steil gewesen, und es hatte nur wenige Steine und anderes Geröll gegeben, das uns den Weg versperrte, trotzdem fühlte ich mich jetzt, als hätte ich eine neue Bestleistung beim Marathon aufgestellt.

Immerhin würden wir dafür gleich schon unser Nachtlager aufschlagen und die Beine hochlegen können. Meine Wasservorräte hatte ich glücklicherweise vorhin aufgefüllt, und auch Jackfrucht und Bananen hatte ich noch im Rucksack. Das Brot war zwar kaum noch genießbar und stellenweise steinhart, aber auch das würde zur Not gehen. Verhungern musste ich also nicht.

Ayu und Satoshi hatten Finja und mich mittlerweile überholt. Wie wild knipste sie wieder Fotos – das war's dann wohl mit den weisen Worten ihres Mannes.

»Beeilt euch!«, rief Esha, die mit Ravi in der Zwischenzeit den höchsten Punkt des breiten Bergs erreicht hatte. Doch ich war nicht in der Lage, noch schneller zu laufen. Meine Beine waren bereits bleischwer und zogen meinen

Körper bei jedem Schritt hinunter. Wann immer ich Luft holte, klang ich wie eine sterbende Katze. Nur standen mir leider keine sieben Leben zur Verfügung.

»Wir schaffen das«, röchelte Finja neben mir schwer. Dann griff sie nach meinem Unterarm und zog mich hinter sich her. Am liebsten hätte ich mich fallen gelassen und mich von ihr schleifen lassen, aber das konnte ich ihr nicht antun.

Ein letzter großer Felsbrocken versperrte uns den Weg. Mit aller Kraft zogen wir uns nacheinander daran hoch. Ich stützte mich mit den Händen ab, meine Arme waren so kraftlos, dass sie zitterten. Jedoch kam ich ohne weitere Zwischenfälle oben an.

Aufgeregt sprang Esha auf und ab, ihre schwarzen Haare hüpften ebenfalls wie Korkenzieher. Wie wild winkte sie uns alle heran. Ihre Kleidung war zerrissen und komplett eingesaut, aber das schien sie nicht die Bohne zu interessieren. Stattdessen schaute sie zwischen uns und dem, was hinter ihr lag, hin und her.

Zugegebenermaßen war ihre Aufregung ansteckend. Ich spürte, dass auch mein Herzschlag sich beschleunigte und das Adrenalin durch meinen Körper pumpte – ihm zu neuer Kraft verhalf. Breit grinsend ging ich mit angezogenem Tempo die letzten Meter auf das Plateau zu.

Die Sonne stand hoch am wolkenlosen Himmel, der in einem so satten Blau erstrahlte, wie es sonst nur der Ozean konnte. Ich schirmte mein Gesicht ab und drehte den Kopf.

Mir fiel die Kinnlade herunter, mein Herz polterte unbeständiger als noch vor einer Minute, und ich spürte ein nervöses Kribbeln.

Wir befanden uns auf einem mindestens einhundert Meter hohen Berg, der den Norden und den Süden voneinander zu trennen schien. Während unsere Reise uns bisher durch ein feuchtwarmes Dschungelgebiet geführt hatte, erstreckte sich dort unten eine weitläufige Steppe, in deren Zentrum ein riesiges Wasserloch zu finden war.

Adler streckten ihre Flügel von sich, zogen schreiend Kreise in der Luft. Als wenn das nicht schön genug gewesen wäre, stand eine Elefantenherde inmitten des Schauspiels. Sie tauchten ihre Rüssel ins Wasser und schleuderten sie über ihre Köpfe. Ich stellte mir vor, wie die einzelnen Tropfen in der Sonne funkelten und sich wie ein Schleier aus Abertausenden Diamanten über ihre ledrigen Körper legten.

Mit zittrigen Fingern holte ich mein Handy hervor, um den Anblick einzufangen. Aber ich wusste, dass kein Bild der Welt in der Lage war, diese Schönheit der Natur so wiederzugeben, wie ich sie vor mir sah.

»Was wird mit den Tieren passieren, die hier im Norden leben?«, fragte Laurin. Fasziniert blickte auch er hinunter zum Wasserloch.

»Sie werden vorerst bleiben«, erklärte George. »Es gibt bisher keine Pläne, auch diese Region in ein Resort zu verwandeln. Man kann also nur hoffen, dass die Hotelgäste den Tieren genügend Respekt erweisen werden oder dass man gewisse Vorkehrungen treffen wird.«

Ich musste daran denken, was Holly mir erzählt hatte. Bezüglich der Wildtiere, die aus Asien und Afrika in die Vereinigten Staaten eingeflogen und zur Jagd freigegeben wurden. In mir keimte neben Wut weiterhin die Sorge auf, dass der neue Besitzer genau das mit diesen Tieren tun würde. Um aus ihrem Leiden ebenfalls Profit zu schlagen. Schließlich war es doch das, was solche Menschen wollten – Geld und noch mehr Geld.

»Wir schlagen unser Lager hier auf.« Leah klatschte in die Hände. Ich legte meinen Rucksack ab und setzte mich im Schneidersitz auf den Boden. Noch eine Weile beobachtete ich die Elefanten in ihrer natürlichen Umgebung. Ich wünschte mir nichts sehnlicher, als dass man ihnen diesen Ort nicht nehmen würde. Sie sollten in Frieden leben dürfen. Es zerriss mir das Herz, dass Menschen in ihr Territorium eindringen und es womöglich zerstören wollten. Wie musste ein Tier sich dabei fühlen? Verunsichert, ängstlich, nicht wissend, was geschah.

Ich biss die Zähne aufeinander. Mein Kiefer mahlte. Es war schwierig, sich nicht darüber den Kopf zu zerbrechen, wenn das Leiden direkt vor der eigenen Nase passierte. Natürlich konnte man die Augen vor der Wirklichkeit verschließen, so wie Aidan es am liebsten tat. Aber ich konnte das nicht. Unzählige Gefühle tobten in meinem Inneren und wollten rausgelassen werden. Deshalb holte ich mein Journal aus dem Rucksack und öffnete es.

Mittlerweile waren viele Seiten gefüllt. Nicht nur mit Worten, sondern auch mit Skizzen, die ich an den Rand gezeichnet hatte. Blätterornamente, Bäume, Blüten, kleine Tiere. Sogar an einem Äffchen hatte ich mich versucht. Ich war keine Künstlerin, aber ich hatte mir Mühe gegeben und dem Ganzen einen persönlichen Touch verliehen.

Mit den Fingerspitzen fuhr ich über die einzelnen Seiten, las die Texte, die ich bereits geschrieben hatte. Den gestrigen Tag musste ich nachtragen. Schon bei dem Gedanken daran flatterten Schmetterlinge wie wild in meinem Bauch. Noch immer spürte ich das Prickeln von Aidans Lippen und das Gefühl von seiner Haut auf meiner.

Nein, das war es nicht, woran ich jetzt denken wollte. Ich übersprang die Seite vorerst und setzte den Fineliner beim heutigen Tag an. Dabei ließ ich die unwichtigen Details des Weges aus und konzentrierte mich stattdessen auf die Gefühle, die der Verkauf der Insel in mir auslöste.

Die Worte flossen aus mir heraus. Und mit jedem Buchstaben wurde ich wütender, sodass ich den Stift viel zu stark aufdrückte und beinahe ein Loch im Papier hinterließ.

Eine Hand legte sich auf meine Schulter. Ich rutschte ab, und eine schwarze Linie erstreckte sich quer über die Seite. »Was soll der Mist?«, schrie ich und betrachtete das Malheur. Da hatte ich mir so eine Mühe gegeben, das Journal ordentlich zu pflegen, und dann das.

»Entschuldigung, ich wollte dich nicht erschrecken«, ertönte Aidans raue Stimme hinter mir. Er übte sanften Druck auf meine Schulter aus. Erst dadurch bemerkte ich, wie verkrampft ich die ganze Zeit dagesessen hatte.

Seufzend schob ich die Kappe auf den Stift und schloss das Journal. »Schon okay.«

»Du sahst so wütend aus. Da dachte ich, ich schaue mal nach, ob es dir gut geht.«

»Deine Fürsorge ist ja sehr schmeichelhaft, aber nicht nötig«, schnappte ich. Meine Wut galt nicht Aidan, und er hatte es nicht verdient, dass ich sie an ihm ausließ. Daher fasste ich mir ein Herz und entschuldigte mich. »Sorry, es ist nur alles so frustrierend.«

Er ließ sich neben mich auf den Boden gleiten und zog die Knie an. Das dunkle Shirt, das er vorhin noch getragen hatte, hatte er gegen ein beiges ausgetauscht. »Was genau meinst du?«

»Darüber möchtest du nicht reden.«

»Versuch es.« Aidan legte den Kopf auf die Knie und schaute mich an. Ein neugieriges Funkeln lag in seinen Augen. Doch ich wusste, dass das kein Thema für ihn war.

»Es geht nur wieder um die Insel.«

»Verstehe.« Er wandte den Blick ab und ließ ihn über das Wasserloch wandern. »Du machst dir Gedanken darüber, was mit ihnen passiert?«

»Auch«, gestand ich. »Es gibt so viel Leid auf dieser Welt. Ich verstehe einfach nicht, wieso man es noch schlimmer macht, anstatt die Natur Natur sein zu lassen. Ergibt das Sinn?«

Eine Weile schwieg Aidan. So lange, dass ich schon das Gefühl hatte, er hätte meine Frage nicht verstanden. Dann nickte er jedoch. »Ja, das ergibt Sinn. Aber …«

»… wir können nichts daran ändern«, beendete ich seinen Satz. »Ich weiß.«

»Es tut mir leid, Kim, ehrlich.«

»Du kannst auch nichts dafür.« Ich presste mein Journal an die Brust und atmete tief durch. Nicht mehr lange und ich würde wieder die verschmutzte Großstadtluft einatmen müssen. Erst an einem Ort wie diesem lernte man, den frischen Sauerstoff wirklich zu schätzen. Ich hatte das Gefühl, dass die Waldluft meine Lunge förmlich reinigte.

»Ich wünschte, ich könnte das alles mit deinen Augen sehen.« Aidan schaute noch immer zu den Elefanten, seine Stimme klang sehnsuchtsvoll.

»Das wirst du sicher. Lass dich einfach voll und ganz darauf ein. Schalte den Kopf aus und gib dich der Umgebung hin.«

Aidans Mundwinkel zuckten. »Ich werde es versuchen. Zumindest liebe ich deine Begeisterungsfähigkeit. Sie ist irgendwie ansteckend.«

»Das freut mich«, entgegnete ich wahrheitsgemäß. »Ich hoffe, dass auch andere das so sehen werden. Mir ist nämlich klar geworden, dass du recht hast.« Mit den Fingern strich ich über den Einband meines Journals. »Ich sollte diesen Weg einschlagen. Versuchen, mit meinen Worten etwas zu bewegen. Und sollte ich nur eine Handvoll Menschen erreichen, habe ich schon gewonnen.«

Aidan legte seine Hand auf meine. »Das freut mich sehr für dich. Das meine ich ernst.«

Ich lächelte. »Danke. Auch für den Anstupser.« Zwar hatte ich noch keine konkreten Pläne, aber es war eine Erleichterung, schon mal die ungefähre Richtung zu kennen. Als Journalistin hatte ich so viel Macht und diese sollte ich nutzen, um Gutes zu tun. Wieso sollte ich über Klatsch und Tratsch von irgendwelchen Prominenten berichten, wenn ich das geschriebene Wort dazu gebrauchen konnte, Menschen wahrhaftig zu bewegen?

»Gern. Es freut mich, wenn ich helfen kann.« Aidans Hand ruhte weiterhin auf meiner. Und es fühlte sich gut an. Die Wärme seiner Haut ging auf mich über. Ich hatte erst eine Reise ans andere Ende der Welt und die Worte eines Fremden gebraucht, damit ich die richtige Richtung einschlug. Und auch wenn der Weg anstrengend und schwer werden würde – ich würde ihn gehen. Denn ich war bereit zu kämpfen.

Die Sonne verschwand hinter den Bergen am Horizont und tauchte den Himmel über der Steppe in ein farbenfrohes Meer aus den unterschiedlichsten Rot- und Orangetönen. Die Elefantenherde war bereits weitergezogen, vermutlich, um sich zur Nachtruhe zu begeben, so wie auch wir es bald tun würden.

Ich bückte mich zwischen den Bäumen nach geeigneten Zweigen für ein Lagerfeuer. Einige Feigen waren ebenfalls von den Ästen gefallen. Eine angenehme Abwechslung zum eintönigen Essen der vergangenen Tage. Daher sammelte ich noch ein paar der Früchte auf und balancierte alles zurück zum Plateau.

Finja reihte gerade einige trockene Äste als Unterlage auf und legte anschließend Flechten als Zunder darauf. Damit baute sie ein Glutnest – das war eine der Möglichkeiten, ein Lagerfeuer zu errichten, die wir im Basistraining gelernt hatten.

Sie warf einen kurzen Blick über die Schulter, ehe sie ein Feuerzeug aus ihrer Hosentasche hervorzauberte und damit schnell den Zunder entfachte. Kopfschüttelnd trug ich meine Beute zu ihr. »Du weißt schon, dass wir keine Feuerzeuge verwenden sollen, solange wir andere Hilfsmittel haben?«

Finja legte sich den Zeigefinger an die Lippen. »Psst, sag das nicht so laut. Sonst zwingt George mich, das Feuer noch mal zu machen.«

Nach und nach reichte ich ihr dürre trockene Zweige zum Anfeuern. Das Holz fing Feuer, und die Flammen begannen knisternd zu lodern. Ich hockte mich neben Finja und half ihr dabei, Äste und Scheite pyramidenförmig aufzubauen. Der Geruch von verbranntem Holz stieg mir in die Nase. Ich liebte diesen Duft, da er mich an den Herbst, meine liebste Jahreszeit, erinnerte.

»Was würde ich jetzt für ein paar Marshmallows geben«, seufzte ich leise.

»Oh, ja! Leider habe ich nur noch ein paar von diesen Jackfrucht-Kernen. Die sollen ja angeblich wie Esskastanien schmecken, aber Marshmallows wären viel besser.« Finja wischte sich die aschebeschmutzten Hände an der Hose ab und betrachtete stolz das Lagerfeuer, das wir entfacht hatten. »Sieht doch gut aus, oder?«

Die Pyramide war zwar schon dabei, in sich zusammenzufallen, und wirklich schön sah der Feuerplatz auch nicht aus, aber er würde seinen Zweck erfüllen.

Die anderen hatten sich auf dem kompletten Plateau ausgebreitet – unter den Sternen, zwischen den Bäumen – und machten sich bereits für die Nacht fertig. Obwohl der Weg nach oben so anstrengend gewesen war, fühlte ich mich noch viel zu wach zum Schlafen. Das mochte auch daran liegen, dass die gestrige Nacht die erste seit Längerem gewesen war, die ich durchgeschlafen hatte.

Mittlerweile war die Wut, die vorhin in meinem Inneren gelodert hatte, wieder verpufft. Stattdessen genoss ich das Wunder, das die Welt uns bot.

Finja rollte ihre Isomatte direkt neben dem Lagerfeuer aus und setzte sich darauf. Die Spiegelung in ihren hellen Augen sah wie ein wilder Tanz zwischen Feuer und Eis aus.

»Was wirst du tun, wenn du wieder zu Hause bist?« Mir fiel auf, dass ich erstaunlich wenig über Finja wusste, und das, obwohl wir nun schon fast drei Wochen aufeinanderhockten.

Sie hob den Kopf und lächelte. »Ich werde noch mal studieren.«

»Noch mal?«

Finja nickte. »Ja. Ich habe letztes Jahr meinen Abschluss in International Business gemacht. Eigentlich war der Studiengang nie so ganz mein Fall, aber ich wollte auch nicht so kurz vor Ende noch abbrechen.«

»Das verstehe ich.«

Sie öffnete ihren Rucksack und holte ein Buch hervor, das sie mir reichte. Es war ihr Botanikbuch. »Das möchte ich ab dem nächsten Sommersemester studieren. Einen Nebenjob im Botanischen Garten habe ich schon gefunden. Dort beginne ich kommenden Monat.«

Ich strich über den Einband des Buchs. »Das klingt großartig. Ich drücke dir die Daumen, dass das alles so wird, wie du es dir vorstellst.«

»Danke.« Grinsend überkreuzte sie die Finger.

Zwischen den Bäumen raschelte es. Ich zuckte zusammen. Noch immer hatte ich mich nicht gänzlich an die Geräuschkulisse der Natur gewöhnt. Jeder noch so kleine Mucks erschreckte mich, weil ich dachte, es könnte sich um ein wildes Tier handeln. Aber es waren nur Laurin und Aidan, die ebenfalls mit Zweigen auf den Armen aus dem Wald kamen.

Aidan hatte überall Erde im Gesicht, kleine Blätter hatten sich in seinen Haaren verfangen, und sein T-Shirt war eingerissen.

»Was hast du bitte gemacht?«, fragte ich lachend.

Er pustete sich eine Strähne aus dem Gesicht und ließ den Stapel Zweige nachlässig vor uns auf den Boden fallen.

»Er ist gestolpert«, erklärte Laurin und legte seine Äste deutlich behutsamer ab.

»Wieso ist es auch so verdammt dunkel?« Aidan verschränkte die Arme vor der Brust.

»Weil es spätabends und das da ein Wald ist?«, bot ich an.

»Danke für die Erleuchtung, Watson.« Sein bockiger Tonfall ließ mich schmunzeln. Humpelnd holte Aidan seinen Rucksack und breitete seine Sachen dann schweigend bei uns am Lagerfeuer aus.

Laurin legte derweil einige Zweige nach, ehe auch er sich setzte. Die schmutzigen Hände streckte er dem Feuer entgegen und rieb sie anschließend aneinander.

»Und was wirst du tun, wenn du wieder in Norwegen bist?«, stellte ich Laurin dieselbe Frage wie eben schon Finja. Es schadete schließlich nicht, meine Mitreisenden etwas besser kennenzulernen.

»Ich werde Tourguide«, entgegnete er. »Deswegen wollte ich an diesem Trip teilnehmen. George und Leah sollen die Besten auf diesem Gebiet sein. Und von wem lernen, wenn nicht von den Besten?«

»Interessant.« Ich rutschte etwas näher an ihn heran, da er über das laute Knistern nur schwer zu verstehen war. »Was für Touren möchtest du anbieten?«

»Kanutouren durch die Fjorde könnte ich mir gut vorstellen.« Ein träumerischer Ausdruck legte sich auf sein Gesicht. »Ich würde den Touristen gern das Norwegen zeigen, das ich so liebe.«

»Das klingt schön. Vielleicht kommen meine beste Freundin und ich dann eines Tages vorbei und buchen eine Tour bei dir.«

»Ihr seid herzlich willkommen.« Laurin griff nach einem langen Zweig, der neben ihm lag, und stocherte damit im Feuer herum. Sein strahlendes Lächeln erhellte sein Gesicht. Wir merkten ihm deutlich an, dass er gerade von seiner größten Leidenschaft gesprochen hatte.

Finja holte ein paar Jackfrucht-Kerne aus ihrer Tasche und warf sie in einen Reisetopf, den sie über das Feuer hielt. »Aidan, was machst du eigentlich?«

Er hatte sich eben den gröbsten Dreck aus dem Gesicht gewaschen. Nun lehnte er sich zurück und schob sich ein Stück Obst zwischen die Zähne. »In der Firma meines Dads arbeiten.«

»Und was macht ihr da?«, hakte sie weiter nach.

»Ach, Bürokram. Finanzen, Aktien und so.« Er schob sich ein weiteres Stück in den Mund.

»Wie heißt die Firma?«

»Du stellst aber viele Fragen«, bemerkte er und verzog keine Miene. Weder schaute er genervt noch amüsiert, sondern hatte das perfekte Pokerface.

»Ich zeige lediglich Interesse an meinen Mitmenschen.« Finja zuckte mit den Schultern. »Also?«

»Was?«

»Wie heißt die Firma?«

Aidan atmete tief durch. »Rosario Financials.«

»Sehr innovativ. Ist dir der Name gerade einfach so zugeflogen?«

»Finja«, zischte ich. Dieses Hin und Her wie bei einem Tischtennisturnier war nicht zu ertragen. Ich wusste, dass sie versuchte, ihn auszuquetschen. Aber das war nicht der richtige Ort und auch nicht die richtige Art und Weise.

»Schon okay«, sagte Aidan und lächelte mich an. »Sie ist nun mal neugierig.« Dann wandte er sich wieder Finja zu. »Sonst noch etwas? Möchtest du meine Anschrift, Telefonnummer, Sozialversicherungsnummer?«

Sie legte den Kopf schief, ein Grinsen zeichnete sich auf ihren Lippen ab. »Anschrift genügt fürs Erste.«

Aidan lachte. »Oak Park, Sacramento. Zumindest die meiste Zeit. Ein paar Wochen im Jahr bin ich in Dublin.«

Mein Herz klopfte wie wild. Mein Kopf schnellte in seine Richtung, und ich hob überrascht die Brauen. »Du wohnst in Kalifornien?« Zwischen Sacramento und Los Angeles lagen zwar noch immer vierhundert Meilen, aber aufgrund seines Akzents war ich törichterweise davon ausgegangen, dass er in Irland lebte. Ich war nie auf die Idee gekommen, einfach nachzufragen.

Er lächelte verschmitzt. Die lodernden Flammen des Lagerfeuers ließen seine Augen wie schmelzende Schokolade erscheinen. »Ja. Aber keine Sorge, ich habe nicht vor, deine Pläne durcheinanderzubringen.« Er zwinkerte mir zu, ehe er sich wieder seinem Obst widmete. Doch etwas an seiner Stimmlage irritierte mich. Er klang nicht wie sonst leicht abgehoben, sondern eher verletzt. Als hätten ihn meine an Holly gerichteten Worte doch mehr getroffen, als sie es sollten.

Finja schaute verwirrt zwischen uns beiden hin und

her, stellte allerdings glücklicherweise keine Fragen mehr. Stattdessen erzählte sie ein wenig über ihre Heimat und ihre Familie in Schweden. Von ihren drei älteren Brüdern, die sie immer herausgefordert hatten, was einer der Gründe dafür war, dass sie in allem einen Wettbewerb sah.

Ich hatte mir selten Geschwister gewünscht, aber so wie Finja über ihre Brüder sprach und Aidan über seine Schwestern, stellte ich es mir unglaublich schön vor, nicht allein zu sein. Natürlich gab es auch unter Geschwistern hin und wieder Streitigkeiten. Aber wenn es hart auf hart kam, hatte man jemanden, auf den man sich verlassen konnte.

Als die Nacht über uns hereinbrach, rollte Finja sich zusammen und schlief am Lagerfeuer ein. Laurin hatte es nicht annähernd so lange geschafft und schnarchte bereits seit einer Stunde vor sich hin. Das Lächeln auf seinem Gesicht ließ vermuten, dass er von seinem zukünftigen Leben in Norwegen träumte.

Aidan ging um das Feuer herum und setzte sich neben mich. In seiner Hand hielt er eine dünne karierte Decke. Sie war ausgeblichen und löchrig, hatte eindeutig ihre besten Tage lange hinter sich, doch genau das machte sie so charmant.

»Wo hast du die denn hergezaubert?«, fragte ich amüsiert.

Kleine Grübchen zierten seine Wangen, als er die Mundwinkel hob. »Meine Mutter hat sie mir für die Reise mitgegeben. Damit ich nicht krank werde.«

»Das ist sehr fürsorglich von ihr.«

»So ist sie.« Aidan setzte sich und legte die Decke um

unsere Schultern. Anstatt den Arm zurückzuziehen, legte er ihn mir um die Taille. Als wäre es das Selbstverständlichste auf der Welt, schmiegte ich mich an ihn und beobachtete die knisternden Flammen, die bald verglüht sein würden.

»Wie ist deine Mutter denn so?«

Aidan legte seinen Kopf auf meinem ab. »Sie ist großartig. Eine herzensgute Frau, für die Familie und Heimat alles bedeutet. Sie stammt aus bescheidenen Verhältnissen und ist immer bodenständig geblieben, auch als sie meinen Vater geheiratet hat. Mit aller Kraft versucht sie, uns ihre Werte weiterzugeben – besonders wichtig ist ihr Bescheidenheit. Aber meine Schwestern, allen voran Ciara, gehen zu gern shoppen.« Ein raues Lachen drang aus seiner Kehle. Ich spürte die Vibration in seinem ganzen Körper.

Ich lachte mit. »Wie haben deine Eltern sich kennengelernt?«

Aidan fuhr mir mit der Hand über den Rücken. Eine angenehme Wärme breitete sich auf meiner Haut aus. »Das ist eine Geschichte wie ein Märchen.« Nun wurde ich hellhörig. »Vor etwa sechsundzwanzig Jahren hatte Dad noch meine Position in der Firma, und meine Mutter war dort als Reinigungskraft tätig. Als er an einem Nachmittag am Ende ihrer Schicht über ihren Wagen gestolpert ist, sind die Flaschen heruntergefallen, und die kompletten Putzsachen haben sich über den Boden verteilt. Ohne an die Konsequenzen zu denken, hat sie ihn angeschrien und gesagt, er solle das selbst wegwischen.«

Ich erstickte mein Lachen mit der Hand. »Hat er sie daraufhin gefeuert?«

Aidan schüttelte lachend den Kopf. »Nein, er hat sich mehrfach bei ihr entschuldigt und den Boden geschrubbt. Ihr Temperament hatte ihn beeindruckt – kein Wunder, dass er ihr verfallen ist.«

Ich hörte Aidan unglaublich gern dabei zu, wie er von seiner Familie sprach. Aus jedem seiner Worte war deutlich herauszuhören, wie viel sie ihm bedeuteten. »Und dann?«

»Sie hat ihn ganz schön lange zappeln lassen«, antwortete er noch immer lachend. »Aber irgendwann hat er sie erobert und nach wenigen Wochen bereits geheiratet. Kurze Zeit später haben sie mit mir ihr erstes gemeinsames Kind bekommen.«

»Das klingt wirklich zu schön, um wahr zu sein«, seufzte ich. »Die Chance, eine solche Liebesgeschichte zu erfahren, steht eins zu einer Million.«

»Das stimmt. Doch manchmal gibt es einfach diese Verbindung zwischen zwei Menschen, die sich nicht erklären lässt. Sie ist einfach da, und daraus entstehen die schönsten Geschichten des Lebens.« Er legte die Lippen sanft an meinen Scheitel und zog mich noch etwas näher an sich.

Ein Kloß setzte sich in meiner Kehle fest, und es fiel mir schwer, die Fassung zu bewahren. Wie konnte ein Mensch nur einerseits so rau und undurchschaubar und andererseits so sensibel und romantisch sein? »Und glaubst du, du wirst eine Geschichte wie deine Eltern erleben?«

Dass er schwer schluckte, spürte ich anhand seines hervortretenden Adamsapfels. »Ich weiß es nicht.« Sein Blick glitt zum Feuer, und ein nachdenklicher Ausdruck legte sich auf seine Züge. »Aber ich hoffe es. Wie war das mit deinen Eltern?«

Das war ein eleganter Themenwechsel. »Nicht annähernd so romantisch«, sagte ich. »Sie haben sich im Jurastudium kennengelernt und ein paar Jahre gedatet, ehe sie geheiratet haben. Dann haben sie eine Kanzlei gegründet, und irgendwann war ich – ihre einzige Tochter – da.«

»Das ist doch auch schön.«

»Na ja. Manchmal wünschte ich mir schon etwas anderes für meine Familie und mich. Aber wir haben nur dieses eine Leben, und daraus müssen wir das Beste machen.«

»Und das tust du.«

»Ich versuche es. Trotzdem bin ich etwas neidisch, wenn ich von deinem Familienleben höre.«

»Auch bei mir ist nicht alles perfekt.« Er fuhr sich mit der Zunge über die Lippen. »Mein Dad ist eigensinnig und stur. Mit ihm auszukommen ist nicht leicht. Er arbeitet schwer, um uns ein schönes Leben zu ermöglichen. Und das weiß ich heute auch sehr zu schätzen. Früher hätte ich mir aber gewünscht, er wäre öfter zu Hause gewesen.«

»Wie bei mir.« Ich nickte.

»Wir sind uns doch ähnlicher, als wir hätten erahnen können.« Aidan lachte.

»Tja, wer hätte das gedacht?« Ich grinste. »Vor Kurzem habe ich noch überlegt, ob ich dich einfach die Klippe runterwerfen soll.«

Empört schnappte er nach Luft, dann schüttelte er amüsiert den Kopf und schaute mich an. »Und was willst du jetzt mit mir machen?«

Na, wenn er schon so fragte? Ich ergriff die Initiative, krallte die Finger in seinen Kragen und zog ihn näher an mich. Er schenkte mir ein verwegenes Lächeln.

»Das hier«, hauchte ich an seine Lippen und küsste ihn.

Ganz sacht hob er die Hand und legte sie mir in den Nacken. Im Gegensatz zu unserem Kuss unter dem Wasserfall hatte dieser hier nichts Wildes an sich. Sanft und gefühlvoll bewegten sich unsere Lippen aufeinander, als wollten wir den Moment bis ins Unendliche ausdehnen. Einen Moment, der perfekter nicht hätte sein können.

Kapitel 19

Die verschiedenen Vegetationszonen der Insel faszinierten mich jeden Tag aufs Neue. Nachdem wir der Bergkette, die Norden und Süden voneinander trennte, noch einige Meilen gefolgt waren, gelangten wir in die Hochebene. Diese bestand aus immergrünen Hügeln, so weit das Auge reichte. Tiefe Schluchten, weitläufige Täler, dazwischen atemberaubende Felder – das alles unter dem strahlend blauen Himmel.

Das leise Zwitschern der Sittiche lag in der Luft, genauso wie das Summen zahlreicher Bienen, die umherschwirrten.

»Was für lästige Viecher«, ärgerte Jeanny sich. Mit beiden Händen fuchtelte sie vor ihrem Gesicht herum und versuchte so, die brummenden Insekten zu vertreiben. Na, hoffentlich machte sie die Tiere damit nicht eher aggressiv.

George lief wenige Meter vor ihr und lachte leise. »Lästig, aber unglaublich wichtig für das Ökosystem. Sie haben einen großen Einfluss auf die Biodiversität der Pflanzen.«

Jeanny pustete sich eine braune Strähne aus dem Gesicht. Dabei gestikulierte sie weiterhin um ihren Kopf herum und schüttelte sich. Das sah urkomisch aus. »Das einzig Wichtige, was diese Tiere vollbringen, ist, den Honig auf mein Frühstücksbrot zu bringen«, meckerte sie weiter.

»Ohne Bienen hättest du nicht nur keinen Honig, sondern auch kaum Obst«, erklärte George weiter. »Würden sie nicht die Pflanzen bestäuben, gäbe es nur noch wenige Erträge. Obstbäume würden bloß noch einen Bruchteil der derzeitigen Menge an Früchten tragen. Kakao und Vanille gäbe es gar nicht.«

Jeanny verlangsamte ihre Schritte und senkte die Arme. »Können nicht Menschen die Pflanzen bestäuben? Würde das nicht unglaublich viele Arbeitsplätze schaffen?«

George warf einen Blick über seine Schulter, die Mundwinkel leicht gehoben. »Das ist ein netter Gedanke, aber nicht möglich, nein.«

Eines der summenden Insekten ließ sich auf meinem Shirt nieder. Ich unterdrückte das Bedürfnis, das Tier von mir zu schieben. Mir war bewusst gewesen, dass Bienen ein wichtiger Bestandteil unseres Ökosystems waren, aber ich hatte mir nie so viele Gedanken darüber gemacht. Sollten sie eines Tages gänzlich aussterben, würde das in einer Katastrophe enden.

»Woran liegt es, dass so viele Bienen verschwinden?«, fragte Laurin, der seine Schritte beschleunigte, um zu George aufzuschließen. Heute trug er sein grün-braun kariertes Hemd offen. »Ich habe vor einigen Jahren etwas über ein mysteriöses Massensterben gelesen.«

Aufmerksam lauschte ich Georges Erklärung. »So genau weiß man das nicht, denn es gibt nicht den einen Grund. Doch viele dieser Gründe sind menschengemacht. Insektizide sind für die Tiere tödlich, und auch das Zerstören und Zerschneiden ihrer Lebensräume sorgt für einen Rückgang der Populationen. Zudem spielt natürlich auch der Klimawandel eine große Rolle.« George seufzte.

Da waren wir wieder einmal bei dem Thema, weshalb es furchtbar war, die Wälder abzuholzen und den Tieren ihren natürlichen Lebensraum zu nehmen. Wir Menschen hatten es in der Hand, wir selbst konnten für unser Überleben sorgen, taten aber das genaue Gegenteil.

Summend erhob sich die kleine Biene wieder von meinem Shirt und flog mit ihren Freunden davon. Ich beobachtete, wie sie zwischen den Halmen verschwand.

»Ich werde nie wieder eine Biene töten«, nuschelte Finja rechts von mir.

»Da wären wir schon zu zweit.« Aidan trat näher heran.

Überrascht schaute ich ihn an. »Wow, schließt du die Natur und die Lebewesen etwa doch langsam ins Herz?«

»Vielleicht ein bisschen«, entgegnete er schulterzuckend. »Zumindest lege ich es nicht darauf an, für meinen eigenen Untergang zu sorgen.«

»Das ist schon mal ein Anfang.« Ich grinste. Es war schön, wenn es George und Leah mit ihren Worten gelang, anderen ihr Wissen und ihre Überzeugungen zu vermitteln. Dass selbst Aidan sein Herz für die wirklich schönen Dinge, die das Leben zu bieten hatte, öffnen würde, hätte ich nicht geglaubt. Aber es freute mich umso mehr, dass er die Welt allmählich durch meine Augen sah ... so wie er es sich gewünscht hatte.

Wir liefen noch eine Weile über die weitläufige Lichtung, auf der neben hohen Gräsern zahlreiche wilde Blumen wucherten und ihren süßen Duft verströmten. Die Sonne kitzelte meine Haut, während die leichte Brise den Schweiß trocknete und für eine angenehme Kühle sorgte.

Kurze Zeit später folgten wir einem schmalen Pfad, der sich den Hügel hinabschlängelte. Hier wuchsen in einiger Entfernung zueinander Bäume mit spitz zulaufenden Blättern. Als wir einen davon passierten, legte ich den Kopf in den Nacken und kniff die Augen zusammen. An den schlanken Ästen in der Krone baumelten einige grünrote Früchte.

»Mangos. Wir kommen auch noch an niedrigeren Bäumen vorbei«, sagte Leah lächelnd, als sie meinen Blick bemerkte. »Eigentlich ist die Erntezeit seit einigen Wochen vorüber, aber vielleicht haben wir Glück und erwischen noch ein paar.«

»Das wäre großartig!« Schon bei dem Gedanken daran lief mir das Wasser im Mund zusammen. Gerade im Sommer trank ich unglaublich gern Mangolassi. Ich liebte den Geschmack, auch wenn mir die Früchte in der Regel etwas zu faserig waren. Aber ich hatte schließlich noch nie eine frische Mango aus dieser Region gegessen. Vermutlich schmeckte sie viel besser.

Es war später Nachmittag, als wir in einer noch hügeligeren Region der Insel ankamen. Ich war der Familie Weber sehr dankbar dafür, dass sie die Gruppe in einem gemächlichen Tempo anführte. So hatte ich in den letzten Stunden jeden Quadratzentimeter der Umgebung in mich aufnehmen und genießen können. Was ich an diesem Gebiet besonders mochte, waren die großzügigen offenen Flächen, über die der laue Wind pustete. Da wir uns unter freiem Himmel bewegten, war die Luft nicht so drückend und schwül wie im dichten Regenwald. Perfekt, um sich zu akklimatisieren.

»Was riecht hier so komisch?«, fragte Finja irgendwann und rümpfte die Nase.

Ich reckte das Kinn und schnüffelte. Sie hatte recht, ein

herber und aromatischer Geruch lag in der Luft. »Sind das die Teeplantagen?«, fragte ich in die Runde. Mein Journal befand sich tief im Rucksack vergraben, aber ich meinte mich daran zu erinnern, dass wir in der zweiten Hälfte des Trips an den Plantagen vorbeikommen müssten.

»Richtig«, entgegnete George. »Dort werden wir auch eine kurze Rast einlegen. Da wir uns noch bis Ende des Monats in der Erntepause befinden, stören wir keinen unserer Leute bei der Arbeit.«

Durch den ebenen Untergrund war die Wanderung nicht sonderlich anstrengend gewesen. Zumindest in keiner Weise mit den letzten Tagen zu vergleichen, weshalb meine Beine noch nicht zwangsläufig nach einer Rast verlangten. Trotzdem freute ich mich darauf, vor allem, da ich Holly endlich schreiben wollte, um sie auf den neuesten Stand zu bringen.

Der Geruch wurde strenger, war aber angenehm und hatte eine leichte Zitrusnote. Kurz darauf kamen die großflächigen Plantagen in Sicht. Sie erstreckten sich auf mehreren Hektar und erinnerten mich an ein Maislabyrinth. Nur dass die Pflanzen nicht ganz so hoch wuchsen.

Rings um die Teeplantagen ragten Schatten spendende Bäume in die Höhe. »Eine Stunde Pause«, rief Leah und warf ihren Rucksack unter einen davon.

Erleichtertes Gemurmel ging durch die Menge. Aidan war der Erste von uns, der sich hinsetzte und mit vor der Brust verschränkten Armen gegen einen Stamm lehnte. Er rutschte ein paarmal hin und her, bis er die perfekte Position gefunden hatte, dann schloss er lächelnd die Augen und atmete tief durch.

Finja und ich setzten uns in unmittelbare Nähe. Mein

Blick huschte immer wieder zu Aidan, der so friedlich und im Reinen mit sich selbst aussah.

Ich streckte die Beine von mir und vergrub die Hände in der Erde. Es war schön, nicht in der prallen Sonne zu sitzen.

»Willst du?« Finja reichte mir eine Handvoll Beeren, die sie wohl irgendwann auf dem Weg gepflückt haben musste.

Dankbar nahm ich sie entgegen und schaufelte sie mir in den Mund. Der Wald gab zwar einiges an essbaren Pflanzen, Früchten und Gemüse her; trotzdem sehnte ich mich schon sehr danach, endlich wieder etwas Vernünftiges zwischen die Zähne zu bekommen. Für einen marinierten Grillkäse hätte ich gerade so gut wie alles gegeben.

Ich ließ den Blick weiterhin über die Gruppe wandern. Die meisten waren bereits in Gesprächen miteinander vertieft, Laurin hatte sich unter einem Baum eingerollt und hielt ein Nickerchen, und Tim und Justus rannten brüllend über die Plantagen, während ihre Eltern sie kopfschüttelnd dabei beobachteten.

Als sie nach wenigen Minuten zurückkamen, haftete ihnen der doch sehr penetrante Geruch von Teepflanzen an.

Finja wedelte sich vor dem Gesicht herum, als Justus an ihr vorbeikam. »Den Gestank bekommen sie so schnell nicht aus den Klamotten.«

Leise lachte ich. »Vermutlich nicht. Mich kriegen keine zehn Pferde da rein.« Ich lehnte mich wieder zurück und sah zu Finja.

Eine merkwürdige Grimasse überzog ihr Gesicht. »Ich glaube, das hättest du nicht sagen sollen.«

Stirnrunzelnd legte ich den Kopf schief. »Wie …?« Bevor ich meine Frage stellen konnte, sprang Aidan ruckartig auf mich zu. Ich wollte ihm ausweichen, aber es war zu spät. Er packte mich an der Hüfte und schleuderte mich über seine Schulter. »Lass mich runter!«, schrie ich und fuchtelte mit Armen und Beinen.

Sein dunkles Lachen drang an meine Ohren. »Vergiss es.« Schnellen Schrittes lief er auf die Teeplantagen zu, die ich nur kopfüber betrachten konnte.

»Komm schon, tu mir das nicht an!«, rief ich erstickt lachend und boxte ihn gegen den Rücken, doch Aidan festigte den Griff um meine Hüfte. »Finja, hilf mir!«

»Ach, ich sitze hier gerade so bequem«, rief sie zurück. Das Kichern war aus ihrer Stimme deutlich herauszuhören.

»Dann sind es wohl nur wir zwei«, sagte Aidan, beschleunigte seine Schritte, bis er inmitten der Plantage stand. »Willst du immer noch, dass ich dich runterlasse?«

»Nein, nein, nein.« Ich schüttelte strampelnd den Kopf. Aber wie zu erwarten, hob Aidan mich von seiner Schulter und bettete mich in die Pflanzen. Ich schlug mir reflexartig die Hände vors Gesicht, die Blätter hatten mich allerdings schon vollends eingeschlossen. »Ich hasse dich«, sagte ich lachend und wollte mich aufrichten.

»Tust du nicht.« Aidan unterband meinen Versuch, indem er sich halb auf mich setzte und meine Arme hinunterdrückte. Ich versuchte zwar, mich gegen seinen Griff zu wehren, aber er war viel stärker als ich. Grinsend schaute er mich an, ein neckendes Funkeln in den Augen.

»Das wirst du mir büßen, Rosario«, sagte ich.

Aidan hob eine Braue. »Ist das eine Drohung?«

»Eher ein Versprechen«, wiederholte ich seine Worte vom Anfang des Trips.

Ein spitzbübisches Lächeln zierte seine vollen Lippen, während er den Griff um meine Arme langsam lockerte und seine Hände stattdessen neben meinen Kopf auf die Erde legte. Aidans Atmung ging schnell, ich spürte, wie sie meine Haut kitzelte, je näher er mir kam. Ganz langsam bewegte er sich auf mich zu, betrachtete meine Lippen dabei länger, als er sollte. Denn sosehr ich das Gefühl seiner Küsse auch liebte, in diesem Augenblick war mir meine Rache wichtiger.

Aidan war so auf mich konzentriert, dass er nicht bemerkte, wie ich mit den Fingern ein Teeblatt nach dem anderen von der Pflanze neben mir zupfte. Mit der Zunge fuhr ich mir über die Lippen. Es fiel mir schwer, nicht zu lachen. Aidan hingegen nahm das als Aufforderung und neigte sich mir noch ein Stück entgegen.

»Attacke!«, brüllte ich und stopfte ihm eine Ladung Teeblätter in den leicht geöffneten Mund. Der arme Kerl wusste gar nicht, wie ihm geschah, und verlor sich in einem lachenden Hustenanfall, bei dem er mir die Hälfte des Grünzeugs ins Gesicht spuckte. Quietschend wischte ich mir über die Wangen.

Aidans Körper vibrierte. Noch immer lachend schüttelte er den Kopf. »Das habe ich wohl verdient.«

Nickend hob ich die Hand und rieb ihm ein paar Blattreste von den Lippen. »Leg dich besser nicht mit mir an.«

»Ich werde es mir für die Zukunft merken.« Er rollte sich neben mich auf den Rücken und verschränkte die Arme hinter dem Kopf. Seine Worte stimmten mich traurig, denn sie riefen mir wieder ins Gedächtnis, dass unsere gemeinsame Zeit begrenzt war.

Den Geruch der Teeblätter um uns herum blendete ich aus. Ich drehte mich auf die Seite, um Aidan besser anschauen zu können. Das mochte bescheuert sein, aber ich wollte mir seine Züge genauestens einprägen. Die kleinen Grübchen, wenn er inbrünstig lachte, das leidenschaftliche Funkeln seiner Augen, die einzelnen helleren Haare zwischen den dunklen. Sacht legte ich die Hand an seine Brust. Sein Herz pochte schnell. Er fragte nicht, was ich tat, sondern ließ mich einfach gewähren. Das Lächeln auf seinen Lippen blieb.

»Die Pause ist gleich vorbei«, sagte ich irgendwann und räusperte mich. Meine Gliedmaßen waren eingeschlafen, trotzdem kämpfte ich mich auf die Beine. Der Gestank hatte sich in meiner Kleidung festgesetzt, aber das war mir egal.

Ich reichte Aidan die Hand, um ihm aufzuhelfen, aber selbst als er neben mir stand, ließ er nicht von mir ab. Stattdessen zog er mich an sich und gab mir einen flüchtigen Kuss auf die Stirn. Mein Herz setzte einen Schlag aus. Er konnte nicht wissen, was diese kleine Geste alles in mir auslöste. »Dann sollten wir die anderen nicht warten lassen.«

Kapitel 20

Sechs Tage.

Nur noch sechs Tage, bis wir zurück im Camp sein würden. In sieben Tagen würde das Flugzeug uns abholen. In acht Tagen befand ich mich wieder in meinem alten Leben. Dem Leben, das ich zwar vermisste, aber in dieser Form gern hinter mir gelassen hätte, nach allem, was ich in den vergangenen Wochen gelernt hatte.

Wann immer mein verstohlener Blick zu Aidan wanderte, schnürte es mir die Kehle zu. Wenn er im selben Moment dann auch noch mich anschaute, hörte die Welt für den Bruchteil einer Sekunde auf, sich zu drehen, und die Zeit stand still.

Seit ich wusste, dass er in Kalifornien lebte, erwischte ich mich zwischendurch dabei, darüber nachzudenken, was sein könnte. Vierhundert Meilen waren eine beachtliche Entfernung, aber nicht zu vergleichen mit Tausenden. Doch ich musste mich in Gedanken ermahnen, mir keine Dinge vorzustellen, die niemals eintreten würden.

Im Grunde war es ohnehin nur diesem Ort zu verdanken, dass die Schmetterlinge nicht aufhören wollten zu flattern. Befand man sich in einem Paradies wie diesem, war es beinahe unmöglich, sein Herz nicht zu verlieren. Sobald ich wieder amerikanischen Boden unter den Füßen hatte, würden diese aufkeimenden Gefühle mit Sicherheit verschwinden. Der Traum vom Paradies würde vorbei sein und wir nie mehr einen Gedanken aneinander verschwenden.

Ja, ganz genau so würde es sein.

Hoffentlich ...

Je näher wir dem Ende dieser Reise kamen, desto bedrohlicher wurde der bedrückende Schleier, der sich über jeden von uns legte. Man konnte die Gedanken der anderen förmlich hören. Niemand von uns war bereit, Jeopardy Island den Rücken zu kehren. Und doch mussten wir uns damit abfinden, dass auch die schönsten Dinge im Leben irgendwann ihr Ende fanden.

Finja und Laurin waren heute damit an der Reihe, die Gruppe anzuführen. Bisher waren Aidan und ich glimpflich davongekommen, aber die Baxters würden ihr Versprechen sicherlich halten und jeden von uns einmal an die Front schicken.

Glücklicherweise waren Finja und Laurin nicht sonderlich motiviert, schlenderten in einem eher gemächlichen Tempo und lachten viel miteinander.

Ich war ganz froh darüber, ein wenig mit meinen Gedanken allein sein zu können. Es waren zu viele, die ich erst noch sortieren musste. Und dafür benötigte ich Ruhe. Ruhe und meine Musik. Daher steckte ich meine Kopfhörer ins Handy und schaltete das *Greatest Hits*-Album von *Linkin Park* in geringer Lautstärke ein. Mein Blick fiel auf mein nunmehr nacktes Handgelenk, und kurz keimte erneut dieses Gefühl der Hoffnungslosigkeit und des Verlusts in mir auf. Doch ich schüttelte es ab.

Stattdessen konzentrierte ich mich auf mich und meine Gedanken. Trotzdem ließ ich es mir nicht nehmen, die

Natur zu genießen. Wir hatten die hügeligen Hochlandgebiete hinter uns gelassen und waren mittlerweile wieder im Tieflandregenwald angekommen. In dieser Region flossen zahlreiche kleine Bäche, bunte Frösche hüpften quakend durch das Unterholz, und zahlreiche Vogelarten tummelten sich um die Gewässer.

Gelegentlich sah ich aus dem Augenwinkel die Affen über unseren Köpfen toben. Aber sie wussten sich gut in den Baumkronen zu verstecken, sodass man sie eher hörte als sah.

Was mir an diesem Ort besonders gefiel, war die Tatsache, dass nicht nur wir die Natur respektierten, sondern sie auch uns. Es war ein friedliches Miteinander – hier konnte jeder ganz er selbst sein. Solange wir die Tiere nicht störten, ignorierten sie unsere Anwesenheit. So etwas hatte ich bisher eher selten erlebt.

Kurz überlegte ich, ob ich noch mal mit Holly herkommen sollte, doch vermutlich waren die Plätze für das restliche Jahr bereits ausgebucht und ab dem nächsten … Ich schluckte. Außerdem wusste ich nicht, wie lange Holly noch auf der Ranch bleiben würde. Da sich ihre Pläne, gleich nach der Beerdigung ihrer Großmutter zurück nach L. A. zu gehen, verflüchtigt hatten, war bisher nicht abzusehen, ob sie einen längeren Aufenthalt in Bibury anstrebte.

Ich schmunzelte, denn mir fiel wieder ein, was ich vor der Abreise zu ihr gesagt hatte. Dass sie vielleicht ihr Herz an Bibury und einen Cowboy verlieren und nie zurückkommen würde. Womöglich hatte ich mit dieser Vermutung gar nicht so falschgelegen. Wobei es mir das Herz brechen würde, meine beste Freundin an ein texanisches Dorf zu verlieren.

Als Lucas vor mir schlagartig stehen blieb, geriet ich kurz ins Straucheln. Ich zog die Kopfhörer aus den Ohren und blinzelte perplex. »Was ist los?«

»Keine Ahnung. Irgendwas ist da vorne wohl.« Lucas hob die Schultern und schaute mich ebenso fragend an.

Ich lugte an ihm vorbei, um mir ein besseres Bild von der Situation zu verschaffen. Finja und Laurin hatten die Hände gehoben, damit wir uns nicht rührten. Die Baxters kämpften sich an die Spitze. Vermutlich, um bei etwaiger Gefahr einzugreifen.

Sie liefen an Finja und Laurin vorbei und verschwanden zwischen den Bäumen. Von Neugierde gepackt, drängelte auch ich mich nach vorn. Wann immer ich jemanden mit meinem Rucksack beinahe von den Füßen warf, murmelte ich Entschuldigungen.

»Was gibt's hier zu sehen?«, fragte ich atemlos, als ich bei den beiden angekommen war.

Laurin deutete vor sich. »Dort, schau.«

George und Leah hockten unweit im Gestrüpp. Vor ihnen lag irgendetwas auf dem Boden. Ich kniff die Augen zusammen und neigte den Kopf. Als ich erkannte, dass es sich um einen Bären handelte, machte ich einen erschrockenen Satz zurück.

Finja kicherte leise in ihre Hand. »Es ist ein Jungtier. Aber die Mutter ist bestimmt in der Nähe.«

»Und was machen George und Leah mit ihm? Ist das nicht viel zu gefährlich?«, flüsterte ich. Wenn ich auf eines gut und gern verzichten konnte, dann von einer wütenden Bärenmama angegriffen zu werden.

»Wir glauben, dass er verletzt ist«, erklärte Laurin.

Ein gequältes Brüllen ertönte. »Was ist das denn?«

Aidan quetschte sich zu uns und starrte entsetzt zu George und Leah.

»Ein verletzter Bär«, flüsterte ich.

Aidan riss die Augen auf, in denen sich ein Anflug von Panik abzeichnete. »Hab ich dich richtig verstanden? Hast du Bär gesagt?« Es war unglaublich charmant, dass selbst ein Mann wie er nicht furchtlos war.

Ich nickte lächelnd. »Ja, ein Jungtier.«

George öffnete seinen Rucksack und holte das Erste-Hilfe-Kit heraus, das er neben sich auf dem Boden ausbreitete. Leah fixierte derweil das brüllende Tier. Der Laut ließ mir das Blut in den Adern gefrieren. Nicht weil ich Angst verspürte, sondern Mitgefühl. Der Bär klang, als würde er unter Schmerzen leiden.

Leah warf einen Blick über die Schulter. Sie hatte die Lippen aufeinandergepresst, und ihr Gesicht glänzte. »Kann einer von euch bitte herkommen?«, rief sie gepresst in unsere Richtung. »Die anderen bleiben, wo sie sind, um das Tier nicht weiter zu verschrecken.«

Als hätten Finja und ich uns abgesprochen, legten wir beide je eine Hand auf Aidans Rücken und schoben ihn in Leahs Richtung. Unbeholfen stolperte er nach vorn und brummte irgendetwas, das nach »Ich hasse euch« klang.

Während er die letzten paar Meter zu den Baxters ging, kratzte Aidan sich unsicher am Kopf. Als er zu uns schaute, reckten wir ihm grinsend die Daumen entgegen.

»Fünf Dollar, dass er einen Nervenzusammenbruch bekommt«, sagte Finja.

»Zehn«, erhöhte Laurin. Ein selbstsicherer Ausdruck lag auf seinen Zügen.

Lachend schüttelte ich den Kopf. »Ihr seid unmöglich! Also ich wette dagegen. Er wird das sicher gut meistern.«

Wir steckten die Köpfe zusammen und beobachteten das Geschehen aus der Ferne. Es war schwierig, etwas zu erkennen, da die Baxters seitlich zu uns saßen und Aidan uns den Rücken zugewandt hatte. Alles, was wir hörten, war das Schreien des jungen Bären, das wie ein Echo durch die Wälder getragen wurde und die Vögel in unmittelbarer Nähe aufschreckte. Kreischend flatterten sie davon. Vermutlich aus Angst, sonst als Hauptgang auf dem Teller des Jungtiers zu landen.

Unbeständig polterte mein Herz in meiner Brust. Meine vor Aufregung feuchten Handflächen wischte ich mir an der Hose ab. George holte neben einem Tupfer und einem Fläschchen eine kleine Spritze aus dem Erste-Hilfe-Kit. Sein Kiefer mahlte, als er sich wieder über den Bären beugte.

»Halt ihn fest«, wies Leah Aidan an. Dessen Körper verkrampfte sich, als kostete es ihn allen Mut, nach dem Bären zu greifen.

Ein weiteres lautes Brüllen erschütterte den Dschungel. Sollte das Muttertier in der Nähe sein, wäre es spätestens jetzt auf dem Weg zu seinem Kind.

Ich hielt den Atem an und wartete. Lange blieb es still. Hinter uns tuschelten Ayu und Satoshi miteinander.

George lehnte sich zurück. Dann wischte er sich mit dem Handrücken über die Stirn, ehe er das Erste-Hilfe-Kit wieder schloss und aufstand. »Alles gut«, beantwortete er unsere unausgesprochene Frage.

Leah stand ebenfalls auf. Sie holte das Walkie Talkie aus ihrem Rucksack, das sie für den Ernstfall immer bei sich trug, und sprach hinein. Als eine knatternde Antwort ertönte, gab sie unsere Koordinaten durch und berichtete von dem Vorfall. Allem Anschein nach ging sie davon aus, dass die Mutter des Bären ebenfalls verletzt, wenn nicht sogar tot war. Jemand würde kommen, um das Tier abzuholen und zu versorgen, bis es ihm besser ging.

Es brach mir das Herz, dass ein Jungtier von seiner Mutter getrennt war. Zum Glück waren wir genau im richtigen Moment vorbeigekommen, damit es gerettet werden konnte. Ja, ich wusste, dass so die Natur war. Nicht jeder konnte in einer Welt wie dieser überleben. Hier galt das Gesetz des Stärkeren.

Nichtsdestotrotz war ich unfassbar froh, dass die Baxters anders darüber dachten und halfen, wo immer sie konnten. Sie hätten es sich auch leicht machen und sagen können, dass sie nicht in den natürlichen Lauf des Lebens eingreifen wollten. Aber ihre Liebe zu den Tieren war zu ausgeprägt, und dafür bewunderte ich sie gleich um einiges mehr.

Während George und Leah sich wieder von dem Bären entfernt hatten, hockte Aidan noch immer am Boden und rührte sich nicht. Lediglich seine beständige Atmung war der Beweis dafür, dass er überhaupt noch am Leben war.

»Ich sag doch, Nervenzusammenbruch.« Finja boxte mich leicht in den Oberarm. »Wo ist unser Geld?«

»Blödsinn. Das ist kein Nervenzusammenbruch.« Energisch schüttelte ich den Kopf. »Lasst uns einfach nachsehen.«

Wir liefen zu Aidan, um zu schauen, weshalb er in seiner Schockstarre gefangen war. Aber er war alles andere als erstarrt. Ich blickte hinunter und sah das Süßeste, was ich jemals gesehen hatte. Schnell entsperrte ich mein Handy, öffnete die Kamera und richtete sie auf Aidan. Als ich »Hey« sagte, hob er den Kopf, und ich knipste mein Bild. Sofort leitete ich es mit zahlreichen Herzaugen-Emojis an Holly weiter.

»Das ist so niedlich«, quietschte Finja und krallte sich an Laurins Arm. Auch sein zischender Schmerzenslaut hielt sie nicht davon ab, die Finger noch tiefer in seiner Haut zu vergraben und weiterhin zu quieken. Aidan kniete auf dem Boden und hielt einen kleinen schwarzen Bären wie ein Baby im Arm. Die struppigen Öhrchen sahen so flauschig aus, dass ich am liebsten das Gesicht darin vergraben hätte. Die Tatzen hatte er auf seiner Brust abgelegt, und er hielt die Äuglein geschlossen. Vermutlich hatten die Sedierung und Verarztung ihn ziemlich ausgelaugt. Um seine verletzte Hinterpfote war ein provisorischer Verband gelegt.

Ein leises Räuspern ertönte. Als wir uns umdrehten, stand Leah vor uns. »Geht ihr bitte wieder zu den anderen, bis die Ranger da sind? Ich weiß, das ist ein süßer Anblick, aber das Tier braucht seine Ruhe. Aidan hält den Bären lediglich, damit er sich bei ruckartigen Bewegungen nicht versehentlich selbst verletzt.«

»Natürlich, Entschuldigung«, erwiderten wir und liefen zurück. Das schlechte Gewissen nagte an mir, da ich eben nicht weiter darüber nachgedacht hatte, weil die Niedlichkeit mich so sehr in den Bann gezogen hatte. Hoffentlich war Leah nicht allzu verärgert.

Ich lehnte mich gegen einen Baumstamm und warf einen Blick auf mein Handy. Holly hatte bereits zurückgeschrieben.

OMG, wie süß ist das denn??? Und Doppel-OMG – ist DAS Aidan? Du hast echt untertrieben, er ist ja mal so was von heiß! Den solltest du wirklich behalten!

Grinsend überflog ich die Worte. Es stimmte, bisher hatte ich kein einziges Foto von den Campteilnehmern gemacht. Mein Finger glitt über die Einstellung, und kurz erwog ich, mir Aidan mit dem Bären als Bildschirmhintergrund einzustellen. Dann schüttelte ich über mich selbst den Kopf. Was verstand mein Hirn an »Urlaubsflirt« bitte nicht?

Ich tippte eine schnelle Antwort an Holly: *Haha, sehr witzig. Das wird nicht passieren.* Anschließend schob ich das Handy wieder an seinen Platz. Ich wusste, dass jeden Augenblick eine entsetzte Nachricht mit tausend Ausrufezeichen zurückkommen würde, aber damit wollte ich mich jetzt nicht auseinandersetzen.

Vor allem, da der Kampf, den mein Herz und mein Verstand ausfochten, noch nicht vorüber war. Und bisher wusste ich nicht, wer als Sieger daraus hervorgehen würde.

Es dauerte eine gute Stunde, bis zwei Ranger in voller Montur bei uns angekommen waren – ein älterer Mann und eine jüngere Frau. Ich hatte gedacht, sie würden mit einem Jeep vorfahren, stattdessen waren sie zu Fuß unterwegs.

»Ben, wie schön, dass ihr es geschafft habt«, begrüßte Leah den Mann. Sein ergrautes Haar lugte unter seiner Mütze hervor.

Er nickte. »Natürlich. Tut uns leid, dass es so lange gedauert hat.«

Sie winkte ab. »Jetzt seid ihr ja da. Dort vorn ist das verletzte Jungtier.«

Leah legte Ben den Arm um die Schultern und führte

ihn zu Aidan. Nicht eine Minute hatte dieser den Bären abgelegt, sondern ihn die ganze Zeit auf seinen Schoß gebettet und umsorgt.

»Du kannst Ben und Francine das Tier nun vorsichtig reichen.« Leah beugte sich vornüber und legte Aidan die Hand auf den oberen Rücken. Ein Hauch von Mitgefühl schwang in ihrer Stimme mit. Es war nicht zu übersehen, dass es Aidan schwerfiel, der Bitte nachzukommen.

Er presste die Lippen aufeinander, und kurz meinte ich zu erkennen, dass er den Griff um das Tier festigte, anstatt sich von ihm zu lösen. Noch einmal kraulte er dem Bären den Kopf, den dieser in Aidans Armbeuge vergraben hatte. »Mach's gut, kleiner Freund.« Sich räuspernd stand er auf und legte das Tier in Francines ausgestreckte Arme.

Die Ranger unterhielten sich noch einen Moment mit Leah und George, die ihnen Anweisungen gaben. Kurz darauf verschwanden sie wieder im Wald. Auf der Insel gab es neben dem Haupthaus mit den Anbauten noch weitere kleinere Häuser. In eines davon würde der Bär gebracht und wieder aufgepäppelt werden.

»Hey, geht es dir gut?«, fragte ich Aidan, der die Stelle fixierte, an der Ben und Francine eben im Wald verschwunden waren.

Nickend fuhr er sich durch die Haare. »Ja, ich werde den kleinen Racker nur vermissen.«

Ich legte mir die Hand an die Brust und seufzte. »Das ist wirklich herzallerliebst.«

»Du machst dich über mich lustig!«

»Nein, tu ich nicht«, entgegnete ich lachend. »Es war unglaublich, wie du dich um das Tier gekümmert hast.«

»Vielleicht hole ich mir doch mal eine Katze.«

»Hol dir lieber zwei. Glaub mir, ich weiß, wovon ich rede«, entgegnete ich grinsend. »Wir hatten zuerst nur Bonnie, aber sie wollte den ganzen Tag bespaßt werden, und wenn wir mal keine Zeit für sie hatten, hat sie das gern an den Möbeln ausgelassen.«

»Autsch.« Aidan grinste. »Dann werden es wohl zwei.«

»Du wirst sicher ein ganz hervorragender Katzenvater.«

Sein Mundwinkel zuckte, und das kleine Grübchen, das sich durch seinen Bart abzeichnete, wurde tiefer. »Danke. Schade nur, dass man keine Bären halten darf.«

»Wenn eine Katze dein Mobiliar schon zerstört, will ich gar nicht erst wissen, was Bärenkrallen alles anstellen können.«

»Stimmt auch wieder. Also doch besser Katzen.«

»Und wenn du Erziehungstipps brauchst, kannst du dich einfach bei mir melden«, sagte ich lächelnd.

»Was schwierig sein dürfte, wenn wir in einer Woche getrennte Wege gehen.« Er verschränkte die Arme vor der Brust und legte den Kopf schief. »Oder hast du das vergessen?«

Ich zuckte mit den Schultern. »Nein, aber man muss ja nicht alles planen, sondern kann das Leben einfach mal auf sich zukommen lassen, oder? Zumindest hat ein weiser Mann mir das erzählt.«

»Den musst du mir unbedingt vorstellen.« Aidan grinste, legte den Arm um meine Schultern und zog mich an sich. Ich versteifte mich in seiner Umarmung, ehe ich mich entspannte und sie erwiderte.

»Wofür ist die denn?«, fragte ich an seiner Brust, deren Muskeln ich nur zu gern mit den Fingerspitzen nachgezeichnet hätte.

»Mir war einfach danach«, sagte er in meine Haare. »Ich kann auch loslassen, wenn dir das lieber ist.« Als Antwort presste ich mich noch näher an ihn, woraufhin er leise lachte. »Okay, okay, schon verstanden.«

Zwar hatte ich keine Ahnung, was genau das zu bedeuten hatte, ob das an unserer Vereinbarung irgendetwas änderte, aber für den Moment war es mir egal. Ich genoss es einfach, mich an einen Mann zu schmiegen, dessen Berührungen ein Feuer in mir entfachten und von dessen Küssen ich nicht genug bekommen konnte.

Auch wenn die wenigen Augenblicke, die wir geteilt hatten, flüchtig und keinesfalls perfekt waren, so waren sie wenigstens echt. Und gerade das Echte machte sie erst zu etwas wirklich Perfektem.

Kapitel 21

Je glücklicher man war, desto schneller verging die Zeit. Das musste ich schmerzlich am eigenen Leib erfahren. Fünf Tage war es her, dass wir auf den verletzten Bären gestoßen waren.

An jenem Tag hatte sich etwas geändert. Etwas, das ich nicht zuordnen konnte. Aidan und ich verbrachten beinahe jede freie Minute miteinander. Wann immer seine Hände meine fanden, verschränkten unsere Finger sich ineinander, und wann immer sich die Möglichkeit bot, drückte er mir einen Kuss auf die Lippen.

So wie jetzt gerade.

Heute trug Aidan seine Haare wieder in einem Bun. Der Look war zwar unglaublich attraktiv, aber ich hatte mich mittlerweile daran gewöhnt, meine Finger in seinen Haaren zu vergraben, was auf diese Weise nur schwer möglich war.

»Das könnte ich den ganzen Tag machen«, raunte er und umfasste meine Taille.

»Dann solltest du nicht so viel reden«, sagte ich lachend und zog ihn wieder an mich. Heute schmeckte er nach süßen Früchten und frischem Regen, der sich in der Nacht über uns ergossen hatte.

Aidan grinste an meinen Mund und küsste mich ein letztes Mal. Meine Lippen prickelten, und eine Gänsehaut hatte sich über meinen Körper gelegt. Liebevoll strich er mir über die Wange. »Wir sollten zurück zu den anderen.«

»Na schön«, schnaufte ich und strich mein etwas verrutschtes Shirt glatt. Wir waren gerade in der Pause, aber Aidan hatte entschieden, mich für einen Moment zwischen die Bäume zu entführen, *um mir etwas zu zeigen*. Dann hatte er mich ganz unverhofft gegen einen Stamm gedrückt und meinen Mund mit seinen Lippen bedeckt.

Er wusste in jedem Fall, wie man eine Frau restlos um den Verstand küsste. Und ich war mir ziemlich sicher, dass er auch in anderen Dingen ganz hervorragend war. Schnell stoppte ich diesen Gedanken, bevor ich ihn noch weiterspann.

Aidan griff nach meiner Hand und führte mich den gleichen Weg zurück. Bei jedem Schritt glaubte ich, auf Wackelpudding zu gehen, und mein Herz drohte mir aus der Brust zu springen. Mir war klar, dass diese Metapher inflationär genutzt wurde und nicht im Geringsten der Wahrheit entsprach. Aber genau so fühlte ich mich an Aidans Seite.

Ich konnte mir die Zeit ohne ihn nicht vorstellen. Wenn man über mehrere Wochen hinweg jeden Tag von morgens bis abends aufeinanderhockte, lernte man einen Menschen völlig anders kennen. Ich hatte es nie für möglich gehalten, dass man binnen eines so kurzen Zeitraums Gefühle für jemanden entwickeln konnte. Und doch war da dieses Kribbeln, wann immer ich an Aidan dachte, und ich sah sein Gesicht vor mir, wann immer ich die Augen schloss. Dafür hasste ich mich, denn ich wollte, dass es aufhörte. Es *musste* einfach aufhören.

»In zwei Tagen sind wir zurück im Camp, dann könnt

ihr endlich übereinander herfallen«, sagte Finja, kaum dass wir wieder am Bach angekommen waren. *Drei. Zwei. Eins.* »Beim Sex verbrennt man übrigens durchschnittlich hundert Kalorien. Zumindest die Männer. Bei Frauen sind es etwas weniger ... wobei es ganz auf die Stellung ankommt.«

»Finja«, zischte ich entgeistert, konnte mein Lachen aber nicht zurückhalten.

Aidan drückte meine Hand. »Also mit mir verbrennt man sicher mehr Kalorien.« Er schaute mich mit gekräuselten Lippen an.

Mir hingegen stieg die Hitze nicht nur in die Wangen, sondern sie sammelte sich auch noch an einem ganz anderen Ort. Das Flattern in meiner Brust verstärkte sich, je länger Aidan mir diesen intensiven Blick schenkte, der mir den Verstand vernebelte und jede geistreiche Antwort im Keim erstickte. Leise räusperte ich mich, um mich wieder zu fangen. Dann hob ich die Schultern. »Mit mir auch.«

»Klingt nach einer Herausforderung ganz nach meinem Geschmack«, raunte er an mein Ohr.

»Bitte, Leute. Nicht hier. Ich will das nicht mit ansehen.« Finja wrang das Hemd aus, das sie eben im Bach ausgespült hatte. Beinahe flehend schaute sie uns an.

»Da entgeht dir aber was.« Keine Ahnung, wie ich den Mut aufbrachte, so etwas zu sagen. Anscheinend war der Duft, der mich an Sandelholz erinnerte, ein Aphrodisiakum. Oder die Insel verströmte nicht nur Magie, sondern auch irgendeine Droge, die jegliche Scham von mir nahm.

Aidan fuhr sich mit der Zunge über die Lippe und schluckte. Ich konnte förmlich sehen, welche Szenarien sich gerade in seinem Kopf abspielten, und war ein bisschen stolz, dass auch ich es schaffte, ihn um den Verstand zu bringen. Schließlich war es unfair, wenn es nur mir so erging.

Finja schüttelte ungläubig den Kopf. Dann warf sie Aidan das noch feuchte Hemd gegen die Stirn. »Was hast du nur mit ihr gemacht? Wo ist die ruhige und zurückhaltende Kim hin?« Sie versuchte ernst zu bleiben, verlor sich aber schnell in einem Lachanfall.

Aidan verzog den Mund und hielt das nasse Hemd zwischen den Fingerspitzen. Dann schleuderte er es zurück. Im letzten Moment wich Finja aus. Aidan lachte. Ich liebte diesen Klang. Er war rau und unzähmbar, genau wie die Natur. Hatte ich in der ersten Woche noch geglaubt, er wäre durch und durch ernst und würde im Leben keine Freude empfinden, so hatte er mich in den vergangenen Tagen eines Besseren belehrt. Aidan verströmte so viel Glück und Ausgelassenheit, dass ich ihn glatt darum beneidete. Aber an seiner Seite schaffte auch ich es, all die Sorgen abzuschütteln.

Ich fürchtete mich davor, was in wenigen Tagen passieren würde. Ob mich die Zukunftsangst wieder übermannen oder es mir gelingen würde, sie auf ewig loszuwerden. Ich hoffte inständig, dass die Heimreise nicht bedeutete, dass ich in mein altes Muster zurückfiel, sondern dass meine Entscheidung blieb und ich mit meinen Worten weiterhin Gutes bewirken wollte.

Ein paar Gedanken hatte ich mir bereits gemacht. Jeopardy Island sollte der erste Ort sein, über den ich schrieb. Ich wollte die Menschen darauf aufmerksam machen, dass es auf dem Planeten, den wir so achtlos mit Füßen traten, noch unberührte Orte gab, die einem Herz und Geist öffneten. Ich wollte so viele Menschen wie möglich erreichen und ihnen die Schönheit, die diese Welt zu bieten hatte, näherbringen. Auch wenn die Insel nicht mehr lange in ihrer jetzigen Form existieren würde, gab es sicher noch weitere Fleckchen, die eine ähnliche Wirkung hatten. Und diese würde ich finden.

»Wenn ihr mit eurer Wasserschlacht fertig seid, können wir wieder aufbrechen.« In Georges Stimme schwang Belustigung mit.

Wie von selbst verschränkte Aidan seine Finger mit meinen. Als müsste es genau so sein und nicht anders. Gemeinsam schritten wir wieder auf den Pfad, der uns näher zum Camp bringen würde.

»Wieso lächelst du so?«, fragte Aidan mich, nachdem wir eine Weile gelaufen waren. Heute bildeten wir beide die Spitze der Gruppe und führten sie an. Glücklicherweise mussten wir eigentlich nur noch geradeaus laufen und einmal abbiegen. Daher sollte es uns ausnahmsweise gelingen, uns nicht zu verlaufen.

Ich atmete tief durch, spürte, wie die frische Luft meine Lunge füllte. »Keine Ahnung«, gestand ich weiterhin lächelnd. Dass er einer der Gründe für mein Strahlen war, verschwieg ich. Denn es würde nichts ändern. Stattdessen sagte ich: »Ich habe einfach meine Passion gefunden, und das macht mich glücklich.«

»Was hast du geplant?«

»Zuerst schreibe ich über diese Insel. Über all die Erlebnisse und Erfahrungen und welche Auswirkung sie auf meine Zukunft hatten. Ich möchte Menschen für Jeopardy Island begeistern.«

Aidans Körper versteifte sich für den Bruchteil einer

Sekunde, und seine Gesichtszüge verhärteten sich. Doch so schnell, wie diese Veränderung in seiner Stimmung aufgetaucht war, war sie auch wieder verschwunden. Vielleicht hatte ich sie mir lediglich eingebildet. »Willst du dich nicht lieber auf andere Orte konzentrieren als einen, den es bald nicht mehr geben wird?«

Nun war ich es, die sich versteifte. »Nein.« Ich schüttelte den Kopf. »Vielleicht erreicht mein Bericht ja die richtigen Leute und es lässt sich doch noch etwas ändern.«

Aidan schnaubte. »Das ist ganz schön naiv, meinst du nicht?«

»Wie bitte?« Ich schüttelte seine Hand ab und verschränkte die Arme vor der Brust. »Tut mir leid, dass ich wenigstens versuchen möchte, etwas zu bewirken. Mir wurde halt keine Mir-ist-alles-egal-Einstellung in die Wiege gelegt.«

Aidans Miene verfinsterte sich, und in seinen braunen Augen zeichnete sich ein unbeugsamer Sturm ab. Sein Kiefer mahlte, und er stieß den Atem zwischen den Zähnen aus. »So denkst du also immer noch von mir?«

»Nein, natürlich nicht«, sagte ich. Meine Worte waren weit unter die Gürtellinie gegangen. »Ich habe es nicht so gemeint. Manchmal rede ich, bevor ich denke, tut mir leid.«

Seine Züge wurden wieder weicher, und die bedrohlich wirkenden Wolken in seinen Augen wichen einer funkelnden Sonne. »Schon okay.«

Doch ich bezweifelte, dass es wirklich okay war. Zwar versuchte Aidan sich wieder an seiner üblichen Gelassenheit, die mir in den letzten Tagen so ans Herz gewachsen war, aber die Stimmung zwischen uns war gekippt, und ich trug die Schuld daran. Wieso musste ich auch das dringende Bedürfnis verspüren, ihn anzukeifen, da uns nur noch wenige gemeinsame Stunden blieben? Es gab hundert bessere Arten, diese Zeit zu nutzen, anstatt sich zu streiten.

Nichtsdestotrotz hatte ich das Gefühl, dass Aidan noch etwas anderes belastete. Etwas, worüber er nicht sprach. Finjas Worte gingen mir durch den Kopf und waren vielleicht sogar der Grund, aus dem mein Misstrauen geschürt war. Obwohl das nicht hätte sein sollen. Hätte ich Aidan nicht vertraut, hätte ich ihn nie so nah an mich herangelassen. Mein Verstand spielte mir sicher einen Streich, und wollte mich bloß vor einem gebrochenen Herzen bewahren.

»Freust du dich schon, Holly wiederzusehen?«, fragte Aidan und schob einen großen Ast beiseite, damit ich mich unter den hängenden Blättern hinwegducken konnte. Ich warf einen flüchtigen Blick über meine Schulter. Die anderen waren bereits etwas zurückgefallen.

»Ja, aber ich bin mir nicht sicher, wann wir uns sehen.« Ich verlangsamte mein Tempo, dem Aidan sich anpasste.

Fragend zog er die Brauen zusammen. »Sagtest du nicht, ihr habt eine gemeinsame Wohnung?«

»Schon, aber sie ist noch auf ihrer Familienranch in Texas«, erklärte ich. »Sie baut da gerade eine Auffangstation für wilde Tiere auf.«

»Wow! Das ist beeindruckend.« Aidan hielt einen Moment inne und nickte anerkennend.

»Das ist es wirklich«, sagte ich vor Stolz beinahe platzend. »Je nachdem, wie lange sie dort bleibt, fahre ich sie vielleicht besuchen.«

»Mach das auf jeden Fall. Und berichte darüber.«

Ich wollte das Thema kein weiteres Mal vertiefen, weshalb ich nur nickte. »Und du freust dich auf die Familie?« Dieser Small Talk fühlte sich komisch an, fast schon befremdlich. Aber es war trotzdem besser als die Stille zwischen uns. Denn die fühlte sich noch merkwürdiger an. Falsch.

»Ich werde schon am Ankunftstag wieder arbeiten.«

»Was?«, fragte ich entsetzt. »Bist du ein Workaholic oder so? Gönn dir doch mal eine Verschnaufpause.«

Mit einer überschwänglichen Handbewegung deutete er auf den Weg vor uns. »Das hier war meine Pause. Die Akkus sind voll, und auf meinem Schreibtisch wartet viel Arbeit.«

»Lass die doch deine Assistentin erledigen.«

»Das geht nicht. Das ist meine Aufgabe.«

»Was genau musst du denn machen?« Nun erwischte ich mich dabei, genau so neugierig und hartnäckig Fragen zu stellen wie Finja.

Aidan winkte ab. »Ach, ganz viel Papierkram. Ich will dich nicht mit Einzelheiten langweilen.«

Kurz überlegte ich, ob ich die Firma seiner Familie einfach mal in die Suchmaschine eingeben sollte, entschied mich aber dagegen. Das war ein Eindringen in seine Privatsphäre und ging mich im Grunde genommen auch nichts an. Trotzdem fragte ich mich, ob mehr dahintersteckte.

Oder seine Arbeit ist einfach trocken, und er will dich nicht zu Tode langweilen, genau wie er gesagt hat. Die kleine Stimme in meinem Kopf stöhnte genervt auf. Sie hatte ja recht, weshalb ich nicht weiter darüber nachdachte.

»Was hat George gesagt, wo wir Pause machen?«, fragte ich und faltete die Karte auf.

Aidan beugte sich darüber und deutete auf einen Fleck unweit des Camps. Wenn ich den Kopf drehte, würden unsere Lippen wieder wie von selbst zueinanderfinden. Mein Herz jubelte erneut bei dieser Aussicht, aber mein Verstand schüttelte missbilligend den Kopf. Konnte man ihn nicht einfach wegsperren?

»Das müsste bei der Felswand kurz vor dem kleinen Berg sein«, sagte ich.

Aidan lehnte sich noch dichter an die Karte, sodass ich das Gefühl hatte, er würde gleich darin verschwinden. Stirnrunzelnd nickte er. »Gut gemacht, Watson.« Er grinste verschmitzt. »Aber ich hoffe, du hast dir das mit dem Runterschubsen nicht doch noch anders überlegt.«

»Niemals!«, sagte ich viel zu schnell. »Das könnte ich mir nie verzeihen.«

»Gut, sonst würde ich dich als Geist heimsuchen und dir auch noch meine vier Schwestern auf den Hals hetzen. Glaub mir, das willst du nicht.«

Ich kicherte. »Das kann ich mir vorstellen.«

Zügig faltete ich die Karte wieder zusammen und schob sie mir in die Tasche. Wenn wir einen Zahn zulegten, dann sollten wir unser Ziel in wenigen Stunden erreicht haben. Wovor es mir ehrlich schon graute. Von dort aus war es nur noch ein Katzensprung ins Camp. Morgen Mittag sollten wir zurück sein.

Das bedeutete, ich hatte nur noch wenige Stunden Zeit, um mir über alles klar zu werden. Und es waren nur noch wenige Stunden, bis der schmerzliche Abschied bevorstand. Ich wusste nicht, ob ich schon bereit dafür war.

Nein, das war gelogen. Ich war ganz und gar nicht bereit dafür, mich von Aidan, Finja und der Insel zu verabschieden, und würde es vermutlich auch niemals sein.

Ein letztes Mal bauten wir einen Unterschlupf für die Nacht. Da der Himmel sich über den Tag zugezogen hatte, konnten wir davon ausgehen, dass es regnen würde.

Während die Familie Weber ihre Plane zwischen zwei Bäume spannte und ihr Nachtlager darunter aufbaute, holten Aidan und Laurin ein paar stabile Äste aus dem Wald. Ich sah ihnen dabei zu, wie sie Holz so anordneten, dass es eine Art dreieckige Hütte formte. Die großen Äste wurden dabei zur Stabilisierung genutzt und mit kleineren bestückt, die ein Dachkonstrukt bildeten.

»Lass uns ein paar Zweige holen«, sagte Finja und deutete kopfnickend Richtung Wald. Seufzend wandte ich mich ab. Aber nicht ohne einen letzten Blick auf das Muskelspiel von Aidans Armen zu werfen, während er den Unterschlupf errichtete. Es gab kaum etwas Attraktiveres als Männer, die mit bloßen Händen schwer schufteten.

Finja und ich bückten uns nach einzelnen Zweigen, an denen genügend Blätter hingen, damit sie als Schutz vor dem möglichen Regen dienen konnten. Einzelne Tropfen würden sie zwar durchlassen, und auch winddicht waren sie nicht, aber es sollte ausreichen. Morgen waren wir schließlich wieder im Camp.

»Wir haben genug«, durchbrach ich nach einer Weile die Stille. Selbst Finja war so mit ihren eigenen Gedanken beschäftigt, dass sie nicht sprach. Als wir zurück am Platz waren, halfen wir den Männern dabei, das Dach mit den Zweigen zu bedecken. Anschließend nahm ich mein Journal aus dem Rucksack, und wir gingen zu den anderen ans Feuer.

Die Gespräche waren rar gesät. Ich nutzte die Gelegenheit, über den grünen Einband zu streichen und die Buchdeckel aufzuklappen. Ein letztes Mal würde ich meine Gedanken mitten im Dschungel zu Papier bringen. Ich atmete noch einmal tief durch, ehe ich den Fineliner ansetzte und meinen Eintrag erstellte.

Er war wirr, bestand aus vielen zusammenhangslosen Sätzen. Damit spiegelte er genau das Chaos in meinem Kopf wider.

Als ich den Blick hob, sah ich Aidan, der gegen die Felswand gelehnt dasaß. Auch er hatte sein Notizheft im Schoß und zog mit einem Bleistift einzelne Linien über das Papier. Dabei hatte sich ein strenger und zugleich grüblerischer Ausdruck auf sein Gesicht gelegt. Was er wohl zeichnete?

Wie von selbst stand ich auf und ging zu ihm rüber. Als er mich bemerkte, schloss er das Heft und schob es hinter sich, zwischen seinen Rücken und die Felswand.

»Du zeigst wirklich nicht gern anderen deine Zeichnungen, was?«, fragte ich lachend und ließ mich neben ihn auf den Boden gleiten. Ich zog die Knie an und bettete mein Kinn darauf.

Aidan lächelte und schüttelte dabei sacht den Kopf. »Nein, tu ich nicht.«

»Schade«, sagte ich ehrlich, denn ich hätte zu gern gesehen, welche Motive er mochte.

»Wann hast du Geburtstag?«

»Achtzehnter Januar, wieso?«

»Steinbock, das hätte ich wissen müssen.« Nun lachte Aidan so inbrünstig, dass auch ich schmunzeln musste.

»Sag nicht, du glaubst an Horoskope?«, wollte ich misstrauisch wissen.

»Eigentlich nicht, aber du bist der personifizierte Steinbock. Ruhig, ehrgeizig, listenfanatisch.« Er grinste. »Soll ich weitermachen?«

»Schon gut«, entgegnete ich kopfschüttelnd. »Aber warum wolltest du meinen Geburtstag wissen?«

Aidan lehnte seinen Kopf an den Stein und betrachtete mich. Die knisternden Flammen vor uns sonderten eine unglaubliche Hitze ab. »Damit ich dir ein Bild zeichnen und schenken kann.«

»Du willst etwas für mich zeichnen?« Unglaube lag in meiner Stimme. »Ich habe noch nie etwas Handgemachtes bekommen.«

»Dann wird es ja langsam Zeit.« In seinen Augen flackerten zahlreiche Emotionen. Ihm war bewusst, was er eben gesagt hatte. Wenn er mir ein Geburtstagsgeschenk machen wollte, wollte er nicht, dass wir getrennte Wege gingen. Vor allem, da ich erst in einem halben Jahr zweiundzwanzig wurde.

»Wann ist dein Geburtstag?«

»Achter März.«

»Ah, Fische. Das erklärt einiges.« Nun war ich es, die lachen musste. »Guter Zuhörer, Familienmensch, chaotisch und ein absolutes Rätsel, das man nicht knacken kann.«

»Ich dachte, du hältst nichts von Horoskopen.« Seine Mundwinkel kräuselten sich. Das Feuer tanzte in seinen Augen.

»Tu ich auch nicht.«

»Das ist schade.« Er drehte sich so, dass er mich genau im Blick hatte. »Dabei ergänzen sich Steinbock und Fische doch so gut.«

Mein Herzschlag beschleunigte sich. Ich streckte die Beine von mir und lehnte mich ebenfalls gegen die Wand. »Stimmt, eine romantische Ader sollen Fische ja auch haben.«

Aidan legte die Hand auf meinen Oberschenkel. Augenblicklich fing mein Körper Feuer. »Zumindest, wenn sie den richtigen Partner gefunden haben.«

Mir stockte der Atem. Ich wusste nicht, weshalb ich ausgerechnet am anderen Ende der Welt auf einen Mann treffen musste, der solche Dinge sagte. Wünschte sich nicht jede Frau insgeheim einen warmherzigen Romantiker? Aber warum musste es gerade Aidan sein? Und wieso musste er meinen Puls so aus dem Takt bringen, obwohl wir nicht wussten, was nächste Woche war?

Es fiel mir zunehmend schwer, meine Gefühle zu kontrollieren. Vor allem, wenn er mich so ansah – ehrlich lächelnd, Glück in den Augen und Worte auf den Lippen, die meine Seele auf eine Weise berührten, wie es noch nie jemand geschafft hatte.

Ich legte meine Hand auf Aidans, verschränkte unsere Finger ineinander und blickte zum Feuer. Denn ich konnte ihn gerade nicht ansehen. Die Ungewissheit machte alles so verdammt schwer, und ich hatte Angst. Angst davor, verletzt zu werden. Denn obwohl das Herz kein Knochen war, wurde es doch am häufigsten gebrochen.

Kapitel 22

»Du bist so still«, sagte ich und drückte Aidans Hand.

Sein Mundwinkel zuckte. »Du doch auch.«

»Touché.« Ich klang unsicher, obwohl ich es nicht war. »Woran denkst du?«

Er holte so tief Luft, dass der Stoff seines Shirts um seine Brust herum spannte. »Vermutlich an dasselbe wie jeder von uns.«

Ich nickte und sagte nichts mehr. Denn es gab keine Worte, um meine Empfindungen zu beschreiben. Je weiter wir liefen, desto mehr spürte ich das Brechen meines Herzens. Einen Schritt gehen, ein Stück brechen. Es tat weh, so schrecklich weh.

Eigentlich hatte ich mir fest vorgenommen, nicht daran zu denken, sondern jede Minute auszukosten. Aber ich hatte die Rechnung ohne meine Gefühle gemacht. Ich ließ den Blick über die Gruppe wandern. Jeder von ihnen schwieg. Jeder hielt den Kopf gesenkt, und niemand bestaunte mehr die Wunder, die die Natur für uns bereithielt. Nicht einmal den Weber-Zwillingen war noch nach Toben.

»Jetzt schaut doch nicht wie sieben Tage Regenwetter.« Ich rechnete es George hoch an, dass er versuchte, irgendwie die Stimmung zu heben. Aber er musste verstehen, dass die trüben Gedanken nun mal überhandnahmen.

Nacheinander schaute er in unsere Gesichter, dabei senkten sich seine Mundwinkel immer weiter. »Sollen wir es ihnen sagen?«, fragte er Leah.

Grinsend nickte sie. »Es gibt heute Abend noch eine große Abschiedsparty.« Erfreut klatschte sie in die Hände, doch wir anderen teilten diese Freude gerade nicht.

»Na, wenigstens ein letzter schöner Abend«, sagte Aidan und versuchte sich an einem Lächeln. Normalerweise brachte es seine Augen auf eine ganz besondere Weise zum Funkeln, doch heute blieb deren Farbe trist. »Machen wir das Beste daraus, ja?«

»Ja, natürlich«, sagte ich. Ich wollte den Abend genießen, das wollte ich wirklich. Aber ich wusste nicht, ob es mir gelingen würde, die negativen Gedanken gänzlich abzuschütteln. Aidan zuliebe versuchte ich es.

Als das Hauptgebäude des Camps wieder in Sicht kam, lächelte ich trotz allem. Wochenlang hatten wir im Wald auf dem Boden, auf Felsvorsprüngen oder Lichtungen geschlafen. Mein Körper würde mir eine weiche Matratze vor dem ewig langen Flug nach L. A. danken.

Wir kamen am gleichen Pfad wieder an, den wir schon auf dem Hinweg genommen hatten. Es war Mittag, die Sonne knallte mir auf den Schädel, und der Schweiß rann mir über den Körper. Auf eine echte Dusche freute ich mich ebenso wie auf das kuschelige Bett. Also hatte unsere Rückkehr doch nicht nur schlechte Aspekte zu bieten.

Auf dem kleinen Teich schwammen auch heute die Seerosen, und als ich die Bank unter dem Schatten spendenden Baum sah, wurde ich wehmütig. Das hier war der Ort, an dem ich mich das erste Mal vernünftig mit Aidan unterhalten hatte. Der Ort, der mir bewusst gemacht hatte, dass hinter seiner machohaften Fassade ein weicher Kern steckte.

»Das Essen wird heute nicht im Speisesaal serviert, sondern direkt am Lagerfeuer«, erklärte George. »Packt erst mal in Ruhe und genießt die freien Stunden.«

Wir bogen auf die Lichtung des Basistrainings ab. Von dort war es nur noch ein Katzensprung bis zum Haupteingang. Die Erinnerungen strömten auf mich ein, kaum dass wir die Schwelle übertraten. Mein Kopf war dabei, all die verschiedenen Eindrücke der letzten Wochen zu sortieren. Es war so viel passiert, und es würde sicher eine Weile dauern, ehe ich alles verarbeitet hatte.

Aidans Finger glitten aus meinen, und sofort überzog mich eisige Kälte. Er lehnte sich nach vorn und küsste meinen Scheitel. »Bis nachher.«

»Bis nachher«, erwiderte ich und beobachtete, wie er den breiten Flur entlangging. Die eine Hand vergrub er in der Hosentasche, während er sich mit der anderen durch die Haare fuhr. Ich verinnerlichte diesen Anblick, so gut es ging.

Auch Finja und ich holten unsere Schlüssel und gingen zurück ins Zimmer. Als Erstes nahm ich den Rucksack ab und warf mich aufs Bett. Den Kopf drückte ich in das weiche Kopfkissen. »Wie habe ich das vermisst!«

»Und ich erst.« Lachend sprang Finja mit Anlauf ebenfalls auf ihr Bett und schmiegte sich in den flauschigen Stoff.

»Unglaublich, wie man manche Dinge erst zu schätzen weiß, wenn man eine Weile darauf verzichten musste«, murmelte ich. Mein Leben lang hatte ich ein weiches Bett als selbstverständlich genommen, obwohl es Millionen

Menschen gab, denen ein solcher Luxus nicht vergönnt war.

Mein lädierter Körper schmerzte, das spürte ich erst jetzt richtig. Ich konnte mir beim besten Willen nicht vorstellen, wie es war, ein Leben unter ärmlichen Bedingungen zu führen, und doch gab es dort draußen so viele, denen nichts anderes übrig blieb. Der Gedanke daran tat weh.

»Was ziehst du nachher an?« Schlagartig sprang Finja wieder auf und kniete sich neben ihren geöffneten Koffer auf den Boden. Ihr blonder Haarschopf verschwand aus meinem Sichtfeld.

»Ähm. Keine Ahnung. Irgendwas«, erwiderte ich verwirrt.

Finja nuschelte einige Worte, die ich nicht verstand. Dann tauchte sie wieder auf. »Tadaaa!« Sie wedelte mit einem roten Kleidungsstück über ihrem Kopf herum. »Das hier ist für dich. Bitte, zieh es an. Bitte, bitte, bitte.«

Sie warf es zu mir rüber, und ich schaute es mir lachend an. »Wow, ist das schön«, hauchte ich, als ich das bordeauxrote Kleid vor mir ausbreitete. Es hatte dünne Träger und war um den Oberkörper herum eng anliegend, während es einen weiten glockenförmigen Rock besaß, der mir etwa bis zu den Knien reichen musste. »Willst du das nicht tragen?«

»Ich habe noch mehr schicke Kleider dabei.«

»Wieso hast du so etwas überhaupt mitgenommen?« Mit den Fingern fuhr ich über den Stoff und stellte mir Aidans Gesichtsausdruck vor, wenn ich darin vor ihm auftauchte.

»Für den Fall der Fälle.« Finja zuckte mit den Schultern.

»Ich habe mir schon gedacht, dass wir vielleicht den einen oder anderen freien Abend haben würden, an dem wir uns schick machen können.«

Eigentlich war ich eher der Hosentyp. Kleider waren oft unbequem und unpraktisch. Man musste immer darauf achten, wie man sich bewegte, wenn man nicht jedem seinen Hintern präsentieren wollte. Aber heute Abend war mir ausnahmsweise danach, mich aufzustylen. »Danke, Finja.«

»Ist doch klar. Aidan soll dich lieber so als stinkend und verschwitzt in Erinnerung behalten.« Sie lachte und wackelte dabei mit den Augenbrauen. »Wobei er dich so oder so vernaschen wird.«

Ich ertastete das Kissen hinter mir, holte aus und warf es ihr lachend an den Kopf. »Du redest Unsinn. Wie wäre es denn mit dir und Laurin? Ihr scheint euch auch nicht mehr an die Gurgel zu gehen, lebt nicht allzu weit voneinander entfernt ...«

Finjas Kopf schnellte in die Höhe, dann schüttelte sie ihn so sehr, dass ich schon vom Zusehen ein Schleudertrauma bekam. »Nein. Er ist okay, aber er erinnert mich zu sehr an jemanden.«

»An wen?«, fragte ich. Heute war der letzte Abend, nun konnten wir die Karten auf den Tisch legen.

Sie seufzte. »Jemanden aus meiner Vergangenheit. Jemand, mit dem ich die schönste Nacht meines Lebens verbracht habe. Aber es hat nicht gut geendet.«

»Wieso das? Ist das der Kerl, der dich kurz vor der Abreise sitzen gelassen hat?«

»Nein.« Noch einmal schüttelte sie den Kopf. »Nach dieser Nacht vor drei Jahren ist er in Urlaub gefahren. Er hat versprochen, sich danach zu melden, aber ... na ja.«

»Das tut mir leid.«

»Ach, ist schon gut.« Finja winkte ab. »Danach habe ich mir geschworen, dass Schluss mit Männern ist. Dann kam mein Freund, mit dem ich aber nur kurz zusammen war. Es hat einfach nicht funktioniert. Ich glaube, es gibt für jeden Topf nur einen passenden Deckel, und ich habe meinen verloren. Deshalb wünsche ich mir so sehr, dass wenigstens du dein Glück findest, Kim.«

Ich schwang die Beine vom Bett, stand auf und ging neben Finja in die Hocke. Dann zog ich sie so fest an mich, dass sie wild um sich schlug, weil sie keine Luft bekam. »Danke, Finja. Ich danke dir wirklich so sehr. Für deine Worte. Deine Freundschaft. Einfach alles.«

»Mhmm mhhmm«, machte sie, woraufhin ich von ihr abließ und sie erst mal tief einatmete. »Hör auf, sonst muss ich noch heulen.« Sie schniefte, und auch ich war den Tränen nah.

Ich hatte diese Reise nicht mit der Absicht angetreten, eine Freundin zu finden, und doch war Finja meine engste Vertraute hier auf der Insel geworden. »Wir halten Kontakt, ja?«

»Auf jeden Fall! Und wenn ich eine Woche nichts von dir höre, dann steige ich in den nächsten Flieger von Stockholm nach Los Angeles, um dich persönlich zur Rede zu stellen.« Mit dem Handrücken wischte sie sich über die Schniefnase.

»Deal«, sagte ich und zog sie noch einmal fest an mich.

Mein Herz raste so sehr, dass man es unter dem Stoff des Kleides deutlich sehen konnte. Finja stand hinter mir und kämmte meine Haare ordentlich durch, um mir danach einen französischen Zopf zu flechten.

Meine Finger zitterten, und meine Handflächen wurden feucht. Ich hatte das Gefühl, am ganzen Körper zu schwitzen, obwohl ich erst vorhin eine ausgiebige Dusche genommen und mich gründlich gewaschen hatte. Keine Ahnung, warum ich so nervös war. Vielleicht vor Aufregung, weil es der letzte Abend war. Vielleicht vor Freude, Aidan gleich wiederzusehen. Vielleicht war es auch einfach die Ungewissheit. Schließlich konnte ich nicht mit Sicherheit sagen, was die Nacht bereithielt.

Mit ein paar schnellen Handbewegungen zauberte Finja mir eine Frisur, dann drehte sie den Stuhl so, dass ich sie anschaute. Anerkennend nickte sie und holte einen Kosmetikbeutel hervor. »Nur noch ein wenig Farbe ins Gesicht.«

»Okay«, fiepte ich. Ein bisschen Make-up konnte nicht schaden. Meine dunklen Augenringe waren ein Überbleibsel der letzten Wochen, und trotz der Sonne, die die meiste Zeit über geschienen hatte, war ich blass. Es würde mich nicht wundern, wenn ich mit einer schweren Erkältung nach Hause kam.

Wenige Minuten später setzte Finja den letzten Pinselstrich. »Fertig.«

»Ich hoffe, ich sehe nicht wie ein Clown aus.«

»Nein, du siehst fantastisch aus. Wenn Aidan dich so nicht will, hat er ein ernsthaftes Problem.«

Ganz langsam drehte ich mich um und schaute in den Spiegel. Mir klappte die Kinnlade herunter. Finja hatte es binnen weniger Minuten geschafft, mich frisch und zugleich verführerisch wirken zu lassen. »Danke, das sieht richtig schön aus!«

»Freut mich, dass es dir gefällt.«

»Und wie!« Sie hatte meine Augenringe verdeckt und mir eine sanfte Röte ins Gesicht gezaubert. Meine hellen Augen hatte sie perfekt hervorgehoben, sodass das Blau wie ein Saphir strahlte.

»Dann können wir los, oder?«

Nickend stand ich auf. Meinen Herzschlag noch unter Kontrolle bringen zu wollen gab ich auf.

Kaum dass wir unser Zimmer verließen, drangen bereits zahlreiche Stimmen an unsere Ohren. Die Stimmung schien ausgelassener zu sein als noch vorhin. Wir beschleunigten unsere Schritte.

Die warme Abendluft pustete uns entgegen, als wir nach draußen traten. Der Rock meines Kleides schwang wie eine Glocke hin und her. Finja hatte sich für ein enges grünes Kleid entschieden, das sie mit der Umgebung verschmelzen ließ.

Das Lagerfeuer knisterte, und je näher wir kamen, desto aufgeregter wurde ich. Die Mitarbeiter hatten sich Mühe gegeben, eine besonders schöne Atmosphäre zu schaffen. Es war ein Pavillon aufgestellt worden, unter dem sich ein riesiges Buffet türmte. Am Dach waren kugelförmige Lichterketten befestigt, die in einem warmen Gelbton leuchteten. Neben den Speisen war eine kleine Bar aufgebaut, hinter der George grinsend Drinks mischte. Er schüttelte den Cocktailshaker, als befände er sich völlig in seinem Element.

»Erst etwas trinken?«, fragte Finja und steuerte bereits die Bar an.

Aber ich hielt inne und schüttelte den Kopf. Denn zwischen all den Menschen, die sich um das Lagerfeuer versammelt hatten, machte ich die Person aus, die mein Herz höherschlagen ließ.

»Gut, habt Spaß. Tut nichts, was ich nicht auch tun würde.« Finja sprach genau wie Holly.

Während sie zur Bar ging, verschränkte ich die Hände hinter dem Rücken. Das musste wie die Haltung eines schüchternen Mädchens aussehen, aber genau so fühlte ich mich gerade.

Aidan stand seitlich zu mir und hielt sich gerade einen Alubecher an die Lippen. Ich hatte nicht damit gerechnet, dass auch er sich in Schale werfen würde, aber er hatte Wanderhose und T-Shirt gegen Jeans und ein aufgeknöpftes Hemd getauscht, unter dem er ein schwarzes Muskelshirt trug. Die Haare waren wieder zu einem Zopf gebunden, und den Bart hatte er sich gestutzt.

Als ich näher kam, befeuchtete ich meine Lippen und schluckte, den Blick starr auf ihn gerichtet. Langsam drehte Aidan sich zu mir um, so als hätte er mein Starren bemerkt – was gar nicht weit hergeholt war, da er genau das des Öfteren gesagt hatte. Verblüfft blinzelte er, als er mich sah. Er entschuldigte sich bei Ravi, mit dem er eben in ein Gespräch vertieft gewesen war, und kam auf mich zu.

»Du siehst ...« Aidan hielt inne und schaute mich von oben bis unten an. Dabei ließ er sich alle Zeit der Welt. »Wow!«

»Danke«, sagte ich verlegen. Glücklicherweise hatte Finja mir Rouge aufgetragen, sodass er meine glühenden Wangen nicht bemerken konnte. »Du auch.«

Aidan nahm noch einen kräftigen Schluck, dann zog er mich an sich und legte seine Lippen auf meine. Im Gegensatz zu den letzten Tagen gab er sich keine Mühe, seine Gefühle vor den Augen der anderen zu verbergen. Er schmeckte nach dem Gin Tonic, der sich in seinem Becher befinden musste.

»Möchtest du auch etwas trinken?«

Ich nickte und legte meine Hand in seine. Das Feuer sonderte eine unglaubliche Hitze ab. Im Hintergrund spielte leise Musik, die aber von den Gesprächen der Gruppe übertönt wurde.

George mixte mir den besten Cuba Libre, den ich jemals getrunken hatte. Ich konsumierte nicht oft Alkohol, aber heute war ein besonderer Anlass, und ich konnte allen Mut gebrauchen.

Aidan führte mich zurück zum Feuer, um das zahlreiche zu Bänken umfunktionierte Stämme aufgereiht waren. Während ich an meinem Drink nippte, zog sich eine Gänsehaut über meinen Körper, die von Aidans Blicken herrührte. »Was ist?«, fragte ich amüsiert.

Er fuhr sich über die Lippen, ehe er sie erst an meine Wange und anschließend an meinen Hals legte. »Du machst mich einfach nur wahnsinnig«, hauchte er.

»Gleichfalls«, keuchte ich mehr, als dass ich sprach. Dennoch legte ich die Hand an seine Brust und schob ihn von mir. Nicht weil ich all das nicht wollte. Es war nur nicht der richtige Ort.

Ich hatte erwartet, dass Enttäuschung in seinem Blick liegen würde, doch als ich hochsah, war davon nichts zu erkennen. Stattdessen schaute er mir tief in die Augen, sodass ich beinahe das Gefühl hatte, er würde mir in die

Seele blicken. Er öffnete den Mund, schloss ihn aber wieder und schüttelte sacht den Kopf.

Verwirrt runzelte ich die Stirn. »Möchtest du etwas sagen?«

»Ja«, sagte Aidan. »Nein. Es ist nicht wichtig.«

»Was denn nun? Ja oder nein?« Ich lachte.

Aber Aidan hob nicht einmal die Mundwinkel zu einem Lächeln an. Er betrachtete mich einfach nur, und ich meinte, in seinen Augen einen wütenden Sturm zu erkennen. Sein Blick huschte umher, die Gespräche um uns herum wurden allmählich leiser und die Musik dafür umso lauter. Der elektronische Beat wechselte zu einem rhythmischen Trommeln und einer Frau, die im Hintergrund auf Spanisch sang.

Aidan stellte seinen Becher neben sich ab, dann riss er mir meinen aus der Hand. Meinen Protest ignorierte er und zog mich einfach auf die Beine. »Tanz mit mir.«

»Was? Nein. Ich kann nicht tanzen«, entfuhr es mir leicht panisch. Zwar lächelte Aidan jetzt, aber ich meinte es völlig ernst. Mein Taktgefühl war nicht vorhanden, und sobald ich versuchte, mich rhythmisch zu bewegen, sah ich wie ein Zitteraal aus.

Aidan legte seine Lippen an mein Ohr. »Vertrau mir.«

Meine Knie wackelten, doch ich nickte und ließ mich von ihm ums Feuer führen. Er legte meinen linken Arm um seine Schultern und nahm meine rechte Hand in seine. Die andere legte er mir an den unteren Rücken und drückte mich noch näher an sich. So nah, dass ich jeden seiner Brustmuskeln an mich geschmiegt spürte und den Geruch von Aftershave aufnahm.

»Bereit?«, fragte er.

»Na ja.« Die Antwort genügte Aidan, um sich im Takt der Musik zu bewegen. Es kostete mich viel Überwindung, mein komplettes Vertrauen in ihn zu legen und ihm die Führung zu überlassen.

»Du musst nicht so verkrampft sein«, sagte Aidan leise. »Lass dich einfach fallen.«

Ich atmete tief durch und nickte erneut. Mit einem Mal fiel sämtliche Anspannung von mir ab, und ich konnte den Augenblick genießen. Je länger wir eng umschlungen tanzten, desto vergnügter fühlte ich mich. Es war nicht perfekt, und meine Füße verknoteten sich öfter, als mir lieb war, aber Aidan lachte mich nicht aus, und das befeuerte mich.

»Woher kannst du das so gut?«, wollte ich wissen. Aidan beeindruckte mich von Tag zu Tag mehr. Sein Körper bewegte sich so geschmeidig, und seine Hüftbewegungen waren so präzise, als hätte er in seinem gesamten Leben nichts anderes getan, als zu tanzen.

Er stützte sein Kinn auf meinem Kopf ab. »Dass meine Mutter Dominikanerin ist, weißt du ja. Tanzen gehört in unsere Kultur wie die Luft zum Atmen. Daher wurde ich schon als kleiner Junge in eine Tanzschule geschickt.«

»Das ist schön.«

»Doch bis heute habe ich nie mit einer so schönen Frau getanzt.«

Mein Herz flatterte, und ich presste meinen Kopf enger an seine Schulter. Von den vielen Drehungen war mir schon ganz schwindelig, aber unter keinen Umständen wollte ich jetzt von Aidan ablassen.

Nach einigen weiteren Liedern war er allerdings kurz davor, mich zurück zu unserem Platz zu bringen.

»Nicht«, sagte ich und umklammerte seinen Oberkörper.

Leise lachte er in meine Haare und fuhr mit der Hand über meinen Rücken. »In Ordnung.«

Mir wurde schwer ums Herz, denn ich wusste, dass dies unser letzter Tanz sein würde.

Die Hand um meine Taille geschlungen, führte er mich im Takt der Musik um das knisternde Lagerfeuer. Dabei streifte sein warmer Atem meine Wange. Ein angenehmes Prickeln fuhr über meine Haut und ließ mich in Flammen stehen.

Die Klänge wurden langsamer, woraufhin auch wir uns dem Rhythmus anpassten. Wie zwei Teile eines Puzzles schmiegten wir uns aneinander, genossen den Augenblick, der meinetwegen ewig hätte währen können.

Wir drehten uns um das Feuer. Ich blendete alles aus, auch die melancholische Frauenstimme, die leidend sang. In diesem Moment gab es nur Aidan und mich. Zwei Menschen, die sich vor wenigen Wochen noch völlig fremd gewesen waren und die doch so vieles miteinander verband. Zwei Menschen, deren Herzen im Einklang schlugen.

Aidan sang das mir unbekannte Lied leise mit. Seine Stimme war sanft und rau zugleich. Sie ließ mich erschaudern. Auch wenn ich kein Wort verstand, hätte ich ihm für immer beim Spanischsprechen zuhören können.

»Gibt es etwas, das du nicht kannst?«

»Was meinst du?« Ich spürte sein Lächeln.

»Deine Stimme. Das klingt unglaublich schön. Was bedeutet es?«

Mit den Fingerspitzen fuhr Aidan meinen Arm entlang, bis er bei meiner Schulterpartie angekommen war. Dann strich er über mein Kinn und hob es so an, dass ich nicht anders konnte, als ihm in die Augen zu sehen. Ein trauriger Schimmer lag in seinem Blick.

»Es bedeutet«, ganz sanft küsste Aidan meine Stirn, »bitte sag mir nicht, dass ich dich nie wiedersehe.« Dann küsste er meine Nasenspitze. »Denn für mich ist ein Leben kein Leben«, mit dem Zeigefinger hob er mein Kinn noch weiter an und hauchte die letzten Worte an meinen Mund, »wenn du nicht an meiner Seite bist.«

Er presste seine Lippen auf meine. Hart und ungezähmt. Wir legten all unsere Gefühle in diesen Kuss. Allen voran den tief sitzenden Schmerz, der mich fest in den Klauen hielt. Wie eine Ertrinkende krallte ich mich in sein Hemd, als wollte ich ihn nie wieder loslassen. In meiner Brust spürte ich mein Herz brechen. Stück für Stück, bis es nichts weiter als ein Scherbenhaufen war.

Als Aidan sich von mir löste, war nichts mehr von meinem Herzen übrig. Unbeabsichtigt hatte er es mir gestohlen, und ich hatte es zugelassen.

»Ich wünschte, diese Nacht würde niemals enden«, raunte er an mein Ohr.

»Das wünschte ich auch«, erwiderte ich flüsternd. Als die Musik allmählich verklang, ließ er von mir ab. Die Reflexion der Flammen tanzte in seinen Augen. In seinem Blick spiegelten sich dieselben Emotionen, die auch in meinem Inneren tobten.

Wir hatten womöglich nur noch diese eine Nacht und sollten sie zur besten unseres Lebens machen. Denn manchmal war es besser, mit einem Lächeln loszulassen, als unter Tränen festzuhalten.

Kapitel 23

Der Abend verging wie ein Wimpernschlag. Das Feuer war beinahe erloschen und die meisten bereits zum Schlafen ins Haus gegangen. Am liebsten wäre ich noch bis zum Morgengrauen hier draußen geblieben, an Aidans Schulter geschmiegt mit dem Duft von brennendem Holz in der Nase und den funkelnden Sternen über uns. Doch die Mitarbeiter wollten in Ruhe abbauen und wir sie dabei nicht stören.

Aidan hob meine Hand an seine Lippen und küsste sie sanft. Ich liebte die Art und Weise, wie er meine Haut mit Küssen bedeckte, wann immer sich ihm die Gelegenheit bot.

Langsam schlenderten wir in Richtung Eingang. Die morschen Stufen zur Veranda knarzten leise unter unseren Schritten, und die Tür quietschte, als wir sie aufschoben.

Vor meinem Zimmer blieb Aidan stehen. Ich stand mit dem Rücken gegen das Holz gelehnt und schaute ihn an. Aidan trat einen Schritt auf mich zu und stützte die flache Hand direkt neben meinem Kopf an der Tür ab. Sein Adamsapfel trat hervor, als er schluckte. »Also …« Er räusperte sich, sein Blick huschte an mir vorbei, ehe er den meinen wieder auffing. Unsicherheit flackerte in seinen Augen auf. »Gute Nacht, schätze ich?«

Ich war mir nicht sicher, ob es eine Frage oder eine Aussage sein sollte. Und warum sich mein Kinn wie mechanisch auf- und abbewegte. »Ja, Gute Nacht.«

Aidan befeuchtete seine Lippen und gab mir einen Abschiedskuss. Er strich mir lächelnd eine losgelöste Strähne hinters Ohr, ehe er sich abwandte und den Flur hinunterging.

Mein Herz hämmerte unaufhörlich gegen meinen Brustkorb. Schnell schlüpfte ich durch die Tür und schloss sie hinter mir.

»Hallo? Wer ist da?« Finja sprang förmlich aus dem Bett zum Lichtschalter. Verwirrt schaute sie mich an. »Kim? Was machst du hier?«

»Das ist auch mein Zimmer.«

»Das ist mir bewusst, aber solltest du nicht bei Aidan sein?«

Sollte ich? Ich wusste es nicht. Ich wusste gar nichts mehr. Die Gefühle überrollten mich wie eine Lawine und begruben mich unter sich. Langsam rutschte ich die Tür hinunter, bis ich Boden unter mir spürte. Ich schlug die Hände vor das Gesicht und brach in Tränen aus.

»Hey, shhh.« Finja hockte sich neben mich und zog mich in ihre Arme. »Was ist denn los? Hat er dir irgendetwas getan?«

Schluchzend schüttelte ich den Kopf. »Nein.«

»Was ist es dann?«

»Ich weiß es nicht«, schniefte ich; mein Körper bebte noch immer. »Das mit Aidan sollte nichts weiter als ein Urlaubsflirt werden. Und jetzt ... Ich weiß nicht, was ich fühle. Ich weiß nur, dass ich nicht will, dass es heute endet. Ich will wissen, worauf das mit uns hinauslaufen könnte, wenn wir dem eine Chance gäben. Aber ich habe Angst …« Ich schloss die Augen und atmete tief durch. Finja hörte sich meine wirren Gedanken schweigend an. Als ich mich gesammelt hatte, hob ich die Lider wieder. »Tut mir leid, dass ich dich so überfallen habe. Ich sollte mit Aidan darüber sprechen.«

»Das solltest du«, erwiderte Finja und half mir auf die Beine.

Ich warf einen letzten Blick an mir hinunter und strich das Kleid glatt. »Wünsch mir Glück.«

Finja hob die Daumen.

»Danke.« Lächelnd öffnete ich die Tür und ging zurück auf den Flur. Aidans Zimmer war nicht weit entfernt, und doch kam mir die Strecke endlos vor. Meine Beine drohten unter mir wegzuknicken, und mein Herz – tja, das tat, wozu es bestimmt war. Es schlug für einen Mann, den ich noch vor wenigen Wochen zum Teufel gewünscht hatte.

Eine Weile stand ich einfach da und schaute die goldene Plakette an seiner Zimmertür an – Nummer sieben.

Nur wenige Zentimeter Holz trennten mich von ihm, aber jetzt, in diesem Augenblick, schien es sich um eine unüberbrückbare Distanz zu handeln. Eine Hürde, die ich nicht überwinden konnte. Ich wollte das – hier sein, bei ihm. Die Angst war trotzdem allgegenwärtig.

Es gab nichts zu verlieren, denn mein Herz gehörte Aidan bereits. Sollte er mich jetzt abweisen, würden wir uns nach morgen nie wiedersehen müssen.

Ein letztes Mal holte ich tief Luft und sammelte allen Mut, den ich in den Tiefen meines Körpers finden konnte. Ich ballte die Hand zur Faust, doch bevor ich klopfen konnte, wurde die Tür aufgerissen.

»Ähm … ich.« Gott, wie geistreich mein kindliches Gestammel klang. »Tut mir leid, ich kann wieder gehen, wenn du schlafen wolltest. Ich wollte nur …« Ja, was eigentlich?

Aidan öffnete die Tür ein Stück weiter. Lediglich das schwarze Muskelshirt bedeckte seinen durchtrainierten Oberkörper. Verlegen fuhr er sich durch die Haare und trat dann einen Schritt beiseite. »Ich wollte auch gerade zu dir. Komm rein. Also wenn du willst. Wir können stattdessen raus oder …«

»Ich komme rein«, sagte ich lächelnd und schob mich an ihm vorbei ins Zimmer. Ich war erleichtert, dass ich nicht als Einzige nervös zu sein schien. Nur wusste ich nicht, weshalb es Aidan genauso ging. Aber das war zweitrangig. Ich musste erst mal die Gunst der Stunde nutzen, ehe mich der Mut verließ.

Aidan schloss die Tür hinter sich. Als er sich mir wieder vollständig zugewandt hatte, sprudelten die Worte aus mir heraus.

»Ich will nicht, dass es vorbei ist«, sagte ich atemlos. »Du magst mich für verrückt erklären, aber ich denke, dass du und ich eine Chance verdient haben, Aidan. Ich bringe es nicht über mich, dich morgen gehen zu lassen. Es bricht mir das Herz, nur daran zu denken, dass wir uns nie wiedersehen könnten.«

Ein ehrliches Lächeln zeichnete sich auf seinem Gesicht ab. Erleichtert atmete ich auf, als er nach meinen Händen griff und sie sanft drückte. Er legte seine Stirn an meine. »Das will ich doch auch nicht.« Aidan schluckte, und ich hatte das Gefühl, dass ihm noch weitaus mehr auf der Seele brannte.

Tränen sammelten sich in meinen Augen. »Das klingt nach einem *Aber.*«

»Mhm.« Er nickte. Mein Herz brach erneut. Ich malte mir das Schlimmste aus. »Ich habe nicht damit gerechnet, jemanden kennenzulernen. Eine so kluge, lebensfrohe, schöne Frau. Du verdienst es, auf Händen getragen zu werden.« Einen Moment hielt Aidan inne, vermutlich, um sich zu sammeln. Doch ich war kurz davor, die Flucht zu ergreifen. Ich ertrug eine Abfuhr nicht. »Aber ich fürchte, du würdest den Mann hassen, der ich eigentlich bin.«

»Wie kommst du denn darauf?«, fragte ich verwundert. Ich hatte mit vielem gerechnet, aber nicht damit. Vorsichtig legte ich meine Hand an seine Wange. Seine Bartstoppeln kitzelten meine Haut. Er hob den Blick, und in seinen Augen lag unendlich viel Schmerz. »Aidan, ich kenne dich. Du bist liebevoll, fürsorglich, bringst mich zum Lachen. Ja, du hast zwischendurch ein paar Machoallüren, aber jeder Mensch braucht Fehler.«

Ein raues Lachen drang aus seiner Kehle. »Es gibt noch vieles, was du nicht über mich weißt.«

»Na und? Ich weiß alles, was ich für den Moment wissen muss. Wir haben alle Zeit der Welt, uns besser kennenzulernen.« Ich legte die Arme um seinen Nacken und stellte mich auf die Zehenspitzen, um meine Lippen mit seinen zu bedecken. Es war ein kurzer, flüchtiger Kuss. »Jetzt weiß ich nur, dass das hier der Ort ist, an dem ich sein will. Mit dir.« Ein weiteres Mal küsste ich ihn.

Aidan seufzte an meinem Mund. »Kim«, raunte er und schob seine Finger zwischen unsere Münder, sodass ich innehalten musste. »Du machst mich wahnsinnig, das weißt du. Aber vielleicht ist es wirklich besser, wenn wir reden, bevor das hier weitergeht. Denn wenn du weiterhin in diesem Kleid deinen scharfen Körper an mir reibst, kann ich für nichts mehr garantieren.«

Grinsend biss ich mir auf die Unterlippe. »Hast du eine Freundin, die zu Hause auf dich wartet?«

»Was? Nein.«

»Bist du verheiratet?«

Aidan legte den Kopf schief. »Nein, natürlich nicht.«

Ich ließ den Arm hinuntergleiten und schob seinen Finger, der meinen Mund bedeckte, beiseite. »Dann will ich jetzt nicht reden, sondern ein paar Kalorien verbrennen.«

Er schloss die Augen, schüttelte lächelnd den Kopf. Als er mich wieder ansah, waren jegliche Zweifel aus seinem Blick verschwunden. »Das kannst du haben.«

Aidan griff um meine Hüften und hob mich an. Ich umschlang seine Taille mit den Beinen, während er mich gegen die Wand drückte und küsste.

Stöhnend vergrub ich die Hände in seinen Haaren und öffnete meine Lippen, um seiner Zunge Einlass zu gewähren. Aidan verschwendete keine Zeit. Er intensivierte den Kuss, ließ mich alles von ihm schmecken.

Ich spürte seine Härte zwischen meinen Beinen. Er ließ die Hände an meinen Seiten hinaufgleiten und umfasste meine Brüste. Mein Becken verselbstständigte sich und reckte sich ihm erwartungsvoll entgegen.

Aidan entfuhr ein Knurren. Er zog seine Zunge zurück, knabberte leicht an meiner Unterlippe. Ich seufzte auf. Ohne mir eine Verschnaufpause zu gewähren, legte er seinen heißen Mund an meinen Hals. Seine Hände massierten dabei sanft meine Brüste. Nie zuvor hatte ich ein solches Verlangen gespürt.

Ich stöhnte seinen Namen und spürte das Lächeln auf seinen Lippen, als er mein Schlüsselbein küsste und langsam mein Dekolleté hinabwanderte. Meine Beine legten sich enger um seinen Körper. Seine Erektion presste sich an meinen Slip, in dem sich meine Nässe sammelte. Ich brauchte Aidan. Alles von ihm. Hier und jetzt.

Er verstand meine stumme Aufforderung und trug mich zum Bett. Überraschend behutsam legte er mich auf der Matratze ab. Mit den Knien schob er meine Beine auseinander, ehe er sich über mich beugte.

Wir hatten eindeutig noch zu viel Kleidung an. Ich ergriff die Initiative und zog Aidan an seinem Muskelshirt näher an mich heran. Dann zerrte ich es ihm über den Kopf und warf es auf den Boden. Mit den Fingerspitzen zeichnete ich die Konturen seiner Muskeln nach. Sein gebräunter Oberkörper war so weich und perfekt. Je tiefer meine Finger hinabglitten, desto mehr erschauderte er unter meiner Berührung.

Ich wollte ihn erkunden, jeden Zentimeter seines Körpers. Behutsam strich ich über seine Bauchmuskeln, fuhr seine V-Leiste und den schmalen Pfad aus dunklen Haaren bis zu seinem Hosenbund entlang. Als ich Knopf und Reißverschluss öffnete, griff Aidan nach meinem Handgelenk, um mich zurückzuhalten.

Er hatte die Lippen zusammengepresst und die Augen geschlossen. Seine Brust hob und senkte sich schnell. Dann hob er die Lider und fixierte mich. Das Verlangen war deutlich in seinem Blick zu erkennen. »Ruhig«, raunte Aidan. »Oder willst du, dass die Nacht gleich schon vorbei ist?« Ich schüttelte den Kopf. »Gut, ich nämlich auch nicht.«

Aidan entfernte sich etwas von mir. Mein Protest wurde im Keim erstickt, als er die Hände an die Innenseiten meiner Schenkel legte und sie Stück für Stück nach oben wandern ließ. Ich keuchte auf. Hitze schoss durch meinen Körper und sammelte sich zwischen meinen Beinen.

Quälend langsam zogen Aidans Daumen kleine Kreise. Seine bloße Berührung sorgte dafür, dass ich in Flammen stand. Dann rutschte er ein wenig hinunter und drückte meine Beine mit seinen Schultern noch weiter auseinander. Er bedeckte meine Schenkel mit zahlreichen Küssen, wanderte so lange hinauf, bis seine Lippen auf meinen Slip trafen. Stöhnend reckte ich mich ihm entgegen. Aber Aidan dachte gar nicht daran, irgendetwas zu überstürzen.

Seine Hände fuhren über meine Seiten, schoben dabei den Stoff des Kleides weiter hoch. Wo auch immer er meine Haut berührte, hinterließ er eine Spur aus Lava. Ich krallte die Hände in das Laken, während Aidan sich meinen Bauch hoch küsste.

Er zog mir das Kleid über den Kopf und warf es achtlos zu seinem Oberteil auf den Boden. Dann betrachtete er mich von oben bis unten, als wollte er sich das Bild einprägen, diesen Moment. Unter dem Kleid hatte ich keinen BH getragen, und normalerweise wäre ich mir nun seltsam entblößt vorgekommen. Aber nicht mit Aidan. Mit ihm war es anders. Ich tat es ihm gleich, ließ den Blick über ihn wandern, um keine Einzelheit dieses Moments zu vergessen.

Aidan schluckte, dann legte er sich auf mich und küsste mich glühender als jemals zuvor. Seine Hand glitt langsam meinen Bauch wieder hinab. Als sie meinen Slip erreicht hatte, hielt er inne, schaute mich an und wartete auf die Erlaubnis. Mein sich in freudiger Erwartung hebendes Becken war Antwort genug.

Seine Finger glitten unter den Stoff. Ich stöhnte auf, als er erst einen, dann zwei in meinen Eingang schob. Sein Daumen massierte meine Klitoris, während er die Finger langsam in mir bewegte. Als er mit der Zunge über meine Brustwarzen fuhr, explodierte ich förmlich.

Ich krallte mich mit der einen Hand ins Laken, die andere vergrub ich in seinen Haaren. Seine Berührungen trieben mich höher und höher, aber das war nicht, was ich wollte.

»Aidan …«, keuchte ich. »Hör auf.«

Ruckartig zog er sich aus mir zurück, hob den Kopf und schaute mich mit sorgenvollem Ausdruck an. »Hab ich dir wehgetan?«

Lächelnd schüttelte ich den Kopf. Es verlangte mir einiges ab, meine Gedanken laut auszusprechen. Doch ein Blick in Aidans Augen genügte, um zu wissen, dass ich keine Scham zu haben brauchte. »Nein, aber ich will mit dir gemeinsam kommen.«

Es war deutlich zu erkennen, dass ihm ein Stein vom Herzen fiel. Er sprang vom Bett und entledigte sich endlich seiner Hose. Aus seiner Brieftasche holte er ein kleines Päckchen und hockte sich wieder über mich.

»Und du bist dir wirklich sicher?«, fragte er.

»Ja.« Ich riss ihm das Päckchen aus der Hand und legte es einen Moment neben mich aufs Laken. Dann hob ich meine Hüfte, damit Aidan mir auch noch das letzte Stück Stoff vom Körper reißen konnte. Langsam richtete ich mich auf und zog seine enge schwarze Boxershorts herunter, die er anschließend wegkickte.

Aidans Anblick raubte mir abermals den Atem, trieb meinen Puls in ungesunde Höhen und steckte mich in Brand. Ich vergaß in diesem Augenblick alles um mich herum. Es gab nur noch uns beide. Zügig riss ich das kleine Päckchen auf. Verblüfft schmunzelte Aidan. Aber so einfach wollte ich es ihm nicht machen.

Bevor ich das Kondom anlegte, richtete ich mich auf und ließ meine Zunge über seine Spitze kreisen. Vor Überraschung stöhnte Aidan auf. Er zitterte. Ich liebte es, dass ich auf ihn dieselbe Wirkung hatte wie er auf mich. Kurz darauf zog ich mich zurück und rollte das Kondom ab.

Aidan drückte mich wieder sanft auf die Matratze, stützte seine Arme neben meinem Kopf ab. Seine Spitze lag an meinem feuchten Eingang, und ich konnte es kaum erwarten, alles von ihm zu spüren.

»Wenn ich irgendetwas tun oder nicht tun soll«, flüsterte er, »musst du es mir sagen.«

Zu mehr als einem Nicken war ich nicht imstande. Ganz langsam senkte Aidan seinen Oberkörper auf meinen und bewies damit mehr Willenskraft als ich. Ich hob das Becken an. Aidan lächelte und drang dabei in mich ein. Mein Aufstöhnen erstickte er, indem er seine Lippen auf meine legte. Er bewegte sich langsam in mir, während wir uns küssten.

Ich krallte mich in seinen Rücken, presste Aidan noch näher an mich, um jede Faser seines Körpers zu spüren. Er erhöhte das Tempo. Das raue Stöhnen, das aus seiner Kehle drang, war das Schönste, was ich jemals gehört hatte. Ich flüsterte seinen Namen an seinen Lippen, immer und immer wieder.

Das Ziehen in meinem Unterleib wurde stärker. Der Höhepunkt überrollte mich im gleichen Augenblick, in dem auch Aidan vor Erlösung stöhnte.

Er legte seine Stirn an meine, seine Arme neben meinem Kopf zitterten. Atemlos blieben wir noch eine Weile so liegen, ein Lächeln auf den Lippen. Mein Herz schlug schnell in meiner Brust, und in diesem Moment war ich mir sicherer denn je, dass es einzig und allein für Aidan schlug.

Kapitel 24

Aidans breite Schultern und die Tätowierung, die darauf prangte, waren das Erste, was ich sah, als ich die Augen aufschlug. Er hatte mir den Rücken zugedreht und den Kopf fest ins Kissen gedrückt. Ich hörte die leisen Geräusche, die er im Schlaf machte.

Es dauerte einen Augenblick, bis ich realisierte, dass das alles tatsächlich geschehen war. Dass letzte Nacht nicht bloß meiner Fantasie entsprungen, sondern die Wirklichkeit war. Mein Herz hüpfte bei dem Gedanken freudig auf und ab.

Ich schmiegte mich an Aidans Rücken und legte die Arme um ihn. Ein wohliger Seufzer entfuhr ihm, während ich über seine Brust strich und seine Schulterpartie küsste.

Sich streckend drehte Aidan sich zu mir um. »Guten Morgen«, sagte er verschlafen und zog mich an sich.

»Guten Morgen.« Ich kuschelte mich heran und atmete tief durch. Selbst jetzt roch er noch unverkennbar.

»Hast du gut geschlafen?« Er küsste meinen Scheitel.

»Mhm«, machte ich an seiner Armbeuge. »Wie im siebten Himmel.«

»Das freut mich.«

Ich schmiegte mich enger an ihn und bedeckte seinen Hals mit zahlreichen Küssen.

Aidan lächelte. »Da kann wohl jemand nicht genug kriegen.«

»Nope«, entgegnete ich und küsste ihn weiter.

Sacht schob er mich von sich. »Lass mich bitte erst mal duschen, danach gehöre ich ganz dir, in Ordnung?«

»Na schön«, seufzte ich und rollte mich wieder auf den Rücken. Die Decke zog ich mir bis zum Kinn hoch und schob schmollend die Unterlippe vor.

Weiterhin lächelnd stand Aidan auf und griff nach einem Handtuch, das er sich um die Hüfte wickelte. Dann beugte er sich noch einmal zu mir herunter, um mir einen sanften Kuss auf die Stirn zu drücken. »Nicht weglaufen.«

»Versprochen. Aber beeil dich.«

»Bin schon weg.« Zügig ging er zur Tür und schlüpfte hinaus auf den Flur.

Das breite Grinsen würde so schnell nicht wieder aus meinem Gesicht verschwinden. Ich konnte mein Glück kaum fassen. Eigentlich war ich hierhergekommen, um einen freien Kopf zu bekommen und mir über einiges klar zu werden. Und nun kehrte ich nicht nur mit Antworten heim, sondern auch mit einem großartigen Mann in meinem Leben. Ich konnte es kaum erwarten zu erfahren, wie viele Facetten Aidan noch besaß.

Tief durchatmend rollte ich mich auf die Seite und blickte hinaus in den Hof. Es war bereits hell, weshalb ich vermutete, dass wir das Frühstück verschlafen hatten. Genau in diesem Augenblick knurrte mein Magen schmerzhaft. Schon gestern Abend hatten wir kaum etwas gegessen, da wir so mit unserem Tanz beschäftigt gewesen waren.

Ich blickte durchs Zimmer und sah, dass auf Aidans

Kommode ein paar Früchte lagen. Er würde mir sicher nicht böse sein, wenn ich mir zumindest einen Apfel nahm. Schließlich benötigte ich Energie, wenn wir gleich an gestern Nacht anknüpfen wollten.

Der Gedanke daran genügte, um mein Herz Purzelbäume schlagen zu lassen. Ich schwang die Beine aus dem Bett, wickelte mir die Decke um und ging auf die Kommode zu.

Mein Fuß blieb an einer Schlaufe hängen, ich stolperte und stieß mir das Knie an der Kante des Möbelstücks. »Mist!«, zischte ich, riss das Bein hoch und hielt mir die schmerzhafte Stelle. Aufgrund meiner abrupten Bewegung flog Aidans Rucksack herum. Der halbe Inhalt breitete sich auf dem Boden aus.

Na toll! Wenigstens war er nicht im Zimmer, um sich über meine Tollpatschigkeit zu amüsieren. Noch immer pochte mein Knie, aber ich ging in die Hocke, stellte den Rucksack wieder hin und sammelte Aidans Habseligkeiten ein. Nach und nach verstaute ich alles in der Tasche. Als ich ein T-Shirt anhob, lag darunter das schwarze Notizheft, das er in den letzten Wochen oft bei sich getragen hatte.

Vorsichtig hob ich es an, denn ich wollte es unter keinen Umständen kaputt machen. Es musste ihm so viel bedeuten wie mir mein Journal. Gerade als ich das Heft schließen wollte, huschte mein Blick einen Moment über die geöffnete Seite. Nur ganz kurz, weil ich Aidans Privatsphäre nicht missachten wollte. Immerhin hatte er mir seine Zeichnungen nicht zeigen wollen. Aber das, was ich auf dem Papier sah, ließ mein Herz mehrere Schläge aussetzen.

Mit den Fingern fuhr ich die einzelnen Linien nach, die einen ziemlich protzigen Gebäudekomplex darstellten. Es gab unzählige große Fenster, die massig Licht ins Innere lassen mussten. Auf der nächsten Seite war eine Art Foyer zu sehen, in dem lauter überteuert aussehende Möbel standen. Ein dicker Kronleuchter hing über der Rezeption.

Ich blätterte eine Doppelseite weiter. Sie zeigte eine verkleinerte Karte von Jeopardy Island. Die südöstliche Region war komplett ausradiert, und anstatt des Waldes waren zahlreiche kleine Quadrate eingezeichnet worden.

Ich blätterte weiter. Immer weiter. Jedes Bild nahm ich in mich auf, und bei jedem einzelnen davon brach mein Herz erneut.

Auf der letzten Seite des Heftes war ein Haus von vorne zu sehen. Es sah dem Hauptgebäude des Camps unglaublich ähnlich. Darüber hing ein Schild, von dem mir das verschnörkelte Logo einer Hotelkette gehässig entgegenstierte. Und es war nicht irgendeine Kette, nein. Ich kannte sie. Hatte während meiner Zeit in einer Nachrichtenredaktion darüber berichtet. Es gab unzählige dieser Hotels nicht nur in den Staaten, sondern auf der ganzen Welt verteilt, auf jedem verdammten Kontinent.

BLR – Beaufoy Luxury Resorts.

Die Zimmertür schwang auf, aber ich konnte den Blick nicht von dem Heft losreißen. Erst als die einzelnen Linien verschwammen, spürte ich die Tränen in meinen Augen. Meine Hände zitterten.

»Kim, ist alles …« Aidan hielt inne. »Shit.« Ich hörte seine Schritte. Ich sah seinen Schatten, der sich über mir aufbäumte. »Kim, ich …«

»Nicht«, wimmerte ich. Ich schluckte, versuchte, meine Gedanken zu sortieren, aber ich konnte nicht.

»Es ist nicht so, wie du denkst.« Nun schnellte mein Kopf doch in die Höhe. Mein Blick fing Aidans auf. In seinen Augen spiegelten sich unzählige Emotionen wider. Seine noch feuchten Haare hingen auf seine Schultern. Wäre das hier eine andere Situation gewesen, hätte ich die Wassertropfen beobachtet, die über seine Haut perlten. Aber ich konnte nirgendwo anders hinschauen als in seine Augen, in denen der Schmerz zu finden war, den auch ich spürte. Aidan hob die Hand, wollte sie mir an die Wange legen, doch ich schlug sie zur Seite.

»Wage es nicht, mich anzufassen«, zischte ich und knallte das Zeichenheft zu. Ich drückte es ihm gegen die Brust. »Du hast mich belogen, Aidan. Die ganze Zeit hast du mir etwas vorgemacht.«

»Es tut mir leid.«

»Was tut dir leid? Dass du mich ausgenutzt und mit meinen Gefühlen gespielt hast? Oder dass du das Monster bist, das diese Insel zerstören will?«, spie ich.

»Kim.« Erneut hob er die Hand, ließ sie dieses Mal aber von sich aus sinken. Stattdessen griff er nach dem Heft und schleuderte es quer durchs Zimmer. »Bitte lass es mich erklären.«

Mein Herz raste. Auf meinen Lippen schmeckte ich salzige Tränen. Ich verschränkte die Arme vor der Brust, schaute Aidan an.

»Ich muss gehen.« Die Decke weiterhin fest um mich geschlungen, stolperte ich an ihm vorbei und hinaus auf den Flur. Irritiert schauten Andy und David zu mir, als ich verheult und unbekleidet aus Aidans Zimmer kam. Aber ausnahmsweise war es mir egal. Mir war alles egal.

Ich kämpfte mich vorwärts, bis ich an meiner und Finjas Tür angekommen war. Ohne anzuklopfen, stürmte ich hinein.

Finja hob den Kopf, schaute mich aus großen Augen an. »Was ist passiert? Hat er dich verletzt?« Ich schüttelte den Kopf, dann nickte ich. »Willst du darüber reden?«

»Nein, ich will einfach nur an die frische Luft.« Ich nahm die nächstgelegenen Kleidungsstücke und streifte sie mir über.

Mit den Fingern kämmte ich mein wirres Haar, griff mir Handy, Journal und Stift und verließ das Haupthaus. Im Vorbeigehen wollten einige wissen, was los war, aber ich konnte nicht reden. Nicht jetzt. Bei jedem Schritt spürte ich mein Herz schlagen, und ich fragte mich, wozu es das überhaupt noch tat.

Wie von selbst trugen meine Beine mich zu dem kleinen Teich. Die Sonne glitzerte auf der Wasseroberfläche, und ein paar Frösche saßen quakend auf den Seerosen. Anstatt zur Bank zu gehen, kniete ich mich in die vom Regen noch feuchte Erde, grub die Finger hinein, bis es schmerzte.

Die Tränen rannen weiterhin unkontrolliert meine Wange hinunter. Es war alles zu viel. Ich hätte es wissen müssen. Von Anfang an hatte mein Verstand gegen die Gefühle angeschrien, mich davor gewarnt, mir von Aidan das Herz brechen zu lassen.

Ich schloss die Lider und atmete tief durch. Der Sauerstoff füllte meine Lunge und sorgte dafür, dass ich mich wenigstens für den Bruchteil einer Sekunde besser fühlte. Aber meine Gedanken kreisten weiterhin um die eine

Frage: Wie konnte Aidan es über sich bringen, diesen Ort dem Erdboden gleichzumachen?

Ein letztes Mal wollte ich alles niederschreiben, die Dinge, die die Insel mir gab. Ich öffnete das Journal und notierte meine Gefühle.

Mit geschärften Sinnen versuchte ich alles so authentisch wie möglich wiederzugeben. Das Kitzeln des Windes auf meinen Wangen, den Vogelgesang in den Baumkronen und die Art und Weise, wie die Sonnenstrahlen durch das Blätterdach brachen.

Als ich am Ende der Seite angekommen war, hielt ich inne.

Nein, mein Herz an diesen Ort zu verlieren, war nie Teil meines Plans. Doch noch weniger war es geplant, mich bedingungslos in einen Mann zu verlieben – trotz aller Risiken, die das mit sich bringt.

Ich schluckte, als ich die letzten Zeilen noch einmal las und mit den Fingern über die dunkle, geschnörkelte Schrift fuhr.

Dann setzte ich den Stift ein weiteres Mal an.

Am wenigsten war es geplant, mir von ebenjenem Mann das Herz brechen zu lassen.

Die letzten Minuten – oder waren es bereits Stunden? – hatten mir noch einmal deutlich vor Augen geführt, warum ich Pläne hatte. Warum ich mich an ihnen entlanghangelte und sie durch nichts und niemanden auf den Kopf gestellt wissen wollte.

Pläne gaben mir Sicherheit.

Pläne waren der Grund, aus dem ich mich in den letzten Jahren nicht verliebt, mich niemandem geöffnet hatte.

Was passierte, wenn ich mich nicht an diese Pläne hielt, sondern mein Herz entscheiden ließ, hatte ich nun schmerzlich am eigenen Leib erfahren.

Und es tat verdammt weh.

Schritte näherten sich. Meine Nackenhaare stellten sich auf, und ich versteifte mich.

Ein leises Räuspern. »Können wir reden?«

»Ich wüsste nicht, worüber.« Meine Stimme klang erstaunlich fest. Entschlossen. Obwohl alles in mir zitterte und ich ihn anschreien wollte.

»Kim.« Aidan hauchte meinen Namen.

Mit der letzten Energie, die ich aufbringen konnte, drehte ich mich zu ihm um. An der Stirn hatte er eine kleine Beule – keine Ahnung, wie er sich die zugezogen hatte. Vielleicht ein Überbleibsel von letzter Nacht. Die Haare hatte er streng nach hinten gebunden, trug eine schwarze Jeans und ein nicht ganz zugeknöpftes Hemd.

Aidan hatte mich benutzt und mein Vertrauen mit Füßen getreten. Es sollte mich nicht interessieren, was er zu sagen hatte. Trotzdem verlangte ein kleiner Teil von mir eine Erklärung.

»Dann sprich. Bist du der Architekt, der für den Bau beauftragt wurde?«

Aidan schüttelte den Kopf. »Nicht direkt, nein.« Er presste die Lippen aufeinander, schluckte hart. Sein Blick fing meinen auf, und ich sah die dunklen Schatten unter seinen Augen.

In diesem Moment wurde mir etwas bewusst. »Das war es, worüber du gestern sprechen wolltest?«

Er nickte. »Ja. Ich …« Aidan holte tief Luft. »Ich weiß nicht, wo ich anfangen soll. Dass eine einfache Entschuldigung nicht ausreicht, ist mir bewusst. Ich wollte nicht, dass das alles passiert.« Er fuhr sich mit der Zunge über die Lippen, verschränkte die Arme hinter dem Rücken und streckte ihn durch. »Ich wollte dich nie belügen und dir auch nichts vormachen, das musst du mir glauben.«

Ich rekapitulierte die letzte Nacht. Eigentlich hätte ich sie bereuen müssen, tat ich aber nicht. Ich hatte es gewollt, hatte ihm versichert, dass es unwichtig wäre, was er mir zu sagen hatte. Nun wusste ich es besser. Seine Worte kamen mir wieder in den Sinn. *Aber ich fürchte, du würdest den Mann hassen, der ich eigentlich bin.*

»Wer bist du wirklich, Aidan?« Ich musste es von ihm hören.

Er schloss die Augen, sammelte sich. Als er die Lider wieder hob, war in seinem Blick so unendlich viel Leid zu erkennen, dass es meine Seele entzweiriss. »Callum Beaufoy ist mein Vater. Er hat die Insel gekauft.«

Zwar hatte ich mit so etwas gerechnet, doch das änderte nichts daran, dass seine Worte mich ein weiteres Mal brachen. Aidan Beaufoy. Der Sohn des reichsten Hoteliers der Welt. »Also hat im Grunde nichts gestimmt? Alles, was du in den letzten Wochen gesagt und getan hast, war eine Lüge?« Ich erwartete keine Antwort. »Wieso bist du überhaupt hergekommen?«

»Um mir einen Überblick über die Insel zu verschaffen und sie mir einmal aus einer anderen Perspektive zeigen zu lassen.« Aidan schluckte, hielt meinem Blick aber weiterhin stand. »Mein Vater hat mir die Leitung dieses Großprojekts übertragen.«

»Und Papi glücklich zu machen, rechtfertigt die Zerstörung einer Insel? Das rechtfertigt, die Natur dem Erdboden gleichzumachen und einheimischen Tieren ihren Lebensraum zu nehmen?« Meine Stimme überschlug sich.

»Ich erwarte nicht, dass du es verstehst«, flüsterte er.

»Warum bist du dann hier? Was zum Teufel willst du noch von mir?« Eine Schar Papageien wurde aufgeschreckt und erhob sich in die Lüfte.

Aidan zuckte zusammen. »Mein Beruf war die einzige Lüge, Kim.«

»Du hast nicht mal deinen richtigen Namen angegeben und willst mir sagen, dass sonst nichts gelogen war?« Ich konnte nicht glauben, dass ich weiterhin hier stand und mich von ihm vollquatschen ließ. Der Schmerz, den ich bis eben empfunden hatte, wandelte sich in Wut.

Aidan ging ein paar Schritte auf mich zu, griff nach meinem Handgelenk. Dieses Mal war ich zu überrascht von der Berührung, um zu reagieren. Mein Herz blutete, als er mich mit diesen schokoladenbraunen Augen anschaute, in deren Blick ich mich in den letzten Tagen allzu oft verloren hatte. Er kam mir näher, zu nah. Unser Atem vermischte sich, und die Gefühle übermannten mich erneut.

»Ich bin nicht hierhergekommen, um mein Herz zu verlieren«, sagte er leise.

»Es ist unmöglich, sich nicht in diesen Ort zu verlieben«, erwiderte ich. Ich drehte den Kopf zur Seite, denn ich ertrug es nicht, Aidan anzusehen.

Doch er legte den Zeigefinger an mein Kinn und drehte mich wieder in seine Richtung. »Ich meine nicht die Insel, Kim. Ich spreche von dir. In dich habe ich mich verliebt. Und ich hoffe, du gibst mir die Chance, es wiedergutzumachen. Sag mir, was ich tun soll, und ich tue es.«

»Aidan …« Meine Stimme war kaum mehr als ein Hauchen. Ich schmiegte meine Wange an seine warme Haut, genoss seine Berührung und die Gefühle, die diese in mir auslöste. Ein letztes Mal. Mit aller Kraft zwang ich mich, ihm fest in die Augen zu blicken. Ich nahm seine Hand und schob sie von mir. »Du kannst etwas für mich tun.«

»Was? Sag es mir.«

»Mich gehen lassen«, flüsterte ich. »Ich kann das hier nicht.« Sacht schob ich mich an ihm vorbei.

Aidan rief meinen Namen, aber ich drehte mich nicht noch mal zu ihm um.

Kapitel 25

Binnen weniger Minuten konnte sich das Leben um hundertachtzig Grad drehen. War ich heute Morgen noch von einem Glücksgefühl umarmt worden, waren es nun Schatten, die mich mit sich zerrten und sich wie eine Decke um mich legten. Ich hieß sie willkommen.

Finja zog mich an sich, als ich durch die Tür kam. »Er ist so ein Arschloch«, grummelte sie in meine Haare. »Wie konnte er dir das nur antun? Uns allen?«

»Er hat es dir gesagt?«

Sie nickte. »Ich habe mein Kleid geholt und ihm einen Apfel an den Kopf geworfen.«

Ein ersticktes Lachen drang aus meiner Kehle. Daher rührte also die Beule an Aidans Stirn. »Wieso hast du das getan?«

»Na, ist doch klar.« Langsam ließ Finja von mir ab. Sie legte die Hände auf meine Schultern und schaute mich lächelnd an. »Wer meine Freundin verletzt, den verletze ich.«

Schniefend wischte ich mir über die Nase und lachte. Es fühlte sich gut an. »Du bist echt eine gute Freundin.«

»Das bin ich.« Sie grinste breit. »Schön, dass du dein Lachen nicht verloren hast. Der Arsch verdient es nicht, dass du ihm hinterhertrauerst.«

Ein stechender Schmerz durchfuhr mich, umklammerte mein Herz und drückte zu. »Nein, das tut er nicht«, sagte ich, obwohl dort noch viele weitere Dinge waren. Worte, die ausgesprochen werden wollten, doch keinen Weg über meine Lippen fanden.

Ich wusste, dass sie recht hatte. Natürlich hatte sie das. Aidan hatte mich verletzt und verraten, mein Vertrauen missbraucht und mir das Herz gebrochen. All dies wusste ich. Aber leider gab es für Gefühle keinen Ausschalter. Ich konnte sie nicht von jetzt auf gleich abstellen, so sehr ich es mir auch wünschte. Mir blieb nichts anderes übrig, als den Scherbenhaufen zusammenzukehren und die einzelnen Teile Stück für Stück zu kleben. Doch das war ein langwieriger Prozess und benötigte Zeit.

»Können wir los?«, fragte Finja. Verwirrt schaute ich sie an. »Dass ich den Tag noch erleben darf, an dem Kimberly Chapman vergessen hat, was auf dem Plan steht. Die Abschiedsrunde im Speisesaal?«

»Ach ja.« Daran hatte ich wirklich nicht mehr gedacht. Eigentlich war mir nicht danach, Aidan noch einmal sehen zu müssen, aber wenigstens von den anderen wollte ich mich in Ruhe verabschieden. Ein Mann sollte mir nicht den Tag ruinieren.

Gemeinsam gingen Finja und ich den Flur entlang. Langsam, beinahe so, als zögerten wir den Moment hinaus. Es war das letzte Mal, dass wir diesen Weg gehen würden. Ein letztes Mal konnten wir den Duft von altem Holz in uns aufnehmen und die Naturfotografien an der Wand betrachten. Ein letztes Mal hallten unsere Schritte von der Decke wider. Wir stießen die Flügeltür zum Speisesaal auf.

Mein Blick huschte über die zahlreichen Gesichter, die sich uns zuwandten. Auf jedem einzelnen erkannte ich Trauer. Alle wussten, dass dies vermutlich ein Abschied für immer sein würde.

Finja und ich setzten uns zu den Kumars an den Tisch. Aidan war nicht hier.

George und Leah traten vor die Gruppe. Heute trugen sie ausnahmsweise keine Rangeruniform, sondern Alltagskleidung. Mit gesenkten Mundwinkeln schauten sie uns an. Ich konnte mir kaum vorstellen, dass ihnen dieser Abschied ebenso schwerfiel. Schließlich verbrachten sie jeden Monat mit einer neuen Gruppe und vermittelten neuen Menschen aus der ganzen Welt ihre Werte. Trotzdem sah besonders Leah aus, als wäre sie den Tränen nahe.

»Danke.« George räusperte sich. »Wir danken euch von Herzen, dass ihr an diesem Urlaub teilgenommen habt, und wir hoffen sehr, dass ihr ein klein wenig aus unseren Worten ziehen könnt. Ihr wart eine ganz besondere Gruppe. Ihr habt so viel Leben nach Jeopardy Island gebracht, und wir werden euch schmerzlich vermissen.«

»Ihr mögt glauben, dass es uns leichter fallen müsste«, sagte Leah und schnäuzte sich in ein Taschentuch. »Doch das tut es nicht. Jedes Mal fällt es uns schwer, eine Gruppe ziehen zu lassen. Aber wir freuen uns immer sehr, wenn ihr euch zwischendurch bei uns meldet. Schreibt uns gern, wie es euch nach der Zeit hier ergangen ist und ob ihr etwas für die Zukunft mitgenommen habt. Wir sind nicht hier, um euch zu belehren, das wisst ihr hoffentlich. Trotzdem ist es immer schön, wenn unsere Worte Anklang finden.«

Niemand sprach. Eine bedrückende Stille legte sich über den Speisesaal. Wir hingen einen Moment unseren eigenen Gedanken nach, verarbeiteten das eben Gehörte. Ich fragte mich, ob auch George und Leah bereits wussten, dass Aidan auch sie hintergangen und belogen hatte. Dass er als Spitzel hergekommen war, um seine perfiden Pläne für ein Luxusresort umzusetzen.

»Wir haben eine Liste für euch zusammengestellt«, sagte George nach einer Weile. »Mit eurer Erlaubnis würden wir gern jedem von euch eine aushändigen. Darauf sind die Namen, E-Mail-Adressen und Telefonnummern von allen zu finden. Wir dachten, ihr würdet euch freuen, in Kontakt bleiben zu können. Wenn jemand das nicht möchte, dann kann er nun sprechen.«

Ich war kurz davor zu schreien, dass George meine Daten von der Liste nehmen sollte. Dann fiel mir wieder ein, dass Aidan gar nicht hier war. Aber auch wenn – ich hatte ihm gesagt, er solle mich gehen lassen. Ich traute ihm gerade genug Verstand zu, meinen Wunsch zu respektieren.

»Gut. Ihr könnt sie euch hier vorn bei uns abholen.« George legte den Stapel Papier neben sich auf den Tisch. »Dann, würde ich sagen, ist nun endgültig die Zeit des Abschieds gekommen.«

Leah wischte sich mit ihrem Taschentuch ein paar Tränen aus den Augenwinkeln und auch ich war ein weiteres Mal kurz vorm Weinen. Dieses Mal aber nicht aufgrund meines gebrochenen Herzens, sondern weil ich all dies nicht hinter mir lassen wollte. Diesen Ort. Diese Gruppe, die mir ein Gefühl von Zugehörigkeit gegeben hatte.

Nach und nach standen die Teilnehmer auf und gingen nach vorn. Als schließlich ich an der Reihe war, wusste ich nicht, wohin mit meinen Gefühlen. Ich drückte Leah fest an mich. »Danke für alles.«

Sie nickte. »Sehr gern. Danke, dass du hier warst.« Als sie von mir abließ, lächelte sie mich zaghaft an. »Nimm ruhig eine Liste für Aidan mit. Er hat sich entschuldigen lassen, aber das weißt du sicher.«

Da waren sie – Worte, die ich nicht hören wollte. Worte, die meinen Körper zum Vibrieren brachten, meinen Puls beschleunigten. Worte, die mir den Boden unter den Füßen wegrissen. Also wussten die Baxters es nicht. »Wir gehen getrennte Wege.«

»Oh, das ist sehr schade«, sagte Leah leicht verlegen. »Ich hoffe, es geht dir gut damit.«

»Wird es, irgendwann.«

In ihren Augen war das Mitgefühl deutlich zu erkennen, aber wenn sie gewusst hätte, was er getan hatte, hätte sie es verstanden. Ich hätte es ihr einfach erzählen können, aber ich wollte, dass sie es von ihm erfuhr. Ich hoffte, er war Manns genug, den beiden in die Augen zu sehen und es ihnen zu beichten, bevor wir ins Flugzeug stiegen.

Auch George zog ich in die Arme und bedankte mich bei ihm. Mittlerweile war auch in seinem Blick ein glasiger Schimmer zu erkennen, aber er schluckte seine Gefühle herunter. Anschließend griff ich nach einem Papier auf dem Tisch und überflog die Namen. Selbst in seiner E-Mail-Adresse stand Aidan Rosario. Sicher hatte er sie nur erstellt, um sein falsches Spiel nicht auffliegen zu lassen.

Wir gingen zurück aufs Zimmer und holten unsere Koffer. Den Rucksack schwang ich mir auf den Rücken. In den letzten Wochen hatte ich mich so sehr an das Gewicht gewöhnt, dass er sich leicht wie eine Feder anfühlte.

»Ich werde diesen Ort vermissen.« Finja und ich standen nebeneinander in der geöffneten Tür und ließen den Blick noch ein letztes Mal durchs Zimmer schweifen. Wir hatten zwar nur wenige Nächte hier verbracht, aber sie hatten genügt, um ein kleines Gefühl von Heimat in uns zu wecken.

»Ich auch.« Leise schloss ich die Tür hinter uns. Wir legten die Schlüssel auf dem schmalen Tresen an der Rezeption ab und traten hinaus. Die Jeeps warteten bereits auf uns und wurden mit den ersten Taschen beladen.

Mein Herz stolperte, als ich Aidan neben einem der Wagen stehen sah. Die Hände hatte er tief in den Hosentaschen vergraben und hielt den Blick gesenkt. Plötzlich hob er den Kopf. Ein trauriges Lächeln zeichnete sich auf seinem schönen Gesicht ab.

»Lass dich nicht von seinem Welpenblick wieder in den Bann ziehen«, zischte Finja beinahe bedrohlich.

»Keine Sorge.« Kopfschüttelnd schaute ich in eine andere Richtung. Doch es war schwer und tat verdammt weh. Ihn und mich trennten bloß wenige Meter voneinander, und trotzdem hatte ich plötzlich das Gefühl, ein ganzer Ozean läge zwischen uns. Hatte ich heute Morgen noch gedacht zu wissen, wer er war, wusste ich jetzt gar nichts mehr.

Ja, er hatte behauptet, nur sein Name wäre eine Lüge gewesen, nicht aber seine Gefühle. Doch ich glaubte ihm nicht. Jemand, der in der Lage war, einer Gruppe von etwa zwanzig Personen über Wochen hinweg eine falsche Identität vorzugaukeln, war sicherlich auch in der Lage, Gefühle vorzutäuschen.

George und Leah waren die Letzten, die aus dem Haupthaus kamen. Finja öffnete gerade die Tür eines der Jeeps und trat zur Seite, damit ich einsteigen konnte. Das war der Moment, in dem Aidan sich in Bewegung setzte und die Baxters ansteuerte.

»Steigst du nicht ein?«

»Das will ich mir nicht entgehen lassen.«

Sie folgte meinem Blick, woraufhin das teuflische Grinsen auf ihrem Gesicht immer breiter wurde. »Na, hoffentlich haut George ihm eine rein. So ein Veilchen neben der Beule würde sich bestimmt gut machen.«

Mir entfuhr ein Glucksen. Das war nicht witzig und Gewalt nie eine Lösung, aber Finjas trockene Art brachte mich zum Lachen.

Aidan fuhr sich mit einer Hand durch die Haare, als er vor den Baxters innehielt. Ich musste nicht neben ihm stehen, um zu sehen, wie tief er Luft holte. Dann fing er an, wild zu gestikulieren, während Worte aus ihm heraussprudelten. Leider konnten wir ihn aus der Entfernung nicht verstehen.

»Was passiert denn da?« Ayu tauchte plötzlich neben uns auf und stellte sich auf die Zehenspitzen, um einen besseren Blick erhaschen zu können.

Leah schlug sich gerade entsetzt die Hand vor den Mund und riss die Augen auf. »Vermutlich erzählt er ihnen gerade, dass er der Kerl ist, der diese Insel zerstören wird«, sagte Finja.

»Hast du das gehört?« Ayu klopfte Satoshi auf die Schulter.

»Ich stehe direkt neben dir, also ja.«

»Aber wie kann das sein? Er ist doch so jung, wie kann er die Insel gekauft haben?«

»Sein Vater«, entgegnete ich, obwohl ich mich eigentlich nicht dazu äußern wollte. »Sein Vater ist Callum Beaufoy.«

Als ich zu Ayu schaute, weiteten sich ihre Augen immer mehr. Noch einmal stupste sie den sichtlich genervten Satoshi an. »In Tokyo gibt es eines seiner Resorts. Du weißt schon, der große Luxusklotz mit den vielen bunten Lichtern.«

»Ja, ich weiß«, stöhnte er.

Die beiden unterhielten sich noch kurz, wobei es zum größten Teil Ayu war, die quasselte. Auch aus anderen Richtungen hörte ich Getuschel. Alle schienen Aidan und die Baxters zu mustern, während er versuchte, seinen Standpunkt zu erklären.

Schließlich hörte er auf zu reden und griff in seine innere Jackentasche. Hervor kamen zwei Visitenkarten, wie ich vermutete, die er George und Leah reichte. Was zur Hölle …? Nickend nahmen sie sie an und reichten Aidan die Hand.

»Was machen sie da? Wieso verprügeln sie ihn nicht?«, fragte Finja, die sich allem Anschein nach schon auf die Show gefreut hatte.

Schulterzuckend stieg ich in den Wagen. »Keine Ahnung. Vielleicht sind sie seinem Welpenblick verfallen.«

Finja setzte sich neben mich und schüttelte den Kopf. »Das hätte anders laufen sollen.« Dann stieg sie so plötzlich wieder aus, dass ich vor Schreck im Sitz zusammenzuckte.

Ich schob meinen Schopf halb aus der Tür, da sah ich, wie Finja schützend die Arme vor dem Jeep ausbreitete. »Hier ist kein Einlass für dich. Mach den Abflug.«

»Würdest du bitte aus dem Weg gehen?« Aidan.

Finja schnaubte. »Auf gar keinen Fall lasse ich zu, dass du sie noch mal anguckst, geschweige denn mit ihr redest.«

Zügig rutschte ich auf meinem Platz zurück. Mein Herz hämmerte wie wild.

»Hast du schon mal darüber nachgedacht, dass sie eventuell doch mit mir reden will?«

Finja warf mir einen fragenden Blick über die Schulter zu, aber ich schüttelte energisch den Kopf. »Sie sagt *Nein*, und jetzt hau ab, bevor ich dich mit dem nächsten Obst bewerfe.«

Aidan seufzte und blieb noch einen Moment stehen. Als ihm allerdings klar wurde, dass Finja es ernst meinte und die Arme nicht sinken lassen würde, steuerte er resigniert einen anderen Jeep an.

»Danke«, nuschelte ich, als sie sich wieder neben mich setzte.

Ruckelnd setzte sich der Wagen in Bewegung. Ich blickte aus dem Fenster und beobachtete, wie das Haupthaus des Camps immer kleiner wurde. Hudson, Lucas und Jeanny saßen uns gegenüber. Ich spürte ihre mitleidigen Blicke auf mir ruhen, versuchte aber, sie bestmöglich zu ignorieren.

Als wir auf den Pfad zum Landeplatz abbogen, verschwand das Haus gänzlich aus meinem Sichtfeld. Wehmut bereitete sich in mir aus. Denn auch wenn die letzten Stunden düster gewesen waren, gab es doch unzählige schöne Dinge, die ich mit diesem Ort verband. Und es waren die Erinnerungen, die unser Herz berührten, die niemals verloren gingen.

Kapitel 26

Den gesamten Flug über starrte ich aus dem Fenster. Beobachtete die kleinen Wattewolken am Himmel und die leuchtenden Sonnenstrahlen.

Ich wusste, hätte ich den Blick durch die Maschine schweifen lassen, hätte er wie von selbst den von Aidan gesucht, der ein paar Reihen hinter mir saß. Mit jeder Faser meines Körpers spürte ich seine Anwesenheit. Mein blutendes Herz schrie.

Heute hatten wir nicht darauf geachtet, uns entsprechend der Boarding Pässe hinzusetzen. Finja hätte vermutlich ohnehin niemand anderen auch nur in meine Nähe gelassen. Sie passte auf mich auf wie mein ganz persönlicher Bodyguard. Ich würde ihr niemals zeigen können, wie dankbar ich ihr dafür war. Es war nicht selbstverständlich, dass sie all diese Dinge für mich tat.

»Du kannst noch mit zu mir, wenn du willst«, bot sie mir nun schon zum dritten Mal an. Ein unsicheres Lächeln lag dabei auf ihren Lippen.

Wieder schüttelte ich den Kopf. »Das ist lieb, aber nein, danke. Ich muss nach Hause.«

»Du solltest jetzt nicht allein sein. Fahr doch wenigstens zu deiner Freundin, um auf andere Gedanken zu kommen.«

»Vielleicht.«

»Okay, versprich mir, dass du darüber nachdenkst.«

»Ich verspreche es.«

Sie schien nicht gänzlich überzeugt, aber ich würde es mir zumindest durch den Kopf gehen lassen.

Nach etwa einer Stunde setzten wir zum Landeanflug an. Das war es dann endgültig mit Jeopardy Island und einer Reise, die mein Leben hätte verändern sollen. Im Grunde hatte sie das auch. Immerhin war ich entschlossen, mich umzuorientieren und mit meinem beruflichen Werdegang etwas zu bewirken. Es zumindest zu versuchen.

Die Maschine rollte auf dem Landeplatz des Bandaranaike International Airport auf Sri Lanka aus. Wir pressten uns aus der Kabine und hinaus an die stickige Luft, Richtung Terminal.

Als wir in der überfüllten Halle ankamen, hob Finja ihre Bordkarte und senkte die Mundwinkel. »Ich muss dort lang.« Sie deutete in den Gang, der rechts von uns abging.

»Ich muss in die andere Richtung«, stellte ich betrübt fest.

»Dann heißt es jetzt Abschied nehmen?«

»Leider.« Nickend zog ich Finja in die Arme. »Du wirst mir unglaublich fehlen.«

»Und du mir erst.«

»Willst du mir noch irgendeinen Fakt mit auf den Weg geben?«

Finja lachte leise. »Man kann kein Papier mehr als sieben Mal in der Mitte falten.«

»Wirklich nicht?«

»Nein, probier es aus.«

»Das werde ich«, versprach ich unter Tränen. Das war doch Mist. Eigentlich hatte ich immer geglaubt, niemanden zu brauchen. Und dann war ich ein paar Wochen auf einer verdammten Insel Tausende Meilen von der Heimat entfernt und schloss nicht nur einen Ort ins Herz, sondern Menschen, die ich nun schmerzlich vermissen würde. Das war verdammt noch mal nicht fair!

»Ich muss los, mein Flug geht gleich.« Ein letztes Mal umarmten wir uns. Ein paar Tränen kullerten auch Finjas Wangen hinunter. Mit zusammengepressten Lippen hob sie die Hand zum Abschied, ehe sie sich umdrehte und davonstürmte.

Ich atmete tief durch und beobachtete, wie ihr blonder Schopf in der Menge verschwand. Dann steuerte auch ich mein Terminal an. Ich hatte meine Flüge mit genügend Puffer geplant, um nicht in Zeitdruck zu geraten. Daher blieben mir noch etwas mehr als zwei Stunden.

Eine Weile schlenderte ich im Terminal umher, beobachtete die Menschen, die miteinander lachten oder auf den Sitzen ein Nickerchen hielten. In der Nähe der Fensterfront fand ich eine freie Metallbank, auf die ich mich setzte. Aber der Frieden währte nicht lange.

»Darf ich mich setzen?« Aidan wartete keine Antwort ab, sondern ließ sich einfach auf den Sitz neben mir fallen.

Genervt stöhnte ich und verdrehte die Augen. »Was ist so schwer daran zu verstehen, dass du mich in Ruhe lassen sollst? Ihr reichen Leute denkt, ihr könnt euch alles erlauben, oder?« Mir hätte klar sein müssen, dass sein Flieger vom selben Terminal ging, wenn er nicht sogar denselben wie ich nahm.

Er schluckte und stützte die Ellbogen auf seinen Oberschenkeln ab. Dann warf er mir einen betrübten Blick zu, dem ich allerdings auswich. »Das ist nicht fair, Kim.«

»Es ist auch nicht fair, dass du mich bedrängst, obwohl ich dir mehrfach gesagt habe, du sollst Abstand von mir halten. Meinst du, für mich ist das alles leicht? Nein, ist es nicht. Und du machst es nicht unbedingt besser, wenn du meinen Wunsch missachtest!« Dass ich ihn inmitten eines Flughafenterminals aus voller Brust anschrie, war mir egal. Auch dass er bei jedem meiner Worte zusammenzuckte und wir von allen Seiten angestarrt wurden. »Lass mich in Ruhe, und halte dich verdammt noch mal aus meinem Leben raus. Ich will dich nicht hören und nicht sehen – nie wieder!«

»Du meinst es ernst, oder?«

»Ja, verdammt!«

Er nickte. Dann lehnte er sich nach hinten und vergrub die Hand in seiner Hosentasche. Als er sie wieder hervorholte, hielt er etwas silbrig Schimmerndes zwischen den Fingern. Mein Herz setzte einen Schlag aus. Es war mein Armband.

»Als ich in jener Nacht nicht schlafen konnte, bin ich noch mal in den Wald gegangen und habe es gesucht. Ich wollte es dir geben, dort oben auf dem Felsen. Aber ich konnte es nicht.«

»Wieso?«, fragte ich nun doch mit gedämpfter Stimme.

»Es war das Einzige, was mir von dir blieb«, hauchte Aidan. »Ich wollte einen Teil von dir bei mir tragen, wenn ich es verbocke ... was ich auch getan habe. Das war bescheuert. Das weiß ich jetzt.« Er räusperte sich und legte mir das Armband ums Handgelenk. Dann hob er den

Kopf, um mich noch einmal anzusehen. In seinem Blick lagen Trauer und Schmerz. »Ich hoffe sehr, dass du mir eines Tages verzeihen kannst. Und ich wünsche mir, dass du glücklich wirst. Von ganzem Herzen wünsche ich mir das.« Er wandte den Blick ab, dann stand er auf und verschwand.

Mein Atem ging stoßweise. Ich ertastete die kleinen Anhänger, die wieder an ihrem Platz waren. Jeder Einzelne von ihnen. Das Brennen hinter meinen Lidern wurde stärker.

Aidan hatte es mit seiner Offenbarung nicht besser gemacht, ganz im Gegenteil. Ich war ihm dankbar dafür, dass er das Armband gefunden und mir wiedergegeben hatte. Doch seine Worte waren zu viel gewesen. Sie waren wie tausend Nadelstiche in mein ohnehin schon zerbrochenes Herz.

Würde ich jetzt allein zu Hause herumliegen müssen, würde mir die Decke auf den Kopf fallen. Und vermutlich würde ich in ein endloses Loch stürzen, aus dem ich mich ohne Hilfe nicht selbst befreien konnte. Daher entschied ich mich, auf Finja zu hören.

Ich griff nach meinem Rucksack und steuerte den Ticketschalter an. Glücklicherweise gab es von Amsterdam einen Direktflug nach Dallas, auf den ich umbuchen konnte. Dankbar presste ich mir den neuen Boarding Pass an die Brust und holte mit zittrigen Fingern mein Handy hervor.

Es brauchte mehrere Anläufe, bis Holly endlich verschlafen den Hörer abnahm. »Kim? Weißt du, wie spät es ist?«

»Ja, es tut mir leid. Es ist nur ...« Ich versuchte, meine

Gefühle zu kontrollieren, doch aus meiner Kehle drang kaum mehr als ein leises Wimmern.

Holly war sofort alarmiert. »Was ist passiert?«

Es war nicht die richtige Zeit und nicht der richtige Ort, um ins Detail zu gehen, weshalb ich die Geschichte nur oberflächlich anriss. »Könntest du mich abholen kommen?«

»Natürlich, schick mir einfach die genauen Daten. Ich werde da sein.« Holly seufzte. »Es tut mir so leid, Blossom. Aber ich freue mich unglaublich, dich wiederzusehen.«

»Danke, Bubbles. Ich mich auch.« Widerwillig legte ich auf, um Holly noch etwas Schlaf zu gönnen.

Nach unserem Telefonat schrieb ich eine Nachricht an die Katzensitterin und hoffte inständig, dass es ihr keine Umstände bereitete, ein paar Tage länger auf Bonnie und Clyde aufzupassen.

Es dauerte zum Glück nicht mehr lange bis zu meinem Flug. Erleichterung durchflutete mich, denn ich hatte die Gewissheit, mit meinen Gedanken und meinen Gefühlen nicht allein sein zu müssen. Ein wenig Ranchluft zu schnuppern würde mir sicher guttun.

Stundenlang in einem beengten Flieger zu sitzen, in dem die Klimaanlage viel zu kalt eingestellt war, hatte absolut nichts Erholsames.

An Schlaf war ohnehin kaum zu denken gewesen, denn wann immer ich die Augen schloss, sah ich Aidan vor mir. Daher war ich erleichtert, als wir am späten Nachmittag nach etwa zehn Stunden schließlich zum Landeanflug ansetzten. Vor Nervosität zählte ich die Anhänger an meinem Handgelenk. Einundzwanzig.

Kaum waren wir gelandet, hechtete ich aus dem Flieger. Ich wusste selbst, wie bescheuert das war; trotzdem konnte ich meine Beine nicht davon abhalten. Deshalb musste ich auch knapp dreißig Minuten an der Gepäckausgabe warten, bis mein Koffer endlich auftauchte.

Ich konnte gerade durch die Sicherheitsschranke treten, da stürmte Holly bereits auf mich zu. Instinktiv hoben sich meine Mundwinkel, als ihr brauner Bob auf und ab hüpfte. Ihre beigen Cowboystiefel klackerten auf dem Boden.

»Blossom!« Sie sprang mir in die Arme, sodass ich kurz ins Straucheln geriet. Das dämpfte meine Freude keineswegs. Nie zuvor hatten wir uns so lange nicht gesehen, und ich hatte das Gefühl, dass ein halbes Leben zwischen damals und heute lag. Obwohl es gerade mal ein Monat war.

»Wieso siehst du wie ein Cowgirl aus?«, fragte ich kichernd, als Holly mich losließ. Das rot-grün karierte Hemd hatte sie in einem Knoten über ihren Bauchnabel gebunden, und die Shorts waren an den Enden ausgefranst. Man hätte meinen können, sie wäre eine echte Texanerin.

Sie hob die Arme und drehte sich. Dabei strahlte sie übers ganze Gesicht. Dass sie sich wohl in ihrer Haut fühlte, sah man ihr deutlich an. »Sieht doch cool aus, oder nicht?«

Ich nickte. »Ja, schon. Es kommt nur überraschend.«

Damit ich nicht das ganze Gepäck allein schleppen musste, nahm Holly mir wenigstens den Koffer ab und zog ihn hinter sich her. »Glaub nicht, dass du drum herum kommen wirst. Für dich habe ich auch noch ein paar Cowboystiefel im Schrank.«

»Nur über meine Leiche!«, entgegnete ich lachend.

Holly hakte sich bei mir unter. »Glaub mir, du willst die Cowboystiefel tragen. Nichts ist schlimmer, als an einem Ort wie Bibury aufzufallen. Und das tust du in deinem Outfit.«

Ich schielte an mir herunter. Ein dunkles T-Shirt mit Aufdruck, blaue Jeans und Sneaker – also absolut nichts Außergewöhnliches. »Sollte ich Angst haben?« Skeptisch hob ich eine Augenbraue.

»Nein, Quatsch. Die meisten sind okay.« Holly lachte. Ein Klang, den ich vermisst hatte.

Warme Luft peitschte uns ins Gesicht, kaum dass wir das Flughafengelände verlassen hatten. Sie war aber nicht zu vergleichen mit der sauerstoffarmen Luft in Sri Lanka. Holly hatte sich den Wagen ihrer Mom geliehen, um mich abzuholen. Bibury lag etwa dreihundertfünfzig Meilen nordwestlich von Dallas. Wir hatten also eine mehrstündige Fahrt vor uns. Ich hatte Gewissensbisse, dass ich Holly so spontan gebeten hatte, mich abzuholen. Dadurch war ihr ein kompletter Tag abhandengekommen, an dem sie sicher einiges zu erledigen gehabt hätte.

Erst als wir die Stadt hinter uns gelassen hatten, bemerkte ich, wie verkrampft ich gewesen war. Doch als Holly auf die Interstate-20 nach Westen abbog, atmete ich erleichtert auf. Mit geschlossenen Lidern drückte ich mich in den weichen Stoffbezug des Sitzes. Durch das hinuntergelassene Fenster pustete die warme Brise ins Wageninnere. Aus dem alten Radio drangen die rockigen Beats von *Queen*. Normalerweise war das nicht Hollys präferierte Musik, sie musste den Sender also mir zuliebe eingeschaltet haben. Es waren diese kleinen Gesten, die unsere Freundschaft so besonders machten.

Mit dem Kopf wippte ich im Takt von *Bohemian Rhapsody*, in der Hoffnung, so die negativen Gedanken abzuschütteln. Meine Finger trommelten auf meinen Knien, dabei klimperten die Anhänger des Armbands.

»Du hast es wiedergefunden?«, bemerkte Holly begeistert. »Wo war es?«

Ich hielt in der Bewegung inne. Das Handgelenk hob ich mir vors Gesicht. Die Sonnenstrahlen, die in den Wagen drangen, ließen die kleinen Steinchen in den Anhängern funkeln. »Aidan hatte es. Er hat es mir gestern am Flughafen wiedergegeben.«

»Wieso hatte er es überhaupt?«, fragte Holly verwirrt.

Mein Mundwinkel zuckte. »Er ist noch mal in den Wald zurückgegangen und hat es gefunden. Eigentlich wollte er es behalten ... als Erinnerung an mich, für den Fall, dass er es verbockt.«

»Verstehe.« Holly nickte. Sie schaute betrübt, aber in ihren blauen Augen spiegelte sich noch eine weitere Emotion, ein Gedanke.

»Du findest das romantisch«, sprach ich aus, was vermutlich in ihrem Kopf vor sich ging.

»Findest du das denn nicht irgendwie süß?«, fragte sie und richtete den Blick wieder auf die Straße.

»Keine Ahnung«, gestand ich. »Vielleicht. Aber das tut nichts zur Sache.«

Holly packte das Lenkrad fester und räusperte sich leise. »Möchtest du mir erzählen, was genau passiert ist?«

Dass ich diesem Gespräch nicht lange aus dem Weg gehen konnte, hatte ich geahnt. Bisher hatte ich ihr nur im Schnelldurchlauf gesagt, dass Aidan mich belogen hatte und nicht der war, der er vorgegeben hatte zu sein. »Du erinnerst dich, dass Jeopardy Island verkauft wurde?«, fragte ich.

»Klar. Und der neue Vollpfosten-Eigentümer will den Regenwald abholzen, um ein Luxusresort zu bauen.« Sie krallte die Finger ins Lenkrad, sodass ihre Knöchel weiß hervortraten. »Bei dem Gedanken daran könnte ich kotzen. Aber ich verstehe nicht ganz, was Aidan damit zu tun hat.« Aus dem Augenwinkel sah ich, wie sie die Stirn in Falten legte, die kleinen Zahnrädchen griffen allmählich ineinander. Dann schaute sie zu mir, den Mund geöffnet. »Nein! Sag mir nicht, dass es das ist, was ich denke.«

»Doch.« Ich nickte. »Sein Vater hat die Insel gekauft, und er soll das Projekt leiten.«

»Das …« Es kam nicht oft vor, dass es Holly die Sprache verschlug. Wenn ich recht überlegte, war es sogar noch nie vorgekommen. »Einfach wow! Wer ist sein Vater? Kennt man ihn?«

»Callum Beaufoy.«

»Von den *Luxury Resorts*? Die, die es auf der ganzen Welt gibt? Der Milliardär?« Holly redete schneller. Das tat sie immer, wenn sie aufgeregt oder neugierig war. Heute war es eine Mischung aus beidem. »Das bedeutet, dass Aidan steinreich ist?«

»Zumindest seine Familie. Wie viel Geld er besitzt, weiß ich nicht.« Aber es wäre gelogen gewesen, hätte ich behauptet, dass ich nicht auch darüber nachgedacht hatte. Wann lernte man schon mal den Sohn des erfolgreichsten

Hoteliers der Welt kennen? Vollkommen egal, was er getan hatte, eine Berühmtheit war Beaufoy nichtsdestotrotz. Dass ich Aidan nicht gleich erkannt hatte, grenzte an ein Wunder. Aber ich hatte mich einfach nie genug mit dem Business auseinandergesetzt.

»Krass«, hauchte sie. »Damit hätte ich echt nicht gerechnet.«

»Ich auch nicht.« Mit zusammengepressten Lippen schaute ich wieder aus dem Fenster. Vor uns erstreckte sich nichts als weitläufige Grünflächen, zwischen denen hin und wieder eine kleine Siedlung zu sehen war. Am Horizont konnte man die Berge erkennen, die aus der Wüstenregion Texas' emporragten. Dort irgendwo lag Bibury.

Meine Freude, Holly wiederzusehen, wurde allmählich wieder von der Trauer meines Verlustes überschattet. Bis wir von dem Thema angefangen hatten, war es mir gelungen, nicht an Aidan zu denken. Aber jetzt überrollten mich all die Emotionen ein weiteres Mal.

Holly schaute zu mir herüber. »Ich bin für dich da. Immer.« Sie lehnte sich nach vorn und öffnete das Handschuhfach, aus dem sie eine Packung Taschentücher holte. »In den nächsten Tagen stopfen wir ganz viel Eis in uns rein, okay?«

Die Schnoddernase in eines der Papiertücher gedrückt, nickte ich. »Das klingt großartig. Aber musst du nicht arbeiten?«

»Ach, papperlapapp. Scott wird schon eine Weile auf mich verzichten können. Er macht eh viel allein.« Ihre Wangen röteten sich leicht, und sie zog peinlich berührt den Kopf ein. »Du weißt ja, körperliche Arbeit und ich sind nicht unbedingt kompatibel. Dass ich die Tiere versorge, ist das höchste der Gefühle. Dazu noch das frühe Aufstehen. Gott, daran werde ich mich niemals gewöhnen. Keine Ahnung, wie manche sich das freiwillig antun können.«

Ich war froh, dass Holly nicht darauf bestand, weiter über Aidan zu sprechen. Sie wusste, wann es besser war, zu schweigen. Dass sie mir die nötige Zeit gab, mich zu sortieren, bedeutete mir viel. Daher lehnte ich mich zurück und lauschte stattdessen ihren Erzählungen.

Eine weitere Stunde später bogen wir von der Interstate auf einen holprigen Schotterweg, der mich im Sitz hin und her schleuderte. Wie eine Ertrinkende krallte ich mich an der Tür fest und versuchte krampfhaft, das eklige Flugzeugessen bei mir zu behalten.

»Sorry, ist der einzige Weg in den Ort«, sagte Holly. Glücklicherweise drosselte sie das Tempo etwas, was mein Magen dankbar hinnahm.

Wir fuhren durch eine schmale Bergkette. Die Gipfel ragten majestätisch in den Himmel. Aufgrund der untergehenden Sonne sah der Pfad aus, als würde er in Flammen stehen. Als wir die Berge hinter uns ließen, passierten wir das ausgeblichene blaue Metallschild, auf dem eine Pferdekutsche prangte. Darunter stand in blassgelber Schrift: *Willkommen in Bibury*.

Es war viele Jahre her, dass ich zuletzt hier gewesen war. Ich erinnerte mich kaum noch an die kleine Tausend-Seelen-Gemeinde. Wir bogen auf die gepflasterte Hauptstraße. Rechts und links reihten sich einige Geschäfte aneinander. Ein Supermarkt, eine Apotheke, ein Bekleidungsgeschäft und eine Tankstelle. Darauf folgte wieder eine Weile gähnende Leere, bis wir an der Kirche vorbeikamen, deren Turmspitze im Dämmerlicht glänzte.

Einige Wohnhäuser gab es in Bibury, aber es waren eher wenige. Das heruntergekommene Diner sah noch so aus wie damals – ein abgeflachtes Gebäude mit großer Fensterfront und einem kaputten Leuchtstoffröhrenschild. Auf der anderen Straßenseite befand sich die alte Kneipe *Cockeyed Sheep*.

Holly deutete auf das hölzerne Bauwerk, das mich an den Wilden Westen erinnerte. »Das Lokal gehört jetzt Amity.«

Kurz überlegte ich, um wen es sich handelte. Meine Erinnerungen setzten sich Stück für Stück zusammen und zeigten mir ein Mädchen, kaum älter als wir damals. Sie trug zwei geflochtene Zöpfe und ein gepunktetes Kleid. »Die Tochter des Pfarrers?«

»Genau.« Holly lachte. »Du kannst dir vorstellen, dass er nicht sonderlich begeistert davon war, dass sein einziges Kind Bier ausschenkt und anderen damit zu unklugen Entscheidungen verhilft.« Kopfschüttelnd richtete sie den Blick zurück auf die Straße.

Die wenigen Menschen, die an unserem Wagen vorbeiliefen, tippten sich an die Hutkrempe und riefen uns eine Begrüßung zu. Ein Ort, an dem jeder jeden kannte, war zwar auf gewisse Weise schön und heimelig, allerdings auch sehr gewöhnungsbedürftig. Es gab keine Geheimnisse voreinander, und man musste mit seinen rar gesäten Nachbarn sprechen, wenn man ihnen zufällig begegnete. Zumindest wenn man nicht unhöflich sein wollte.

Wir folgten der Hauptstraße bis zum Ende. Der Untergrund wandelte sich von Asphalt zu Erde. Der Sand wurde von den Reifen aufgewirbelt und versperrte mir die Sicht. Es dauerte einen Moment, ehe sie sich wieder aufklärte.

Die Ranch sah noch aus wie in meiner Erinnerung. Ein großes hölzernes Haupthaus auf einem riesigen Grundstück. Die Scheunen konnte ich von hier aus nicht sehen, aber die angrenzende Weide, auf der die wiehernden Pferde grasten. Zahlreiche Hühner liefen frei herum, pickten die Körner vom Boden und hüpften glücklich davon.

»Mom hat gekocht. Ich hoffe, du hast Hunger.« Holly parkte den Wagen vor dem Haus und stieg zuerst aus. Sie holte mein Gepäck aus dem Kofferraum

»Und wie!« Mein Magen knurrte. Der Flugzeugfraß war kaum zu ertragen gewesen, und überhaupt hatte ich in den letzten Wochen kaum etwas Vernünftiges zu mir genommen.

Der Boden unter meinen Sohlen knarzte, als wir die morschen Stufen zur Veranda hochliefen. Schwungvoll stieß Holly die Tür auf. »Wir sind da!«

»Wie schön! Wascht euch die Hände und setzt euch. Ich bringe gleich das Essen. Hallo, Kim!«, rief Selena Pierson aus der Küche.

»Hallo, Selena! Danke, dass ich herkommen durfte«, rief ich zurück, erhielt aber keine Antwort. Vermutlich hatte sie mich nicht gehört.

Holly führte mich in das kleine Gästebad den Flur runter und anschließend in das Esszimmer, wo der Tisch vor dem Kamin bereits gedeckt war. Auf dem Sims standen zahlreiche eingestaubte Fotos, die Holly als Mädchen zeigten. Sie sah auf jedem einzelnen unfassbar glücklich aus, ganz besonders, wenn sie auf einem Pferd ritt.

Selena kam lächelnd mit einer Servierplatte herein, die sie vor uns abstellte. Ihre Haare waren leicht ergraut und ihr Gesicht eingefallen, der Grünton ihrer Augen war blass. Die letzten Wochen mussten an ihren Kräften gezehrt haben.

»Esst, solange es warm ist«, sagte sie und wischte sich die Hände am Geschirrtuch ab, ehe sie wieder in die Küche ging und die restlichen Speisen holte.

Das Essen war köstlich. Selena machte einfach das beste Chili sin carne weit und breit. Da sie wusste, wie gern Holly und ich es aßen, bereitete sie es immer dann zu, wenn wir zu Besuch kamen. Dass sie es ausgerechnet heute gekocht hatte, war sicher kein Zufall. Holly musste ihr erzählt haben, dass es mir nicht sonderlich gut ging.

Während wir aßen, versuchten Holly und ihre Mutter ab und zu das Gespräch aufzunehmen und mich über Jeopardy Island auszuquetschen. Aber mir fiel es schwer, darüber zu reden. Momentan brachte ich die Insel nur mit Aidan in Verbindung.

Nachdem wir fertig waren, räumten Holly und ich den Tisch ab, bedankten uns noch einmal und trugen meine Sachen nach oben.

»Du schläfst mit in meinem Zimmer.« Sie öffnete die erste Tür, die auf der rechten Seite vom Flur abging, und zog meinen Koffer hinein.

Bei Tag musste dieser Raum unglaublich hell sein. An der gegenüberliegenden Wand war ein großes Bett, das – ganz wie ich Holly kannte – nicht gemacht war. Sie sah es als Zeitverschwendung an, die Decken morgens ordentlich zu falten, wenn man sich am Abend ohnehin wieder hineinlegte. Einige große Fenster entlang der rechten Wand offenbarten den Blick über das komplette Grundstück.

Ich trat näher und schaute hinaus. Der Sand glitzerte von den letzten Sonnenstrahlen, die in wenigen Minuten gänzlich hinter der Bergkette verschwunden sein mussten. Es war atemberaubend, das Farbenspiel des Himmels von hier oben zu betrachten. Nicht vergleichbar mit dem Sonnenuntergang auf Jeopardy Island, dennoch wunderschön.

Hinter dem Haus lagen einige Werkzeuge auf dem Boden verstreut. Ein paar Zäune waren bereits gebaut worden, aber bisher war nicht zu erkennen, was genau Scott und Holly vorhatten.

»Was wird das?«, fragte ich daher interessiert und deutete hinunter.

Hollys Kopf tauchte neben mir auf. »Scott baut ein weiteres Außenareal an, da wir nicht alle Tiere im selben Gehege unterbringen können. Auf der anderen Seite der Ranch hat er auch schon zwei Anlagen errichtet und eine der Scheunen umgebaut. Sobald alles fertig ist, geht es endlich los.« Aufregung schwang in ihrer Stimme mit.

»Mit welchen Tieren rechnet ihr denn genau?«

»Lass dich überraschen. Es wird ziemlich cool. Zumindest, wenn alles so klappt, wie wir es uns vorstellen.« Grinsend zog Holly mich vom Fenster weg. »Aber jetzt gucken wir erst mal irgendeinen Film und bringen dich auf andere Gedanken, in Ordnung? Eis passt noch?«

»Eis passt immer«, sagte ich lachend.

»Gut.« Sie flitzte wieder in die Küche und holte einen großen Becher mit zwei Löffeln, den wir uns genüsslich zuführten, während wir uns so lange mit Horrorfilmen ablenkten, bis wir irgendwann einschliefen.

Kapitel 27

Mit wild klopfendem Herzen schreckte ich hoch. Schwer atmend lag ich im Bett, meine Lider brannten, ein wimmernder Laut kam über meine Lippen.

Eine Faustregel besagte, dass der Liebeskummer halb so lange andauerte, wie die Beziehung lang war. Aidan und ich hatten nicht mal eine Beziehung geführt, und trotzdem hatte ich das Gefühl, mich niemals von meinem gebrochenen Herzen zu erholen.

Es war bereits die siebte Nacht, in der ich weinend aufwachte. Die siebte Nacht, in der Holly mich beruhigen musste, bis ich wieder einschlief. Ich fühlte mich kraftlos. Dass diese Gefühle mich einnahmen, wollte ich nicht, und doch geschah es.

Nacht für Nacht für Nacht.

Am frühen Vormittag weckten mich gedämpfte Stimmen, die aus dem Flur durch die Tür drangen.

»Sie muss das Haus auch mal verlassen«, sagte ein Mann, den ich als Scott identifizierte. Bisher hatte ich ihn nur einmal beim Frühstück getroffen, da ich nur zum Essen runterging und ansonsten die Tage auf dem Zimmer verbrachte.

»Sie ist noch nicht so weit«, entgegnete Holly. »Alles braucht seine Zeit.«

»Natürlich, das verstehe ich ja.« Scott atmete schwer.

»Aber ich brauche deine Hilfe. Ich kann das alles nicht allein auf die Beine stellen, das weißt du.«

Das schlechte Gewissen nagte an mir. Es war meine Schuld, dass Scott in der letzten Woche völlig allein hatte schuften müssen, da Holly sich mit mir beschäftigte. Zwar hatte ich ihr gesagt, sie könne ruhig gehen, doch davon wollte sie nichts wissen.

»Gib uns noch ein paar Tage, in Ordnung?«

»Okay.« Scotts Schritte entfernten sich. Kurz darauf fiel die Haustür ins Schloss, und Holly kam zurück ins Zimmer.

»Oh, du bist wach?«, fragte sie. »Haben wir dich geweckt?«

Ich schüttelte den Kopf. »Nein, alles gut. Ich wollte eh aufstehen und mir mal die Beine vertreten.«

Verwundert legte sie den Kopf schief. »Wirklich? Du möchtest raus?«

»Ja.« Eigentlich nicht, allerdings wollte ich auch keine Last für sie sein. Wenn ich eines hasste, dann anderer Leute Pläne durcheinanderzubringen. Mir war durchaus bewusst, dass Holly meinen Kummer niemals als Last angesehen hätte, aber trotzdem. Außerdem würde es mir niemals besser gehen, wenn ich mich den ganzen Tag in Selbstmitleid suhlte.

Ihre Mundwinkel hoben sich. Erst langsam, dann zauberten sie ein breites Grinsen auf ihr Gesicht. »Dann zeige ich dir, was wir alles geschafft haben!« Sie drehte sich zum Kleiderschrank und riss die Türen auf. Das Bündel, das sie hervorzog, warf sie zu mir aufs Bett. »Zieh das an.«

»Muss das sein?« Naserümpfend hob ich das karierte Hemd und die Shorts an.

»O ja! Und die Cowboystiefel nicht vergessen.« Holly wackelte mit den Augenbrauen.

»Wage es bloß nicht, mir jetzt noch mit einem Hut zu kommen.«

Holly ließ die Hand sinken, mit der sie eben einen Stetson aus dem Schrank geholt hatte. Dann schmollte sie. »Menno. Aber na gut. Dann nur die Stiefel!«

Stöhnend ergab ich mich meinem Schicksal, verschwand im Bad und kam kurze Zeit später wie ein Cowgirl gekleidet wieder heraus. Aidan hätte sich über diesen Aufzug sicher lustig gemacht. Der Gedanke versetzte mir einen Stich.

»Komm!« Holly zog mich hinter sich her nach draußen. Es war verdammt hell. Da die Sandkörner um die Wette glitzerten, hatte ich beinahe das Gefühl, direkt in die Sonne zu schauen.

»Hier haben wir schon ein paar Gehege gebaut«, sagte Holly und deutete auf einige eingezäunte Bereiche hinter dem Haus. »Also, ich habe Scott ab und zu das Holz gereicht und zwischendurch Limonade gemacht, wenn ich gerade Zeit hatte.« Ein breites Grinsen stahl sich auf ihr Gesicht.

»Wow, ein richtiges Arbeitstier also«, entgegnete ich lächelnd.

»Und ob!« Sie schob sich ihre Haare hinters Ohr und reckte das Gesicht zum Himmel. »Morgens versorge ich die Tiere. Danach kümmere ich mich überwiegend um Papierkram und Finanzen. Mit Zahlen kann ich besser umgehen als mit einem Hammer.«

Wir liefen weiter auf die andere Seite des Hauses, wo Scott gerade dabei war, einige Nägel in die Bretter zu schlagen. Als er den Kopf hob, schaute er uns überrascht lächelnd an. Ich konnte mir beim besten Willen nicht vorstellen, dass Holly nichts für ihn übrighatte. Er war genau ihr Typ – groß, breitschultrig, sonnengebräunte Haut. Seine dunkelblonden Haare waren struppig genug, dass man die Finger hindurchgleiten lassen konnte, und seine eisblauen Augen hatten einen wachen und freundlichen Blick.

»Howdy, Kim, es freut mich sehr, dich wiederzusehen.« Scott lächelte ehrlich und wischte sich mit dem Handrücken den Schweiß von der Stirn. Sein texanischer Dialekt ließ mich schmunzeln.

»Freut mich auch. Es ist wirklich großartig, was ihr hier aufbaut.«

»Danke.« Sein Blick glitt von mir zu Holly, und ich meinte, eine Veränderung, ein Funkeln in seinen Augen zu erkennen. »Ohne Holly wäre das alles nicht möglich gewesen.«

Sie winkte ab. »Ach, papperlapapp.« Vielleicht konnte sie ihm etwas vormachen, aber ich erkannte den nervösen Unterton in ihrer Stimme. Hoffentlich würde wenigstens sie ihr Glück finden, wenn es mir schon verwehrt war.

»Ich muss dann wieder an die Arbeit. Wir sehen uns später.« Scott winkte zum Abschied, und wir gingen weiter.

Gegenüber der großen Scheune war ein neuer Schuppen gebaut worden. Der Geruch von frisch lackiertem Holz lag in der Luft.

»Das hier ist der medizinische Bereich.« Holly schwang die Tür auf. Zum Vorschein kam eine kleine Praxis, die trotzdem deutlich größer war, als es von außen den Anschein hatte.

»Wow!« Mein Mund klappte auf.

»Ja, cool, nicht wahr?« Berechtigter Stolz schwang in ihrer Stimme mit. »Brooke wird die Erstuntersuchung der Wildtiere durchführen.« Das war die Tierärztin, von der Holly einmal nebenbei erzählt hatte. Sie hatte ich noch nicht auf der Ranch gesehen.

Ich lief weiter durch die Praxis und betrachtete alles genau. Hier steckte unglaublich viel Liebe zum Detail drin. Es gab Medizin- und Aktenschränke und einen geräumigen Arbeitsplatz in der Mitte. An den dunkelgrün gestrichenen Wänden hingen zahlreiche Bilder, die eine Wohlfühlatmosphäre schufen.

Vor einer der Fotografien blieb ich stehen. Sie zeigte eine Schwarzbärenfamilie im Wald.

Ein Bild flackerte in meinen Gedanken auf. Der Kloß setzte sich erneut in meiner Kehle fest. Aidan und der verletzte Bär. Instinktiv krallte ich mich am nächsten Objekt fest, was in diesem Fall der Schreibtisch war, und atmete tief durch. Aidan. Aidan. Aidan. Verdammt, wieso wollte das Bild nicht wieder verschwinden?

Behutsam legte Holly mir die Hand auf den Rücken. »Geht es dir gut? Brauchst du frische Luft?« Als ich nickte, führte sie mich hinaus. Der Sauerstoff tat zwar gut, beruhigte mein flatterndes Herz allerdings nicht.

»Es ist …«

»Du musst nicht darüber sprechen, Blossom. Ich verstehe das. Aber …« Sie hielt einen Moment inne, sammelte sich. »… womöglich hilft es dir, noch mal mit ihm zu reden? Ein letztes klärendes Abschiedsgespräch, bei dem du alles rauslassen kannst?«

»Nein«, stieß ich viel zu schnell hervor. »Das geht nicht.«

»Wieso nicht? Ruf ihn an, ich werde die ganze Zeit neben dir sitzen und Händchen halten. Du brauchst einen Abschluss.«

»Ich kann nicht.«

»Weil du ihm vielleicht doch verzeihen würdest?«

Irritiert blinzelte ich, schüttelte dann den Kopf. »Ganz bestimmt nicht. Ich könnte ihm niemals verzeihen.« Ich war mir nicht sicher, ob die Worte wirklich der Wahrheit entsprachen. Denn ich wusste nicht, was ich tun würde, sollte ich Aidan jemals wieder gegenüberstehen.

»Okay, ich möchte dir auch nichts einreden«, sagte Holly sanft und legte mir die Hand auf den Unterarm. »Ich dachte nur, das hilft dir vielleicht.«

»Ich weiß. Dafür danke ich dir auch. Aber ich brauche noch Zeit.«

Sie nickte. »Na klar. Nimm dir alle Zeit der Welt. Du kannst so lange bleiben, wie du magst.«

»Danke.«

Wir schlenderten noch eine Weile über die Ranch. Holly und Scott hatten so viel erreicht, und ich bewunderte sie ehrlich dafür. Die beiden waren ein tolles Team.

Am Nachmittag fuhr Holly in die Stadt. Ich holte in dieser Zeit zum ersten Mal mein Journal wieder hervor und blätterte es durch. Ich blinzelte die Tränen fort, wann immer ich seinen Namen las. Diese Passagen übersprang ich, so gut es ging, konzentrierte mich stattdessen vollends auf alles, was ich sonst notiert hatte. Über die Insel, über den Naturschutz, über mein Vorhaben.

Nun, da ich Holly hier in Bibury beobachten konnte, verspürte auch ich allmählich den Drang, etwas zu tun. Etwas, das meine Pläne ins Rollen brachte. Ich musste mich beschäftigen, konnte mich nicht länger unter der Bettdecke verkriechen und heulen. Das sah mir nicht ähnlich. Stillstand passte nicht zu meinem Lebensstil, und ich wollte es auch gar nicht erst so weit kommen lassen, dass dieser die Oberhand gewann.

Also setzte ich den Stift an und schrieb mir meine Gedanken von der Seele. Schnell stellte ich fest, dass es eine Einleitung war. Eine Einleitung zu einem Bericht über die Dinge, die ich gelernt, die Erfahrungen, die ich gemacht hatte. Noch war ich mir nicht sicher, was ich mit diesem Text eigentlich bezweckte, ob und wo ich ihn veröffentlichen wollte. Doch ihn niederzuschreiben, war befreiend.

Je mehr Wörter aufs Papier flossen, desto erlöster fühlte ich mich. Als könnte ich zum ersten Mal seit einer Woche wirklich durchatmen. Ich schrieb und schrieb und schrieb. Wort für Wort. Satz für Satz. So lange, bis ich überraschenderweise die letzte Seite meines Journals erreicht hatte. Behutsam legte ich den Stift auf dem Schreibtisch ab und knetete meine Finger.

»Kim?« Holly klopfte und schob ihren Kopf durch die Tür.

Ruckartig hob ich den Blick. »Wie spät ist es?«

»Ähm, gleich Zeit fürs Abendessen. Du warst ja wie in Trance, so habe ich dich ewig nicht erlebt. Was hast du gemacht?«, fragte sie und trat ins Zimmer. Sie legte den Kopf schief und strich über das beschriebene Papier. »Darf ich?«

Nickend reichte ich Holly das Journal. Sie lehnte sich gegen die Kommode und las. Ihr Gesichtsausdruck wandelte sich von Freude zu Trauer und zurück. Ihre Augen funkelten. »Das ist so schön, Kim.« Sie klappte das Buch zu und presste es sich an die Brust. »Wie du mit Worten Bilder erzeugen kannst, ist der Wahnsinn. Du kannst unfassbar stolz auf dich sein.«

Ich errötete. Mit Komplimenten hatte ich noch nie gut umgehen können. »Danke. Ich weiß aber noch nicht, was ich damit anfange.«

»Wende dich an *National Geographic* oder eine andere Zeitschrift. Oder erstelle einen Blog. Dir stehen so viele Türen offen. Bei deinem Talent bin ich mir sicher, du wirst Gehör finden.« Sie seufzte. »Vielleicht kannst du sogar uns helfen.«

»Wie denn?« Ich spitzte die Ohren.

Vorsichtig legte Holly das Journal auf den Tisch und strich noch einmal über den grünen Einband. »Wir würden gern eine Website und einen Flyer erstellen, um die Menschen auf all die negativen Aspekte der Trophäenjagd und des Jagdtourismus aufmerksam zu machen. Und wir möchten ihnen zeigen, was wir gedenken, dagegen zu tun.«

»Das klingt nach einer fantastischen Idee«, sagte ich. »Und natürlich helfe ich euch. Sagt mir einfach, was ich tun soll, und ich bin dabei.«

Erleichtert atmete Holly auf. »Danke. Ich wusste, wir können auf dich zählen. Wie wäre es, wenn ich dich auf einen Drink einlade? Um auf unsere Partnerschaft anzustoßen?«

»Gern«, sagte ich lachend. Ein paar Drinks würden mir sicher guttun und mich auf andere Gedanken bringen.

Nach dem Essen liefen wir zum *Cockeyed Sheep*. Es dauerte eine Weile, bis wir ankamen, aber der Verdauungsspaziergang an der frischen Luft tat uns gut.

Der Jubel war groß, als Holly und ich durch die Tür traten. Die Kneipe war gut besucht, es gab nur noch wenige freie Plätze, und zahlreiche Leute standen an die Wand gelehnt, ihre Drinks in der Hand. »Du scheinst hier ja ziemlich beliebt zu sein.« Ich schwang mich auf die nächstgelegene Sitzbank und beäugte die klebrigen Bierrückstände auf dem Tisch. In den Bars, die ich aus Los Angeles kannte, wäre das nicht passiert. Dort wurden die Tische sofort abgewischt, noch bevor neue Gäste sich setzen konnten.

Holly grinste. »Kann sein, dass ich hier in den letzten Wochen mehr als einmal meinen Kummer ertränkt habe.«

»Wegen deiner Meemaw?« Ich presste die Lippen aufeinander.

»Auch. Und weil ich meine beste Freundin schrecklich vermisst habe.« Sie griff über den Tisch nach meiner Hand und lächelte. Dann hob sie den Blick, als Amity quer durch das Lokal rief und fragte, was wir haben wollten. »Zwei Bier.«

»Kommen sofort!«

Keine Minute später stellte Amity die Gläser vor uns ab. »Schön, dich nach all den Jahren wiederzusehen.« Zwischen ihren Schneidezähnen hatte sie eine kleine Lücke, die mir noch gut im Gedächtnis geblieben war. Die Flechtzöpfchen von damals hatte sie gegen eine blonde Kurzhaarfrisur ausgetauscht, die ihr etwas Draufgängerisches verlieh.

»Freut mich auch.« Lächelnd hob ich das Glas und nickte Amity zu. Sie schwang sich das Geschirrtuch über die Schulter und ging zurück zur Bar.

Klirrend stießen Holly und ich an. Das Bier ging runter wie Wasser, prickelte auf meiner Zunge und in meiner Kehle. Nach wenigen Schlucken spürte ich schon den ansteigenden Alkoholpegel in meinem Blut.

Wir bestellten eine weitere Runde, unterhielten uns, lachten, tanzten zur Musik, die aus den Boxen dröhnte und das Lokal zum Wackeln brachte. Ich zappelte herum, grölte die Lieder mit, die von Popsongs der Neunziger über Folklore bis hin zu Rock reichten, und blendete alles aus.

»Darf ich dir einen ausgeben?« Ein junger Mann, der mich um vielleicht einen halben Kopf überragte, tauchte zwischen Holly und mir auf. Er war süß, ein jugendliches, beinahe schüchternes Lächeln lag auf seinen Lippen. Seine großen braunen Augen musterten mich fragend.

Ich hob die Hände und schüttelte den Kopf. »Nein, danke. Ich hatte schon genug.«

»Sicher?«, hakte er nach. Aber nicht auf eine drängende, sondern eine freundliche Weise. »Ich gebe dir auch ein Wasser aus.«

»Ich bin mir sicher.« Lächelnd wies ich ihn ab.

»Na gut, schönen Abend noch.« Er tippte sich an die Krempe und verschwand wieder zwischen den anderen Gästen des Lokals.

Holly packte mich am Arm. »Der war doch süß.«

»Das war er. Aber ich habe erst mal genug von Männern.«

Schulterzuckend hüpfte sie weiter im Takt der Musik, aber mir war die Lust aufs Tanzen irgendwie vergangen.

Mit meinem Glas in der Hand rutschte ich zurück an unseren Platz. Sobald Holly meine Abwesenheit bemerkte, ließ sie sich mir gegenüber fallen.

Sie wedelte sich mit beiden Händen Luft zu, dann holte sie ihr Handy hervor. Stirnrunzelnd wischte sie übers Display und las konzentriert.

»Alles okay? Schlechte Nachrichten?«, fragte ich und hob das Glas an die Lippen. Holly schaute hoch, dann wieder aufs Handy. »Hallo? Erde an Holly?«

»Was? Ja, Moment.« Mit flinken Fingern tippte sie eine Antwort, ehe sie das Display sperrte und das Handy in ihre Tasche schob. Sie räusperte sich leise und schaute mich an. »War nur Scott. Ging um eine Bestellung, die jetzt doch teurer geworden ist. Und da ich die Finanzen regle …« Sie hob die Schultern.

»Es ist mitten in der Nacht. Das konnte nicht bis morgen warten?«, hakte ich nach.

»Männer halt.« Holly setzte ihr Glas an und exte den letzten Rest Bier weg. »Ich hole noch eine Runde, bin gleich zurück.«

Perplex schaute ich ihr hinterher. Ich hatte keine Ahnung, was das eben gewesen war. Aber ich würde es noch herausfinden.

Kapitel 28

Am nächsten Morgen hatte ich die schlimmsten Kopfschmerzen meines Lebens. Immerhin war dies die erste Nacht seit meiner Ankunft in Bibury gewesen, in der ich nicht heulend aufgewacht war. Stattdessen dröhnte mir jetzt der Schädel. Die letzten zwei, drei oder vier Runden waren eindeutig zu viel gewesen. Wenn man normalerweise nicht trank, knockten einen mehrere Liter Bier über die Nacht verteilt ganz schön aus.

Ich wusste nicht, wie spät es war. Holly lag jedenfalls nicht mehr im Bett, weshalb ich ins Bad schlurfte, um mir den Schweiß und den Geruch von Zigaretten und Bier vom Körper zu schrubben. Danach schlüpfte ich in neue Klamotten, die ich Holly aus dem Schrank stibitzte, holte mir ein paar Puddingtaschen und einen Kaffee aus der Küche und setzte mich an den Schreibtisch.

Holly war noch immer nicht zurück. Womöglich hatte sie sich an die Arbeit gemacht oder war noch einmal zum Einkaufen in die Stadt gefahren.

Es dauerte mehrere Tassen Kaffee und zwei Stunden, bis der pochende Schmerz in meinem Kopf endlich nachgelassen hatte. In dieser Zeit hatte ich mir ein paar Notizen zu Hollys Flyer gemacht. Wegen des Inhalts würde ich mit Scott und ihr sprechen müssen. Bisher hatte sie mir nur grob geschildert, was ihre Pläne waren.

Draußen hörte ich ein heranfahrendes Auto. Ich schaute aus dem Fenster. Ein silberner Mercedes kam vor dem Haus zum Stehen. Bevor ich einen genaueren Blick darauf erhaschen konnte, riss Holly die Zimmertür auf. Einen halben Herzinfarkt erleidend, fasste ich mir an die Brust. »Du hast mich zu Tode erschreckt.« Ich holte tief Luft und musterte sie argwöhnisch. »Wo warst du die ganze Zeit?«

»Ich habe Scott geholfen.« Das erklärte auch, weshalb ihre Kleidung eingestaubt war und sie Stroh in den Haaren hatte. »Du musst mal kurz mitkommen. Ich brauche einen Moment deine Hilfe.«

»Okay. Wobei denn?« Ich stand vom Stuhl auf und ging auf Holly zu. Verwirrt schaute ich ihr ins Gesicht, in dem zahlreiche Emotionen aufflackerten. Die deutlichste war Unsicherheit. »Holly? Was ist los? Wobei brauchst du meine Hilfe?« Aus der unteren Etage drangen Schritte an mein Ohr. »Ist das deine Mom?« Sie schüttelte den Kopf. »Scott? Brooke?«

»Nein ... Hass mich nicht, okay? Versprich es mir.« Sie stammelte die Worte mehr, als dass sie sie sprach.

Vor Nervosität hämmerte mein Herz gegen meinen Brustkorb. »Wieso sollte ich dich hassen?«

Ohne Vorwarnung griff Holly nach meinem Handgelenk und zog mich aus der Tür und die Treppe hinunter. Sie blieb auf einer der Stufen stehen und schob mich weiter. »Ich warte genau hier, für den Fall, dass du etwas brauchst. Geh ins Esszimmer.«

Bumm. Bumm. Bumm.

»Okay«, fiepte ich und lief mit wackeligen Beinen die letzten Stufen hinunter. Mit aller Kraft krallte ich mich an das Geländer. Es verlangte mir einiges ab, es loszulassen und in den Flur zu treten.

Im Türrahmen angekommen, gaben meine Beine endgültig nach. Ich stützte mich ans Holz, kämpfte gegen die Tränen und den Schmerz in meiner Brust an. Was hatte Holly sich nur dabei gedacht?

Als hätte er meine Anwesenheit gespürt, drehte Aidan sich um. Seine braunen Augen hafteten auf mir. Unsicherheit. Nervosität. Verletzlichkeit. All dies erkannte ich in ihnen.

Meine Kehle war staubtrocken. Ich wusste nicht, was er hier wollte, wie er überhaupt hergefunden hatte und was Holly mit all dem zu tun hatte. Aber wenn ich eins und eins zusammenzählte, vermutete ich, dass die Nachricht gestern Nacht nicht von Scott gewesen war. Das hätte zumindest ihr merkwürdiges Verhalten erklärt.

»Was willst du hier?« Ob ich laut gesprochen oder die Frage nur in Gedanken gestellt hatte, wusste ich nicht.

Aidans Brust hob und senkte sich. Ich wandte den Blick ab. Ihm in die Augen zu schauen, diese wunderschönen Augen, war zu viel. Wie am Abreisetag trug er auch heute eine dunkle Hose und ein Hemd. Die Haare hatte er sich geschnitten, der Zopf war fort. Stattdessen hatte er eine wuschelige Frisur, die ich noch nicht ganz in Einklang mit ihm bringen konnte. Wie auch? Immerhin wusste ich nicht, wer er überhaupt war.

Mit der Zunge fuhr Aidan sich über die Lippen und räusperte sich. »Du hast gesagt, ich soll dich in Ruhe lassen.«

»Und doch bist du hier.«

»Ja.« Er nickte. »Verrückt, oder?« Keine Ahnung, ob er

darauf wirklich eine Antwort erwartete. Von mir erhielt er jedenfalls keine.

Meine Handflächen schwitzten, und mein Herzschlag ging weiterhin schnell. Ich war mir nicht mal sicher, ob er tatsächlich hier war oder meine Sinne mir einen Streich spielten.

»Wenn du mir jetzt sagst, dass ich gehen soll, dann gehe ich. Aber ich hoffe, du gibst mir die Chance, mich zu erklären.« Seine Worte riefen ein Déjà-vu hervor. *Und ich hoffe, du gibst mir die Chance, es wiedergutzumachen.* Das hatte er an jenem Tag gesagt, der gerade erst eine Woche zurücklag, obwohl es mir wie eine Ewigkeit vorkam. Denn jeder Tag ohne Aidan hatte sich ewig hingezogen.

Sein Blick huschte nervös umher. Er knetete die Finger, die er vor dem Körper verschränkt hatte. Genau wie ich wusste auch er nicht, wie meine Entscheidung ausfallen würde. Am liebsten hätte ich ihn einfach zum Teufel geschickt.

»Lass ihn reden«, hörte ich eine Flüsterstimme aus dem Flur.

Ich blickte über die Schulter und sah, wie Holly ihren braunen Schopf zwischen das Geländer quetschte und in unsere Richtung spähte. Ich bedachte sie mit einem bösen Blick, woraufhin sie sich zurückzog.

»Okay«, sagte ich.

»Okay?« Überrascht hob Aidan die Brauen.

»Rede lieber, bevor ich es mir anders überlege.« Ich verschränkte die Arme vor der Brust und machte ein paar Schritte ins Zimmer. Vor dem Tisch, der uns nun voneinander trennte, blieb ich stehen, rückte mir einen Stuhl zurecht und setzte mich. Aidan nahm mir gegenüber Platz.

»Es tut mir leid. Es tut mir alles so schrecklich leid, Kim. Es gibt keine Worte, die mein Verhalten dir und den anderen gegenüber jemals entschuldigen könnten. Das weiß ich. Und wenn du mir nicht verzeihen kannst, verstehe ich das. Trotzdem habe ich hier etwas, das ich dir zeigen möchte.« Er bückte sich und stellte eine Aktentasche auf den Tisch. Sie war mir vorher nicht aufgefallen. Mit einem Klacken öffneten sich die Schnallen. Aidan holte einen Ordner heraus und schob ihn zu mir.

»Was ist das?« Ich beäugte die blaue Akte, ohne sie anzuheben.

»Schau es dir an.«

»Aidan, was soll das? Wieso bist du hier?«, seufzte ich.

»Bitte«, sagte er nachdrücklich und schob die Akte noch etwas näher.

»Schön.« Ich atmete tief durch und öffnete sie. Darin befanden sich ein ganzer Stapel Papiere und zahlreiche Skizzen. »Was ist das alles?«

»Daran habe ich in der letzten Woche gearbeitet. Es ist erst grob, und es gibt noch einiges zu klären. Der Bau wird sich verschieben, bis alles stichhaltig ist, aber das«, er blätterte auf die letzte Seite und tippte darauf, »ist meine Idee, wie wir die Insel retten können.«

Mit zittrigen Fingern nahm ich das Blatt in die Hand. »Nachhaltiger Tourismus«, las ich leise vor und überflog die Zeilen. Es war eine Reihe von Stichpunkten, was alles aus dem Resort gemacht werden und welche Ausflüge und Aktivitäten angeboten werden konnten. »Themenpfade statt Freizeitpark. Mit der Natur statt gegen sie. Überleben in der Wildnis mit den Baxters?«

Als ich den Blick hob, nickte er. Ein hoffnungsvolles

Lächeln zeichnete sich auf seinen Lippen ab. »Sie würden ihre Touren weiterhin anbieten, aber in komprimierter Form. Das besprechen wir, sobald das Projekt abgesegnet ist. Was sagst du dazu?«

»Das ist schön, ehrlich, Aidan. Aber wieso zeigst du mir das?« Ich schloss die Akte und schob sie wieder über den Tisch.

Seine Euphorie ebbte ab, und seine Mundwinkel senkten sich. »Du hast das erreicht. Deine Liebe und deine Begeisterungsfähigkeit für diese Insel haben mich zum Nachdenken gebracht, was ich tun könnte, um sie nicht zu zerstören. Ich weiß, es wäre dir lieber, wenn sie komplett unbebaut bliebe, das verstehe ich. Aber leider geht das nicht. Ich habe mein Bestes gegeben, um wenigstens das hier herauszuschlagen.« Er tippte noch einmal auf die Akte.

Ich blinzelte die Tränen fort und schluckte schwer. »Es freut mich, dass du deine Berufung gefunden hast.«

Aidan stützte die Ellbogen auf dem Tisch ab und vergrub die Finger in seinen Haaren. »Du machst es mir nicht gerade leicht.«

Ich schnaubte. »Was hast du geglaubt? Dass du hier hereinspazieren und mir das zeigen kannst, und alles ist vergeben und vergessen?« Meine Stimme wurde lauter, kratziger. »Das ändert nichts daran, dass du mich wochenlang belogen hast, Aidan. Meinst du wirklich, du hättest es verdient, dass ich dir verzeihe?«

»Nein.« Er schüttelte den Kopf. »Das habe ich nicht. Ich habe dich nicht verdient, das weiß ich.« Aidan holte tief Luft, schloss einen Moment die Augen, ehe er wieder meinen Blick auffing. »Meine Lügen kann ich nicht ungeschehen machen, und ich bereue sie wirklich. Aber bitte glaub mir, wenn ich dir sage, dass meine Gefühle für dich echt sind.« Er griff über den Tisch nach meiner Hand, und ich ließ es zu.

»Ich weiß nicht, was ich glauben soll«, sagte ich unter Tränen.

»Für mich ist ein Leben kein Leben, wenn du nicht an meiner Seite bist«, hauchte er. Es war der Text des Liedes, zu dem wir getanzt hatten. Aidan beugte sich nach vorn, legte die Lippen auf meine Hand, und ich spürte das nervöse Poltern meinen Herzens. »Ich meinte es auf der Insel, und ich meine es heute noch genau so. *Te amo*, Kimberly Chapman. Und ich sage es in jeder Sprache, die ich spreche: Ich liebe dich. Von ganzem Herzen.«

Aidan ließ von mir ab, sein Stuhl knarzte, als er aufstand und um den Tisch ging. Vor mir hockte er sich hin. Ein weiteres Mal nahm er meine Hände in seine und bedeckte sie mit Küssen. Tränen verschleierten meine Sicht. Ich wusste, dass ich ihm nicht verzeihen sollte. Mein Verstand sagte es mir. Aber mein Herz ...

Ich hob den Blick. Erwartungsvoll schaute Aidan zu mir hoch. Ich suchte nach etwas, das mir zeigte, dass er log. Dass seine Worte nichts bedeuteten. Doch dort war nichts. Nichts als Ehrlichkeit. Und Liebe.

Mit zittrigen Fingern fuhr ich durch seine neue Frisur. Sie war so weich, wie ich sie mir vorgestellt hatte. »Gibt es sonst noch etwas, das du mir verschweigst?«

Er schüttelte den Kopf. »Nein, nichts.«

»Keine Lügen mehr?«

»Nie wieder«, versprach er. Ich stand auf, und Aidan tat es mir gleich. Um ihn anschauen zu können, legte ich den Kopf in den Nacken. Meine Hände bettete ich an seine Brust, in der sein Herz schnell schlug. Und auch wenn es alles andere als rational war, wusste ich, was zu tun war.

»Gut.« Ich hob die Arme und legte sie ihm um die Schultern. Dann zog ich ihn so ruckartig an mich, dass er um meine Hüfte griff. »Dann solltest du mich jetzt verdammt noch mal küssen.«

Lächelnd überbrückte er die letzte Distanz zwischen uns und legte seine Lippen auf meine. Der Kuss war nicht perfekt, er schmeckte nach den salzigen Tränen, die ich vergossen hatte. Aber er war echt. Voll echter Gefühle, die wir füreinander empfanden. Trotz aller Umstände, aller Unterschiede und der Lügen.

Die Wunde war noch frisch, es würde dauern, bis sie vollständig verheilt war. Aber wir würden daran arbeiten. Gemeinsam.

Quietschend hüpfte Holly ins Zimmer, sodass ich mich widerwillig von Aidan löste. Sie sagte nichts, sondern sprang einfach dazwischen und schlang die Arme um ihn und mich. Aidan war von dem Gefühlsausbruch meiner Freundin völlig überrumpelt.

»Ich hätte mir Popcorn machen sollen. Das war ja aufregender als jede Seifenoper.« Sie ließ uns los und schaute zwischen Aidan und mir hin und her. »Ich wusste selbst nicht, wie das ausgehen würde.«

»Das wusste niemand von uns.« Aidan grinste und fuhr sich durch die Haare. »Danke übrigens, dass du ihr nichts gesagt hast.«

»Ach, papperlapapp, das war doch selbstverständlich.« Holly winkte ab, dann zog sie den Kopf ein und schaute mich entschuldigend an. »Du weißt, du hättest Nein gesagt.«

Seufzend schüttelte ich den Kopf. »Du bist unverbesserlich, Bubbles.«

»Also bist du mir nicht böse?«

»Nein, natürlich nicht.«

Holly grinste breit. »Danke.« Dann gab sie Aidan einen Boxhieb gegen die Schulter. Er stieß ein überraschtes *Autsch* aus und rieb sich die Stelle. »Und du, Richkid, machst nie wieder so einen Blödsinn, haben wir uns verstanden? Sonst lernst du Pech und Schwefel mal richtig kennen.« Sie hob die Fäuste und tat so, als würde sie ihn noch einmal boxen.

Aidan zog die Brauen zusammen und schaute mich verwirrt an. »Wieso habe ich das Gefühl, dass eine brünette Finja vor mir steht?«

Ich lachte und hob die Schultern. »Tja, leg dich mit mir an und du legst dich mit meinen Freundinnen an.«

»Und das kann ganz schön nach hinten losgehen«, pflichtete Holly mir bei. »Aber keine Sorge, solange du nicht vorhast, Blossom noch mal zu verletzen, bekommen du und ich auch keine Probleme miteinander.«

»Nein, ganz sicher nicht.« Aidan schüttelte den Kopf. »Bei Gelegenheit dürft ihr mir auch gern erzählen, warum ihr euch wie großäugige Zeichentrickfiguren nennt. Doch jetzt …« Er legte mir den Arm um die Taille und zog mich näher an sich. »… habe ich erst mal etwas anderes vor.«

»Urgh, nehmt euch ein Zimmer«, sagte Holly gespielt angewidert. »Ach, wisst ihr, was? Nehmt meins, ich schlaf bei meiner Mom. Aber seid leise, ich muss früh aufstehen«, fügte sie hinzu, während sie aus der Tür verschwand.

Grinsend schaute ich zu Aidan. »Ob wir das versprechen können?«

»Ich glaube nicht.« Lächelnd strich er mir eine Strähne aus dem Gesicht. Dann küsste er mich noch einmal voller Leidenschaft.

Epilog

»Komm, komm, komm. Wir sind schon zu spät.« Aidan zog mich den Korridor entlang hinter sich her. Bei jedem Schritt drohte ich meine Schuhe zu verlieren. Hätte ich mich mal für festes Schuhwerk entschieden statt dieser labberigen Ballerinas. Aber sie passten besser zu dem schwarzen Businesskleid, das ich trug.

»Und wer ist daran schuld?« Ich hob eine Augenbraue und schüttelte sacht den Kopf. Nicht sacht genug, denn dabei löste sich schon wieder eine Strähne aus meinem Zopf, die ich mir hinters Ohr strich. »Du bist doch schlimmer als die Raupe Nimmersatt.«

»Pff, ich? Du hast dich doch ...« Sein Tempo drosselnd nickte er einer Mitarbeiterin zu, die gerade an uns vorbeilief und unser Gespräch peinlich berührt mit anhörte. Als sie aus unserem Blickfeld verschwunden war, senkte er die Stimme. »Hättest du dich nicht an mich rangekuschelt, wäre die Situation nicht so eskaliert.«

»Meinst du, das ist der richtige Ort, um das auszudiskutieren?«, fragte ich amüsiert.

Er schien einen Moment zu überlegen, dann grinste er. »Du hast recht. Verschieben wir das lieber auf später.«

Vor fünf Minuten hätte unsere Präsentation beginnen sollen. Nachdem Aidan nach Bibury gekommen und zwei Nächte auf der Pierson Ranch geblieben war, hatte er mich gebeten, ihn nach Sacramento zu begleiten. Er wollte das Projekt des nachhaltigen Resorts mit mir gemeinsam angehen. Obwohl ich keine Ahnung hatte, was ich eigentlich tat, hatte ich ohne Zögern zugesagt. Nicht nur, weil ich möglichst viel Zeit mit Aidan verbringen wollte, sondern weil ich fasziniert von dem war, was er geplant hatte. Und es machte mich stolz, wesentlich dazu beigetragen zu haben, dass er seine Meinung geändert hatte. Auch Holly hatte mich angespornt und mir zugleich versichert, dass ich jederzeit zurückkommen konnte, sollte es zwischen Aidan und mir nicht funktionieren. Dafür war ich ihr dankbar.

Nichtsdestotrotz hatte Vergangenheits-Kim entsetzt die Fäuste in die Seiten gestemmt und mit mir geschimpft. Denn wozu hatte sie all die Pläne gemacht, wenn ich sie schlussendlich doch wieder über den Haufen warf? Wobei das nicht ganz stimmte. Aidan war der Kopf dieser Unternehmung, ich hatte bloß ein paar Ideen eingeworfen, die er entweder nickend abgesegnet oder kopfschüttelnd abgeschmettert hatte, weil sie nicht umsetzbar waren.

In den vergangenen Wochen hatten wir stundenlang mit seinem Team zusammengesessen und gebrainstormt. Ich hatte in der Zeit zahlreiche Notizen gemacht und Fotos vom Team und Arbeitsplatz geschossen, denn darin bestand meine Hauptaufgabe. Das Projekt sollte groß aufgezogen werden und möglichst viel Publicity erhalten. Ich sollte die komplette Entstehung von der ersten Idee bis zur Fertigstellung dokumentieren, damit wir die Menschen daran teilhaben lassen konnten. Das diente dazu, ihr Bewusstsein zu schärfen und gleichzeitig die Vorfreude auf das neue Resort zu schüren.

Natürlich wäre es mir am liebsten gewesen, das Projekt wäre komplett eingestellt worden, doch wie Aidan bereits gesagt hatte, war das nicht möglich. Sein Vater hatte zu viel Geld investiert, um auf seine Einnahmen zu verzichten. Das konnte ich nachvollziehen. Aber wir hatten das Beste herausgeholt, da war ich mir sicher.

Nun musste das neue Projekt nur noch vom Komitee, allen voran Callum Beaufoy, bewilligt werden.

Und ich? Ich konnte mein Talent unter Beweis stellen, indem ich den Menschen diesen etwas anderen Urlaub mittels meiner Worte schmackhaft machte. Denn das war der Knackpunkt: Der Name Beaufoy stand eigentlich für Luxus. Und wie luxuriös konnte es schon sein, in kleinen Blockhäusern im Wald zu residieren, sich in Verzicht zu üben und zu lernen, wie man mit der Natur im Einklang lebte? Doch ich würde es schaffen – *wir* würden es schaffen. Gemeinsam.

»Bereit?« Vor dem Konferenzraum blieb Aidan stehen. Sanft drückte er meine Hand und lächelte aufmunternd. Seinen vor Aufregung glitzernden Blick versuchte er zu verstecken, aber ich kannte ihn gut genug, um zu erkennen, dass auch er nervös war. Schließlich ging es hier um unglaublich viel.

Ich strich mein zerknittertes Kleid glatt, schob mir die losgelösten Haare wieder hinters Ohr und nickte. »Bereit.«

Er drückte die Klinke hinunter, und wir traten ein. Sechs Augenpaare musterten uns, als wir zum Kopfende des langen Tisches gingen. »Die Verspätung tut uns leid. Sie wissen ja, wie der Verkehr ist.« Aidan räusperte sich, das Komitee lachte leise. Wow, entweder fiel es ihm wirklich so leicht, Menschen um den Finger zu wickeln, oder das war seinem Nachnamen zu verdanken. »Darf ich vorstellen? Kimberly Chapman. Sie wird die Präsentation heute mit mir gemeinsam halten.«

»Welche Rolle spielt Miss Chapman bei diesem Projekt?«, fragte eine Frau zu meiner Rechten. Sie schob sich die runde Brille auf dem Nasenrücken zurecht und betrachtete mich über die dicken Gläser hinweg. Ihre roten Haare waren zu einem Dutt nach hinten gebunden. Sie musste eine ganze Dose Haarspray darauf verteilt haben, damit nichts verrutschte.

Aidan legte mir die Hand auf den unteren Rücken. Sofort überzog mich eine Gänsehaut. Ob seine Berührungen jemals ihre Wirkung auf mich verlieren würden? »Ohne sie würde das Projekt in dieser Form nicht existieren. Miss Chapman und unser gemeinsamer Aufenthalt auf Jeopardy Island waren es, die mich auf die Idee gebracht haben, mehr Wert auf unsere Umwelt zu legen und dafür zu sorgen, dass die Natur möglichst erhalten bleibt.«

Nervös lächelte ich und blickte in die Runde. Aus den Gesichtern der Komiteemitglieder ging keine Regung hervor. Als ich Aidans Vater am anderen Ende des Tisches erkannte, gefror mir das Blut in den Adern. Er hatte sich in seinem Ledersessel zurückgelehnt und taxierte mich eindringlich aus seinen blauen Augen. Das war der Moment, in dem ich das Gebäude am liebsten fluchtartig verlassen hätte.

Aber Aidan schob den kleinen USB-Stick in den Beamer vor sich und begann. »Wie Sie bereits wissen, möchten wir mit dem neuen Resort auf nachhaltigen oder auch sanften Tourismus setzen. Kurzum: Der Natur soll wenig bis gar nicht geschadet werden, und sie soll möglichst nah und intensiv mit allen Sinnen erlebt werden. Dass dieses Projekt das Gegenteil von dem ist, wofür *Beaufoy Luxury Resorts* steht, ist uns bewusst. Aber wir haben die Mittel, etwas zu bewegen, und sollten sie nutzen.«

Aidan sprach so souverän, dass es mich mit Stolz erfüllte. Er artikulierte präzise und redete vor dem Komitee, als hätte er nie etwas anderes getan. Es war beeindruckend, wie er von seiner lässigen und etwas rauen alltäglichen Art zu beruflicher Professionalität wechseln konnte. Beinahe hatte ich das Gefühl, zwei unterschiedliche Personen vor mir zu haben. Aber beide gefielen mir sehr gut.

»Die verkehrsmäßige Erschließung muss unbedingt auf ein Minimum reduziert werden«, fuhr Aidan fort und deutete mit einem Laserpointer auf die Folien, die an die weiße Wand hinter uns projiziert wurden.

Während er sprach, klickte ich ein Bild nach dem anderen an. Mein Herz hämmerte unaufhörlich gegen meine Brust, und ich war mir fast sicher, dass man sehen konnte, wie sehr ich schwitzte. Aidan erklärte das Zero-Waste-Modell, in das noch einiges an Planung gesteckt werden musste, damit es wirklich rund war. Nachdem er dem Komitee alles in groben Zügen geschildert hatte, gingen wir in die Details – die Angebote zur Umweltbildung und Aktivitäten, die vom Resort aus durchgeführt werden sollten.

»Eine Folie zurück, bitte«, kam es von Callum Beaufoy. Sofort klickte ich auf die vorangegangene Folie, die er noch einmal überflog. »Ihr habt notiert, dass es jeden

Freitag ein großes Lagerfeuer geben soll. Wieso nur einmal wöchentlich anstatt täglich?«

Aidan drehte sich um und schaute auf die Präsentation. »Einen Moment bitte.« Er drehte die Karteikarte in seiner Hand stirnrunzelnd um. »Ähm.«

»Das war mein Vorschlag«, ergriff ich schnell das Wort.

»Ach ja?« Callum Beaufoy hob eine Braue und lehnte sich in seinem Stuhl nach vorn. Die Hände verschränkte er ineinander und legte sie vor sich auf der Tischplatte ab.

»Ja.« Keine Ahnung, woher ich den Mut aufbrachte, überhaupt etwas zu sagen. Vor allem, da alles an seiner Erscheinung unglaublich einschüchternd wirkte – der strenge Ausdruck auf seinem Gesicht, das hochgeschlossene Hemd und der maßgeschneiderte Anzug, dazu die millimetergenau gestutzten rotblonden Haare. Glücklicherweise schien Aidan eher nach seiner Mutter zu kommen.

Ich räusperte mich und fuhr dann fort. »Bisher wird Jeopardy Island nur alle vier Wochen angeflogen. Mit einem Resort auf der Insel wird das nicht funktionieren. Dadurch entsteht zwangsläufig eine höhere Umweltbelastung und ein größerer Ausstoß an Schadstoffen, dem auf andere Weise entgegengewirkt werden muss. Selbstverständlich scheint ein Lagerfeuer nur eine Kleinigkeit zu sein. Aber jedes Feuer, das nicht entfacht wird, trägt zur Verminderung der Luftverschmutzung bei.«

Stille. Alle schauten mich schweigend an. Trotz des weichen Teppichs hätte man eine Stecknadel auf den Boden fallen hören können. Plötzlich nickte Callum Beaufoy. »Gut. Fahrt fort.« Er machte sich ein paar Notizen und bedeutete Aidan mit einer Handbewegung weiterzusprechen.

Dieser lächelte mich liebevoll an, ehe er die Präsentation noch motivierter fortsetzte. Als er die letzten Worte gesprochen hatte, war nichts zu hören als Stifte, die über Papier glitten.

»Wir werden uns beraten und euch in einer Stunde über unsere Entscheidung informieren.« Aidans Vater entließ uns. Wir bedankten uns und traten nicht nur aus dem Konferenzraum, sondern auch aus dem Gebäude.

Erst als mir die spätsommerliche Sacramento-Luft ins Gesicht blies, konnte ich wieder frei atmen. »Bewilligt er es?«

Aidan zuckte mit den Schultern. »Bei meinem Dad kann man das nie so genau wissen.« Er fuhr sich durch die Haare. »Aber du … das war der Wahnsinn.«

»Na ja, ich musste einschreiten. Ich konnte schlecht zulassen, dass du dich vor deinem Vater zum Affen machst. Obwohl Mo stolz auf dich wäre.«

»Musstest du mich an dieses schreckliche Erlebnis erinnern?« Aidan grinste.

»Erlebnisse«, verbesserte ich ihn. »Du wurdest schließlich zweimal beworfen.«

Ein raues Lachen drang aus seiner Kehle, dann presste er mir einen Kuss auf den Scheitel. »Danke, dass du das hier mit mir gemeinsam tust.«

»Du denkst also immer noch, dass es eine gute Entscheidung ist? Wenn wir zusammenarbeiten, meine ich?«

Er nickte und fuhr mir mit dem Daumen über die Wange. »Wir ergänzen uns gut. Was wäre Sherlock ohne Watson?«

»Wer bin ich in diesem Szenario?« Ich betrachtete ihn argwöhnisch.

»Hmmm.« Aidan legte sich den Zeigefinger ans Kinn. »Ausnahmsweise trete ich meinen Titel an dich ab.«

»Das ist besser für dich!«, entgegnete ich lachend.

Hand in Hand schlenderten wir um den Block, bis die Stunde um war. Doch als wir wieder ins Gebäude traten, war das Komitee noch zu keiner Entscheidung gekommen, weshalb wir uns ins Foyer setzten und warteten, dass man uns wieder hineinbat.

Nervös rutschte ich auf dem Sessel hin und her. Ich musste mich irgendwie beschäftigen, um nicht gänzlich in Panik zu verfallen, weshalb ich mir von Aidan ein Blatt Papier geben ließ.

Ich faltete es in der Mitte, dann noch einmal und ein drittes Mal.

»Was wird das?« Belustigung schwang in Aidans Stimme mit.

»Finja hat gesagt, es gibt kein Papier, das man mehr als sieben Mal in der Mitte falten kann«, erklärte ich. Schon das vierte Falten kostete mich unglaublich viel Kraft, aber es gelang mir gerade so, die Kanten glatt zu streichen. Als ich das Papier noch einmal knicken wollte, schnaufte ich.

»Scheint, als hätte sie recht gehabt«, sagte Aidan lachend.

Ich nickte und holte mein Handy hervor, um Finja ein Bild des Papiers und eine Nachricht zu schicken. In Stockholm war es gleich Mitternacht, weshalb sie vermutlich schon im Bett lag. Aber wir waren ohnehin für morgen zu einem Videotelefonat verabredet. Ein kleines Ritual, das wir einmal wöchentlich ausführten, um uns auf den neuesten Stand zu bringen.

Kurz darauf ertönten die klackernden Schritte von High Heels auf dem marmorierten Boden. »Sie werden erwartet«, sagte die Frau und bedeutete uns, ihr zu folgen.

Wieder im Konferenzraum angekommen, war es unmöglich, anhand der Gesichtsausdrücke auf den Ausgang der Besprechung zu schließen. Aidan und ich traten gemeinsam vor den Tisch. Auch er war verkrampft, ließ es sich aber kaum anmerken, wofür ich ihn einmal mehr bewunderte. Ich hatte das Gefühl, dass ich meine Aufregung nicht ansatzweise so gut verbergen konnte.

»Wir haben eine Entscheidung getroffen.« Callum Beaufoy legte die Hände auf der Tischplatte ab und erhob sich. »Es ist deutlich zu erkennen, mit wie viel Liebe und Engagement dieses Projekt entwickelt wurde. Dein Team, mein Sohn, hat viel Arbeit hineingesteckt und Ideenreichtum bewiesen. Es gibt ein paar Punkte, die wir noch genauer besprechen müssen, da ich nicht sicher bin, inwiefern sie umsetzbar sind. Aber im Großen und Ganzen sind wir sehr beeindruckt von dem, was ihr auf die Beine gestellt habt.« Sein rechter Mundwinkel zuckte. »Wir bewilligen euch die finanziellen Mittel, die zur Umsetzung benötigt werden.«

Quietschend griff ich nach Aidans Hand. Meine überschwängliche Freude war vermutlich nicht sonderlich professionell, aber das war mir egal. Ich hatte mich nicht verhört. Er hatte *Ja* gesagt.

Nacheinander standen die Komiteemitglieder auf und verließen den Raum. Callum Beaufoy war der Letzte, der sich noch bei uns befand. »Ich erwarte Großes von Ihnen, Miss Chapman«, richtete er das Wort an mich.

»Ich werde Sie nicht enttäuschen.«

Dann wandte er sich Aidan zu. »Ich bin stolz auf dich, mein Sohn.« Ein ehrliches Lächeln zierte seine Lippen, eines, das selbst mein Herz zum Schmelzen brachte. Seine eher harte Schale hatte er abgelegt und sprach nun als liebender Vater. »Wir bleiben noch bis nächste Woche in der Stadt. Deine Mutter und deine Schwestern würden sich sicher freuen, Miss Chapman kennenzulernen. Also kommt doch gern zum Abendessen vorbei.«

»Machen wir, Dad.«

»Gut. Ich freue mich.« Er verabschiedete sich von uns und trat aus dem Zimmer.

Als die Tür hinter ihm ins Schloss fiel, fiel ich Aidan um den Hals. Lachend hielt er mich fest und drehte sich mit mir im Arm.

»Du hast es geschafft!«

»Wir haben es geschafft«, korrigierte er mich. »Ohne dich wäre das alles nicht möglich gewesen.« Er presste seine Lippen an meinen Scheitel. »Danke.« Er küsste meine Nasenspitze. »Danke.« Vor meinem Mund hielt er inne. »Ich liebe dich, Kim.«

»*Te amo*, Aidan«, erwiderte ich und bedeckte meine Lippen mit seinen.

Wir hatten in den vergangenen Wochen einiges erlebt. Hatten Hürden überwunden und Ozeane überquert, um heute hier zu sein. Auch in Zukunft würden sich uns einige Hindernisse in den Weg stellen, das war sicher. Aber gemeinsam würden wir alles meistern. Wir brauchten einander wie die Luft zum Atmen. Die Zeit mit Aidan hatte mich so vieles gelehrt, vor allem, dass das Paradies nicht immer ein Ort sein musste. Nein, es konnte auch eine Person sein, jemand, den man über alles liebte.

Und Aidan? In ihm hatte ich mein ganz persönliches Paradies gefunden.

Ende

Danksagung

Ich bin nicht sonderlich gut darin, Danksagungen zu formulieren. Aber gerade bei diesem Buch wollte ich es mir keinesfalls nehmen lassen, einigen Menschen meinen Dank auszusprechen. Die Reise war lang – die Geschichte von Kim und Aidan begleitet mich nun schon seit Ende 2020. Die beiden haben es mir nicht leicht gemacht. Ich möchte gar nicht so genau wissen, wie viele graue Haare sie mir beschert haben. Trotzdem bin ich glücklich, dass wir dieses Buch heute in den Händen halten dürfen. Und ich bin unglaublich stolz, es geschafft zu haben. Aber das ist nicht mein alleiniger Verdienst.

In erster Linie danke ich meiner wunderbaren Agentin Sophie Riess, ohne die dieses Buch nie erschienen wäre. Danke, dass du immer an mich und meine Geschichten glaubst.

Ebenfalls von Herzen danken muss ich Isabell Spanier, die mich in die wundervolle Piper-Familie aufgenommen hat. Damit ist einer meiner größten Träume in Erfüllung gegangen!

Danke, Ronja, dass du so großartig bist und immer ein offenes Ohr für mich hast. Ich liebe unsere Zusammenarbeit!

Auch dem restlichen Team vom Piper Verlag danke ich sehr für die harte Arbeit. Ohne euch gäbe es niemals so wunderschöne Bücher.

Außerdem gibt es zahlreiche liebe Kolleginnen, denen ich meinen Dank aussprechen muss. Das Autor*innenleben kann sehr einsam sein. Ohne den Kontakt zu euch wäre ich in den letzten Jahren vermutlich durchgedreht.

Danke an Laura Labas für die Schreibsessions, ohne die das Buch wohl nie fertig geworden wäre. Das gegenseitige In-den-Hintern-Treten hat wahre Wunder bewirkt!

Danke an Maja Köllinger und Rune L. Green dafür, dass ihr zu jeder Tages- und Nachtzeit da seid und mich bestärkt! Ich liebe unsere kleine Gruppe!

Danke an Kate Corell, die mich gelehrt hat, Weinszenen zu schreiben (und dabei indirekt meine Leber trainiert hat). Solltet ihr nicht wissen, was es damit auf sich hat, empfehle ich euch, mal bei ihr vorbeizuschauen!

Danke an Isabel Clivia fürs Dasein und das gemeinsame Erfreuen an völlig aus dem Kontext gerissenen Textschnipseln! Und liebe Grüße von Mo!

Des Weiteren danke ich meinen lieben Patrons! Ganz besonders Jacqueline Runge – auch wenn du deinen Beitrag als »Kleinigkeit« ansiehst, ist es für mich das genaue Gegenteil! Deine Unterstützung bedeutet mir wirklich viel!

Zwar werden folgende Personen diese Danksagung vermutlich nicht lesen, trotzdem möchte ich sie nicht unerwähnt lassen. Zum einen ist das Mister Coca Cola, unser Tourguide aus Sansibar, Tansania. Durch ihn habe ich unglaublich viel über die Natur gelernt und konnte einiges in diesem Buch verwenden. Besonders die Tour auf der Gewürzplantage werde ich nie vergessen. Solltet ihr also jemals in Uroa auf Sansibar sein, bucht eure Touren unbedingt bei ihm! (muss ich hier jetzt *unbezahlte Werbung* einfügen? *lach*)

Außerdem danke an Jenny – die Gründerin von *Cheetah's Rock*, eine Wildtierauffangstation auf Sansibar. Auch von ihr konnte ich einiges lernen und bin unfassbar dankbar dafür, dass sie all ihr Wissen weitergibt und so viel für die Tiere tut. Ich werde diese Erfahrung nie wieder vergessen!

Natürlich danke ich auch meinen Freunden und meiner Familie, die mich manchmal monatelang nicht zu Gesicht kriegen, wenn ich mich in einem Schreibtunnel befinde. Trotzdem sind sie mir (meistens) nicht böse. 😀

Danke an meinen wundervollen Freund, der mich seit Beginn meiner Karriere begleitet. Wahnsinn, wie schnell die Zeit vergeht. Und Hut ab dafür, dass du mich noch erträgst *haha*.

Zuletzt danke ich dir. Danke, dass du die Geschichte von Kim und Aidan gelesen und vielleicht sogar geliebt hast! Ohne dich wäre ich heute nicht hier.

Wir lesen uns in Band 2 wieder!

Alles Liebe
Eure Ana

everlove

Die Liebe ist wunderbar und unendlich vielseitig!
Deshalb finden bei everlove auch alle Facetten der Liebe einen Platz.

WERDE TEIL UNSERER COMMUNITY

everlove.verlag

#allyouneediseverlove

everlove-verlag.de

VERPASSE KEINE NEUIGKEITEN MEHR

Melde dich jetzt für unseren Romance-Newsletter an!

piper.de/newsletter

DU HAST WÜNSCHE, ANMERKUNGEN ODER FEEDBACK?

Schreib uns gerne!

everlove@piper.de